Le Signe du Taureau

L'ŒUVRE ROMANESQUE D'HENRI TROYAT

Édition en 34 volumes
établie
et présentée
par Georges Belle

1 *Grimbosq* et *Le Prisonnier n° 1*

2 *Les Eygletière* (tome I. Les Eygletière)

3 *Les Eygletière* (tome II. La Faim des lionceaux)

4 *Les Eygletière* (tome III. La Malandre)

5 *Le Moscovite* (tome I. Le Moscovite. – tome II. Les Désordres secrets. – tome III. Les Feux du matin)

6 *La Tête sur les épaules – La Neige en deuil* et *Anne Prédaille*

7 *Une extrême amitié – La Pierre, la Feuille et les Ciseaux* et *Le Front dans les nuages*

8 *La Lumière des justes* (tome I. Les Compagnons du Coquelicot)

9 *La Lumière des justes* (tome II. La Barynia)

10 *L'Araigne* et *Le mort saisit le vif*

11 *Le Signe du Taureau*

12 *La Lumière des justes* (tome III. La Gloire des vaincus)

13 *La Lumière des justes* (tome IV. Les Dames de Sibérie. – tome V. Sophie ou la Fin des combats)

14 *Faux jour – Le Vivier* et *Grandeur nature*

15 *Viou – À demain, Sylvie* et *Le Troisième Bonheur*

16 *Les Héritiers de l'avenir* (tome I. Le Cahier)

17 *Les Héritiers de l'avenir* (tome II. Cent un coups de canon)

18 *Les Héritiers de l'avenir* (tome III. L'Éléphant blanc)

19 *Le Pain de l'étranger – La Dérision – Toute ma vie sera mensonge* et *La Femme de David*

20 *Tant que la terre durera* (tome I)

21 *Tant que la terre durera* (tome II)

22 *Tant que la terre durera* (tome III)

23 *Les Semailles et les Moissons* (tome I. Les Semailles et les Moissons)

24 *Le Sac et la Cendre* (tome I)

25 *Le Sac et la Cendre* (tome II)

26 *Les Semailles et les Moissons* (tome II. Amélie)

27 *Les Semailles et les Moissons* (tome III. La Grive)

28 *Étrangers sur la terre* (tome I)

29 *Étrangers sur la terre* (tome II)

30 *Les Semailles et les Moissons* (tome IV. Tendre et violente Élisabeth)

31 *Les Semailles et les Moissons* (tome V. La Rencontre)

32 *Marie Karpovna – Le Bruit solitaire du cœur* et *Le Chant des insensés*

33 *La Gouvernante française – Aliocha* et *Youri*

34 *Les Ailes du diable*

HENRI TROYAT
de l'Académie française

Le Signe du Taureau

FRANCE LOISIRS
123, boulevard de Grenelle, Paris

Une édition du Club France Loisirs, Paris,
réalisée avec l'autorisation des Éditions Plon.

ISBN : 2-7242-7500-4

PRÉFACE

C'est alors qu'il composait Le Signe du Taureau, *son roman « isolé » le plus développé, le plus riche en protagonistes, voire le plus romanesque, qu'Henri Troyat éprouva le besoin, dont il parle dans ses entretiens et ses récentes préfaces, « d'humaniser ses personnages, jouant sur leur complexité et leurs contradictions, et non plus seulement sur leur épaisseur et leur malheur ». Ainsi, ce serait pendant la guerre (*Le Signe du Taureau *sortit en librairie en 1945, précédant de deux ans la parution du célèbre cycle romanesque* Tant que la terre durera...*) qu'il a pris le temps de grossir ses romans et d'alléger ses héros, d'« éclaircir sa palette », comme il aime à le dire.*

La première série de ses courts romans français – six « romans d'hier », écrit-il un demi-siècle après (Faux jour, Le Vivier, Grandeur nature, L'Araigne, Le mort saisit le vif, Le Signe du Taureau), *dont l'action se déroule entre 1920 et 1940 – s'achève avec ce dernier roman. Tout lecteur attentif aura remarqué que, thématiquement,* Le Signe du Taureau *n'est guère éloigné du roman antérieur, édité en 1942,* Le mort saisit le vif. *Seulement, si celui-ci (que nous pouvons lire dans le volume 10 de la présente collection) voit un ancien ami, pourtant décédé, « saisir » le personnage principal, voleur de son œuvre, dans* Le Signe du Taureau, *c'est le jeune homme qu'il a été qui « saisit » l'homme mûr qu'est devenu le héros. On peut même penser que, dans ce cas, psychologiquement parlant, ce n'est plus « le mort qui saisit le vif », mais bien « le vif qui saisit le mort ». Ces deux romans, mais aussi* Une extrême amitié *(nous l'avons donné dans le volume 7), montrent à l'évidence que, chez Henri Troyat, les retours sur soi sont aussi douloureux que dramatiques : ils ne pardonnent jamais.*

Il n'en reste pas moins que, pour paraître dessinés d'un trait moins simple, moins allusif, moins nuancé que ceux que l'auteur a publiés à partir des années cinquante, ces premiers romans « isolés » sont déjà du pur et du vrai Troyat. L'écriture a pu se faire plus directe, la structure plus nette, le ton plus objectif, les héros, si souvent déchirés et insatisfaits, n'ont nullement changé : des êtres « tout d'une pièce » que leurs tourments opposent aux autres, isolent dans le monde et privent d'une vie heureuse. Il faut bien que cette « pièce humaine », si difficilement malléable et modelable, Henri Troyat la sente, la voie, la vive telle quelle pour l'avoir, dès le premier jour, élue et croquée avec une si forte présence. Qu'Henri Troyat se rassure, s'il en est besoin : les lecteurs de ses œuvres récentes, en découvrant ses romans anciens (romans de jeunesse, où les jeunes d'ailleurs sont souvent de la partie), ne peuvent que reconnaître « qu'ils étaient déjà de lui ».

Lorsqu'il écrivait Le Signe du Taureau *(cet « affreux » signe matérialiste, jouisseur et égoïste), c'est-à-dire l'histoire de la crise intérieure d'un de ses natifs, un industriel de la chaussure, Henri Troyat songeait-il à illustrer le mot de Paul Claudel : « Car à quoi sert l'écrivain si ce n'est à tenir des comptes? Que ce soit les siens, ou d'un magasin de chaussures, ou de l'humanité tout entière. » Ce roman réaliste comme une tranche de vie, qui n'est pourtant fait que de rêves foudroyés, met en effet à jour les « comptes » d'un certain Germain Laugier, « directeur et administrateur délégué des chaussures Bosco pour la France ». Lequel, homme avisé, responsable et imposant, doit – qui sait? – sa flatteuse promotion au fait qu'il ait trouvé, un jour d'inspiration, quelques formules publicitaires de la veine de celle-ci : « Que demande le peuple? – Des chaussures Bosco. » Certes, mais de justesse, Germain Laugier finira par « rééquilibrer les comptes », au siège social, au foyer conjugal, dans ses relations mondaines. Non sans avoir, indirectement, aveuglément, laissé mourir deux pauvres êtres qui appelaient au secours, et que, moins imbu de soi-même, moins obsédé par lui-même, il eût pu contribuer à sauver. En fait, extérieur à sa personne comme il est étranger aux autres, cet homme se tirera « d'affaires » parce que l'objet de son rêve fou, une femme aimée, perdue et retrouvée, finalement plus réfléchie ou plus prévoyante que lui, le renverra à ses « comptes ». L'ayant échappé belle à son corps défendant, ce quadragénaire, né sous* Le Signe du Taureau *(signe, nous l'avons dit, des personnes qui ont les pieds sur terre et qui sont attachées aux plaisirs substantiels), pourra donc prospérer à nouveau, s'offrir un petit hôtel particulier dans les beaux quartiers de Paris et même entreprendre... une collection de timbres-poste. En lui, semble-t-il, le bourgeois aura pour de bon pris le pas sur l'artiste.*

Personnage peu sympathique que ce Germain Laugier, portraituré non sans cruauté et ironie par Henri Troyat. Difficile de ne pas céder au sarcasme en peignant un tel individu, dominateur et enfantin, pitoyable sinon ridicule dans sa suffisance affectée. Attention, toutefois! Quelque part, l'auteur, comme tout romancier authentique, est plus près du clinicien que du critique. Il sait, comme vient de l'écrire le philosophe Gilles Deleuze, que chez un montreur d'hommes : « C'est peut-être là le secret : faire exister, non pas juger. » Pour indéfendable qu'il soit, Germain Laugier existe, et sacrément. Pris à son propre piège, non plus araignée maîtresse de sa toile, mais insecte y virevoltant en pure perte, cet homme est vrai, parle juste, agit comme tout individu qui déraille, se cherche et espère encore. C'est en cela, malgré tout, qu'il nous émeut, que nous nous attachons à lui. Et c'est en cela que le roman porte et parle.

Et puis, Germain Laugier n'est pas seul en scène, il y est même rarement seul. Le suivent ou le croisent nombre de personnages attachants, hauts en couleur, singuliers même. Alice son épouse aimante et gracieuse, qui, en femme sensible mais « interdite », se refuse à voir l'infortune comme l'émoi qui l'assaillent. Édith la fiancée revenante, qui ouvre et arrête la partie d'échecs sans véritable envie de jouer, à la recherche d'un réconfort, si ce n'est d'un divertissement. Proustiennes à leur manière, l'une incarnerait-elle « la prisonnière », l'autre « la fugitive »? Toutes deux, en tout cas, sont des femmes de qualité, courageuses et rayonnantes en dépit de tout, milieux et maris. Bourdieu et Gèvres les sculpteurs magnifiques, des artistes aussi pauvres de gros sous que riches de cœur, et qui se battent et qui ne trichent point (c'est que, forts comme la mort, tel le peintre Bertin cher à Maupassant, ils le poussent Le Chant des insensés, *ce chant tout ensemble inspiré et désespéré des créateurs, que nous avons entendu déjà dans* Grimbosq *et que nous percevons encore à l'écoute des romans d'Henri Troyat). Sans oublier leurs ennemis intimes, ces jurés qui récompensent comme des juges condamnent. Ni l'acrobate, brisé par sa discipline, bafoué par sa mère, qui, sans merci, ne peut que sauter ou poser et poser ou sauter. Sa matrone justement, une sœur de « la Célestine », qui détruit plus encore ce qu'elle ne peut pas étreindre goulûment que ce qu'elle dresse et dompte pour s'enrichir. Reste une bonne à tout faire, qui, dans un effroi bêtement romanesque, ne rêve que d'amour et de mort. Oublions, en revanche, puisque Germain Laugier lui-même se le permet un moment – son école buissonnière peut-être? –, les membres élus du conseil d'administration des chaussures Bosco. Mais qu'est-il advenu à cet homme « si fidèle » (comme lui dira un jour Édith) à son rang, à son poste, à ses devoirs, pour se renier ainsi, voire se perdre?*

Il est possible que, bonnes ou mauvaises, les surprises de la vie ne soient jamais que des dérangements, des trouble-fête, des empêcheuses de tourner en rond. Écoutez. On est un homme arrivé et satisfait de l'être, âgé de quarante ans, plutôt riche et appelé à l'être davantage, nanti d'une femme enviable et confiante, discrète et dévouée, et voilà qu'une lettre, écrite allez savoir pourquoi par une ancienne maîtresse – un amour de jeunesse qui vous a d'ailleurs royalement plaqué il y a de cela quinze ans, oui, en 1923 –, arrive au petit bonheur la chance, trouble le ronron d'une existence-carrière bien entamée et, mine de rien, comme par pure gentillesse et rêveuse nostalgie, bouleverse tout, ramenant dans ses mots et entre ses lignes un passé honni, qu'on a cru mort et enterré et qui, insidieusement, renaît de ses cendres, brûle et affole. Le mal est fait : vite et malgré soi on redevient, comme à vingt-cinq ans, futile étudiant en peinture, « un homme qui rêve debout ». D'abord, on repense au grand copain d'alors, Augustin Bourdieu, un fameux gaillard (« une sorte de bûcheron qui croirait aux fées ») et un sculpteur qui, déjà, avait « quelque chose dans le ventre »; on part, bien sûr, à sa recherche et on le retrouve, semblable à lui-même, sans illusion aucune mais toujours au travail, reconnu plus que connu et acheté. On fait même la connaissance de son jeune disciple, Maurice Gèvres, sculpteur également, un homme démuni, romantique, fragile qui, sans le savoir, joue son va-tout. Avec Bourdieu enfin, comme pour se rappeler les vertes années, et parce que lui aussi l'a bien connue, aimée peut-être, on reparle de cette drôle d'amie qui vient de faire signe, Édith, la belle Édith, qui, apprend-on, est venue à Paris, pour cause de divorce. C'est ainsi que, « ivre de passé », on en arrive à négliger – est-ce possible? – ses prestigieuses fonctions, à oublier Alice, sa compagne bien réelle et présente, et à revouloir Édith, la fiancée fantôme. Pour un peu, on se remettrait à croire à la peinture, à son talent, à une vie d'artiste. On a beau se dire : « Évoquer quelques souvenirs. Soit. Mais s'arrêter à temps. » On a beau entendre l'ami Bourdieu, tout de bon sens, formuler : « Des retrouvailles comme ça, c'est bête et c'est mauvais. » Rien à faire, difficile maintenant de résister à semblable rajeunissement, à un tel retour en arrière, à cette tentation de revivre, de vivre enfin? Quelle « re-naissance », quel pari et quel avenir! La danse du fou, mais d'un fou de roi, est à ce point endiablée que, comme un spectacle fantasmagorique, accompagnent à son insu le valseur régénéré – funestes présages pourtant – la plainte d'une domestique livrée corps et âme, par la faute de fallacieuses lectures, à la passion sauvage d'un gitan, et les sorts jetés à qui refuse d'être sa proie (malheur au corps céleste du sculpteur droit et pur!) par une vieille sorcière affamée de chairs fraîches. Comment, le cœur en bandoulière, l'âme en vagabondage, ne se fourvoierait-on pas?

Enfin guéri de son errance maladive comme il aurait pu l'être par une cure de sommeil, Germain Laugier n'entendra pas longtemps « l'Édith de sa jeunesse » l'appeler par le tendre et mystérieux et irréel prénom, « Djéry », qu'elle lui avait trouvé naguère et qui n'est plus qu'un mot d'adieu : « Non, non, Djéry. Les souvenirs sont là qui nous séparent. Entre toi et moi, il y a un fantôme de toi, un fantôme de moi. [...] Ah! comme nous nous aimerions s'ils n'étaient pas là! Comme nous nous aimerions si nous ne nous étions jamais aimés! » Ainsi, la marche à reculons s'est révélée impossible : pas plus d'extrême amour que d'« extrême amitié ». Folie que de vouloir revivre un amour, une amitié, liés à des temps qui ne sont plus, comme, longtemps après, par hasard et avec nostalgie, on reprend un train, jadis heureusement fréquenté, parce qu'il traverse toujours les chers lieux bénis. Le temps n'a pas la même fidélité que l'espace. S'imaginer être le même, chemin faisant ou route faite, est autrement trompeur, aliénant, dangereux que de reconnaître des sites et des paysages qui n'ont jamais été que les « témoins de pierre » des sentiments, des actes et des projets de visiteurs d'un jour. À la fin de la vie de Casanova, Venise restait Venise, mais Casanova ne sévissait plus à Venise : il y était même indésirable; plus encore : Casanova, sinon dans les Mémoires qu'il écrivait au galop de merveilleux souvenirs, n'était plus Casanova. Le temps humain se charge vite du poids des ans et des rides de l'âme. Tout fait barrage au retour sur le passé. Le piétinement, l'impuissance et la honte guettent les plus entêtés, téméraires ou naïfs récidivistes. Nul autre choix que de tourner la page. Comme le remarque, non sans mélancolie, Henri Troyat, dans l'avant-propos à Un si long chemin : *« Plus un homme a de souvenirs en tête, plus il doit lutter pour aller de l'avant. »*

C'est donc en vain que « deux hommes se sont affrontés, séparés par le temps plus sûrement qu'ils ne l'eussent été par l'espace », le Germain d'autrefois, le Laugier d'aujourd'hui. Mais, lieu chahuté de leur combat fratricide, Germain Laugier pouvait-il ne pas céder à un sentiment de culpabilité indéfinissable? Plus que lâcheté, son aveuglante mauvaise foi était sans doute délire. Dure franchise et dissimulation forcenée, toute la psychologie de cet homme déboussolé roule et tangue entre ces deux attitudes, incitant ses proches à croire tantôt à un drame, tantôt à une comédie. Jouait-il ainsi pour son plaisir et sa seule distraction ou cherchait-il, sans plus de duplicité et de complaisance, à partager vraiment, à se délivrer enfin? Demeurait-il le parvenu que les circonstances avaient façonné ou redevenait-il l'artiste amoureux et caustique qui, loin de toute possession et de tout pouvoir, savait rire, pleurer, rêver et créer?

Au vrai, Germain Laugier a moins tenu des comptes qu'il n'a été amené à régler les siens, par la force des choses et malgré soi. Rentré rompu de sa folle escapade, assommé par un rêve éveillé (« Éveillés, nous cheminons dans un rêve; nous-mêmes fantômes des temps passés », a écrit Franz Kafka) qui n'a fait que le renvoyer à ce qu'il avait cru, un instant, ne plus être, ne pas être, il comprend enfin qu'au plus profond de lui « le chef » règne, à jamais indifférent et triomphant. Plus de remords ridicules ni de dérisoires rechutes, les chaussures Bosco ont gagné. Germain Laugier vient de les remettre aux pieds. Il est bien dedans. Il ne les quittera plus.

GEORGES BELLE

Le second signe du zodiaque est le signe du Taureau. C'est celui des personnes ennemies du rêve et attachées aux plaisirs substantiels.

Traité d'astrologie.

1

GERMAIN Laugier se pencha vers l'auto noire et basse.

– Au revoir, cria-t-il.

Une pluie fine traversait la lumière des phares. Le moteur ronflait. Derrière la vitre embuée, s'agitaient des mains, des visages de rêve. Une femme riait dans ses fourrures. Le chauffeur, éclairé par le tableau de bord, avait un profil de pierre verte. La voiture démarra lentement.

Debout sur le trottoir, Germain Laugier regardait le feu de position qui fuyait, entouré de vapeurs incandescentes, le long des maisons, le long des palissades endormies. Puis, le feu de position disparut, avalé tout rond au tournant de la rue.

La pluie tomba plus serrée. Une tôle violentée frémit, dans le terrain vague, en face.

Germain Laugier rentra dans le jardin et rabattit lourdement le portillon de fer. La grille trembla, sonore, sur toute sa largeur. Le manteau de lierre qui matelassait la clôture s'éveilla, palpita de ses feuilles mouillées et brillantes. Des gouttes d'eau glissèrent sur les mains de Germain Laugier. Il avança les doigts vers la serrure froide, tourna la clef, poussa le loquet de sûreté, accrocha une chaînette. Dans la boîte aux lettres, au panneau découpé en étoile, il y avait quelques enveloppes disparates. L'humidité les avait ramollies. Germain Laugier les fourra dans sa poche avec indifférence. Il avait hâte de se mettre à l'abri. Ses derniers invités étaient loin. Ils roulaient vers Paris, par des rues d'ombre et de pluie. Et lui était là, dans *son* jardin, devant *sa* maison. Il allait chausser des pantoufles et boire un petit verre avant de se coucher. Il l'aimait bien, ce pavillon de Saint-Mandé, avec sa carrure trapue, son grand chapeau de tuiles tiré bas sur les fenêtres, et ses balcons de bois ajouré. La villa était ancrée en pleine averse. Ses fenêtres, joliment éclairées, signalaient un intérieur paisible et cossu. Des vaisselles tintaient. Le vent se leva, remuant une fraîche odeur de gravier trempé, de feuilles pourrissantes. Une locomotive siffla, dans les banlieues incertaines. Germain Laugier gravit le perron, gratta ses semelles au décrottoir, éteignit le fanal qui éclairait les marches. Le commutateur était un peu dur. Au moment de raccompagner ses invités, Germain Laugier avait même redouté un mauvais contact. Mais tout s'était bien passé. La lumière avait brillé derrière les vitres de couleur. Et Mme Dupouy de Signac, la femme du président du conseil d'administration, avait dit de sa voix chantante : « Quel ravissant éclairage, monsieur Laugier! »

Germain Laugier s'attendrit au souvenir de ce compliment. Il tenait beaucoup à ce qu'on admirât sa petite maison et son petit jardin. Sans doute, il ne recevait pas grand monde chez lui. Mais il s'agissait toujours de convives sérieux, utiles, considérables. À quarante ans, il pouvait se vanter d'occuper un poste de confiance et d'y être solidement établi. La santé, les affaires, le ménage, tout était en ordre. Il avait la passion de l'ordre.

Comme pour se récompenser d'être lui-même, Germain Laugier s'adressa un sourire dans la glace de l'antichambre. Puis, il retira son imperméable, essuya du revers de la main son grand visage rose, aux joues pleines, au menton lourd. Enfin, il appela :

– Alice!

Mais sa femme devait discuter avec la cuisinière, à l'office. Elle ne répondit pas.

Après un court silence, Germain Laugier sifflota sur deux notes, remonta sa cravate et passa en se dandinant dans le salon vide.

La petite pièce, tendue d'un papier vert d'eau et meublée en faux Louis XVI, était toute chaude encore, toute dérangée. Les fauteuils, réunis en cercle, semblaient poursuivre une conversation de fantômes. Sur une table roulante, en glaces mordorées, s'alignaient des tasses où refroidissait un fond de café noir. Des miettes de gâteau sec saupoudraient le napperon à fleurs. Une serviette en dentelle traînait sur le tapis. Dans les verres à dégustation, brillaient des restes multicolores d'armagnac, de fine, de Cointreau, de Chartreuse. Au creux des cendriers de cristal, les cigares avaient laissé leur cendre bleutée et cylindrique. L'air sentait la fumée de luxe, les parfums chers, les alcools de marque. En fermant les yeux, Germain Laugier pouvait imaginer que ses hôtes étaient encore là, nombreux, et importants : son beau-père, sa belle-mère, M. Dupouy de Signac, président du conseil d'administration, et sa femme, coiffée d'un chapeau compliqué, Van Meer, directeur de Bruxelles, Grollot, directeur de Berne, le conseiller juridique Espéchot, et madame. Avec lui et Alice, cela faisait dix personnes en tout. Il n'avait pas invité Seuriet, parce que l'ameublement de la salle à manger ne comprenait que dix chaises. D'ailleurs, Seuriet, le fondé de pouvoir, n'eût pas été à sa place dans une réunion de cette qualité. Ces dix convives représentaient l'état-major des chaussures Bosco : « Bosco! Bosco! Bosco! Mot de passe de l'économie! » Chaque soir, une voix gutturale hurlait ces paroles à la radio. Et aussi : « Que demande le peuple? – Des chaussures Bosco. » Les deux formules étaient de Germain Laugier. Il les avait trouvées quelques mois avant d'être nommé directeur et administrateur délégué des chaussures Bosco pour la France. L'inspiration s'était tarie depuis. Il soupira, s'installa dans un fauteuil, huma un verre d'armagnac avec componction.

La femme de chambre entra, une petite rouquine au visage soufflé, à la bouche grasse. Elle rangea les tasses, poussa la table roulante, dont les roues grincèrent longuement :

– Laissez-moi l'armagnac, Marie, dit Laugier, et n'oubliez pas de graisser les roues de cette table. Que fait Madame?

– Elle est à la cuisine.

– La chatte est rentrée?

– Non, monsieur.

– Je l'entends qui miaule. Ouvrez-lui la porte.

Marie renifla profondément. Elle avait les yeux rouges. Une affaire d'amour sans doute. Germain Laugier voulut demander une explication, ou dire une parole gentille. Quand il était de bonne humeur, il exigeait que tout le monde autour de lui parût heureux de vivre. Marie se balançait d'une jambe sur l'autre, empilait des soucoupes.

– Ça ne va pas? dit-il.

– Si, monsieur.

– À la bonne heure! Le service a bien marché. Je suis satisfait. Voilà. Allez ouvrir à ce chat, pour l'amour de Dieu!

La femme de chambre sortit, en poussant la table roulante. Elle n'avait pas souri au compliment de Laugier. « Une idiote! » grogna-t-il. Puis il appela doucement :

– Poucette, Poucette, Poucette...

Une chatte noire, élastique, prudente, se glissa par la porte entrebâillée, et, rasant les murs, jouant mollement de la queue, se rapprocha de son maître. Elle était grosse. Sûrement, elle mettrait bas cette nuit. Germain Laugier lui gratta la tête d'un doigt distrait. Chaque soir, avant de monter dans sa chambre, il grattait la tête du chat. Alice disait : « Je trouve ça touchant qu'un homme fort et actif comme toi éprouve du plaisir à caresser cette petite bête. »

– N'oubliez pas d'aérer la salle à manger, cria-t-il.

La chatte tressaillit, offensée par cette voix rude, et s'éloigna gravement.

La bonne revint, ouvrit la porte vitrée qui conduisait à la salle à manger. La salle à manger était sombre. Le parfum du homard à l'américaine pénétra dans le salon, d'une seule bouffée. Les bobèches de la suspension brillaient comme des étoiles.

– Et mes pantoufles, Marie, dit Laugier.

Marie apporta les pantoufles. Il se déchaussa devant la servante, remua ses orteils dans ses chaussettes, soupira, et passa les pantoufles avec délectation. Marie ramassa les souliers délacés et tièdes. Son corsage bâillait. Germain Laugier aperçut un coin de linge, une pente de chair cireuse. La bonne sentait légèrement la friture. Et, malgré cette odeur, malgré cette peau misérable, elle avait des « histoires d'amour ». Des types qui l'attendaient entre deux courses, des baisers sous les portes cochères, des querelles, des gifles, des lettres au crayon sur du papier quadrillé. Germain Laugier ne pouvait se défendre de mépriser un peu tous ceux, toutes celles qui travaillaient sous ses ordres. Sa réussite sociale l'avait rendu vaniteux et dur.

– Monsieur n'a plus besoin de moi? demanda Marie.

Puis elle s'en alla, tenant les chaussures à la main.

Germain Laugier se carra dans son fauteuil, étendit ses jambes et contempla ses pantoufles fourrées. Il était content. Très content. Tout avait bien marché, en somme. Le dîner, depuis le homard à l'américaine jusqu'au soufflé à l'ananas, en passant par les tournedos Rossini, avait été un régal savamment gradué. M. Espéchot avait glissé à l'oreille du maître de maison que son dernier rapport au conseil était un petit chef-d'œuvre de lucidité. Mme Espéchot avait complimenté Alice sur sa coiffure. Grollot avait traité le pavillon d'« hôtel particulier ». Et, avant de partir, M. Dupouy de Signac avait parlé d'un dîner chez lui, rue de la Faisanderie, pour le samedi suivant. Cette faveur insigne bouleversait Germain Laugier. Il doutait, parfois, de sa présence dans ce complet riche, parmi ces beaux meubles propres, entre ces hommes influents, honorés. Dans sa jeunesse, il avait envisagé un tout autre avenir. Il n'avait prévu que la malchance, la misère, l'enthousiasme stérile et le froid. Le fait est que, sans son mariage avec Alice, qui était la fille d'un membre du conseil d'administration, il serait demeuré un bureaucrate hargneux, faisant de l'aquarelle à ses heures perdues, et croupissant au sixième étage de quelque immeuble bon marché. Il but une gorgée d'armagnac, plissa les yeux avec gourmandise :

– La vie, la vie, murmura-t-il vaguement, pour le plaisir de s'entendre parler.

Il fourra la main dans sa poche, toucha le paquet de lettres. Un courrier de ministre : « Y en a-t-il des gens qui ont besoin de moi! » Il verrait ça plus tard. Un bruit de voix venait de l'antichambre :

– En blanquette ou en ragoût? disait la cuisinière.

– En ragoût, répondait Alice, vous savez bien que Monsieur déteste la blanquette.

Germain Laugier n'était pas fâché de mesurer son importance majuscule dans la maison. Tout reposait sur lui. Tout dépendait de lui. « Monsieur n'aime pas ceci... Que dira Monsieur s'il apprend cela?... Ce soir, il m'a semblé que Monsieur... » Chère Alice! Peut-être, certes, l'avait-il épousée par ambition. Mais l'amour qu'il lui portait aujourd'hui n'en était que plus remarquable. Il appréciait la soumission de cette petite ménagère, active, douce, fureteuse, vertueuse et fade. Il se plaisait à reconnaître en elle le reflet de ses propres volontés. Jamais encore il n'avait élevé la voix devant elle.

– S'il reste de l'ananas, vous le servirez à déjeuner.

Alice entra. Elle avait un visage pâle, fané, au menton faible, aux joues longues. Elle paraissait lasse et heureuse. Laugier lui tendit les mains.

– Je suis éreintée, dit-elle. Es-tu content de la soirée, au moins?

– Très content, dit-il avec force.

Et il lui déposa un baiser sur le front. Elle le remercia d'un regard humide :

– Je crois qu'ils se sont bien amusés, qu'ils ont bien mangé...

– Sois tranquille, ma chérie. Tu ne t'es pas dépensée pour rien.

– Mme Dupouy de Signac est charmante.

– Oui, dit-il avec une moue supérieure. Un peu chichiteuse, mais charmante. Une forte culture...

– Et M. Espéchot... Il m'a repris trois fois du soufflé!

Il rit et tapota la joue de sa femme :

– Tu es une créature adorable!

Elle rougit. Elle rougissait chaque fois qu'il la flattait ainsi. Elle l'admirait tant qu'elle cherchait un sens profond à ses moindres paroles.

– Demain, le bureau, dit-il. Allons nous coucher.

Et il se leva en bâillant avec une mâle puissance.

Avant de « monter », Alice accomplissait les derniers rites ménagers de la journée. Il y avait des soins qu'elle ne laissait pas aux domestiques. Couvrir la cage des canaris pour la nuit, vérifier la fermeture des portes, régler le chauffage « sur 50 », arranger la corbeille du chat. Germain Laugier surveillait ces préparatifs avec gravité. Il encourageait la répétition nécessaire de ces gestes, de ces propos, comme s'il se fût agi d'un culte dédié au génie secret de la maison.

Comme chaque soir, ils firent leur toilette, côte à côte, devant les lavabos jumelés.

– Je suis trop lasse, dit Alice. Je n'ai pas envie de me démaquiller.

Quelques années plus tôt, il eût pris ces paroles pour une ruse galante : autrefois, quand Alice renonçait à se démaquiller, il savait qu'elle tenterait de le séduire, dans le lit, par la grâce fraîche et colorée de son visage. Aujourd'hui, cette phrase était dénuée de toute intention amoureuse.

– À ta guise, dit-il. Je me lave les dents et je te rejoins.

Elle sortit en traînant de petites mules claquantes. Sa robe de chambre molletonnée lui faisait un dos rond.

Germain Laugier secoua quelques gouttes de dentifrice dans son eau. Mais, comme il reposait la bouteille, son coude accrocha le verre plein, qui vacilla et tomba sur le carrelage. Germain Laugier avait horreur de la maladresse chez les autres et chez lui-même. Il prétendait n'avoir rien cassé de sa vie. Il grommela un juron :

– Si on avait des porte-verres, cela n'arriverait pas!

De la pantoufle, il repoussa les débris contre le mur. Ce petit incident lui gâchait sa joie. Un si joli verre, avec un filet doré sur le bord. Il prit un autre verre, se lava les dents rageusement. Ses gencives saignaient. Il mâchait un goût de menthe. Alice cria de la chambre :

– Ne sois pas trop long!

À ce moment, Germain Laugier songea au courrier du soir. Le veston était pendu sur une chaise. Il fouilla les poches du vêtement et ramena dans ses mains quelques prospectus, une note du percepteur, une carte de visite et une longue enveloppe jaune, en papier gaufré. Cette enveloppe l'intrigua d'abord. La lettre avait été envoyée à une très ancienne adresse et, de concierge en concierge, avait fait son chemin jusqu'à lui. L'écriture lui parut inconnue : une écriture molle, onduleuse, élégante, une écriture de femme. Mais, tandis qu'il palpait ce paquet léger, tandis qu'il interrogeait ces traces d'encre bleue, un souvenir lointain s'imposait à sa mémoire. Il lui semblait que, très profondément, très doucement, remuaient en lui des masses assoupies. Des visages, des paroles montaient de loin, s'épanouissaient, se fixaient dans l'ombre. Quelque chose, quelqu'un demandait à naître. Son cœur se mit à battre plus vite. La glace de la salle de bains lui renvoya une image qui le surprit : il avait la bouche ouverte, le regard imbécile. Ses joues étaient pâles, cendrées de barbe.

– Tu viens? criait Alice.

– Un moment, je t'en prie, dit-il avec humeur, comme si elle l'eût gêné dans un travail patient.

Il avait décacheté l'enveloppe. Il déplia les feuillets, regarda la signature : Édith.

– Non mais... celle-là!...

Rapidement, il parcourut la lettre, haussa les épaules. Une toquée. Elle avait perdu son temps à lui écrire. Elle perdait son temps à espérer une réponse. Tout ce qui lui rappelait son adolescence pauvre et hasardeuse lui était odieux. Il froissa la lettre en boule et l'enfonça dans la poche de sa robe de chambre.

Alice geignait du fond de son lit :

– Tu sais, je m'endors.

De loin, il sourit à sa femme, à sa vie, à sa réussite.

La salle de bains était un cube de clarté antiseptique. Une rampe en verre dépoli encadrait la glace. Les étagères étaient chargées de flacons à facettes, de brosses, de curettes, de limes à ongles. Une baignoire luisante et bien renflée faisait face aux deux lavabos. Le bidet, modeste et solide, ornait un coin reculé de la pièce. L'aventure était bannie à jamais de cet univers pratique. Germain Laugier serra la cordelière de sa robe de chambre, assura les pieds dans ses pantoufles et se dirigea vers la porte.

Alice s'était endormie, roulée sur elle-même, comme une enfant. Et il fut attendri à la vue de ce corps frêle, de ce visage boudeur, inachevé, qui lui appartenait au même titre que la maison, le chat ou les plantes vertes de l'entrée.

– Tu dors?

Elle ne répondit pas. Elle respirait tristement, avec, parfois, un clapotis de lèvres mouillées qui se décollent. Ce bruit infime irritait Germain Laugier. Alice mâchait des confidences. Tournée vers un autre monde, elle échappait au contrôle de son mari. Que voyait-elle? À qui pensait-elle?

Dans l'ombre épaisse et chaude, surnageaient le reflet d'un miroir, la courbe cirée d'une chaise, la pente pâle et molle d'un vêtement féminin. Le réveille-matin travaillait à petits tintements précis. On eût dit un mineur, enfoui à des profondeurs extrêmes, et qui se fraye un chemin vers la lumière, à coups de pic, inlassablement. La métaphore séduisit Germain Laugier. Il crut qu'il allait s'assoupir, avec cette image dans le cœur. Le cadran phosphorescent marquait minuit moins dix. Une latte du parquet craqua. La pluie redoubla de violence, jeta aux vitres des poignées de larmes sonores. Les gouttières ruisselaient à gros sanglots. Germain Laugier songea aux longues rues giflées par l'averse, aux veilleurs de nuit dans les grands magasins déserts, aux chambres où des corps ronflaient, où des caresses s'échangeaient dans l'épaisseur des lits, dans les reflets de glaces, aux gares constellées de signaux rouges et verts, et fendues par l'éclair des rapides, aux rotatives des journaux tournant sous les ampoules jaunes, à toute cette ville géante qui poursuivait son travail de vie et de mort, avec une régularité implacable. Était-ce la conscience de cette activité nocturne autour de lui qui l'empêchait de dormir? Jamais encore il n'avait souffert d'insomnie. Et voici qu'il demeurait, les yeux ouverts dans les ténèbres, guettant les bruits de son cœur, les rumeurs de sa maison, les appels de la rue. Sans doute avait-il trop mangé de homard? « On ne sait jamais ce que les crustacés vous réservent », disait Alice. Ou peut-être avait-il exagéré la dose d'armagnac? Il était bon, l'armagnac. M. Dupouy de Signac, qui était un connaisseur, l'avait humé, suçoté, mâchouillé avec délices. Comment préparait-on l'armagnac?

Germain Laugier ferma les paupières, étendit les jambes, chercha une place fraîche sur l'oreiller. Mais son corps inquiet refusait le repos. Le contact du drap irritait ses genoux. Un muscle lui faisait mal dans la nuque. Vraiment, il étouffait dans cette chambre close. Cela sentait la vaseline, le corps moite, le vieux tapis. Il prit un verre sur la table de nuit et avala quelques gorgées d'eau fraîche.

Puis il se recoucha bien à plat, se tourna, s'assit, tassa l'oreiller, remonta les couvertures, et se laissa retomber sur le dos avec un soupir. Alice poussa un grognement sans se réveiller. Un carillon sonna minuit. Dans la maison, d'autres carillons tintèrent. Germain Laugier savait régler ses pendules à la perfection. Aux heures et aux demies, des pluies de sons cristallins se répercutaient, d'un étage à l'autre, d'une chambre à l'autre. D'ailleurs, tout était agencé de main de maître dans sa demeure. La cave était fournie de façon à satisfaire les soifs les plus inextinguibles et les plus diverses. La pharmacie regorgeait de pommades, de solutions, d'embrocations et de sirops qui répondaient à toutes les défaillances possibles de l'organisme humain. Le garde-manger était bondé de provisions comme sur un navire en partance. Les armoires croulaient sous le poids du linge. Et on commandait du charbon pour trois hivers, afin d'avoir toujours « une petite réserve » devant soi. L'argent que d'autres dépensaient au jeu, aux courses, dans les restaurants, dans les théâtres, dans les cabarets, Germain Laugier le dépensait pour son confort. Il aimait être chez lui comme dans une citadelle imprenable. Il aimait à se savoir épaulé par tout ce volume de victuailles, de boissons, de médicaments, de combustibles. Peut-être était-ce le souvenir de sa jeunesse malchanceuse qui le poussait à se retrancher aujourd'hui derrière tant de certitudes substantielles? Il avait appris à détester les âmes inquiètes, les projets aimables, la pauvreté romanesque. Il avait trop souffert dans l'univers des rêves pour ne pas lui préférer le monde stable de la matière. Son bonheur, c'était ce corps, couché là, qui s'appelait Alice et qui était sa femme, cette chambre obscure qui était sa chambre, ces vêtements, ce lit, cette maison. Les carillons s'étaient tus. Le silence semblait chargé de bénédictions. De la cave au grenier, tout était propre, utile et solide. Germain Laugier s'apaisa un peu.

– Dormir. Maintenant, il faut dormir.

Pour hâter l'approche du sommeil, il pensa successivement à M. Dupouy de Signac, à la petite bonne pleurnicheuse, au soufflé, à Van Meer, au verre qu'il avait cassé. Mais ces jeux de l'esprit ne faisaient qu'exaspérer son attente. Lâchement, il repoussait la seule tentation valable. Il bataillait contre une ombre. La lettre. Eh bien! quoi, la lettre? Édith lui avait écrit, après quinze ans de silence, d'absence. Édith qu'il avait aimée. Édith qu'il n'aimait plus. Il se troublait pour bien peu de chose! Certes, Germain Laugier ne pouvait être que flatté par ce brusque retour de flamme. Édith prétendait avoir gardé de lui l'image d'un adolescent génial. Elle affirmait que le souvenir de leur liaison l'aidait à surmonter toutes les infortunes. Pourtant, elle l'avait quitté. Elle avait épousé un ingénieur fortuné et stupide. Et le couple s'était installé à Casablanca. Peu à peu, Germain Laugier avait renoncé à souffrir de cette trahison. Soucieux de son bien-être, il avait étouffé en lui jusqu'à l'envie de se rappeler un nom. La nouvelle même que lui apportait cette lettre, et qui l'eût comblé de joie quelques années plus tôt, il l'accueillait aujourd'hui avec indifférence. Édith ne s'entendait plus avec son mari. Elle divorçait. Elle pensait revenir en France, revoir ce bon Laugier, renouer de tendres habitudes! C'était trop facile! Il voyait clair dans son jeu. Toute seule et désœuvrée, elle rêvassait sur des photos, sur des mèches de cheveux, dormait mal, faisait des cauchemars étranges. Son mari la plaquait. Par qui le remplacer? Mais par Germain Laugier, sans doute. Les préliminaires seraient plus rapides. Elle le connaissait. Elle savait de quoi il était capable dans un lit. Alors, vite du papier parfumé, vite une jolie plume. Et on écrit, la bouche crispée et les cuisses moites. Et on lance son billet doux à l'aventure. Qu'importe si ce geste doit troubler l'ordre d'une maison, compromettre la paix d'un ménage, briser une existence digne! Rien ne compte. Édith veut un homme. Parce qu'elle n'en peut plus d'attendre. Parce qu'elle s'ennuie. Parce qu'elle a chaud.

Germain Laugier divaguait de rage. Il s'était promis de ne plus réfléchir à la lettre, mais, à présent, il tentait d'en reconstituer le texte avec précision. Des idioties! Rien que des idioties! Comment était-ce déjà?

Le souvenir de notre amour est demeuré vivant malgré les années... Après notre liaison exaltante, le mariage ne pouvait être qu'une déception... J'attends le divorce comme une délivrance... Je ne sais rien de toi... As-tu poursuivi tes études de peinture?... Sans doute exposes-tu un peu partout?... J'ai cherché ton nom dans des catalogues... Je t'écris à ton ancienne adresse... Dans un mois ou deux, après l'ordonnance de non-conciliation, je quitterai Casablanca pour Paris... Quel que soit ton bonheur présent, tu ne peux avoir oublié notre bonheur passé...

Il y en avait quatre pages, traitées dans le même style. Elle s'était donné bien du mal, Édith. Et pour quel pauvre salaire!

Germain Laugier tendit le bras hors du lit, atteignit

un fauteuil, palpa l'étoffe de la robe de chambre qu'il avait jetée sur le dossier du meuble avant de se coucher. Dans la poche, ses doigts rencontrèrent quelques feuillets froissés. Il les ramena, les déroula l'un après l'autre. Le papier grinçait en se dépliant. Ce bruit était assourdissant, unique. Il remplissait la pièce. Il allait réveiller la maison, le quartier, la ville. Germain Laugier lissa la lettre soigneusement, puis l'éleva à hauteur de sa figure et la tint devant ses yeux, comme si, malgré les ténèbres, il eût pu en déchiffrer chaque mot. Il demeura ainsi, face à face avec ce message noir. Cette confrontation lui paraissait émouvante. On eût dit que ces pages rayonnaient d'une tiédeur, d'un parfum vivant. Il n'avait pas de feuilles de papier devant lui, mais un visage. Un visage qu'il ne voyait pas, mais dont il devinait le volume, l'expression. Un visage qui respirait. Le visage d'Édith.

Germain Laugier sentit que son cœur battait à grands coups rapides contre ses côtes. Ses oreilles se gonflaient de bruits. Il était honteux et heureux à la fois. Malgré lui, il songeait à d'autres lettres de la même Édith. Il se revit, jeune homme, triant, relisant tant de billets d'amour, répétant à mi-voix les paroles qu'elle avait choisies. Parfois, comme cette nuit, il s'était assoupi avec une lettre d'Édith étalée sur la chair nue de sa poitrine. En ce temps-là, il couchait sur un canapé étroit et rude. Une lampe de chevet éclairait un livre, une enveloppe déchirée, un chevalet avec des cartons à dessins. La photo de son père, qu'il n'avait pas connu, brillait dans son cadre, au-dessus de la cheminée. Un bel homme, ma foi, avec de longues moustaches et des yeux doux. De l'autre côté de la cloison, dormait sa mère. Tout autour d'eux, bourdonnait la grande maison à sept étages. On entendait jouer le phono d'un voisin. Tout à coup, Germain Laugier eut l'impression qu'il n'avait pas changé, qu'il n'avait pas vieilli, qu'il avait encore la même âme, la même chair, les mêmes espérances.

Son corps remontait le courant obscur des années.

Avait-il été, vraiment, ce long garçon disponible qui vivait auprès de sa mère, courait les filles et se passionnait pour des querelles d'artistes?

C'était en 1922 ou 23. Ajourné pour pleurésie, puis mobilisé avec la classe 19, il venait de terminer son service militaire, à Mayence. Rentré à Paris, il avait voulu préparer les Beaux-Arts. Il se croyait du talent. Peut-être en avait-il? Sa mère cousait des animaux en peluche pour les grands magasins. Sur la table, tendue d'une toile cirée jaune, s'étalaient des lambeaux d'étoffe. Çà et là, trônaient des carcasses rembourrées d'ouate ou de paille. Des prunelles en verre, hagardes, innombrables, étincelaient dans une ancienne boîte de pastilles Valda. Et, sur une étagère, s'alignaient les modèles : bouledogues mafflus, à l'œil irrité, à la langue mauve, girafes rêveuses en tissu écossais, éléphants bonasses, à la trompe molle et veloutée, petits lapins nimbés de fourrure blanche. Toute la journée, la mère de Germain Laugier travaillait à modeler, à vêtir ces bêtes. Dans un grand désordre de bobines, de ciseaux, de crins, de pots de colle, elle donnait un regard à des mufles de velours havane, piquait une moustache au-dessus d'une babine noire, greffait une queue en tire-bouchon au derrière dodu d'un goret, nouait des faveurs roses au cou d'une panthère. Le matin, quand Laugier partait pour suivre ses cours de peinture à l'atelier Chappuis, elle était déjà à l'ouvrage. Et, quand il revenait, il la retrouvait, un peu plus courbée, un peu plus lasse, et le contraste entre ces animaux de contes de fées et ce pauvre visage usé, malheureux, souriant, lui poignait le cœur. Que de fois il avait juré de réussir, de gagner de l'argent, pour la tirer de sa misère et la rendre fière de lui! Elle l'écoutait, l'approuvait en hochant la tête. « J'ai confiance... Tu iras loin!... »

À l'atelier du père Chappuis, Germain Laugier oubliait un peu cette tristesse, ces odeurs de colle. Les professeurs passaient en trombe, lançaient de grandes paroles sonores, tapotaient l'épaule d'un élève, corrigeaient un dessin en quelques coups de fusain rageur. Mais les modèles étaient bons. Et puis, dans la salle voisine, travaillait Augustin Bourdieu. Bourdieu préparait les Beaux-Arts, comme Laugier. Seulement, lui, se destinait à la sculpture. Un fameux gaillard ce Bourdieu, solide, fruste, rêveur. Une sorte de bûcheron qui croirait aux fées. Qu'était-il devenu après tant d'années? Avait-il trahi sa vocation, comme Laugier? Ou taillait-il encore dans quelque petit atelier glacial et poussiéreux? Autrefois, il habitait près de la gare Montparnasse, dans une boutique désaffectée, au fond d'une cour pleine de ferraille et de tonneaux. Les vitres de l'échoppe étaient barbouillées à la craie. Sur la porte, un placard : « Ici, Bourdieu, sculpteur. » Laugier passait toutes ses heures libres en sa compagnie. Le dimanche, ils besognaient ensemble. Comme les modèles coûtaient cher, le matin c'était Laugier qui posait « à poil » pour Bourdieu, et l'après-midi Bourdieu qui posait « à poil » pour Laugier. Laugier sourit au souvenir de ces longues séances de labeur et de rigolade. Des copains venaient leur rendre visite. Alors, on décrochait la porte d'entrée, on la couchait entre deux chaises : cela faisait une table. Des nappes en papier et des couverts, chipés au bistrot du coin. Quelques bouteilles de pinard violet. Quelques gobelets disparates. Des biscuits pétrifiés. Du tabac. Et on parlait, on parlait jusqu'à perdre haleine. Que disait-on? Ah! tout était perdu, de ces paroles et de ces gestes. Seul demeurait un fond de brume, un carillon de noms célèbres : Manet, Monet, Cézanne...

– Moi, je te dis... Moi, je travaille ma matière... Moi, la perspective... Moi, moi...

Tous, ils avaient quelque chose dans le ventre. Tous, ils réussiraient. Et les professeurs du père Chappuis s'écrouleraient de honte en apprenant leur ascension mirobolante vers les gloires et les profits. Un jour, sur la plate-forme du tramway, Bourdieu avait subrepticement brûlé un trou, avec sa cigarette, dans le manteau d'un monsieur qui déclarait aimer la peinture de Paul Chabas.

Germain Laugier s'étonnait de s'amuser encore au souvenir de ces farces médiocres. Il eût aimé retrouver d'autres noms, d'autres lieux, d'autres visages. Mais il n'était resté que peu de temps à l'atelier du père Chappuis. Les correcteurs ne l'encourageaient pas à poursuivre ses études. On jugeait son dessin mou, sa peinture pâteuse et grise. Seul Bourdieu lui commandait de persévérer et de croire. Mais Bourdieu était un sculpteur. « Il ne voit pas la couleur. Il pense en volumes. » Enfin, les poupées de Mme Laugier se vendaient mal. Elle ne se plaignait jamais devant son fils. Pourtant, il devinait sa détresse et souffrait de ne pouvoir la soulager en rien. Le peu d'argent qu'il gagnait à copier des adresses ou à porter des colis pour une librairie, il le dépensait avec Édith. Édith! Sans elle, il eût été un autre homme, un artiste. Comme elle lui avait fait du mal avec sa beauté, sa douceur, sa faiblesse! Il murmura :

– Édith.

Ses lèvres avaient oublié la forme de ce nom.

– Édith.

Leur aventure avait été bien banale, en somme. La Sorbonne, les Tuileries, des baisers furtifs dans les cinémas. Et, cependant, de tout cela il avait gardé une nostalgie secrète. Il l'avait rencontrée à la Sorbonne, un jour qu'il s'était fourvoyé dans une salle de conférences publiques pour entendre le vieux Gründ disserter sur la physiologie de l'art. Assis à côté d'elle, il s'amusait à tracer des caricatures de Gründ avec son nez de tapir et ses babines rétractiles. Édith prenait des notes avec gravité. Elle ne tournait pas la tête vers son voisin. Les lèvres serrées, la main fébrile, elle piquait au vol les moindres mots de l'orateur. Au bout d'une demi-heure, pourtant, elle s'était redressée et avait pouffé de rire en apercevant les croquis. Encouragé, radieux, Germain

Laugier multipliait les esquisses, transformait Gründ en fourmilier, en rhinocéros, en cavale sauvage. Vers la fin du cours, Édith n'écrivait plus, mais, penchée vers Germain Laugier, suivait les jeux de son crayon rapide sur les pages d'un calepin. Ils étaient sortis ensemble. Ils se revirent le lendemain. Germain Laugier était devenu un auditeur assidu de M. Gründ. Les deux jeunes gens s'installaient au dernier rang de l'amphithéâtre et bavardaient à mi-voix, tandis que Gründ, la crinière au vent, la face disloquée, criait vers le plafond son amour de l'art et sa haine des contingences politiques et commerciales. Édith était la fille d'un directeur à la préfecture de la Seine. Ses parents tentaient d'occuper ses loisirs en l'envoyant à la Sorbonne, aux cours du Louvre, dans des écoles d'art ménager et de couture. Laugier n'avait aucune expérience des jeunes filles. Il connaissait les garces interchangeables de Montparnasse, les modèles, des camarades peu farouches. Édith l'intimidait un peu. Et lui intimidait beaucoup Édith. Ne lui avait-elle pas dit qu'il lui faisait peur, avec sa figure maigre, mal rasée, ses doigts tachés de peinture et ses longs rires insolents? Bientôt, Édith abandonna ses cours à la Sorbonne et Laugier négligea quelques séances de l'atelier Chappuis : les leçons d'anatomie seulement, parce qu'il les jugeait inutiles : on peint ce qu'on voit d'un corps et non ce qu'on sait de lui. Le massier lui reprocha ses absences. Il lui répondit qu'il était assez grand pour choisir l'enseignement qui lui convenait. Alors commença pour les deux jeunes gens une existence que Germain Laugier ne pouvait plus évoquer sans tendresse. Couché auprès d'Alice, dans cette chambre noire, au creux de cette douce maison, il poursuivait en esprit les aventures inquiètes de son adolescence. Jamais encore, il n'avait réfléchi à sa jeunesse avec une telle application. De toutes ses forces, il essayait de repêcher, de tirer à lui, sur la rive, une image de cette jeune fille qu'il avait aimée. Mais le visage d'Édith ondulait, fuyait, comme noyé dans une eau profonde. Ses yeux étaient-ils verts ou gris? Ses cheveux étaient-ils coupés court? Non, les femmes ne portaient pas encore les cheveux courts à cette époque. La mode des cheveux courts était venue plus tard, en 1924 ou 1925. Donc, elle avait les cheveux longs, roulés en chignon sur la nuque. Et quelle était la forme de son sourire? Quel parfum montait de sa chair? Scrupuleusement, Germain Laugier tentait de renouer dans son esprit des couleurs, des lignes, des odeurs anciennes. Il construisait une Édith dont le moindre geste déchirait en deux la silhouette. Grande, chancelante, mince, le visage un peu bas, les yeux tirés vers les tempes et pleins d'une lumière marine, les cheveux blonds. C'était ses cheveux blonds qui l'avaient séduit d'abord et la pâleur chaude et lisse de sa peau. Et sa voix aussi, enrouée de tendresse. Il l'entendait encore murmurer à son oreille :

– Il vaudrait mieux ne plus nous revoir, Djéry... J'ai peur de nous... J'ai peur de moi...

Elle n'aimait pas le prénom de Germain. (Dans sa lettre, après quinze ans d'absence, elle l'appelait encore Djéry.) Comme Germain Laugier n'avait pas toujours assez d'argent pour payer deux consommations, ils se voyaient au Luxembourg, aux Tuileries. Lorsqu'il faisait beau, ils se promenaient côte à côte dans les jardins et des gosses hurleurs poussaient des cerceaux dans leurs jambes. Ou bien, ils s'installaient sur quelque banc de pierre, derrière une grande statue blanche et nue, tavelée de fiente par les pigeons insolents. Et ils restaient là, indifférents aux allées et venues des nurses empesées, des petits vieux fureteurs et des gardiens de square débonnaires et moustachus. À la tombée du soir, il lui touchait la main et se rapprochait d'elle. Mais il n'osait pas l'embrasser encore. Simplement, il lui parlait avec plus de hardiesse. Il lui disait son travail, ses doutes, sa pauvreté, son espoir. Il se sentait exceptionnel, parce qu'elle le regardait avec admiration. Quand il gagna un peu d'argent, grâce aux copies d'adresses, il l'emmena au cinéma. La loge obscure fleurait l'alcool de menthe et la poussière. L'orchestre commentait en sourdine les aveux d'un cow-boy à une orpheline flexible et bien coiffée. Dans les loges voisines, on entendait des soupirs, des paroles, et parfois quelque rire nerveux, étouffé sous le poids d'un baiser. Édith ne regardait pas l'écran. Ses yeux obliques et luisants étaient tournés vers un autre visage, vers une autre aventure. Elle attendait, frémissante, impatiente, vaincue. Germain Laugier avait été surpris d'abord par cette soumission impudique chez une jeune fille. L'aimait-elle donc si fort, l'avait-il donc si bien ensorcelée? Il ne douta plus de l'ascendant qu'il avait pris sur elle, lorsqu'elle accepta de le suivre chez son ami Bourdieu, puis à l'hôtel du *Royal Artois.*

Au *Royal Artois,* on avait le droit de faire l'amour de trois heures à sept heures. À sept heures, les clients s'en allaient par couples, et Édith remontait le col de son manteau pour passer devant la concierge. Germain Laugier la raccompagnait jusqu'au métro. Ils s'arrêtaient pour lorgner les vitrines des antiquaires. Plus tard, quand ils se marieraient, ils achèteraient ce grand bahut sculpté, cette table trapue et vieille. Mais il fallait attendre qu'Édith eût atteint sa majorité, car ses parents ne consentiraient jamais à ce qu'elle épousât un artiste privé de ressources, de relations et d'espérances monnayables. Trois ans de patience. En fait, la question fut réglée au bout de quelques mois. Les parents d'Édith apprirent, par un ami charitable, que leur fille avait été remarquée sortant d'un hôtel, au bras d'un garçon mal vêtu. Il y eut à la maison des scènes tonnantes. On convoqua un abbé. On parla de « dépravation », d'amoralité, d'hystérie, de cure, de retour à Dieu et de départ pour la Grèce. Et, un beau jour, Germain Laugier reçut une lettre d'Édith, lui annonçant qu'elle ne voulait plus le revoir, bien qu'elle l'aimât encore, et qu'elle quittait Paris, selon le vœu de ses parents à qui elle avait causé tant de chagrin.

Germain Laugier ne fut pas aussi meurtri qu'il le redoutait par cette trahison. Le lendemain du jour où il avait reçu la lettre de rupture, un deuil plus grave accaparait toute sa souffrance. Sa mère était morte. Un arrêt au cœur. En rentrant de l'atelier, il l'avait trouvée, la figure couchée sur la table, les bras étendus, une paire de ciseaux au bout de ses doigts raidis. Il n'aimait pas le souvenir de ces heures horribles. Elles lui revenaient dans un éclairage funèbre de châtiment. Comme si la pauvre femme avait expiré par sa faute. Autour du cadavre, toute la nuit, la ménagerie puérile avait monté la garde. Germain Laugier n'avait pas voulu, comme on le lui conseillait, ranger les jouets dans une armoire. Ils étaient restés là, sur leurs étagères, hiératiques, absurdes, précieux. Juste au-dessus de la morte, un petit ours en peluche rose faisait mine de taper sur un tambourin. Écœuré, épuisé, Germain Laugier veillait, toutes fenêtres closes, sur cette forme immobile qui ne lui était plus rien. À minuit, une voisine lui offrit de le relayer. Il la renvoya rudement. Il détestait le monde entier, ses anciens amis, ses professeurs, Édith, la misère. Sa mère était morte au travail, Édith l'avait lâché pour complaire à ses parents, les professeurs le dissuadaient de poursuivre ses études. Il était pauvre. Il était las. Il ne savait comment payer l'enterrement, comment vivre... Il pensa se tuer, se jeter par la fenêtre, s'ouvrir les veines avec des ciseaux. Il cria tout seul devant cette femme muette et solennelle. Puis, il lui demanda pardon, il baisa la chair froide et sèche de ses mains. Les doigts blancs gardaient encore la trace des piqûres d'aiguille.

Bourdieu vint à l'église pour la cérémonie funèbre, et Laugier écouta ses condoléances avec mépris. Sa décision était prise. Rompre avec le passé. Répudier ce monde où il n'avait que faire. Chasser le souvenir même de ces gens qui lui portaient malheur. Lui, un artiste?

Allons donc! On lui avait bien dit qu'il était incapable de camper une figure! Que faisait-il donc à l'atelier? Pourquoi ne cherchait-il pas ailleurs un travail lucratif, absorbant, idiot? Il pouvait réussir dans l'industrie, dans le commerce, dans la publicité... D'anciens amis de son père le recommandèrent à M. Dupouy de Signac. Il obtint aux chaussures Bosco un poste misérable. Mais, très vite, il étonna les chefs par son application. Distant, grave, méticuleux, il arrivait à l'heure, travaillait tard et refusait les congés. En quelques années, il devint un personnage indispensable dans les bureaux de la direction. À une fête commémorative de l'affaire, il rencontra Alice. Elle était la fille d'un membre influent du conseil d'administration. S'il l'épousait, sa carrière était assurée. Il l'épousa. Et jamais il ne regretta ce sacrifice concédé à l'ambition. Édith pouvait écrire, Édith pouvait revenir, avec ses cheveux blonds, ses yeux verts, sa voix profonde, il ne bougerait pas. Elle n'aurait qu'à chercher ailleurs. Il y avait Bourdieu, par exemple. Pourquoi pas? Elle l'avait connu autrefois. Il lui plaisait.

Germain Laugier remua les lèvres avec dégoût :

– La paix, la paix...

Puis il respira deux ou trois fois à larges intervalles. Il se sentait mieux à présent. Il avait expulsé le venin qui l'empêchait de dormir. D'un geste brusque, il glissa la lettre sous l'oreiller. De nouveau, les carillons tintèrent. La maison le rappelait à l'ordre. Des pas craquèrent à l'étage supérieur. Les bonnes n'étaient donc pas couchées? Alice allongea ses jambes, frôla de son pied nu et chaud la cheville de Germain Laugier. Il frémit. Malgré lui, il pensait à d'autres caresses, à une autre chambre. Il se rapprocha de sa femme. Tout endormie encore, elle murmurait :

– Hein? Quoi... que veux-tu?...

Comme il ne répondait pas, elle comprit ce qu'il attendait d'elle. Molle, docile, heureuse, elle rejeta les couvertures. Elle dit :

– Je vais allumer la petite lampe.
Il murmura :
– Non. Laisse. Restons dans le noir.

La chambre de bonne, mansardée et basse de plafond, semblait taillée de guingois dans du carton rose. Le papier des tentures était rose avec un semis de pâquerettes blanches. Aux murs étaient épinglées des photos d'artistes de cinéma couronnées de fleurs en étoffe. Des bouquins dépareillés s'empilaient dans un coin de la pièce. Marie, assise sur son lit, faisait la lecture. Hortense, la cuisinière, l'écoutait et hochait la tête aux passages suggestifs :

– Où vont-ils chercher ça, je vous le demande? Toujours à se tuer et à s'aimer. Ils ne mangent donc jamais ces gens-là?

– Ils le font sans s'en rendre compte, dit Marie en refermant son livre. Moi, le manger, ça m'écœure.

Hortense soupira. Elle avait enfilé un peignoir cachou sur son corps massif. Ses gros pieds pleins de veines déformaient ses pantoufles. Elle les regarda.

– À ton âge..., commença-t-elle.

– À mon âge, tu étais comme maintenant. Chacun sa nature.

Marie se souvint d'une phrase qu'elle avait lue quelques jours plus tôt :

– Je suis faite pour des entreprises exaltantes, reprit-elle.

– Oui, dit Hortense à tout hasard. On prend ce qui vient et on laisse le reste.

Marie se mit à rire. Elle avait des dents petites et jaunes.

– Il était devant la maison, à midi, dit-elle. Tu l'as vu?

– Si c'est pas dégoûtant! gronda Hortense. Un propreà-rien! Il tire sur sa cigarette. Il fait les cent pas. Et puis quoi? Ah! misère. S'il tenait tant à toi, il n'avait qu'à ne pas te plaquer, il y a deux ans!

Marie baissa les paupières, gonfla les narines :

– Il croyait s'arranger. Mais il ne peut plus se passer de moi. Ça le tient.

Elle répéta : « Ça le tient », et clappa de la langue.

– Et toi? Ça te tient? demanda Hortense.

– Non.

– Pourquoi le laisses-tu attendre?

– Comme ça!

– Tu n'as pas peur qu'il fasse un mauvais coup?

– Si.

Marie frissonna des épaules et récita très vite :

– Il me tuera... Comme dans les livres... *Leur passion était telle... Une mort plus douce que l'amour...* Je suis sûre qu'il me tuera. Ce sera beau. On en parlera dans les journaux. Tu liras... en gros caractères...

– La voilà qui se dévisse!...

Marie avait le feu aux joues. Ses yeux brillaient. Elle se leva, écarta le rideau de la fenêtre :

– Il n'est pas là, dit-elle d'un air déçu. Peut-être qu'il ne reviendra plus.

– Tant mieux. Un sale type, grognait Hortense. En béret basque. Et il sent le crottin. J'ai passé devant lui, l'autre jour. Eh bien! il sent le crottin.

– Qu'est-ce que ça fait?

– Quand tu coucheras avec lui...

– Je ne coucherai plus avec lui.

– Ah! non?

– Et c'est pour ça qu'il me tuera.

– Moi, je dis tout à Madame! s'écria Hortense.

Il y eut un silence. Marie essuya ses yeux avec le revers de la main. Puis, elle chuchota :

– Il est méchant. Il est sournois. Tous, ils ont peur de lui. C'est bon.

– Je m'en vais dans ma chambre.

– Non, reste. On va lire encore. Où était-ce? Ah! oui, quand elle lui dit tout et qu'il touche le fond de son amertume atroce. Tu écoutes? C'est le plus beau qui vient.

Hortense ramena sur ses genoux les pans de son peignoir cachou et serra les sourcils avec attention.

La chatte Poucette s'était traînée jusqu'à la cave et s'était allongée tout contre la chaudière. Elle avait arrangé là son nid de torchons, de paille et de poils. Vers les cinq heures du matin, elle mit bas une portée de trois chatons jaunes. Puis elle fit leur toilette à grands coups de langue et s'étendit, exténuée, les yeux mi-clos. Les petits grouillaient contre son ventre. La chaudière ronflait régulièrement. La maison était bonne. On pouvait dormir.

2

MALGRÉ sa longue insomnie, Germain Laugier fut sur pied à sept heures et demie du matin, comme d'habitude. Il se sentait dispos et vaillant. En se rasant devant la glace de la salle de bains, il se trouva même un air de jeunesse. Le savon, fauché par une lame sûre, découvrait tranche par tranche son grand visage frais, au menton nourri, aux lèvres rouges. Alice sommeillait encore dans le lit tiède. Elle descendrait pour le voir prendre son petit déjeuner et lui nouer son écharpe avant le départ. Il cria :

– Alice. Premier avertissement. Je serai prêt dans dix minutes.

Elle ne répondit pas. Alors, il enfila son sous-vêtement tricoté, sa chemise, ses pantalons et poussa la porte de la chambre. Alice ne dormait pas. Elle était assise dans les couvertures et lisait une lettre. Elle leva vers lui un visage pitoyable.

– Germain, dit-elle. Je ne comprends pas... J'ai trouvé ça...

– Et alors? dit-il avec humeur.

Il reconnaissait la lettre d'Édith. Cette lettre, il l'avait cachée avec l'idée de la relire et de la déchirer avant son départ. Pouvait-il prévoir que sa femme se réveillerait si tôt, glisserait la main sous l'oreiller, découvrirait les feuillets, n'hésiterait pas à les parcourir? Tout cela n'était guère dans les habitudes d'Alice. Maintenant, il faudrait supporter ses questions, s'expliquer, s'excuser peut-être. C'était absurde. Alice replia les pages avec précaution.

– Qui est cette femme? dit-elle d'une voix neutre.

– Tu n'as pas à le savoir. Et tu n'as pas à fouiller dans ma correspondance.

– Je ne pensais pas que la lettre t'était adressée.

– Ah! non?

– Elle t'appelle Djéry.

Une bouffée de chaleur enflamma les joues de Germain Laugier :

– Eh bien! quoi?

– Tu t'appelles Germain.

– Autrefois, on m'appelait Djéry.

– On?... C'est-à-dire elle?

– Oui.

– Moi, je t'appelle Germain, dit-elle tristement.

Des larmes brillaient dans ses yeux.

– C'est hier que tu as reçu la lettre? reprit-elle.

– Oui.

– Et tu comptes répondre?

Il voulait dire : « Non. » Mais une brusque colère le prit contre cette petite femme punie et jalouse. Il regarda méchamment la figure d'Alice défaite par la nuit, ses cheveux ébouriffés, ses épaules étroites. Et il grommela :

– Je n'en sais rien encore.

Elle eut un soupir blessé :

– Ah!... oui... Bien sûr, depuis que tu y penses... Elle dit quinze ans, dans sa lettre. C'est vrai? Pourquoi ne m'as-tu jamais parlé d'elle?

Il tapa un grand coup de poing sur le marbre de la commode :

– Ma parole, on dirait que tu me reproches d'avoir eu des maîtresses avant de te connaître!

Elle sursauta :

– Je ne te reproche rien. Je sais que les hommes sont tous comme ça...

– Il faut en prendre ton parti.

– Seulement, il est rare qu'une maîtresse écrive à son amant après quinze ans de silence.

– Qu'est-ce que ça prouve?

– Qu'elle l'a beaucoup aimé. Cette femme t'a beaucoup aimé, Germain.

– Tu le lui demanderas si ça t'intéresse.

– Je n'ai pas à le lui demander. Je n'ai qu'à lire sa lettre.

– Une hystérique!

– Moi, je trouve qu'elle est très touchante sa lettre.

– Eh bien! garde-la!

Il prit un faux col dur dans le tiroir, haussa le menton, chercha d'un doigt nerveux les boutonnières amidonnées. Alice s'était assise au bord du lit. Germain Laugier fut étonné par l'expression de déférence particulière que révélait son visage. Alice le scrutait avec une curiosité intense, comme s'il eût été un étranger. Bien sûr, elle se sentait flattée et inquiète devant cet être dont elle croyait tout savoir et derrière lequel se levait un nouveau mystère :

– Comment était-elle, cette Édith?

Germain Laugier se mit à rire d'une belle voix grave. Comprenant son nouveau prestige, il ne voulut pas renoncer au plaisir de taquiner sa femme :

– Une fille splendide, lumineuse. Une blonde ardente aux yeux verts. On ne comptait plus les cadavres dans son sillage. Et, quand elle passait dans la rue, les mères rappelaient leurs petits garçons contre leurs jupes.

Alice fronça les sourcils et devint laide, attentive :

– Je parle sérieusement. Elle était belle, n'est-ce pas?

– Je le crois.

– Pourquoi l'as-tu quittée?

– Par... par lassitude... l'accoutumance... tu comprends... des tas d'embarras.

Germain Laugier se surprit à fuir un aveu pénible pour sa vanité; il lui en coûtait de dire que l'initiative de la rupture appartenait à Édith. Il tenait à jouer le beau rôle. Même devant Alice.

– Ça s'est trouvé comme ça, grogna-t-il.

Et il ajouta aussitôt :

– Rassure-toi. Elle s'est vite consolée. Moi aussi, d'ailleurs. Veux-tu quelques précisions sur mes autres maîtresses?

– Tu en as eu d'autres?

Il n'avait pas eu de liaisons sérieuses depuis le départ d'Édith, mais il dit avec aplomb :

– Bien sûr.

– On croit tout savoir d'un homme, murmura-t-elle, troublée.

– Et on ne sait rien, dit-il. N'est-ce pas mieux ainsi? Viens nouer ma cravate.

Alice mordillait sa lèvre, ravalait de petites larmes faciles. Sa chemise de nuit rose, à manches longues, était froissée autour des reins. Un Rimmel timide avait coulé autour de ses paupières. Elle se leva, s'approcha de son mari et, dressée sur la pointe des pieds, s'appliqua gravement à nouer, à établir la cravate. Germain Laugier en profita pour reprendre la lettre et la glisser dans la poche de son veston.

– Tu dramatises tout, dit-il. On voit bien que je t'ai habituée à une vie calme, confortable, raisonnable...

Elle soupira :

– Oh! je ne me plains pas. De quoi me plaindrais-je, puisque c'était avant? Mais, si tu jugeais utile de la revoir, Germain, il faudrait me prévenir d'abord... Lève un peu le menton. Il faudrait me prévenir... Parce que cela changerait tout... Voilà... c'est fait.

D'une main pesante, il caressa les cheveux de sa femme. Il l'avait toujours considérée comme une ombre portée de lui-même, et voici qu'elle réfléchissait, prononçait des phrases touchantes et révélait une vie intérieure dont il ne savait rien. Fallait-il s'en réjouir ou s'en inquiéter? Alice baissait la tête. Au-dessus d'elle, elle entendit la voix de son mari :

– Que d'histoires! Ah! là, là! Quand on pense!... Mais je n'ai aucune envie de te tromper, mon pauvre petit! Aucune envie! D'ailleurs, tu le sais bien! Non?

Sans répondre, elle saisit la main de Germain Laugier et l'appuya contre sa joue, contre ses lèvres. C'était une grande main d'homme, lourde, blanche, un peu velue. Alice respirait au creux de la paume, sur le poignet, une fraîche odeur de peau lavée et de tabac. Et cette odeur soulevait en elle des désirs de servitude et de confiance, un étrange besoin de dévouement et de souffrance amoureuse. Elle chuchota :

– Cette nuit... C'était bon...

Il feignit une ignorance goguenarde :

– Cette nuit?

Elle rougit et le poussa par les épaules :

– Va-t'en!... Va-t'en prendre ton café! Monsieur le don Juan!... Monsieur qui reçoit des lettres!... Va-t'en! Je ne veux plus te voir! Je passe un peignoir et je descends!...

Assise devant lui, dans la salle à manger fraîchement aérée, elle lui versa le café, lui beurra les tartines qu'il engouffrait l'une après l'autre et mâchait vigoureusement. La femme de chambre entra pour annoncer que Poucette avait eu trois petits. Germain Laugier résolut de n'en garder aucun. Tandis qu'il parlait à Marie, il crut remarquer qu'elle le dévisageait avec une expression peureuse et admirative. Elle était mieux coiffée que la veille. N'avait-elle pas un peu maquillé ses lèvres?

– Vous offrirez les petits chats autour de vous, aux voisins, aux commerçants, dit-il.

– Et si personne n'en veut? dit Marie.

– Eh bien! il faudra vous en débarrasser quand même.

– Quelle horreur! s'écria Alice.

La bonne frotta ses yeux avec le pan de son tablier.

Germain Laugier haussa les épaules : « Toutes des folles! » Puis il consulta le baromètre pour savoir s'il prendrait ou non son parapluie. Le baromètre était au beau fixe.

Dès son arrivée au bureau, Germain Laugier se fit présenter la liste des retardataires. Il y en avait une seule : une dactylo. Bien qu'il existât, aux chaussures Bosco, un chef du personnel doté de pouvoirs étendus, Germain Laugier tenait à réprimander lui-même les employés fautifs. Il estimait qu'en matière de discipline la semonce ne venait jamais d'assez haut. Ayant convoqué la coupable, il écouta ses excuses, tout en feignant de lire le courrier. Il annotait les lettres au crayon rouge : « oui », « non », « demander référence », « voyez chiffre d'affaires ». Devant lui, la dactylo débitait, tête basse, une histoire compliquée de biberon mal digéré, de belle-mère souffrante et d'autobus en panne. Elle savait que Germain Laugier professait un mépris glacé pour les contingences familiales. Le personnel n'était pour lui qu'une masse anonyme au rendement calculé et aux défaillances contrôlables. Tout manquement à l'ordre lui semblait une injure dirigée contre son autorité. Il dit en levant les yeux sur la dactylo :

– En somme, vous avez fait passer vos intérêts privés avant ceux du service. Et cela vous a paru normal!

– Mais non, monsieur le directeur. Je vous ai dit... le bébé, n'est-ce pas?...

Cette jeune femme travaillait au bureau depuis des années, mais Germain Laugier avait l'impression de l'apercevoir pour la première fois. Il n'avait jamais encore regardé son visage. Un visage fatigué, aux pommettes brûlantes, aux lèvres pâles. Elle portait une jupe bleue plissée et un chandail de laine grège. De petites gouttes de sueur perlaient au bout de son nez. Visiblement, elle était très émue d'avoir à se disculper devant son directeur. Et Germain Laugier n'était pas insensible aux signes féminins de ce désarroi. Il aimait qu'on l'enviât, qu'on le redoutât, qu'on espérât un peu sa clémence. D'un doigt négligent, il feuilleta le dossier du personnel.

« Geneviève Puteaux. Vingt-neuf ans, 14, rue des Dames. Appréciations... » Que savait-il de cette Geneviève Puteaux, depuis si longtemps à son service? Son nom. Son âge. Son adresse. Ses diplômes. Mais les ennuis personnels de la jeune femme? Mais ses rapports avec le mari, les enfants? Mais l'ameublement de son logis, mais sa pensée intime, mais son âme? L'âme de Geneviève Puteaux! Cela semblait une plaisanterie. Germain Laugier se troubla.

– C'est votre deuxième retard dans l'année, dit-il rudement.

– Mon petit est malade.

Alors, il s'entendit prononcer ces paroles inouïes :

– Quel âge a-t-il?

Elle en fut aussi étonnée que lui. Elle battit des paupières. Il crut qu'elle allait pleurer.

– Neuf mois, dit-elle.

– C'est bon. Pour cette fois encore, je fermerai les yeux.

Sa mansuétude lui dilatait le cœur. Il était content et gêné à la fois. La dactylo balbutiait :

– Monsieur le directeur... Je vous remercie... Monsieur le directeur...

Il la congédia d'un geste impérial de la main. Puis, il pressa sur un timbre et convoqua sa secrétaire personnelle. Elle entra aussitôt, vive et ronde, le nez en l'air, le sourire affable. Elle tenait un bloc à la main. Germain Laugier dicta quelques lettres en se promenant d'un bout à l'autre du bureau. Les phrases s'ordonnaient mal. La secrétaire suçait la pointe de son crayon. Elle portait une broche en métal doré à son corsage. La vue de cette broche agaçait Germain Laugier. Il ne pensait plus qu'à elle. Il voulut prier la jeune femme de la retirer. Puis, il eut honte de sa bizarrerie.

– Relisez, dit-il.

Elle relut le texte d'une voix monotone. Germain Laugier jugea cette prose vulgaire. Mais il était incapable, aujourd'hui, de défendre passionnément la cause des chaussures Bosco. Il dit :

– Tapez-moi ça tel quel. Vous corrigerez les répétitions, bien entendu.

Après la secrétaire, ce fut le fondé de pouvoir, le famélique et noir Seuriet, qui pénétra dans la pièce. Il portait des dossiers sous le bras.

– Limoges a dû ralentir encore sa production, dit-il. Les ouvriers veulent être augmentés. Ils sont les seuls du département à...

– Vous avez le rapport?

– Voilà...

Germain Laugier feuilleta un paquet de pages dactylographiées. L'impression était grise. On avait du mal à identifier les chiffres :

– C'est un 3 ou un 5?

– Un 4, il me semble.

– Qui est-ce qui a tapé cette ordure?

– Mme Puteaux.

– Pouvait pas changer son ruban? Et en retard ce matin, par-dessus le marché! Je n'aime pas les employés amateurs! Nous ne sommes pas une entreprise de bienfaisance, hein? Faites-la venir.

Comme il prononçait ces paroles, il se rappela le visage défraîchi de Geneviève Puteaux, les petites gouttes de sueur sur son nez, son odeur de brune.

– Non... Ce n'est pas la peine, dit-il. Nous perdrions notre temps.

Un froid soleil d'hiver dorait les vitres de la pièce. Des moineaux piaillaient au bord de la fenêtre. De l'autre côté de la cour, s'élevait la masse compacte et grise d'un immeuble commercial. La façade était trouée de baies rectangulaires et limpides. Derrière, s'alignaient des rangées de bureaux en bois blond. Bien qu'il fît jour, des ampoules électriques brûlaient dans les salles. Germain Laugier s'approcha de la fenêtre et regarda un instant cette ruche prise sous verre, avec ses alvéoles innombrables, ses employés vissés à leur chaise, réduits à leur stricte fonction : dos ronds, figures pâles, registres, crépitement des machines à écrire, fumée. Une douce mélancolie l'envahit, tandis qu'il contemplait le spectacle familier de la maison et de la cour pavée et sombre. Il revint au dossier. Seuriet roulait une cigarette entre ses doigts roussis. Pourquoi n'achetait-il pas des cigarettes toutes roulées?

– Alors? demanda Seuriet. À mon avis, nous sommes en présence d'un chantage à la grève. Mais ils ne feront pas la grève. Ils n'en ont aucune envie... Il faudrait voir sur place...

Germain Laugier l'écoutait avec irritation. Tout autre jour, il eût goûté une volupté virile en face du danger. Nul plus que lui n'aimait les décisions audacieuses, les épreuves de force, le combat. Mais, ce matin, il n'avait pas envie de combattre. Il dit :

– Laissons-les mijoter dans leur jus, hein? Rien ne presse. J'aviserai demain...

Seuriet fit une moue vexée, alluma sa cigarette :

– Comme vous voudrez...

– Je sais ce que je fais, Seuriet. J'ai réfléchi à la question. Pour le succès de mon plan, il importe que ces bougres-là s'enferrent un peu plus, qu'ils se fixent dans une attitude, vous comprenez?

– Oui! oui! dit Seuriet à demi convaincu. Je dois vous signaler aussi que la turbine de Limoges...

– Plus tard, dit Laugier.

Il avait hâte d'être seul. Seuriet sortit, environné d'un nuage de fumée. Laugier écarta de la main les papiers qui encombraient sa table, consulta les fiches des visiteurs : Souillac, Meyer, Burtin. À la seule vue de ces noms, Germain Laugier pouvait évoquer la tête et les propos de leurs propriétaires. Il savait déjà ce que ces gens lui demanderaient, et ce qu'il leur répondrait, et comment il les reconduirait jusqu'à la porte. Rien d'imprévu ne devait surgir dans son bureau, dans sa vie. Une tristesse suspecte lui vint de cette connaissance. Brusquement, il éprouva le besoin de contempler d'autres visages, d'autres paysages, de changer d'air. Il faisait si beau. La brume s'était dissipée. Entre les toits des maisons, rayonnait un coin de ciel bleu et froid. Germain Laugier sonna sa secrétaire :

– Vous dirigerez les visiteurs sur M. Seuriet.

Puis il enfila son pardessus, coiffa son chapeau et se rua dans le couloir vide. Autour de lui, dans les turnes vitrées, les machines à écrire s'emballaient par rafales. Cette activité bourdonnante, qui le grisait jadis, lui parut tout à coup insupportable. Il était mitraillé, pourchassé, honni. Des faces curieuses se levaient à son passage. Un garçon de bureau se précipita pour lui ouvrir la porte. Dans l'escalier, Germain Laugier croisa deux clients grossistes qu'il feignit de ne pas reconnaître.

Il fut tout surpris de se retrouver dans la rue, tandis que, là-haut, le travail continuait sans lui. Cette escapade lui semblait absurde et charmante. Il ne savait que faire, où aller. Il était libre. Il humait le vent avec délices. Des inconnus le bousculèrent, et il jugea leurs visages aimables. Conduit par le flot des passants, il descendit la rue du Louvre, examina les vitrines d'un grand magasin, pleines d'étoffes phosphorescentes comme des jets d'eau et de femmes de cire aux sourires morts. Un troupeau d'autobus, vert et jaune, bloquait la petite place devant l'église Saint-Germain-l'Auxerrois. Des chauffeurs battaient la semelle autour d'un brasero. Dans les rigoles, le long des trottoirs, demeurait une glace mince, friable. L'air sentait la fumée, le gel. Quelques pigeons tournaient au-dessus des toits gris. Germain

Laugier pressa le pas, longea les grilles du Louvre et s'engagea sur le pont des Arts. Mais, sur la passerelle, il s'arrêta, engourdi d'un plaisir soudain. Suspendu au-dessus du fleuve, il regardait s'écouler cette eau grise, aux remous profonds, à la vitesse sûre. Les maisons riveraines étaient bâties en brume laiteuse, en poussière de craie, en vitres de mica. Les arbres des quais avaient des branches de vapeurs rousses. L'île de la Cité s'avançait au loin comme un grand navire fantôme à l'étrave de pierre. Sous les arches du Pont-Neuf, gîtaient des barques plates. Germain Laugier découvrit avec étonnement qu'il était fier de cette ville, comme s'il eût participé à sa création matinale. Non loin de lui, un rapin d'occasion peignait le pont du Carrousel à petites touches avares. Germain Laugier s'approcha de l'artiste. Le bonhomme portait un manteau élimé et des mitaines. Des feuilles de papier journal sortaient de ses chaussures déformées. Il avait enfilé sur sa tête un passe-montagne de laine verte. On n'apercevait du visage qu'un losange de chair d'où pointait le nez rubicond. Parfois, l'inconnu déposait les pinceaux et soufflait dans ses mains gelées. Puis, il se penchait sur la toile et, de nouveau, la surchargeait de virgules jaunes et roses. Son tableau était horrible à voir. Le pont du Carrousel flottait comme une saucisse blafarde au-dessus d'un fleuve de nacre.

– Faut en avoir envie, pour travailler sous zéro! dit le peintre, en se tournant vers Germain Laugier.

– Il y a longtemps que vous êtes là?

– Trois heures. Et je ne sens plus mes doigts. Mais ça avance. Ça vient. C'est l'eau qui me donne le plus de mal. Parce qu'elle bouge, forcément...

– Forcément, dit Laugier en réprimant un sourire.

L'homme se remit à salir sa toile. Il semblait heureux, content de lui. Il fredonnait du bout des lèvres. Germain Laugier éprouvait une tendresse bizarre envers cet inconnu, si dénué de talent et si ostensiblement satisfait de son œuvre. Il dit même :

– Fameux votre machin!

– N'est-ce pas? grogna le peintre. Je les attends de pied ferme.

– Qui?

– Les autres, quoi!

Des passants faisaient cercle autour d'eux et commentaient gravement le travail :

– C'est le Pont-Neuf?

– Mais non, il lui tourne le dos...

Que de fois Édith et Laugier s'étaient arrêtés, jadis, devant ces peintres besogneux! Ils se moquaient, sans ménagement, de leurs efforts. Le seul qui trouvât grâce devant eux était un mutilé qui dessinait avec des craies de couleur sur l'asphalte, et les passants jetaient des sous dans sa sébile.

– Il faudrait toujours dessiner ainsi, disait Laugier. L'art doit être une réussite instantanée et éphémère. On crée dans l'ivresse et on s'en va!

Comme il parlait bien de l'art, dans sa jeunesse, avec quelle ferveur, avec quelle éloquence! Il n'eût pas supposé, alors, qu'un jour viendrait où il se détournerait de cette grande passion. D'après sa lettre, Édith le croyait encore possédé par la fièvre des couleurs et des lignes. Elle serait déçue, certes, si elle le revoyait sous les traits d'un commerçant respectable. C'était comique!

Germain Laugier traversa le pont et suivit le quai Malaquais. Les pierres de ce quartier recelaient pour lui des souvenirs magiques. Il s'était promené avec Édith dans ces rues étroites, bordées d'antiquaires, de libraires et de marchands de tableaux. N'était-ce pas devant l'Institut qu'elle s'était trompée et l'avait tutoyé pour la première fois? Elle avait ri d'un air gêné, en secouant son front où frisaient de courtes boucles blondes. Que lui avait-il donc répondu à cette occasion? Il réfléchit avec force et s'irrita de ne pouvoir se rappeler ses paroles.

Peut-être s'en souvenait-elle encore? Les femmes ont une mémoire étonnante pour ce genre de propos.

Un vent aigre se leva, secoua des feuilles dans les boîtes des bouquinistes. À l'un de ces bouquinistes, autrefois, Germain Laugier avait vendu *La Légende des siècles* pour payer une chambre au *Royal Artois* (il lui manquait quelques francs). Édith se tenait loin de lui tandis qu'il marchandait avec le bonhomme. Germain Laugier était revenu vers elle en secouant des pièces dans le creux de sa main : « Je les ai!... On est sauvé!... » Mais elle avait les yeux pleins de larmes. Elle avait dit : « Jamais... jamais je n'oublierai cet instant... Comme tu as vendu tes livres pour moi... Si gaiement!... »

Germain Laugier s'avança vers les boîtes vertes bourrées de livres. Les boîtes n'avaient pas changé. Et les livres n'avaient pas changé. Et le vendeur lui-même, semblait-il, l'avait attendu là, pétrifié dans une éternelle jeunesse. Germain Laugier palpa quelques bouquins du bout de ses mains gantées. De ce cimetière feuillu, montait une odeur fade et puissante de pourriture.

– Vous n'avez pas *La Légende des siècles* dans l'édition Nelson? demanda Germain Laugier.

– Justement si, monsieur. Vous avez de la chance. Je vais vous la chercher. Elle est au bout de la rangée.

Germain Laugier imagina l'impression étrange qu'il éprouverait si, par miracle, après quinze ans de patience, il devenait son propre acheteur, si, sur la première page du volume, il lisait ces deux mots tracés avec son écriture, son encre, son souci d'autrefois : « Germain Laugier. » L'idée de cette rencontre, entre l'adolescent qu'il avait été et l'homme mûr qu'il croyait être, lui paraissait grisante. Il songeait à la joie que lui avait procurée la vente de ce livre, et à la mélancolie que lui procurerait son acquisition. Jadis, il y avait Édith, la hâte juvénile, l'espoir d'une entrevue amoureuse. Les quelques francs qu'il avait touchés représentaient des promesses de voluptés inestimables. L'argent qu'il verserait aujourd'hui ne signifierait rien pour lui, rien d'autre qu'un chiffre, qu'une valeur d'échange, qu'une convention. À quarante ans, il avait obtenu le droit de racheter par désœuvrement les livres qu'à vingt-cinq ans il avait vendus par amour. C'était ça la réussite d'un homme. C'était ça le but de toute une vie. Il soupira, rejoignit le bouquiniste qui fouillait dans sa boîte.

– Alors?

– Les voici, dit le marchand, et il lui tendit trois petits volumes reliés en toile blanche.

Germain Laugier ouvrit le premier tome d'une main tremblante et consulta la page de garde : « Gilbert Duclos, 1930. » Ce nom inconnu le décevait tout à coup.

– Vous les prenez?

Germain Laugier ne savait que faire de ces bouquins sans âme. Pourtant il murmura :

– Emballez-moi ça.

Et, pendant que le marchand remuait des papiers, tirait des ficelles, il feignit d'examiner quelques revues illustrées. Depuis longtemps déjà, Germain Laugier ne s'intéressait plus aux expositions, aux Salons, aux concours de toutes sortes. Comme un intoxiqué qui suivrait une cure, il s'était interdit l'usage des poisons. Il avait banni de la maison ses bouquins d'esthétique, ses pastels, ses boîtes de peinture et même ses dessins d'atelier. Sa vie était ailleurs. Son ambition était autre. Cependant, tandis qu'il feuilletait machinalement une gazette d'art, la photographie d'une statue arrêta ses yeux. Une grande femme de marbre blanc, la tête basse, les cheveux défaits, tenait entre ses mains une motte de terre. Au-dessous, cette inscription : « Projet de figure pour un monument aux morts, par Augustin Bourdieu. »

Germain Laugier eut un éblouissement. Il relut le nom. Une fois. Deux fois. Puis, sans réfléchir, il cria au vendeur :

– Mettez-moi ça dans le paquet.

– Faut prendre la collection complète.

– Eh bien! donnez la collection complète.

Une fièvre heureuse l'animait. Il pensait à Bourdieu, à leur jeunesse. L'idée folle lui vint de téléphoner à son camarade. Il paya le bouquiniste, glissa le paquet volumineux sous son bras et se dirigea vers un bistrot.

Dans la salle obscure, quelques consommateurs jouaient aux cartes. La cabine du téléphone était libre. Germain Laugier feuilleta un annuaire ventru et déchiqueté. Il marmonnait :

– Bour... Bour... Bourdieu... Ah! voilà...

Puis il forma le numéro, attendit. La sonnerie régulière lui trouait les oreilles. Son cœur battait vite et fort.

Soudain, une voix de femme répondit, très loin :

– Allô... Qui demandez-vous?

– M. Bourdieu.

– Il est absent. C'est de la part de qui?

– Je... Je retéléphonerai, dit Germain Laugier.

Et il raccrocha l'appareil. Il se sentait triste et soulagé. Son impulsion retombée, il jugeait sévèrement le désir qu'il avait eu d'entendre, de revoir Bourdieu. Il avait agi dans un moment d'exaltation. Il s'était sottement grisé de souvenirs. À quoi bon encombrer sa vie? N'était-il pas heureux sans l'amitié d'Augustin Bourdieu? Augustin Bourdieu lui avait-il tant manqué pendant ces années de travail et de mûrissement? Non. Alors, que signifiaient ce brusque emballement, ce coup de téléphone absurde?

Comme Germain Laugier quittait le bistrot, un garçon de café le rattrapa.

– Monsieur! Monsieur! Vous laissez votre colis!

Germain Laugier empoigna le paquet, grogna un remerciement hargneux. Il avait oublié ses acquisitions : *La Légende des siècles* et une revue d'art. Vraiment, il avait été victime d'une aberration. De quel air se présenterait-il à la maison? Comment expliquerait-il ces achats étranges?

Il héla un taxi, car il craignait d'être en retard pour le déjeuner.

Quand l'auto se fut arrêtée enfin devant le pavillon, Germain Laugier abandonna le paquet sur la banquette, paya le chauffeur et s'avança rapidement vers la grille.

– Monsieur! Monsieur, votre paquet! cria l'homme.

– Ah! oui, dit Laugier. Merci...

Et il donna au chauffeur un second pourboire.

Déjà, la femme de chambre accourait pour lui ouvrir la porte. Une idée traversa l'esprit de Germain Laugier. Il balançait le paquet à bout de bras. Sans regarder Marie, il dit brusquement :

– J'ai acheté quelques bouquins à un miséreux. Je ne sais qu'en faire... Si vous les voulez...

Le visage de Marie s'éclaira. Ses yeux brillaient d'une joie énigmatique :

– Oh! Monsieur... je vous remercie!... Avec plaisir!

Il fut fâché de cette reconnaissance excessive.

– C'est bon... C'est bon..., dit-il. On mange bientôt?

– Oui, monsieur.

– Le menu?

– Du ragoût de veau. L'ananas...

– C'est vrai, Madame me l'avait dit hier.

L'idée de manger ce ragoût de veau, cet ananas, dont il avait entendu parler la veille, lui parut déprimante. Il eut envie d'une petite surprise. Il dit :

– Vous ouvrirez une boîte de saumon pour les hors-d'œuvre... ou quelque chose comme ça... Histoire de changer un peu...

3

AUGUSTIN Bourdieu fit deux pas en arrière, pencha la tête, clignant un œil et grogna :

– Plus ça va, plus c'est mauvais.

Il disait toujours ça lorsqu'il était content de son travail. La peur des réussites faciles l'incitait à dénigrer ses œuvres tant qu'elles n'étaient pas achevées. Mais, tout en se calomniant, il songeait, secrètement, avec délices, à l'instant où il pourrait enfin reconnaître qu'il s'était trompé et que la statue était belle.

– De la saloperie! Encore beaucoup de boulot là-dessus, tu ne trouves pas?

Personne ne répondit. Augustin Bourdieu était seul dans son atelier. Le modèle venait de partir. Mais cela n'avait aucune importance. Chaque soir, après la séance de pose, Augustin Bourdieu discutait ainsi avec lui-même :

– Je sais, je sais, tu me diras que c'est un début. Mais même pour un début, mon garçon, c'est raté. Regarde-moi ce torse. Il n'est pas d'aplomb. Il fout le camp. Et la tête. Elle tient comment la tête?

Il s'approcha de la figure, promena une paume amoureuse le long du cou, sur les hanches grises et froides. La statue représentait une femme nue, debout, les bras pendants, la tête couchée sur l'épaule. Les formes s'éveillaient à peine dans la glaise.

– Là et là, ça commence à vivre!

Bourdieu se frotta les mains, roula une cigarette avec adresse. Ses doigts fatigués tremblaient un peu. Il éprouvait dans tout le corps une lassitude écœurante.

– C'est signe qu'on n'a pas perdu son temps!

Sur le poêle trapu, chauffé à rouge, bouillait une forte marmite de cuivre. Un tuyau noir coudé traversait la pièce et s'enfonçait dans les carreaux du toit. La clarté poussiéreuse du soir descendait du vitrage sur un peuple de plâtres, de marbres et de bronzes immobiles. Bourdieu tourna un commutateur, et deux lampes à contrepoids de faïence blanche s'allumèrent dans l'atelier. Aussitôt, chaque statue se doubla d'une ombre et changea d'expression.

Bourdieu souleva le couvercle du poêle et couvrit le feu avec de la cendre mouillée. Puis, il quitta ses sabots et s'assit sur une caisse pour se curer les ongles avec une allumette. Il fredonnait :

Qu'est-ce qui t'a fait ça, ma fille?
C'est un artilleur, maman...

Augustin Bourdieu était content. Cette après-midi même, il avait accepté une commande, et sa femme n'en savait rien encore. Rentré chez lui, il réclamerait du mousseux et annoncerait la nouvelle. Le mioche crierait de joie. Et la bourgeoise pleurerait un peu, en se tamponnant les yeux avec sa serviette. Elle pleurait toujours quand il obtenait une commande. C'était une personne bien.

Qu'est-ce qui t'a fait ça...

Augustin Bourdieu achevait de nettoyer ses ongles, lorsque deux grands coups ébranlèrent la porte d'entrée. Sans doute était-ce le peintre, son voisin d'atelier, qui rentrait saoul d'une virée en ville.

– Qui est là? cria Bourdieu.

Ne recevant pas de réponse, il se mit debout, écarta une vieille couverture de cheval qui servait de portière et tira le battant de bois plein.

Un homme pénétra dans l'atelier. La lumière des lampes l'éclairait d'aplomb. Il portait un chapeau noir à bords roulés, un manteau de lainage bleu marine, une canne. Il souriait. Augustin Bourdieu considéra le visiteur avec stupéfaction. Derrière ce corps massif, ce visage noble et empâté, un autre corps, un autre visage s'imposaient à lui. Il murmura :

– Germain Laugier!... Ça, par exemple!... Excuse-moi, j'ai mis un moment à te reconnaître. Mais ça y est. Entre donc. Débarrasse-toi. Assieds-toi...

Germain Laugier agita sa main gantée en signe de protestation.

– Je n'ai guère le temps, dit-il. D'ailleurs, tu dois te demander pourquoi je suis venu.

– Mais non. Je me demande surtout pourquoi tu n'es pas venu plus tôt.

– Trop long à t'expliquer.

Germain Laugier paraissait nerveux. Il avait gardé son chapeau sur la tête. Bourdieu lui trouva l'air terriblement grave et antipathique. Ce Laugier-là n'avait rien de commun avec le Laugier qu'il avait connu.

– Assieds-toi quand même, dit-il.

Et il avança vers lui un fauteuil en osier aux pattes tachées de barbotine. Laugier se laissa descendre majestueusement sur le siège et coucha la canne entre ses jambes. Il respirait difficilement.

– Tu as marché vite? demanda Bourdieu.

– J'étais en auto, dit Laugier.

– Oh! pardon!

Et Bourdieu poussa entre ses dents un petit sifflement

admiratif. Laugier haussa les épaules. Il avait le sentiment de s'être fourvoyé dans un monde qui n'était plus le sien. Que raconter à cet homme? Comment lui expliquer sa visite? Il dit :

– Figure-toi que, tout dernièrement, j'ai découvert la photo de tes œuvres dans je ne sais quel canard.

– Ah! oui?

– Alors, j'ai pensé que je pourrais t'être utile. J'ai des relations...

Bourdieu fronça les sourcils :

– J'ai pas besoin de relations, dit-il. Je fais du travail propre. On me connaît. L'État me passe des commandes...

– Bon... bon... dans ce cas...

– Je croyais que tu étais venu par amitié.

– Mais bien sûr.

– Et pas pour me rendre un service.

– L'un n'empêche pas l'autre.

– Si.

Laugier s'impatientait. Il lorgna sa montre.

– Je ne peux guère m'attarder, dit-il. Depuis longtemps, j'avais envie de te revoir, de bavarder avec toi... Je trouvais notre séparation absurde... J'ai profité d'un moment de loisir... J'ai cherché ton adresse...

Il éprouvait du mal à tutoyer Bourdieu. Et il lui était désagréable que Bourdieu le tutoyât. Personne autour de lui ne le tutoyait plus, sauf Alice. À présent, Bourdieu le dévisageait avec une expression de curiosité goguenarde. Germain Laugier était gêné en face de cet homme qui refaisait connaissance avec lui, qui le comparait à ses souvenirs, qui le jugeait, avidement, ostensiblement.

– Ça fait plaisir, ça fait plaisir quand même! répétait Bourdieu.

Puis il se tut. Et ils demeurèrent un long moment étrangers l'un à l'autre. Enfin, Bourdieu posa une main sur le genou de Germain Laugier et s'écria :

– Sacré farceur! Voilà trois semaines que j'essaye de te joindre!

– Pourquoi?

– J'ai reçu une lettre d'Édith... Tu sais bien, Édith, la petite blonde...

Germain Laugier perçut un léger choc au cœur. Pourquoi Édith avait-elle écrit à Bourdieu? Et comment osait-il la traiter de « petite blonde »? Cette expression de « petite blonde » l'agaçait tout à coup. Il dit :

– Qu'est-ce qu'elle te veut?

– À moi, rien... Elle me demandait ton adresse. J'ai cherché dans l'annuaire des téléphones. Et je n'ai pas trouvé.

– Je ne suis pas dans l'annuaire, dit Laugier, parce que je n'aime pas qu'on me dérange.

– Moi, je suis dans l'annuaire, dit Bourdieu d'un air coupable. Mais tu as peut-être raison. Il vaut mieux ne pas y être. Tant pis. Donc, n'ayant pas trouvé ta nouvelle adresse, je lui ai donné celle d'il y a quinze ans. Tu as reçu sa lettre?

Germain Laugier hésitait à répondre. Il lui répugnait de mêler Bourdieu à ses affaires sentimentales. D'autant que le gaillard traitait cette aventure avec une incroyable légèreté.

– Si tu n'as rien reçu encore, dit Bourdieu, je lui récrirai pour lui donner ta nouvelle adresse. Elle a l'air pressée...

– C'est inutile, dit Laugier d'une voix dure.

– Tu as tort. C'était une petite gosse gentille. Pas formidable, quoi, mais elle avait de beaux cheveux, un joli visage de chatte. Et amoureuse! Quel tempérament, hein? M'en as-tu assez parlé, à l'époque!

– Peut-être, dit Laugier, vexé, comme si Bourdieu eût porté atteinte à la dignité de ses souvenirs.

– Bon! Bon! Enfin, je t'ai prévenu. Tu feras ce que tu voudras. Mais moi, à ta place... Des petites comme ça... Tu sais... Au fait, tu es marié peut-être?

– Oui.
– Moi aussi, dit Bourdieu en faisant un grand sourire ahuri. Et heureux?
– Bien sûr.
– Comme moi. Et tu travailles?
– Évidemment.
– À quoi?
Germain Laugier allait dire : « Je suis directeur général des chaussures Bosco. » Mais, brusquement, ce titre lui parut absurde. Pour la première fois depuis des années, il craignait d'être ridicule en déclinant ses hautes qualités. Bourdieu était un artiste. Il ne saurait pas apprécier l'excellence de sa situation. Il se mettrait à rire peut-être. Et, cela, Germain Laugier ne le supporterait pas.
– Je suis directeur général dans une grosse entreprise, dit Germain Laugier avec suffisance. L'industrie de la chaussure. Quatre usines pour la France. Tu vois à peu près...
– Mazette! s'écria Bourdieu. Et comment s'appelle-t-elle, ta boîte?
– Le nom ne t'apprendrait rien.
– Dis toujours.
– Les chaussures Bosco, déclara Laugier avec mauvaise grâce.
– Quoi? glapit Bourdieu.
Et, levant la jambe droite, il fourrait sous le nez de Germain Laugier son pied chaussé d'un godillot informe :
– T'es mon fournisseur! T'es mon fournisseur!
– Je t'en prie, dit Germain Laugier.
– « Que demande le peuple? – Des chaussures Bosco. » C'est donc toi la chaussure Bosco? Eh bien! regarde-la, ta godasse. Il y a quatre mois que je la porte, et elle se décolle de partout. Du carton-pâte, fixé avec des clous de girofle, voilà ce que c'est!
– Mais non.

– Mais si. Remarque, elle n'est pas chère, mais quand même!

– C'est la série *Sweepstake.*

– Peut-être.

– Passe au bureau, on te les remplacera.

– Ça c'est chic! Ça c'est de l'amitié! Tu vois, sans le savoir, je me chaussais chez un copain.

– Oui... oui...

– T'en aurais pas avec la semelle plus épaisse?...

– Nous en parlerons un autre jour, veux-tu?

Bourdieu se frottait les mains et riait à pleines dents :

– Avec toutes ces godasses, tu n'as plus guère le temps de travailler, sans doute?

– De travailler?

– Oui, de dessiner, de peindre, quoi!

– Il y a des années que j'ai renoncé à ces distractions.

Bourdieu devint triste.

– Dommage, dit-il. J'aimais bien ce que tu faisais.

– Ne te donne pas tant de mal.

– Si, si. Tu voyais flou, tu voyais sombre, mais avec le temps tu te serais éclairci. Ça ne te tenterait pas de remettre ça?

– Absolument pas.

Bourdieu étendit le bras vers Germain Laugier et palpa le revers du pardessus bleu marine :

– C'est du beau lainage. Tu es pépère! Tu es casé! Tu es gonflé! Tu fais plaisir à voir! Au fond, je comprends un peu que tu ne regrettes rien.

Germain Laugier était embarrassé à cause de son pardessus tout neuf, de son faux col impeccable, de son épingle de cravate en perle et de ses gants beurre-frais. Involontairement, il plaignait Bourdieu, si pauvre, si mal vêtu, avec ses mains pleines de terre. S'il avait pu prévoir, il se serait habillé plus simplement. Il aurait supprimé les gants beurre-frais, la perle, par exemple. D'un geste machinal, il retira ses gants et les fourra dans sa poche.

– Puis-je voir tes dernières œuvres? dit-il sur un ton faussement jovial.

Bourdieu n'avait rien remarqué. Il était heureux d'avoir retrouvé un vieil ami et de pouvoir lui présenter ses statues.

– C'est vrai. Il y a si longtemps! disait-il. J'en ai fait des choses depuis! J'ai eu le prix de Rome, tu sais?

– Non.

– Oh! ça n'a pas d'importance. L'essentiel c'est le boulot, n'est-ce pas? Attends un peu. L'éclairage est mauvais. Mais tu vas pouvoir juger quand même. Ça, c'est un buste qu'on m'a commandé.

D'une main rapide, il retirait les linges mouillés qui emmitouflaient une masse de glaise. Et un visage de jeune fille surgit hors de ces hardes trempées. Un visage si exact, si tendu, si charnel que Germain Laugier en eut le souffle coupé. La tête fine, couronnée d'une lourde tresse, était rejetée en arrière. Les lèvres souriaient imperceptiblement. Les narines semblaient frémir, sensuelles, moqueuses. Dans les yeux, l'ombre mince des paupières dessinait un regard vivant.

– Dis donc, mais c'est très bien, balbutia Laugier. Tu as beaucoup de talent.

Bourdieu exultait, le menton haut, les yeux pleins de clarté :

– Tu trouves? Ah! je me suis régalé avec cette petite. Il y avait sur son nez des plans extraordinaires. Tourne un peu. Regarde à l'affleurement de l'os. Est-ce assez collé? Voici autre chose. Une commande de l'État pour un stade.

Il désignait, non loin de lui, un groupe en plâtre. Deux lutteurs têtus, gonflés de muscles, soudés l'un à l'autre dans un effort énorme.

– Il faut les voir en bronze! disait Bourdieu. Le plâtre est une matière morte. Il mange la lumière. Ici, une autre figure. Une Diane. Elle vient d'envoyer sa flèche. Elle se redresse.

Une fille souple et longue bondissait hors des rochers de plâtre. Ses pieds touchaient à peine le sol. La gorge, le ventre, les hanches, étaient tirés par le même geste d'élévation. Sur ce corps flexible, Bourdieu avait drapé une tunique de mousseline jaunâtre, raidie de poussière. Une forêt d'épingles rouillées maintenait les plis de l'étoffe.

– J'ai cherché mes draperies, dit-il. Parce que tu ne vois là que le premier état. La statue, qui est à la fonte, mesure trois mètres de haut. Tu te rends compte? J'y travaille depuis deux ans. Quel chic métier!

Il s'interrompit pour rouler une nouvelle cigarette. Germain Laugier faisait le tour de l'atelier, s'arrêtait devant les statues, les regardait à travers sa main refermée en lorgnette, les touchait du doigt comme pour en apprécier la substance. Bourdieu lui trouvait un air préoccupé et chagrin. Peut-être Germain Laugier regrettait-il d'avoir lâché la peinture? Peut-être enviait-il Bourdieu qui avait poursuivi son œuvre malgré toutes les déconvenues et toutes les privations?

– C'est excellent, excellent, disait Germain Laugier. Je te félicite. Et ceci?

Il indiquait du menton une femme nue, ronde, potelée, qui se tenait à genoux devant une amphore.

– C'est vieux. C'est mauvais. Je le garde en souvenir, dit Bourdieu.

– De qui?

– Du modèle.

– Une jolie fille.

– N'est-ce pas? Elle me plaisait. Alors, je l'ai épousée.

– C'est... c'est donc ta femme? dit Laugier.

– Oui... Oh! elle a changé, remarque. Mais le visage est demeuré le même.

Germain Laugier était choqué par l'impudeur tranquille de Bourdieu. Il hésitait à contempler plus longtemps les seins rebondis, le ventre fécond de cette créature qui était la femme de son ami. Il ne savait que dire pour ne pas sembler grotesque. Il murmura :

– Un beau morceau.

– On fait ce qu'on peut. En tout cas, ce métier-là nous conserve en pleine jeunesse. Plus je vais, plus je comprends qu'il faut être comme un enfant devant son modèle. Si tu es trop intelligent, tu es foutu d'avance. Tu étais peut-être trop intelligent, Germain?

– Peut-être, dit Laugier avec un mauvais sourire.

Il avait envie de partir soudain. Il se sentait les épaules lourdes, le cœur sensible. Trop de souvenirs lui revenaient devant cet homme qui avait été son meilleur compagnon. Sur une étagère, il aperçut la maquette crasseuse d'un lanceur de javelot. Autrefois, il avait vu Bourdieu modeler cette petite chose scolaire et prétentieuse.

– Tu regardes le lanceur de javelot, dit Bourdieu. C'est loin, ça...

Ils se turent, attentifs aux injonctions de leur mémoire. Germain Laugier songeait à l'ancien atelier de Bourdieu, si sale, si sombre, aux discussions, aux espoirs nourris entre ces quatre murs. C'était dans l'atelier de Bourdieu qu'Édith était devenue sa maîtresse. Bourdieu avait évacué les lieux pour la circonstance. Il faisait froid. La jeune fille s'était assise sur le lit de camp aux draps douteux, aux ressorts grinçants. Elle avait regardé autour d'elle toutes ces figures de plâtre aux yeux morts. Puis, elle avait baissé la tête. Alors, il avait commencé à la dévêtir. Germain Laugier secoua le front pour chasser l'image navrante et douce de ce visage, de ce corps frileux et soumis.

– Te rappelles-tu le pardessus du type qui aimait Paul Chabas? demanda-t-il.

Bourdieu éclata d'un rire féroce, se claqua les cuisses à pleines mains.

– Comment donc! Quelle rigolade! Et le jour où je

t'ai fait poser pour un empereur romain. Tu étais à poil. Et la concierge qui entre. Oh! là! là!

Il s'étranglait de joie. Ses yeux se gonflaient de larmes. Son mégot lui glissa de la bouche et il le rattrapa au vol. Germain Laugier eut un sourire discret.

– Et Gabule? Qu'est devenu Gabule? dit-il.

– Comment, tu ne sais pas? Il s'est fait fonctionnaire. Il est chef de bureau au Commerce.

– Et Courdemanche?

– Professeur de billard.

À présent, Germain Laugier riait avec Bourdieu, comme s'il était demeuré fidèle à sa vocation, comme si son métier actuel n'avait pas été aussi étranger au domaine de l'art que celui de professeur de billard ou de fonctionnaire. Bourdieu s'essuyait les yeux, se mouchait à grandes poussées sonores. Il geignait :

– Oh! oh! que c'est bon de rire!

Puis, il se dirigea vers une table bancale, fouilla les tiroirs, extirpa de vieilles photos maculées de plâtre.

– Les ateliers du père Chappuis au grand complet, dit-il.

– Tu as gardé ces photos? dit Laugier.

– Pas toi?

– Non.

Laugier prit une photo entre ses mains et l'examina intensément. Autour d'un professeur à barbiche, il vit une muraille de jeunes figures disparates. Bourdieu n'avait guère changé. Il possédait toujours ce visage brusque, martelé, ce grand corps maigre. Mais lui-même? Où était-il donc? Au second rang, peut-être? Eh! oui! De ce carton brillant, un garçon mince, point trop laid, au menton fort, au regard vainqueur, le regardait, lui demandait des comptes. Face à face avec cette forme qui avait été la sienne, Germain Laugier mesurait le chemin parcouru. Il réfléchissait au lent travail du temps qui avait déposé sur son être ces couches d'habitudes. Il croyait suivre, de jour en jour, les transmutations étranges de son corps et de son âme : l'œil vif qui s'éteint, le cou robuste qui s'empâte dans la matière, le dos sec qui se courbe sous le poids des soucis, le ventre creux qui se remplit et se distend par le travail des digestions copieuses, et la méfiance raisonnable, le calcul, la cruauté qui montent dans le cœur. À présent, il se découvrait emmailloté de rides, privé de flamme. Il se dégoûtait soudain. Il rejeta la photo sur la table.

– J'ai changé, dit-il.

– Nous avons tous changé.

– Plus ou moins.

– Veux-tu voir d'autres photos?

– Non.

– J'en ai une d'Édith, à la maison. Elle me l'avait donnée pour une étude de médaillon.

– Je l'ignorais, dit Laugier avec humeur. Tu conserves donc tant de vieilles paperasses? Moi, j'ai tout brûlé.

– Pourquoi?

– C'était nécessaire. Mais, dis-moi, ce médaillon, l'as-tu exécuté?

– Penses-tu! C'était juste avant votre rupture. Édith est partie quinze jours après m'avoir remis la photo. Je le regrette d'ailleurs. Elle avait un chouette petit profil.

Germain Laugier avait pris une motte de glaise et la pétrissait nerveusement. Il la reposa bientôt et s'essuya les mains avec un mouchoir à initiales de soie bleue. Bourdieu tisonnait les cendres dans le poêle. Le froid envahissait l'atelier. L'air sentait la lessive, la terre humide.

– Tu as eu beaucoup de chagrin, je crois, lorsqu'elle t'a quitté? dit Bourdieu.

– Je ne pourrais plus te le dire.

– Et pourtant, entre nous, tu ne l'aimais pas tant que ça.

– Qu'en sais-tu? dit Laugier, et il regretta aussitôt ses paroles.

– Mais si. Nous en parlions souvent, toi et moi. Tu me racontais tout...

C'était vrai. Il avait tout raconté à son ami : leurs premières entrevues, leurs promenades, leurs caresses. Comment avait-il pu introduire ce rustre dans leur intimité? Il avait agi comme Bourdieu, exposant sa femme nue aux regards de tous. Il en était gêné maintenant.

– Un moment même, tu as voulu la plaquer, disait Bourdieu.

– Pardon?

– Oui, tu prétendais que tu avais rencontré une petite rousse à *La Coupole.*

Germain Laugier ne se souvenait plus de cette aventure. Et il était irrité à la pensée que Bourdieu en eût, mieux que lui, gardé la mémoire. Attaqué sur son propre terrain, il voulut se défendre :

– Première nouvelle! dit-il.

– Mais si. Tu as eu une scène avec Édith à ce sujet.

– Des histoires! dit Laugier.

– Et elle, de son côté...

– Quoi?

– Cet étudiant en droit...

– Morel?

– Oui.

– Il lui faisait la cour, je le sais.

– Et ça ne lui déplaisait pas.

Germain Laugier serra les poings. De quel droit Bourdieu s'acharnait-il contre ses souvenirs? Quelle joie éprouvait-il à dénigrer sa brève passion?

– Ma parole, dit Laugier, tu es déchaîné contre cette malheureuse. Qu'est-ce qu'elle t'a fait? Ça t'amuse de l'attaquer, peut-être?

– Mais je ne l'attaque pas!

– Ah! non?

– Je dis la vérité.

– Non, tu mens.

Il s'arrêta, étonné par le son de sa propre voix. Bourdieu le considérait avec stupeur.

– Qu'est-ce qui te prend? Ne te fâche pas, mon vieux.

Le sang battait à coups sourds dans les oreilles de Germain Laugier. Il respirait mal. L'indignation, le dépit lui écrasaient le cœur. Il se tamponna le front avec son mouchoir déplié.

– Excuse-moi, murmura Bourdieu d'un air contrit. C'était si loin, n'est-ce pas? Je ne pouvais pas me douter... Tu m'en veux?

– Allons donc, dit Laugier avec lassitude.

Un écœurement lui montait aux lèvres. Il regrettait son ardeur à plaider une cause aussi lointaine. Mais il ne supportait pas d'être contredit sur quelque sujet que ce fût. Une déformation professionnelle, en somme. Édith était exclue de cette querelle.

– Tu l'aimes donc encore? demanda Bourdieu d'une voix timide.

– Mais non! Mais non! s'écria Laugier. N'échafaude pas de romans, mon pauvre...

– Ce ne serait pas impossible.

– Avec moi, si. Et la preuve, tiens, c'est que je l'ai bien reçue sa fameuse lettre. Mais je l'ai déchirée, sans la lire, sans presque la lire. Et je ne lui répondrai pas.

– J'étais sûr que tu avais reçu sa lettre.

– Tu t'imagines bien qu'après quinze ans...

– Bien entendu...

– J'ai une situation, une femme, une maison...

– Oui...

– Alors, n'est-ce pas? les souvenirs de jeune homme!

Frileusement, il remonta son col et ramena les pans de son manteau sur ses genoux. Bourdieu le contemplait avec une expression penaude. Il ne parlait plus. Et Laugier n'avait pas envie de rompre le silence. Enfin, Bourdieu se leva pour tremper des chiffons et recouvrir les figures de glaise. Il les emmaillotait avec des soins maternels et fixait leurs cagoules humides au moyen de pinces à linge. Ayant encapuchonné la dernière statue, il revint auprès de Laugier.

– C'est rigolo, dit-il, quand je les emmaillote, j'ai l'impression de border mes enfants pour la nuit.

Puis, il regarda sa montre :

– J'attends une visite. Ça ne t'ennuie pas? Un élève à moi, le petit Maurice Gèvres. Un gosse extraordinaire. Il a plaqué les Beaux-Arts parce que ses professeurs le dégoûtaient. Il apprend auprès de moi. Si tu voyais la figure qu'il est en train de faire! Un acrobate...

– Je m'en vais, dit Laugier. Je n'ai pas le temps.

Et il se dressa lourdement sur ses jambes. La tête lui tournait un peu.

– Pour les chaussures, je compte sur toi, dit Bourdieu.

– Mais oui.

– Ça te gênerait si je t'en demandais aussi pour le petit Gèvres? Il les aurait moins cher qu'au magasin...

On frappait à la porte.

– Ce doit être lui, dit Bourdieu.

Un jeune homme entra, maigre, noiraud, mal tenu.

– Je vous dérange? dit-il.

– Mais non, tu ne nous déranges pas. Je suis avec un ami : Germain Laugier. Je t'ai parlé de lui...

Maurice Gèvres tourna vers Laugier son visage décoloré et las.

– Ça marche, l'*Acrobate*? demanda Bourdieu.

– Oui. Je suis content.

Germain Laugier enfilait ses gants, ramassait sa canne. Bourdieu le saisit par le bras :

– Dis donc, Germain, si tu venais dîner à la maison? Sans façons. Ça ferait plaisir à ma femme.

Surpris par cette invitation saugrenue, Germain Laugier cherchait une réponse. Vraiment, Bourdieu manquait étonnamment de manières. Croyait-il que lui, Germain Laugier, accepterait son offre et qu'ils se retrouveraient tous deux, assis coude à coude, dans la cuisine, mâchant le bœuf bouilli familial, buvant le vin aigre et devisant à perdre haleine avec Mme Bourdieu, par-dessus la table tendue d'une toile cirée à carreaux?

– On m'attend à la maison, dit Laugier. J'ai du monde. Tu m'excuseras.

– Alors, une autre fois.

– Une autre fois. C'est promis.

– J'y compte.

Bourdieu lui tendait sa grande main souillée de terre. Alors seulement, Germain Laugier remarqua qu'il lui manquait un doigt :

– Tu... tu as été blessé?

– Oui, sottement. Un accident...

Maurice Gèvres se chauffait les pieds au poêle. Il avait des chaussures rafistolées avec de la ficelle. Son pardessus, très mince, était élimé aux manches. Un foulard de laine grise lui tenait lieu de col.

– Au revoir, cria Laugier.

Et il sortit rapidement dans la rue. Son auto l'attendait dans le brouillard bleu. On ne voyait plus le haut des maisons. Les réverbères mouraient d'asphyxie. Germain Laugier éprouva une envie intense de retrouver son pavillon, sa femme propre et parfumée, la chatte Poucette, la bonne. Il lui semblait avoir quitté, depuis des mois, cet univers honorable et douillet. Il n'osait croire qu'il le découvrirait intact et prêt à le recevoir. Il s'assit au volant. L'auto sentait bon le cuir neuf, l'essence. Le moteur ronflait agréablement. Une dernière fois, Germain Laugier jeta un regard vers les rangées d'ateliers qui bordaient la voie privée. Un seul était éclairé. Celui de Bourdieu. La lumière jaillissait du toit, repoussait la brume. Puis la lumière s'éteignit. Germain Laugier se tourna vers la nuit. La voiture démarra lentement.

4

« JE FAIS mon courrier et puis nous parlerons », avait dit Germain Laugier. Depuis dix minutes environ, Bourdieu et Gèvres, effondrés dans d'énormes fauteuils en cuir, regardaient Germain Laugier relire et signer des lettres commerciales. Une dactylo se tenait auprès de lui et tournait savamment les buvards roses du parapheur. Entre chaque buvard, il y avait une feuille dactylographiée. Germain Laugier parcourait le texte d'un prompt coup d'œil, fronçait le sourcil, piquait une correction et apposait sa griffe volontaire au bas de la page. Il murmurait pour lui-même :

– Bon... Hum... Ça ira... On verra bien... Sept et demi pour cent ? D'accord.

La dactylo avait un visage mystérieux, renseigné. Quand elle bougeait le bras, on entendait tinter ses bracelets innombrables. Aucun autre bruit ne dérangeait le silence auguste du bureau. Bourdieu était impressionné par la discipline des êtres et des choses autour de Germain Laugier. Il ne pouvait s'empêcher d'admirer cette pièce sévère, lumineuse, utile, dont la table de travail occupait tout le fond. Derrière un bloc d'acajou massif, Germain Laugier trônait, entouré de téléphones, de cendriers, de carnets et de dossiers à reliures métalliques. Au plafond, flottait une sorte de planète ronde en verre laiteux. De chaque côté de la fenêtre, deux crocodiles, pendus par la queue, la tête en bas, les pattes écartelées, dardaient leurs prunelles de perle sur les pâturages beiges du tapis. Puis venaient des vitrines en glace, peuplées de chaussures neuves et de tibias en bois vernis. Çà et là, sur les murs, passés au Ripolin vert Nil, étaient collés des graphiques et des photos d'usines aux raides perspectives. Une carte de France, posée sur chevalet, se hérissait d'épingles multicolores. Derrière la lourde porte, capitonnée de cuir vert, des gens silencieux attendaient qu'on voulût bien les recevoir. Bourdieu se pencha vers Gèvres :

– Il va avoir fini, murmura-t-il avec respect.

Germain Laugier referma le parapheur et la dactylo glissa vers la sortie en ondulant des hanches.

– À nous, dit Germain Laugier.

Il avait un visage animé et las. Ses paupières étaient lourdes. Il avança la mâchoire pour dégager son cou serré dans le faux col.

– Je suis sûr qu'on te dérange, dit Bourdieu.

– Mais non, s'écria Laugier avec rondeur. Votre visite me fait plaisir.

– Tu es rudement bien logé, poursuivit Bourdieu en inspectant la pièce d'un coup d'œil circulaire. Tous ces tapis. Tous ces cuirs.

– C'est un peu petit. Mais c'est net, propre, aéré. Que faut-il de plus?

Germain Laugier remarqua le regard fiévreux de Maurice Gèvres et se tut, gêné par la présence de cet adolescent aux vêtements usés. Il avait hâte, tout à coup, de régler cette affaire et de reconduire les quémandeurs jusqu'à la porte. Il ne se sentait plus chez lui, depuis que Bourdieu et Gèvres étaient entrés dans le bureau. Fallait-il se vanter devant eux de cette installation moderne, ou feindre de la dédaigner? Valait-il mieux jouer au directeur tout-puissant, ou affecter un mépris souverain envers les biens de ce monde? Germain

Laugier alluma une cigarette et souffla vers le plafond un jet de fumée drue et bleuâtre.

– Voyons, dit-il. Si je t'ai bien compris, tu désirais des chaussures pour M. Gèvres et pour toi?

– Oui.

– Vos pointures?

– Il fait du 41 et moi du 43, dit Bourdieu.

Germain Laugier se leva, tira un trousseau de clefs et ouvrit une vitrine avec des précautions d'orfèvre.

– Vous n'avez qu'à choisir parmi les modèles, dit-il.

– On peut les toucher?

– Mais oui.

Bourdieu et Gèvres se rapprochèrent de la vitrine. Ils prenaient les chaussures, une à une, et les examinaient sous toutes les coutures. Ils discutaient à voix basse.

– Achète pas celle-là, disait Bourdieu. Elle fait de l'effet parce qu'elle est neuve. Mais, au bout de dix jours, le chevreau sera tout avachi.

– Celle-ci est bien, avec les grosses semelles...

– J'aime pas les petits trous qu'il y a sur la pointe. Quand les cordonniers décorent le cuir, c'est qu'il ne vaut rien. Moi, il n'y a que le lisse qui m'inspire confiance.

Germain Laugier fut irrité, un instant, par la répugnance que manifestait son ami envers les productions de la maison Bosco. Il lui semblait qu'en dénigrant les marchandises exposées c'était lui-même que Bourdieu offensait avec désinvolture. Il voulut dire : « Si les chaussures ne te plaisent pas, ne te crois pas obligé de les prendre. » Puis, il réfléchit à cette manie des « pauvres » qui craignent toujours d'être dupés par le commerçant. Il grommela :

– Si tu désires des chaussures d'usage, choisis donc celles que tu tiens à la main. C'est la série *Skif.* De la fabrication ancienne.

– Elles ont l'air solides, dit Gèvres.

Bourdieu tiraillait les lacets, tapotait le talon, reniflait le cuir avec circonspection.

– Oui, oui, marmonnait-il.

Germain Laugier revint à son bureau, griffonna quelques mots sur une page de bloc et sonna sa secrétaire :

– Voulez-vous me chercher ça au magasin?

Lorsque la secrétaire eut disparu, Bourdieu huma le sillage parfumé qu'elle avait laissé dans la pièce.

– Mâtin, dit-il, tu en as de jolies zoupettes dans ton service! Quel râble!

– C'est une excellente sténo, dit Laugier.

– Et elle a de la fesse, ce qui ne gâte rien.

Germain Laugier crispa les doigts sur un presse-papiers en cristal. Il détestait les propos vulgaires.

– Est-ce une paire de chaussures ou un modèle que tu es venu chercher ici? dit-il.

Maurice Gèvres rougit et tourna un regard courroucé vers la fenêtre. Mais Bourdieu riait doucement.

– Il y a de tout chez toi. Des petites femmes. Des godillots. T'es logé en plein paradis, mon vieux Germain.

– Ça va... ça va... Tiens-toi un peu... surtout devant le personnel...

La secrétaire revint avec deux boîtes de carton blanc. Bourdieu et Gèvres retirèrent leurs souliers. Germain Laugier nota que Bourdieu avait mis des chaussettes neuves pour la circonstance : un bout de fil orange en marquait encore la pointe. Les chaussettes de Gèvres étaient reprisées, douteuses. Sûrement, la secrétaire s'en était aperçue. Elle fronçait le nez. Laugier se sentit rougir :

– Alors, dit-il vaillamment. Que pensez-vous de mes *Skif*?

Bourdieu, une chaussure noire usagée au pied gauche et une chaussure jaune toute neuve au pied droit, se promenait en boitillant devant les vitrines. Il souriait à la secrétaire :

– Vous comprenez, mademoiselle, je suis difficile à chausser parce que j'ai des orteils trop longs. Derrière, j'ai une exostose. Enfin, on verra bien. Je vais passer l'autre pied. Pourriez-vous faire un paquet avec mes vieilles chaussures?

– Mais bien sûr, monsieur, dit la secrétaire.

– Et avec les miennes, dit Gèvres.

La secrétaire pencha vers Laugier son buste opulent, son visage confidentiel et fardé :

– Dois-je encaisser tout de suite?

Laugier marqua une seconde d'hésitation. Il craignait à la fois de vexer Bourdieu en lui offrant une paire de chaussures comme à un miséreux, et de paraître pingre en exigeant que Bourdieu les payât. Cette indécision banale l'exaspérait. La secrétaire lui soufflait sur la main une courte haleine de chatte.

– Vous les débiterez à mon compte, dit-il brusquement.

Lorsque la secrétaire fut sortie, Bourdieu, qui n'avait rien compris, demanda d'une voix candide et forte :

– On te doit combien, en somme?

– Rien, dit Bourdieu. Tu penses bien que je ne vais pas vous faire payer les chaussures que je fabrique!

– Mais...

– C'était des échantillons.

– Dans ce cas!...

Bourdieu s'inclina dans un mouvement de soumission et de gratitude.

– Je vous remercie, monsieur, dit Gèvres.

Puis ils demeurèrent tous trois, muets et gênés pendant un long moment. Le téléphone sonna. Laugier fut soulagé par cette diversion salutaire. Il décrocha le récepteur et se plut à retrouver, devant un interlocuteur invisible, le rôle aisé de tous les jours. Grâce à cet étranger, il se rappelait qu'il était encore Germain Laugier, directeur et administrateur délégué des chaussures Bosco. En présence de Bourdieu et de Gèvres, il en arrivait à douter de ses prérogatives.

– Le marché est lourd? Mais je m'en fous, mon cher. Nous avons les reins assez solides pour attendre. Gardez-la, votre camelote. Quoi? Allô. Non, pas un sou de plus. Je trouverai ailleurs. Chez Marpechu, par exemple! Pas si mauvais que ça! Réfléchissez tant que vous voudrez! Au revoir.

Il reposa l'appareil et tourna vers ses visiteurs un visage absent :

– Vous m'excusez.

– Je t'en prie, dit Bourdieu. D'ailleurs, nous allons partir...

Il était venu avec l'idée d'inviter Laugier à visiter l'atelier de Gèvres. Mais il n'osait plus rien dire depuis ce coup de téléphone. En quelques mots, en quelques gestes, Laugier s'était élevé à des régions inaccessibles, commerciales. Le contact était rompu. Gèvres murmura :

– Vous vouliez dire quelque chose à M. Laugier, il me semble.

– Oui... Mais ce sera pour une autre fois... On a le temps...

– De quoi s'agit-il? demanda Laugier.

– Rien... rien.

– Tu désirais des chaussures pour ta femme, peut-être?

Bourdieu secoua la tête :

– Non. C'était pour te prier de passer à l'atelier de Gèvres. Je t'ai parlé de son *Acrobate*. Une chouette petite figure... J'aimerais te montrer ce qu'il fait...

Laugier avait baissé les paupières, comme pris d'une fatigue soudaine. Une phrase de Bourdieu absorbait toute son attention : « J'aimerais te montrer ce qu'il fait. » Bourdieu tenait donc à connaître son opinion sur l'œuvre de Maurice Gèvres. Bourdieu estimait donc que son jugement avait de la valeur. Comme autrefois. Une fierté bizarre envahissait Laugier à cette seule pensée. Il se reprocha aussitôt ce contentement. Par un réflexe habituel de méfiance, il voulut se persuader que l'invitation était intéressée. Gèvres avait besoin d'argent. Bourdieu espérait qu'une visite à l'atelier du petit se solderait par l'achat de quelque babiole en marbre ou en bronze.

– Je ne suis guère compétent, dit Laugier avec un sourire hostile.

– C'est ce qui te trompe! s'écria Bourdieu. Quand tu es passé chez moi, j'ai bien remarqué à ta façon d'examiner, de palper les statues que tu n'avais rien oublié. Autrefois, je te demandais toujours ton avis. Tu as plaqué la peinture. C'est entendu. Mais tu n'as pas perdu ton œil du même coup. Non? Alors?

De nouveau, Germain Laugier ressentit un plaisir aigu à s'entendre rudoyer de la sorte. La satisfaction qu'il éprouvait dépassait les compliments maladroits de Bourdieu. Il lui semblait que ces quelques mots réveillaient en lui une jeunesse, une ambition longtemps contenues.

– La bonne femme, à laquelle je travaille, j'ai tout de suite visé qu'elle ne t'emballait pas, dit Bourdieu. Eh bien! j'ai réfléchi. Je vais la redresser un peu. Le dos droit. Il ne faut pas en avoir peur...

Il se tut, fâché de son aveu et tout rouge d'avoir parlé si vite. Laugier eut envie de lui serrer les mains, tellement cette franchise et cette naïveté lui réjouissaient le cœur.

– Tu as peut-être eu tort, dit-il. Ta bonne femme est bien campée. Elle a de l'aplomb. Seulement, elle ne vit pas encore...

– C'est la pose! dit Bourdieu. Si je la redresse, il y aura moins d'abandon dans le corps. Et ça fera sortir le ventre. Un ventre splendide. On ne verra que lui. La femme, c'est d'abord un ventre. Elle le tendra. Elle l'offrira au soleil. Elle en sera fière. Plus fière que de son visage, que de ses seins. Je voulais l'appeler *Jeune Fille*. Je l'appellerai *La Femme*. Qu'en penses-tu?...

– Je crois que tu as raison, dit Laugier. Mais alors

n'insiste pas trop sur le visage. Dérobe-le au besoin. Ainsi, le ventre prendra toute sa valeur, tout son volume.

– Voilà, dit Bourdieu. Ah! tu piges, toi! Ça fait plaisir!

– Et la draperie à ses pieds? Tu la conserves?

Germain Laugier avait demandé cela d'une voix pressée : on eût dit que cette question était pour lui d'une grande importance, et qu'il n'avait cessé d'y réfléchir depuis leur dernière entrevue. Comment avait-il fait pour se souvenir de cette figure en terre glaise, rapidement aperçue, et dont, sur le moment, il n'avait pensé que du bien? Les moindres détails lui en étaient présents à l'esprit. Sans effort, il aurait pu la dessiner sur cette page blanche. Machinalement, il traça, sur son bloc, le contour d'une femme dressée hors de ses draperies. Il ne dessinait pas trop mal, bien qu'il eût, depuis des années, renoncé à cultiver son talent. Le coup de crayon était sûr et sec. La silhouette se campait agréablement. C'était amusant de dessiner ainsi. Germain Laugier déchira la feuille et la jeta en boule dans un panier.

– C'est décidé, proclamait Bourdieu. Je supprime les draperies. Elle sera totalement, divinement à poil. Et le ventre en avant. Ils auront beau gueuler. Je les attends de pied ferme.

Ces propos rappelèrent à Laugier les menaces du rapin frileux, qui travaillait sur le pont des Arts. Le rapin et Bourdieu étaient d'une seule race. Ils servaient le même culte avec la même foi. Leurs chances seules étaient diverses.

– Je vais la débrouiller, et puis tu reviendras, disait Bourdieu. Pourtant, tout ça n'est rien en comparaison de l'*Acrobate*. Le petit n'a pas mon métier. Mais... Ah! je ne peux pas t'expliquer! Il faut le voir pour le croire...

– Eh bien! allons-y, dit Laugier, avec une vivacité qui le surprit lui-même.

– Maintenant? demanda Gèvres.

– Pourquoi pas? dit Bourdieu.

– C'est que... Mon atelier est dans un triste état...

– Je sais ce que c'est qu'un atelier, jeune homme, dit Laugier. Je ne suis pas seulement un fabricant de chaussures. Bourdieu pourrait vous dire...

Il pressa sur un bouton et la secrétaire parut.

– M. Seuriet recevra à ma place. Il est au courant, dit Germain Laugier.

Bourdieu exultait :

– Ça c'est chic! Ça c'est franc!

– En route, messieurs.

Tous trois traversèrent l'antichambre en trombe et s'engouffrèrent dans le large escalier de pierre blanche. Laugier affectait de descendre les marches, deux par deux, d'une manière jeune et sautillante. Il se sentait joyeux et fautif, comme un étudiant en rupture de cours. L'auto était arrêtée devant l'immeuble.

– C'est direct en métro à partir du Châtelet, dit Gèvres.

Et Laugier n'éprouva aucun mécontentement à délaisser sa voiture pour suivre les deux hommes dans la cohue du souterrain. Il prenait rarement le métro. Dans le wagon, il songea subitement à tant d'autres voyages avec le même Bourdieu. Et avec Édith aussi. Les jours de pluie, lorsqu'il n'avait pas assez d'argent pour payer le café, il entraînait Édith dans le métro, et le couple roulait ainsi d'un bout à l'autre de la ville, avec les mêmes tickets, pendant des heures. Il suffisait de bien combiner les changements. La bousculade, le fracas des roues, la senteur épaisse de la foule ne les gênaient pas. Un charme secourable les isolait en pleine populace. Debout l'un devant l'autre, appuyés l'un sur l'autre, de tout leur corps, de tout leur poids, de toute leur envie, ils se regardaient sans mot dire et rêvaient à d'autres satisfactions. Parfois aussi, bercés jusqu'à l'hébétude par le mouvement de la rame, ils descendaient sur le quai, s'installaient sur une banquette, au pied de quelque grande affiche concave et coloriée. Des trains arrivaient. Des voyageurs se pressaient aux portières. Un employé sifflait à pleines joues. Mais cette hâte, mais ces départs ne les concernaient pas. Ils n'allaient nulle part. Ils avaient tout le temps pour eux. Voyageurs immobiles, ils demeuraient au bord des rails, attentifs à la seule vitesse de leur pensée, au seul progrès de leur désir, aux seuls changements de leur âme.

– Nous arrivons, dit Bourdieu.

Germain Laugier sursauta. Tiré de sa méditation, il voyait, dans les vitres noires du wagon, le reflet d'un visage massif, au menton doublé, aux rides saines. Son visage. Il l'avait un peu oublié. Et il fut fâché de le retrouver immuable, ponctuel, après cette désaffection très douce du présent.

L'atelier de Maurice Gèvres était un simple appentis dressé dans la cour d'une vieille maison. Il l'avait repris à un cordonnier. Sur la porte, on lisait encore : « Soupiole, cordonnier. » Au-dessous, un camarade avait tracé à la craie l'inscription suivante : « Maurice Gèvres, successeur. » Les murs de l'atelier étaient crevés de lézardes. Des plaques de carton bitumé rapiéçaient par endroits les vitres de la verrière. L'eau des baquets était gelée. Des tas de cendres entouraient le poêle. Çà et là, sur des caisses, trônaient un buste en plâtre aux narines enfumées, un nu mutilé dont l'armature de fer prolongeait les moignons, un tronçon de main, un masque aux paupières closes. Ce bric-à-brac infirme, ce froid, cette odeur de terre glaise attristèrent Germain Laugier. Il regarda Maurice Gèvres. Le jeune homme rayonnait d'une joie nerveuse.

– Je vais faire du feu, dit-il.

– Inutile, dit Laugier.

Au centre de la pièce, sur une selle faite de madriers, se dressait une forme enveloppée de linges.

– L'*Acrobate*, annonça Bourdieu.

Maurice Gèvres dépouillait la statue de son linceul haillonneux. Les torchons se décollaient un à un, découvrant un pan de visage, une épaule. Enfin, la figure apparut dans toute sa taille. Germain Laugier fit deux pas en arrière et cligna des yeux. L'œuvre était belle, incontestablement. Mais moins que Bourdieu l'avait laissé croire. Au premier regard, Germain Laugier fut même déçu par cette sculpture sage. Il s'attendait à quelque grande machine contournée et géniale. Et il n'avait devant lui qu'un bloc de glaise travaillé avec soin. N'importe qui, semblait-il, eût été capable d'en faire autant.

L'*Acrobate*, un gamin de treize ou quatorze ans à peine, maigre, brusque, les genoux saillants, retombait sur ses pieds après une pirouette. Son corps n'avait pas retrouvé l'équilibre du sol. Les bras ouverts, les jambes fléchies, il luttait contre le poids qui l'entraînait à terre. Ses omoplates pointaient, anguleuses, sous la pellicule mince et plissée du maillot. Sur son visage inachevé, jouait un étrange sourire.

– C'est... C'est très bien, dit Laugier.

– C'est mieux que bien, s'écria Bourdieu. Il en a pour deux ou trois mois de travail encore. Mais vois, déjà, comme la figure est personnelle. La forme est tendue. La vie commence. Le corps a son expression. L'expression du corps! Elle est partout. Dans l'orteil. Dans le mollet. Dans le coude. Isole chaque détail, il dit toute la statue. Isole la statue, elle semble le détail d'un monde.

– J'ai beaucoup de mal à travailler, dit Gèvres, parce que cette pose est pratiquement intenable. Il a fallu dessiner...

– Le dessin est à la base de tout, dit Germain Laugier.

– C'est ce que je lui répète chaque jour, dit Bourdieu. Regarde les plans de la hanche s'ils sont chouettes. Toc, toc, toc... Ils tournent. Ils filent. On sent la peau et le muscle sous l'étoffe.

Germain Laugier se rapprocha de la statue.

– Oui, la hanche est fameuse, dit-il.

En vérité, la statue gagnait à être longuement contemplée. Germain Laugier subissait déjà l'ascendant de cette forme dure. Il ne pouvait plus en détacher les yeux.

L'inclination du front, le modelé du nez, lui paraissaient riches de pensées. Quelque chose dans cette masse inerte le contentait pleinement. Il toucha l'épaule de l'*Acrobate* et s'étonna de la trouver froide.

– Tu as raison, c'est mieux que bien, dit-il.

Puis, il se tourna vers Gèvres. Et il lui sembla que le jeune homme avait les yeux brillants de larmes.

– Je vous remercie, dit Gèvres. Voyez-vous, cette machine-là est très importante pour moi. J'y ai mis le meilleur de moi-même. Je suis sûr que je serai vide et idiot lorsque je l'aurai terminée.

– On croit toujours ça! s'écria Bourdieu en riant.

– Peut-on voir autre chose? demanda Laugier.

– Non, tu serais désappointé, dit Bourdieu rudement. Avec l'*Acrobate,* il s'est livré en bloc. Le reste, c'est de la préparation, du boulot d'école.

Gèvres s'était assis sur une caisse et souriait toujours. Des cernes d'ombres entouraient ses yeux. La peau de son visage était pâle. Ses lèvres gercées saignaient aux commissures. Germain Laugier songea au garçon qu'il avait été lui-même, pauvre, mal vêtu et ardent. Tel Édith l'avait connu, l'avait aimé. Maurice Gèvres avait-il une maîtresse, une belle fille blonde, chaude et docile, qu'on promène dans le métro, dans les rues? Vendait-il ses livres pour lui offrir une tasse de thé ou pour payer la chambre? Admirait-elle ses œuvres? Se disait-elle fière de lui? Germain Laugier était impatient de l'apprendre. Et il avait honte de sa curiosité. L'idée le traversa qu'il enviait Maurice Gèvres. Mais qu'enviait-il de lui? Son talent? Sa jeunesse? Sa pauvreté? Le talent était secondaire. Laugier ne regrettait pas sa carrière de peintre, interrompue après de timides essais. Autrefois, il s'était abusé sur sa vocation. Il avait perdu des années à poursuivre un rêve insaisissable. Puis, il avait compris que rien ne le destinait à cette grâce et il avait renoncé à des travaux où d'autres, tels que Bourdieu et Gèvres, trouvaient leur accomplissement. Tout cela était fort raisonnable. Mais Laugier devinait confusément qu'en se détournant du labeur artistique, il avait abandonné autre chose que des crayons, des pinceaux et des toiles. C'était une façon de sentir, de penser dont il avait renié le service. C'était la naïveté, la gaieté, l'enthousiasme, l'absurdité de l'adolescence dont il s'était dépossédé au profit de qualités plus viriles. C'était un visage d'enfant qu'il avait troqué contre un visage d'homme. Et il n'éprouvait, à l'instant, une telle nostalgie, que parce qu'il craignait d'avoir perdu au change. Peu d'êtres vivaient plus loin que lui de leur passé. Peu d'êtres s'en trouvaient moins pénétrés que lui. Il souhaita, tout à coup, que quelqu'un prononçât devant lui le nom d'Édith. Dès qu'il réfléchissait à sa jeunesse, l'image d'Édith s'allumait et bougeait en lui. Hors Édith, il n'avait pas eu de jeunesse. De nouveau, il regarda Gèvres. Il se regarda en lui. Il s'attendrit vaguement sur sa misère et sa légèreté vigoureuse. Il envia ce bouton au coin de sa lèvre, ces pantalons fanés, ces yeux brûlants, et tout ce qu'il ignorait de lui, amour et peine, déceptions et ardeurs fécondes. Puis il tressaillit, comme s'il se fût réveillé au bord d'un gouffre. Sa gorge était sèche. Un muscle sautait dans sa joue. Il eut peur de l'expression que devait revêtir son visage.

– Je suis content d'être venu, dit-il. J'espère que nous nous reverrons. J'aimerais suivre vos travaux...

Pourtant, il ne se souciait plus guère des travaux de Gèvres, ni de Gèvres lui-même, ni de Bourdieu. Rien de palpable, rien d'immédiat ne sollicitait son attention. Tout entier occupé de lui-même, il ne savait comment prendre congé, comment sortir.

Il fut heureux de se retrouver seul et libre dans la rue. Un crépuscule fin descendait sur le toit des maisons. La brume du soir défaisait l'assurance des choses. Les pierres, le fer, le bois perdaient de leur substance et s'accommodaient aux rêves les plus fous. « Qu'est-ce que j'ai? » pensa Germain Laugier. Il voulut secouer le doux malaise qui s'était emparé de lui. Des autos rasaient les trottoirs. Çà et là, des fenêtres s'allumaient, commençaient à vivre. Germain Laugier eut l'impression d'une présence à ses côtés. Il tourna la tête. Personne. Si pourtant. Une femme. Un visage démoli, balafré de peinture :

– Tu viens?...

Il pressa le pas. Dans la rue de la Gaîté, d'autres femmes l'accostèrent. Des vieilles. Des jeunes. Il respirait au passage leurs parfums recuits. Sans réfléchir, il pénétra dans un café aux glaces dorées et aux sièges rouges. Des tubes de lumière, tordus en vermicelles, brillaient au-dessus de sa tête. Les garçons fuyaient à grands coups d'ailes blanches, traversaient la fumée, divisaient les figures, frôlaient des tables chargées de verres étincelants. Des cuillères tintaient, des soucoupes valsaient, des robinets crachaient la vapeur odorante et brune du café chaud.

Germain Laugier commanda un demi et s'intégra de bon cœur à ce tohu-bohu imbécile. Il contemplait, par-delà le vallonnement des épaules, un bar lointain, cerné de robes et de bras nus. Et, tout à coup, il éprouva une brusque rupture avec le présent. Si brusque, vraiment, qu'il en perdit le souffle. Dans ce vaste café moderne, repeint à neuf, peuplé à neuf, il reconnaissait, incontestablement, un autre café, aux fresques vagues, aux banquettes exténuées, aux garçons moustachus et lents. Rien n'avait subsisté de ce refuge vétuste et, cependant, Germain Laugier se savait sur les lieux de son souvenir. Quel détail avait guidé sa recherche? Le bruit des voix, peut-être? La hauteur du plafond? Le pan coupé d'un mur, près de la caisse? L'escalier modeste qui menait vers les lavabos? Dans ce décor ressuscité, il ressuscitait lui-même. Et Édith pouvait le rejoindre. Jamais encore, il ne l'avait vue d'aussi près. Son visage, son parfum s'imposaient à lui. Il n'ignorait plus maintenant qu'elle avait une bouche franche, un nez rond, un peu fort, et un menton pointu. Ses yeux verts regardaient plus haut que la ligne d'horizon. Une petite cicatrice pâle lui coupait le sourcil droit et conférait à sa figure un air d'interrogation espiègle. Souvent, ils étaient venus s'asseoir dans ce café proche de l'atelier Chappuis. C'était là qu'il lui avait, pour la première fois, baisé la main. C'était là qu'elle lui avait, un jour, avoué son angoisse. Elle se croyait enceinte. Avidement, Germain Laugier rassemblait des bribes de souvenirs autour de cette pauvre entrevue. Où donc étaient-ils installés? Et comment était-elle habillée? Et de quelle voix lui avait-elle confié son tourment? Il était très jeune alors et manquait d'expérience amoureuse. Les mystères de l'organisme féminin lui semblaient à la fois répugnants et sacrés. Il avait peine à imaginer que le corps lisse et laiteux de sa maîtresse pût dissimuler un poids d'entrailles compliquées. Il ne voulait pas admettre que leurs caresses eussent abouti à cette réalité terrible et vulgaire : un enfant. Quelles tristes heures ils avaient passées, assis côte à côte, dans ce café poussiéreux, parlant de leur malheur et s'efforçant humblement de le conjurer : « Rien n'était sûr encore!... Et même si c'était vrai... Il l'épouserait, voilà tout... Les parents n'oseraient pas s'opposer à leur mariage... » Elle avait un visage morne et résigné. De temps en temps, elle soupirait et trempait ses lèvres dans l'écume blanche du verre. Il ne la désirait plus. Il l'adorait comme une sainte, une martyre. Il jurait de lui sacrifier toutes ses ambitions. Le lendemain, il avait lu un traité de gynécologie et acheté, sur le conseil de Bourdieu, un paquet de tisane spéciale chez un herboriste de la rue Montempoivre. Ils étaient retournés au café et avaient réclamé de l'eau bouillante pour préparer eux-mêmes l'infusion. Tandis qu'elle buvait ce thé marron et âcre, il récitait d'étranges prières : « Mon Dieu... Je vous en supplie... Faites qu'elle ne soit pas enceinte... Ou que ça passe sans complications... »

À présent, Germain Laugier s'attendrissait sur ce couple de jeunes fantômes. Lui et elle, si désarmés devant la vie, si seuls, si naïfs, si perdus. Un gamin timide, anxieux. Une fillette blonde, au regard trouble. Quelques jours plus tard, elle était délivrée enfin de son souci. Germain Laugier fit un effort pour débusquer de nouvelles images. Il s'était pris au jeu. Il voulait tout revoir, tout revivre.

Une voix musicale annonça, tout près de lui :

– Une fine. Et bien servie.

Il tourna la tête et fut surpris de constater qu'une inconnue occupait la place d'Édith. Une jolie blonde, au visage mou, aux lèvres désabusées. Elle l'observait entre ses cils rapprochés. Elle lui sourit. Germain Laugier fut tenté de lui sourire à son tour, mais se retint, saisi d'une pudeur soudaine. Il lui déplaisait qu'une étrangère vînt s'interposer entre lui et Édith. Instinctivement, il préféra sauvegarder la dignité de son souvenir et convoqua le garçon pour payer sa consommation. La vue de son portefeuille neuf, en peau de crocodile, lui rappela son importance et son âge : le portefeuille était un cadeau d'Alice. Elle le lui avait donné pour ses quarante ans. Exorcisé par l'évocation de cette fête intime, il repoussa le guéridon et traversa la salle houleuse et brillante. Maintenant, il avait peur de cette crise absurde. Il désirait, à tout prix, retrouver sa santé, son identité menacées. Il avait hâte de rentrer chez lui.

Dans le taxi qui l'emmenait en brinquebalant vers sa demeure, il eut envie de pleurer et serra les mâchoires. Plus il comprenait le rôle qu'Édith avait tenu dans sa vie, moins il désirait lui répondre, la rencontrer. Son existence était faite. Il n'avait pas le droit de compromettre cet ordre rigoureux. « Évoquer quelques souvenirs. Soit. Mais s'arrêter à temps. » Il se contenta de cette formule et la répéta mentalement pendant une partie du trajet. Puis, ses idées se brouillèrent. Il réfléchit à une sortie en taxi avec Édith. C'était le début du mois. Elle avait touché son argent de poche. Il faisait beau. Au bois de Boulogne, elle avait loué un taxi, et ils avaient roulé à travers les avenues, jusqu'à ce que le compteur marquât exactement la somme qu'elle possédait. Au-dessus de leurs têtes, coulait un ciel bleu, encombré de feuillages. Des passants les dévisageaient. « Ils sont jaloux », disait Édith. L'air sentait la terre chaude, l'herbe foulée, la poussière. Leurs baisers avaient une saveur de menthe. Le chauffeur rigolait en clignant de l'œil dans le rétroviseur.

Germain Laugier ferma les paupières, la tête faible, les jambes vides. L'auto prit un virage brusque et ralentit en frottant le trottoir.

Il fit claquer la porte d'entrée pour avertir toute la maison de son retour. Il espérait un secours immédiat venu des meubles, des odeurs, des lumières, la bénédiction des objets familiers qui protégeaient et encadraient sa vie. Mais l'antichambre lui parut hostile, et il remarqua, d'un air fâché, qu'une ampoule du lustre ne brûlait plus. La pendule du vestiaire indiquait six heures. D'habitude, il arrivait à six heures et demie, et la chatte s'avançait à sa rencontre en miaulant. Où était-elle? Et où étaient Alice, la bonne, la cuisinière? Des voix de femmes bourdonnaient à l'office. Toutes ces femmes! Il jeta son manteau sur le coffre, avec l'arrière-pensée de voir, après dîner, si quelqu'un songerait à brosser le vêtement et à le suspendre au cintre. Ce contrôle mesquin lui semblait nécessaire puisque, ce soir, tout le monde se détournait de lui. Vraiment, il se sentait plus à l'aise dans un café de Montparnasse que dans son propre logis. Exprès, il buta contre le coin du coffre et grogna un juron. Aussitôt, des pas se firent entendre dans le corridor. Alice parut, précédée par un fort relent de soupe à l'oignon.

– Tu ne m'avais pas prévenu qu'il y aurait de la soupe à l'oignon, dit-il.

Au lieu de lui répondre, elle s'écria :

– Tu sais que Poucette est très malade!

Que venait-on lui parler des maladies de Poucette, alors que lui-même était si malheureux?

– Un abcès à la mamelle, poursuivait Alice. Le vétérinaire l'a auscultée...

– Je t'en prie, pas de détails. Tu vas me couper l'appétit.

– Germain, comment peux-tu?...

Elle avait les larmes aux yeux. Il la jugea ridicule et mal habillée. Une mèche de cheveux lui pendait sur le front. Les ailes de son nez étaient luisantes.

– Je lui ai fait des compresses, dit-elle encore d'un air fautif et décidé. On l'a couchée à la cuisine.

Germain Laugier chercha quelques paroles blessantes à lui lancer au visage. Trompé dans ses désirs de consolation, il voulait qu'elle sût à quel point cette lampe éteinte, cette chatte malade, cette mèche de cheveux dérangée, cette odeur de soupe à l'oignon, assombrissaient dangereusement son humeur. Il grogna :

– Charmant accueil!

Alice le regarda droit dans les yeux, sans comprendre. Il souleva ses larges épaules et les laissa retomber.

– Va t'occuper de la chatte, dit-il. Ça vaudra mieux.

Et il passa dans le salon. Elle le rejoignit aussitôt et lui saisit les mains.

– Tu as des ennuis? dit-elle.

Enfin on s'occupait de lui! Mais la compassion d'Alice était si maladroite et si tardive qu'il en fut agacé. Des ennuis? Mais non, il n'avait pas d'ennuis. Et il ne pouvait rien dire qui excusât son tourment. Elle murmura :

– Un contretemps dans tes affaires? (Dieu, qu'elle le connaissait mal, après dix ans de mariage!) Je suis sûre que Seuriet t'a joué un mauvais tour. Ne t'avais-je pas conseillé de te méfier de lui?...

– Tu dis des sottises.
– Ce n'est pas M. Espéchot, tout de même?...
– Mais non.
– Alors?
– Alors, ce n'est personne, et je n'ai rien, voilà.
– Un peu de migraine, peut-être?
– Si tu veux.

Une flamme de joie brilla dans les yeux d'Alice. Elle avait trouvé le mal. Elle volait vers le remède :

– Je t'apporte un cachet.
– C'est inutile...

Elle revint avec un tube d'aspirine et un verre d'eau. Toujours, elle avait aimé les défaillances de cet homme robuste. À le soigner, elle jouissait d'un plaisir compliqué et pervers. Quand il était malade, elle pouvait lui prodiguer, sans qu'il se défendît, toutes sortes de breuvages amers et de paroles douces. Elle avait le droit d'en faire son enfant. Tendrement, elle le regarda poser le cachet sur sa langue, grimacer, avaler une gorgée d'eau. Il avait maigri depuis quelques jours. Il paraissait soucieux. Sans doute avait-il l'estomac dérangé, bien qu'il ne voulût pas le reconnaître. À moins qu'il ne cachât quelque déception professionnelle ou sentimentale. Depuis l'histoire de la lettre, elle n'était pas tranquille. Deux jours plus tôt, il avait déchiré ces pages passionnées. Elle en avait retrouvé quelques lambeaux dans les cabinets, autour du siège. Elle ne lui avait plus jamais reparlé d'Édith. Avait-elle eu tort? Peut-être éprouvait-il le besoin d'être confirmé dans sa décision. Timidement, elle demanda :

– Mon chéri, ce n'est pas cette lettre qui te préoccupe? Non?
– Quelle lettre?
– Tu sais bien... Édith...

Un afflux de sang gonfla les joues de Germain Laugier. Ses yeux saillaient, clairs et terribles, entre les paupières écartées. Elle eut peur de lui.

– C'est tout ce que tu as trouvé? dit-il d'une voix sourde.

– Je cherchais à savoir ce qui te chagrinait... pour... pour mieux t'aider...

– Je n'ai pas besoin qu'on m'aide!

– Le rôle d'une femme...

– ... est de foutre la paix à son mari!

Elle recula, pâle, défaite. Rarement, il avait été aussi grossier avec elle. Et pour si peu de chose! Lui-même, d'ailleurs, regrettait visiblement sa colère. Il dit sur un ton plus calme :

– On mange bientôt?

Une lueur d'espoir la traversa :

– Tu as faim?

– Non.

Elle battit en retraite. Il entendit des soupirs, des chuchotements indistincts du côté de l'office. Sans doute devait-on dire : « Monsieur n'est pas bien... Monsieur est contrarié... Servez-lui donc de ces cornichons qu'il aime tant... » Cet affolement féminin autour de sa personne lui était odieux. La médiocrité des remèdes qu'on proposait à sa peine dépassait tout ce qu'il avait imaginé. Pour étouffer en lui cette grande nostalgie, on lui offrait des pantoufles, de l'aspirine et des cornichons. Il envia les sans-famille, les célibataires. Il se plaignit d'être le centre du monde. À table, même, il ne put retrouver sa gentillesse et son appétit habituels. Alice avait un visage douloureux et attentif. La bonne reniflait en présentant les plats.

– Qu'est-ce que vous avez tous à faire des têtes d'enterrement! dit-il en froissant sa serviette. Marie a les yeux rouges. Toi, tu piques du nez dans ton assiette. Si ça continue, je prendrai mes repas au restaurant.

– Que tu es nerveux, mon chéri! dit-elle, comme si elle se fût adressée à un grand malade. Ne bois pas trop de vin.

Il lui décocha un regard furibond, avala un verre de

bourgogne, s'en versa un second, et le vida aussi, d'un coup, sans reprendre haleine. Elle lui sourit stoïquement et inclina la tête :

– Je sais tout, je sais tout, Germain, dit-elle d'une voix douce.

Or, il s'en donna l'assurance, elle ne savait rien. Elle ne savait même pas qu'il avait retrouvé Bourdieu, qu'il admirait l'*Acrobate*, que des souvenirs l'assaillaient au bureau, dans la rue, et qu'il lui fallait un grand effort pour se défendre contre les tentations du passé. Elle ne savait rien, mais prétendait tout savoir, par intuition, tout guérir avec des mots et des tisanes. Elle était pitoyable, grotesque. Il eut envie de lui faire mal. Au moment de parler, il entendit un miaulement et tourna la tête. Dans une corbeille, près du radiateur, trois petits chats se bousculaient, ouvraient des gueules aiguës et roses.

– Je les ai séparés de leur mère, dit Alice, parce qu'elle est malade et ils l'agacent.

– Je t'avais pourtant dit de t'en débarrasser.

Elle fit la moue :

– Ils sont si petits, si mignons...

Il eut un rire vindicatif :

– En somme, ce que je dis ou rien...

– Mais non, mon chéri, simplement je pensais, on n'est pas pressé...

Il se tut, serra les dents. Marie entra pour changer les assiettes :

– Monsieur n'a pas fini?

– Si.

Comme elle avançait la main, il remarqua qu'elle portait un pansement au doigt. La vue de ce pansement lui fit oublier les chats dans leur corbeille.

– Vous n'auriez pas pu demander un doigt en caoutchouc à Madame? dit-il.

Marie sortit rapidement et il l'entendit sangloter dans le couloir. Il fut heureux de pouvoir exploser enfin :

– Qu'est-ce qui se passe? On n'a plus le droit de rien dire?

– Laisse cette malheureuse...

Il repoussa son assiette :

– C'est trop salé.

– Ne sois pas si sévère avec Marie, reprit Alice. Elle a des ennuis...

– Et moi je n'en ai pas? dit-il soudain.

Et il tapa du plat de la main sur la table. Alice fit un petit sourire indulgent :

– Pas les mêmes, Germain. Justement, je voulais te parler d'elle. Hortense m'a raconté... Figure-toi que Marie avait un ami, autrefois...

– Je t'assure que le passé sentimental de Marie ne m'intéresse que médiocrement.

– Il la battait. Il lui prenait son argent. Puis, ils se sont séparés. Et, maintenant, après des années, il cherche à la revoir.

– Eh bien?

– Il écrit à Marie. Il l'attend, dans la rue, devant chez nous. Quand elle sort pour faire des courses, il l'accoste et la menace de se tuer, de la tuer si elle ne revient pas vivre avec lui. C'est bien simple, elle ne peut plus s'aventurer dehors sans la cuisinière. Elle a peur. Tout cela désorganise le ménage. Tu devrais intervenir.

– Que veux-tu que je fasse?

– On pourrait avertir la police, peut-être?

Il haussa les épaules :

– Tu lis trop de romans. Qu'elle se débrouille toute seule, la Marie.

Alice avait quitté sa place et soulevait un coin du rideau :

– Tiens, il est là, dit-elle. Derrière la grille. Sous le réverbère.

Germain Laugier s'approcha de la fenêtre. Entre les lierres de la clôture, il distingua un coin de trottoir éclairé par le bec de gaz. Un homme était debout dans cette lumière de soufre. Sa silhouette obstinée se détachait bien sur la palissade d'en face, couverte d'affiches en lambeaux. Il portait un imperméable beige. Un béret basque lui coiffait le crâne. On ne voyait pas son visage. L'homme alluma une cigarette. La flamme vive d'un briquet éclaira son nez, ses lèvres.

– C'est lui, chuchota Alice.

Germain Laugier regardait l'homme sans colère.

– Alors, qu'en dis-tu? demandait Alice.

Marie apporta le café sur un plateau d'argent. Ils se turent. Germain Laugier observait cette fille au teint crémeux, aux prunelles pâles. Elle paraissait malpropre, vicieuse. Mais, devant la maison, un homme l'attendait depuis des heures dans l'espoir de l'apercevoir un instant. Et cet homme souffrait comme lui-même. Germain Laugier suivit Alice dans le salon, sucra son café, le but à petites lampées. Il pensait toujours à cet inconnu posté sous le réverbère. Alice disait à voix basse :

– Il a une drôle de tête, tu ne trouves pas?...

– Laisse-moi tranquille avec cette histoire, dit-il.

Et il lui lança un regard si triste, si désespéré qu'elle n'osa pas l'importuner davantage.

5

LE MODÈLE était fatigué de tenir la pose. Mais Maurice Gèvres ne voulait pas s'en apercevoir. Pour rien au monde, il n'eût consenti à lâcher sa besogne. Il dit :

– Un peu de courage, Fabien. Dans un quart d'heure, la détente.

– Moi, je veux bien, monsieur Gèvres, dit le garçon. Mais c'est pour mon boulot, ce soir. Je serai raide.

– Penses-tu!... Un gaillard comme toi! Quel jarret!

Le garçon se mit à rire.

– Bouge pas! cria Gèvres.

Le poêle était éteint. À cause du froid, le jeune Fabien posait enveloppé dans une couverture. Selon les nécessités du travail, il dénudait son bras, son épaule, ou son buste. De temps en temps, il sautait à la corde, pour se réchauffer. Ou encore, Maurice Gèvres venait lui frictionner le dos avec un gant de crin.

– Montre tes jambes, maintenant, dit Gèvres.

Fabien tira la couverture et ses jambes apparurent, sèches, effilées. Il avait la chair de poule. Des traces de bleus truffaient largement ses cuisses. Un bandage enserrait la cheville droite.

– Voilà, dit-il avec une fierté paisible. Tout muscles et tout nerfs, messieurs dames.

Il lui plaisait qu'un artiste s'occupât ainsi de glorifier

sa personne. Plus tard, on dirait : « Cette statue, elle représente Fabien Morelli, le petit acrobate de quatorze ans. » Dommage simplement que Gèvres eût choisi une attitude aussi peu avantageuse. Fabien eût aimé se présenter comme les vrais athlètes, jambes écartées, torse bombé, ventre creux. Alors, les biceps contractés saillent bien sous la peau, les deltoïdes et les pectoraux se détachent avec exactitude, les jambiers se gonflent à point, on apprécie le bonhomme dans toute sa puissance. Au lieu de ça, Maurice Gèvres avait exigé une pose de chute, les genoux fléchis, le corps déséquilibré. Et de mauvaise chute, encore! Fabien Morelli soupira, voulut tricher en cambrant les reins.

– Eh! là! dit Gèvres.

– Bon, bon, je ne bouge plus, dit Fabien.

Ce n'était pas toujours drôle de poser pour Maurice Gèvres. Il ne payait rien, n'offrait guère à boire et ne desserrait les lèvres que pour crier des recommandations. Mais Mme Morelli mère disait que cette statue servirait la publicité de son fils et lui vaudrait des engagements sérieux. Et Mme Morelli mère ne se trompait jamais. Au cirque, c'était elle qui tirait les cartes et apaisait les querelles. Elle avait été écuyère à panneau. Maintenant, elle était seconde caissière. Mais elle surveillait aussi l'entraînement du petit. Fabien révérait en elle une sorte de déité ridée, mafflue et omnisciente. Elle avait des yeux noirs. Elle était bourrée de mystères. Quand elle venait chercher son fils dans l'atelier de Gèvres, elle remplissait tout l'espace de son parfum lourd et musqué.

La pendule de bois marquait trois heures. Encore une heure à attendre. Fabien murmura timidement :

– Je peux me gratter?

– Vas-y. J'en profiterai pour une mesure.

Maurice Gèvres s'approcha de l'acrobate et marqua deux points, au stylo, sur le mollet nu.

– Là, j'ai un grain de beauté qui me sert de repère. Parfait.

Puis, il prit trois compas rouillés et calcula les distances à fleur de peau. Les mesures, reportées sur la statue, se révélèrent d'une précision exquise. Le muscle était à sa place. Le genou ne saillait pas trop. Simplement, il fallait tendre un peu les plans de la rotule.

Maurice Gèvres se frotta les mains. La parenté ainsi reconnue entre l'acrobate de chair et l'acrobate de glaise le comblait d'une grave volupté. Toutes les craintes tombaient devant cette évidence tranquille : « La rotule est à bonne hauteur. Il n'y a plus qu'à marcher de l'avant. » Bourdieu avait bien raison, lorsqu'il affirmait qu'une observation méticuleuse et petite conduisait seule à l'épanouissement de l'œuvre. En sculpture, l'effort artistique ne devait pas obéir à une idée générale, mais à une discipline un peu myope et sévère. Les anciennes conceptions de la plastique harmonieuse étaient dépassées. Plus de gestes catalogués, d'allégories faciles, de rondeurs polies, d'habiletés nonchalantes. Plus de lignes. Mais des surfaces. Sur ce seul gamin, sur cet acrobate, quel étonnant combat d'ombres et de clartés se livrait des pieds à la tête. Ici, la lumière coulait en fleuve uniforme. Là, un muscle affleurait, gonflé comme un banc de sable. Plus loin, le muscle rentrait sous chair. Et surgissait un os, îlot précis, récif exemplaire, béni de reflets triomphants. Cette géographie humaine donnait le vertige. Les montagnes et les plaines, les rivières et les golfes de cette carte en relief étaient les signes extérieurs de l'âme. « C'est drôle, songeait Maurice Gèvres, quand je travaille dans la matière, je ne pense qu'à la disposition des plans. Ma vision se limite à un genou, à un coude. Mes ambitions sont celles d'un ouvrier patient. Mais je me recule, et alors l'œuvre m'apparaît dans son ensemble. Et je comprends que cet acrobate n'est pas une simple académie, un prétexte à copie servile, un amas de muscles et d'os, mais une représentation particulière du monde, mais un reflet personnel de Dieu. »

Fabien Morelli avait repris la pose. Mais Maurice Gèvres n'osait plus revenir au travail. Il examinait tour à tour le modèle et son image. Il les identifiait par l'esprit. Il jouait à les substituer l'un à l'autre, à les mystifier l'un et l'autre. « Qui est le plus vrai? » L'œuvre terminée, il importait que la chose fût plus vivante que l'homme. Pour cela, Maurice Gèvres embarquait sur cette statue, comme sur un navire, des provisions de forces, de sentiments, d'expériences, capables de la faire subsister des siècles sans toucher terre. Plus tard, toutes amarres coupées, toutes mains de chair décollées de ses flancs, elle s'éloignerait des créatures mortelles et s'arrêterait, noble et solitaire, dans la région des objets qui demeurent. Là, immobile, définitive, elle commencerait à durer pour son propre compte. Déjà, quand il clignait des yeux, Maurice Gèvres, oubliant l'atelier, le sujet, pouvait croire que l'*Acrobate* participait à la gravitation universelle. Et, alors, il avait peur de son œuvre. Il la trouvait grande, grande, immense et accidentée comme un aérolithe, et privée de toutes proportions. Il lui semblait que nul avant lui ne s'était attaqué à une statue aussi gigantesque. Il lui semblait que toute sa vie s'épuiserait à modeler cette forme monumentale, ce pays, ce monde qu'était Fabien Morelli. Et, après cet effort, il n'y aurait plus de sculpture possible pour personne, parce qu'il aurait tout dit, en une fois, par amour.

Il ferma les yeux, étourdi par un espoir terrible. Lorsqu'il les rouvrit, la statue n'était plus une planète, mais un mannequin mort planté sur une selle de madriers. Et Maurice Gèvres fut à la fois rassuré et déçu par cette déchéance. Il reprit son travail, humblement. D'abord modeler le genou. Donner à ce genou la pensée du genou véritable. Il saisit un ébauchoir et attaqua obliquement le bloc de glaise luisante. Toute son angoisse métaphysique avait disparu. Restait seul un émerveillement précis pour la forme de la rotule, pour l'agencement des muscles, pour le grain de la peau. Lentement, l'ébauchoir guidait la lumière sur le genou de glaise. La terre était bonne. Elle comprenait l'effort et y répondait avec intelligence.

– Ça vient, ça vient, murmurait Maurice Gèvres.

Il choisit une mirette pour accuser la dépression latérale du genou. La mirette glissa, fit sauter la graisse inutile. Et l'ombre docile vint se pelotonner dans le creux, à juste profondeur. Maurice Gèvres se redressa, ivre de satisfaction :

– Je l'ai, ton genou, Fabien!

Fabien bâillait à pleine gueule :

– Alors, je peux me rhabiller?

– Non... non... Je voudrais amorcer... ici... ce petit triangle d'ombres. Il est magnifique...

Une voix grave l'interrompit :

– Mes compliments, monsieur Gèvres.

Mme Morelli était entrée, sans frapper, dans la pièce. Elle se tenait au seuil de l'atelier. Énorme, vêtue de lainages bruns, elle repoussait la pâleur mortuaire des plâtres. Son visage était enduit d'une pâte ocrée et grumeleuse. Ses yeux noirs brillaient comme des éclats de charbon. Elle portait sur la tête une étrange casquette en feutre marron, agrémentée d'un panache de plumes vertes. Une cigarette en papier rose fumait dans ses lèvres épaisses.

– Ah! l'art! l'art, proféra-t-elle d'une voix caverneuse. C'est ma folie. Mais il faut de l'éducation. Sinon, fumée et virevolte, on n'en tire que des satisfactions de deux sous. Fabien a été sage?

– Très sage, dit Maurice Gèvres. Je suis confus d'abuser ainsi de son temps...

– Un artiste n'abuse jamais, claironna Mme Morelli. Vous ferez un fameux Salon avec cet *Acrobate.* Et, pour mon fils, quelle réclame! Ah! si quelqu'un m'avait sculptée, autrefois, sur mon cheval... Clac! clac! C'était la grande vie!

Elle soupira puissamment et s'assit sur une ancienne caisse à champagne :

– Ne vous gênez pas pour moi. Continuez.

– J'ai fini... Une dernière retouche...

Mme Morelli suçotait sa cigarette rose avec avidité. Puis elle la rejeta, en alluma une autre, bleue. Elle soufflait la fumée par les narines. Elle ronronnait imperceptiblement. Tout à coup, elle clappa de la langue :

– Fabien, Fabien! Tu as engraissé de la fesse. Ça te gênera pour le flip-flap. Vous ne l'avez pas vu faire son flip-flap? Une perfection. Je connais les vieilles recettes. Tiens-toi un peu, grenouille.

– Je suis fatigué, maman.

– À ton âge, on n'est jamais fatigué. C'est M. Gèvres qui devrait être fatigué. Vous vous dépensez beaucoup, monsieur Gèvres. Tout tient sur les nerfs. Comme chez les dompteurs. Mon premier mari était dompteur. Un brave homme. Il est mort d'une péritonite. Le père du petit, lui, faisait de la prestidigitation. D'ailleurs, il aurait pu faire n'importe quoi. Pas solide. Mais quel ressort! Un peu dans votre genre, monsieur Gèvres. Frêle, pâle, ardent, les poignets minces. Mais minces...

Elle passa une langue bleue sur ses lèvres. Maurice Gèvres se sentait gêné. Il ne savait pas travailler en présence de Mme Morelli. Toujours, il lui semblait qu'elle le dévisageait avec trop d'insistance.

– C'est assez pour aujourd'hui, dit-il.

Fabien bondit, nu et blanc, avec un cri de joie.

– C'est fini! C'est fini! piaillait-il.

– Vas-tu te taire, corbeau? hurla Mme Morelli. Rhabille-toi. Et en vitesse. Ah! monsieur Gèvres, plus je regarde le corps du petit, plus je me dis : qu'auriez-vous fait avec le mien? Un jour, je poserai pour vous.

Elle cligna de l'œil :

– Je sais que vous êtes sérieux, sinon... bien sûr...

Pris de peur, Maurice Gèvres tentait cependant de sourire :

– Avec plaisir...

– On choisirait une pose bien féminine. Debout. Le pied en avant. La tête haute...

Elle releva la tête pour défaire les plis de son cou. Maurice Gèvres frémit de répulsion. Elle lui saisit la main :

– Je ne me plaindrai pas si les séances sont longues. Je sais ce que c'est que l'art. Au fait, vous ai-je raconté que j'ai tiré les cartes pour vous? Elles ont dit : une femme brune entrera dans sa vie...

Elle sourit, découvrant une rangée de dents jaunes. Et, de nouveau, elle se mit à ronronner de toute la poitrine. Maurice Gèvres dégagea sa main.

Fabien s'habillait en sifflotant. Pantalons noirs, chemise rose, rayée de blanc, espadrilles, foulard réséda, il était redevenu un petit voyou anonyme. Il n'avait plus rien de commun avec l'*Acrobate.* Maintenant, il se léchait les doigts et les passait, tout humides, dans ses cheveux.

– Viens que je te coiffe, dit Mme Morelli.

Fabien haussa les épaules. Planté devant un plâtre qui représentait une femme nue, il rigolait sournoisement :

– Elle a posé comme moi, monsieur?

– Mais oui, dit Maurice Gèvres.

– Pourquoi qu'elle tient la main devant?

– Fabien! glapit Mme Morelli. Tu vas te taire, ou je ne t'amènerai plus jamais chez M. Gèvres!

Et, se tournant vers Maurice Gèvres, elle ajouta plus bas, avec un regard complice :

– À cet âge, ils sont impossibles. Le sang travaille. Ils veulent savoir. Au cirque, on est entre gens sérieux. Mais, dès qu'il sort, je suis inquiète... Ah! étais-je faite pour être mère?

L'odeur du musc s'épaississait autour d'elle. Elle souleva son collier d'ambre entre le pouce et l'index et mordilla coquettement les boules translucides. Puis elle se dressa, rajusta d'une tape sa casquette en feutre marron et dit :

– Il se fait tard, monsieur Maurice. Nous n'avons que le temps de rentrer avant le spectacle. Quelle vie!

Fabien s'accroupissait et se relevait en souplesse pour dégourdir ses jambes.

– Viens, morveux, dit Mme Morelli.

Lorsqu'ils furent partis, Maurice Gèvres s'assit en face de la statue. Le jour baissait. Immergé dans le crépuscule bleuâtre, l'*Acrobate* semblait un jeune diable irréel. Il flottait entre ciel et terre. Pour un peu, on eût dit qu'il allait tenter une cabriole en plein vide. Maurice Gèvres frotta une allumette et l'approcha du masque d'argile. Rodin faisait ainsi, paraît-il, pour surprendre la vie secrète de ses créatures. La flamme dansante anima brusquement le visage de l'*Acrobate.* Ses oreilles décollées bougeaient de bas en haut par saccades. Ses lèvres mâchaient spasmodiquement une ligne d'ombre. Dans ses yeux vides, naissait et mourait un regard moqueur. La flamme brûlait déjà les doigts de Maurice Gèvres. Il jeta l'allumette. Puis, il en prit une autre, la gratta contre son talon. Et, de nouveau, le visage, devant lui, se mit à sautiller, à vivre. Était-ce bien lui, Maurice Gèvres, avec ses mains maladroites, ses outils modestes, qui avait tiré du néant la face ardente de l'*Acrobate*? Quand avait-il tracé cette ride souple sur la joue? Quand avait-il plissé cette paupière mince de faune? Et cette marque de pouce au bas du menton, était-elle bien de lui? Dans cet éclairage pauvre, la figure révélait mille indices que Gèvres n'avait pas voulus. La statue entière n'était plus son œuvre. Elle échappait à son contrôle. Elle devenait quelqu'un. Quelqu'un d'inconnu. Maurice Gèvres frissonna de respect. Sans doute Augustin Bourdieu se fût-il moqué de son hallucination. Pour Augustin Bourdieu, la sculpture était un travail manuel, ardu, réfléchi, exaltant et sain. Le mystère de la création ne le troublait guère. Il ignorait les doutes religieux qu'éprouvait Maurice Gèvres, lorsque, de force, il arrachait au limon l'âme et le corps d'un homme. Augustin Bourdieu était un sage. Sans Augustin Bourdieu, Maurice Gèvres serait demeuré aux Beaux-Arts et n'aurait pas compris la sculpture. Ou bien, il aurait abandonné son travail et serait revenu vivre auprès de ses parents, petits quincailliers, à Limoges. Et il n'y aurait pas eu l'*Acrobate*.

Maurice Gèvres eut envie, tout à coup, de revoir Bourdieu. Il ne pouvait plus rester seul dans cet atelier habité par l'effigie du gymnaste. La fatigue, la faim, lui donnaient la nausée. Il tourna le commutateur, et la lumière électrique jaillit, tuant sur place les énigmes. La statue redevint immobile et froide. La cruche, la cuvette d'émail, une chaise, une écharpe pendue au clou retrouvèrent leur utilité. Maurice Gèvres recouvrit l'*Acrobate* avec des linges mouillés, rangea ses compas, ses ébauchoirs, ses mirettes et lava ses mains enduites de glaise. Puis il regarda sa montre; il était six heures et quart. Le temps de passer au café, pour manger un sandwich et boire un demi blonde, et il rejoindrait Augustin Bourdieu qui, sans doute, traînait encore dans son atelier.

Dans la rue, la lumière et le bruit étourdirent Maurice Gèvres. Dès qu'il quittait sa turne, il se sentait menacé. Des hommes le bousculaient. Des femmes l'interpellaient d'une voix basse. Deux ou trois fois, il avait cédé à la tentation de les suivre. Mais le souvenir qu'il avait gardé de leurs caresses le maintenait depuis dans une fière chasteté. Malgré les conseils de Bourdieu, il espérait se contraindre à l'abstinence pour le plus grand profit de son œuvre. La pureté tranquille des statues n'exigeait-elle pas de leur créateur une certaine excellence morale? L'*Acrobate* était beau, parce que lui, Maurice Gèvres, méritait de le concevoir tel.

Dans le café, violemment éclairé par un fouillis de tubes au néon, Maurice Gèvres se fit servir un sandwich et un demi blonde, son repas du soir. Il s'était accoudé au comptoir et contemplait la salle immense ouverte devant lui, bondée de monde, trouée de fausses perspectives. Tout à coup, son regard s'arrêta sur un consommateur, assis près d'un pilier en glaces. L'inconnu avait un visage glabre et lourd, au nez puissant, aux lèvres volontaires. Une perle marquait sa cravate bleue. Il tournait un demi entre ses mains gantées. Germain Laugier! D'abord, Maurice Gèvres voulut s'approcher de lui, le saluer. Mais, au moment de bouger, il se ravisa brusquement. Qu'avait-il de commun avec ce Laugier? Laugier portait sur sa face les signes du contentement bourgeois, de l'égoïsme pratique. Toute sa vie devait être dédiée à des soucis mesquins d'argent et de confort. Se pouvait-il que cet homme eût été autrefois un ami de Bourdieu, un artiste? Quelle malchance, quel choc l'avaient donc changé à ce point? Maurice Gèvres n'aimait pas Laugier. La seule vue de Laugier suscitait en lui un sentiment de répulsion animale. Comme s'il avait eu quelque chose à redouter de ce personnage compact. Comme si, dans une vie antérieure, ils s'étaient heurtés l'un à l'autre.

Et, cependant, Germain Laugier attirait, intriguait Maurice Gèvres. Une fois même, Maurice Gèvres avait rêvé de lui. Il l'avait vu, brisant des statues avec sa canne. Autour de lui, des femmes aux cheveux dénoués ramassaient les débris de plâtre. Que faisait Germain Laugier dans ce café de Montparnasse, brillant et populeux? Il ne lui convenait guère de finir la soirée devant un demi blonde ou un apéritif chimique. Peut-être attendait-il quelqu'un? Un client? Mais il avait son bureau pour ça. Une femme? Non. Le regard de Germain Laugier ne se levait jamais vers la porte battante. La tête basse, il considérait le fond de son verre. Il avait l'air de dormir, ou de réfléchir profondément. À un moment, il soupira, se renversa sur sa banquette.

Maurice Gèvres eut peur d'être reconnu, paya sa consommation et quitta rapidement la salle.

6

LE FRONT collé à la vitre, Germain Laugier regardait la pluie. L'homme au béret basque n'était pas à son poste. Derrière la clôture, la rue allongeait un fleuve de reflets tordus. Sur la palissade, en face, les affiches trempées s'en allaient par larges lambeaux. Une auto passa, rapide. Les lierres de la grille tremblèrent, brossés par un coup de vent. La pluie changea de sens. Germain Laugier laissa retomber le rideau sur ce paysage noyé et triste. Une porte claqua, très loin. Les domestiques venaient de sortir. C'était dimanche. La maison, rendue à ses seuls maîtres, devenait vide et silencieuse, doublait ses proportions, s'adjoignait des chambres inconnues. L'ennui flottait dans l'air comme une poussière impalpable. Les glaces semblaient méditatives. Les rideaux dormaient debout. D'un étage à l'autre, les horloges sonnèrent. Alice déployait les journaux de mode sur la table de la salle à manger :

– Alors, vraiment, tu ne veux pas que nous allions au cinéma? dit-elle.

– Non.

– Tu ne vas pas t'ennuyer à rester toute l'après-midi avec moi?

Il fit un effort pour paraître aimable :

– Voyons, Alice... Même en plaisantant... Tu ne devrais pas... Ne dirait-on pas que c'est la première fois!

– Qu'est-ce que tu vas faire?

– Lire des bouquins, répondre à des lettres...

Il n'était pas un grand amateur de livres. Le choix de ses lectures était commandé par un souci de stricte utilité. Ainsi appréciait-il les ouvrages d'histoire et d'économie politique, parce qu'ils lui permettaient d'étonner M. Dupouy de Signac par quelques citations précises. Chacun savait, au bureau, qu'il était imbattable sur le taylorisme et les causes de la Révolution française. Germain Laugier se dirigea vers une petite bibliothèque vitrée, consulta le dos des volumes. Un livre d'histoire? Ou plutôt un récit de voyage? Ou un roman? Il choisit un roman, l'ouvrit au hasard et parcourut quelques pages du texte. La complaisance de l'auteur à détailler les tourments amoureux de son héros lui parut détestable. Depuis des siècles, les écrivains et les artistes s'ingéniaient à glorifier la même passion. Ils la plaçaient au centre de tout. Ils lui donnaient toutes les chances. Comme si n'existaient plus l'ambition, le courage, le dévouement, la foi...

– D'où vient ce livre? dit-il en se tournant vers Alice. C'est toi qui l'as acheté, sans doute?

– Oui.

– Je le trouve idiot.

– Mais non. C'est plein de trouvailles charmantes. Tu verras...

Germain Laugier repoussa le livre dans la rangée. Le volume voisin était une grosse étude sur le Maroc, avec des cartes dépliantes et des photographies. Quelque cadeau d'anniversaire, sans doute. Germain Laugier sortit le volume et lut sur la page de garde : « À Alice, pour ses dix-huit ans. De sa tante Jeanne. » Maintenant, il caressait du doigt le papier glacé, respirait l'odeur vieille des pages. Tout à coup une illustration en sépia retint son attention : *Casablanca. Le port.* Un léger choc au cœur le combla d'aise. Il crut perdre conscience, l'espace d'un instant. Puis, il rangea le livre et ferma la bibliothèque. Mais l'angoisse persistait en lui. Il tournait dans la pièce, enchanté par quelques mots ordinaires. Il regarda sa montre. Trois heures. Alice mouillait son index pour feuilleter les pages d'un catalogue. Les petits chats jouaient avec une patte de lapin. Et lui, que faisait-il ici? Comment avait-il pu être heureux, ici, pendant tant d'autres dimanches?

– Veux-tu que je lise à haute voix? dit Alice.

– Non... non...

Il n'avait qu'une envie, c'était de quitter Alice, les petits chats, les journaux de mode.

– La chaudière fonctionne mal, dit-il, je descends à la cave.

Dans la cave, il s'accorda le plaisir de gratter et de bourrer la chaudière. Poucette, convalescente, était couchée près du tas de charbon. Elle le considérait de ses yeux bombés et transparents. Elle ne l'aimait plus. Il fit mine de ne pas remarquer sa présence et passa dans la cave voisine où étaient les malles. Quelques jours plus tôt, Alice lui avait parlé d'un paquet de vieux vêtements qu'elle destinait aux pauvres : un complet de jeune homme, quelques chemises. Ce complet de jeune homme l'intriguait. N'était-ce pas un souvenir de sa liaison avec Édith? Il avait brûlé toute leur correspondance au lendemain de la rupture. Restaient seuls un ou deux livres de l'époque et peut-être ce veston usagé.

Un coffre brun et massif était poussé contre le mur. Des chaises de jardin, des potiches, un aspirateur défoncé en défendaient l'approche. Germain Laugier franchit ces barricades et souleva le couvercle bombé. À sa grande surprise, le coffre était vide. Ou presque. Sous un linceul de journaux jaunis et poussiéreux, reposaient quelques fades chemises, un complet troué par les mites et une pompe à vélo. Pieusement, Germain Laugier déplia la veste de laine bleue. C'était bien elle. Il la reconnaissait avec déférence. Grâce à elle, il donnait à son souvenir des dimensions exactes. Des épaules droites. Une poitrine mal développée. Un ventre plat. Par jeu, il appliqua les pantalons à hauteur de sa ceinture. Son tour de taille avait doublé au moins. Ce complet, il le mettait chaque dimanche, lorsqu'il sortait avec Édith. En ce temps-là, il ne s'ennuyait jamais le dimanche. Il ne se demandait pas ce qu'il allait faire pour tuer les heures jusqu'au lundi matin. Il sourit en pensant à certain dimanche soir particulièrement glorieux. Édith avait été obligée de se rendre avec ses parents à un bal donné pour les dix-huit ans d'une amie. Sans la prévenir, Germain Laugier avait emprunté un smoking à quelque copain d'atelier et s'était présenté au larbin galonné à l'entrée.

– Qui dois-je annoncer?

– M. Germain Laugier.

Le valet de pied avait clamé son nom dans une salle de dorures et de fresques pâles, où les visages et la musique tournaient à l'unisson. Une vieille dame à cheveux blancs, très décolletée, lui avait tendu sa main à baiser. Et, d'emblée, il avait rejoint la foule des bienheureux. Le regard d'Édith en le voyant s'avancer vers elle : un regard stupéfait, radieux, indigné. Elle avait planté là son danseur à lorgnon. Elle avait murmuré :

– Vous? Vous étiez invité?

(Ils se vouvoyaient encore.)

– Non.

– Comment avez-vous donc osé?

Elle riait, rose et blonde, à demi nue, vaporeuse, étrangère. Il en perdait la tête. Il avait peur de la toucher. Toute la nuit, ils avaient dansé ensemble. Édith disait :

– Mes parents vous regardent. Le petit monsieur à moustaches grises, c'est mon père. Et la dame rousse, un peu forte, c'est ma mère. Sûrement, ils vous trouvent très sympathique. En rentrant, ils vont me demander : « Qui était ce jeune homme? »

Germain Laugier se rappelait mal la robe d'Édith :

rose ou bleutée, avec une ceinture d'argent. Mais il revoyait avec exactitude certain boudoir, encombré de pardessus, où elle l'avait entraîné pour reprendre haleine. Derrière un paravent en laques, elle lui avait tendu sa bouche, pour que vite, vite, il l'embrassât. Elle sentait le champagne. Ses mains étaient moites. Elle frissonnait lorsque des pas se rapprochaient de la porte. Ils étaient restés là, dix minutes, un quart d'heure peut-être. Des pastilles orientales brûlaient dans une cassolette. Elle avait dit :

– Ce sont des gens très riches.

Il aurait dû prévoir, à ce moment-là, qu'elle finirait par se lasser de lui.

Le lendemain, il avait rendu le smoking à son propriétaire. Le vêtement portait une grande tache de poudre sur l'épaule gauche. « Mes compliments », avait dit le copain, mais il avait exigé que Laugier payât les frais de nettoyage.

Laugier examina le revers du veston bleu. Lui aussi offrait des traces d'usure et de maquillage. La joue d'Édith s'était couchée là, poudrée et chaude. Mais son parfum s'était évaporé de l'étoffe. Le drap luisant ne sentait plus que la naphtaline.

Par le soupirail de la cave, entrait un air frais et sombre. On entendait le pas des promeneurs dans la rue. La chatte Poucette bondit sur une chaise de jardin et observa Laugier avec colère. Germain Laugier reposa le vêtement sur un tas de chemises. Dans le fond du coffre, il pêcha encore un Stylomine en métal, quelques agendas moisis. La pointe du Stylomine était tordue. Ah! oui, parce qu'il avait tenté d'ouvrir le poudrier d'Édith avec ce levier fragile. Le poudrier était rond, et des fleurs bleues en décoraient le couvercle. La houppette s'était coincée dans le mécanisme de fermeture.

Germain Laugier soupesa le Stylomine dans le creux de sa main, le glissa dans sa poche. Il avait hâte d'en arriver aux carnets. Rapidement, il les tria : 1927, 1920,

1930... L'année 1923 manquait-elle dans la collection? Il découvrit enfin un livret dodu et sale qui portait le millésime espéré. Peut-être avait-il noté là ses impressions du moment, des heures de rendez-vous, des noms de café, de théâtre... L'humidité avait collé les feuillets l'un à l'autre. D'un coup d'ongle, il les sépara. Et il lut : « 2 janvier, 3 heures, Bourdieu au *Dôme*... 7 heures, à *La Rotonde*, avec Courdemanche. » Quelques pages vides. Puis : « 7 mars, É. » Il frémit de la tête aux pieds. Cette seule lettre, tracée d'une main ferme, le rejetait au plus vif de ses souvenirs. Qu'avait-il donc fait, ce 7 mars, avec Édith? Étaient-ils allés au cinéma, au musée, ou avaient-ils traîné dans le métro? C'était le début du mois. Ils possédaient donc un peu d'argent l'un et l'autre. Ils avaient dû se rendre au *Royal Artois*. Mais était-elle déjà sa maîtresse au mois de mars? Oui, puisqu'il avait fait sa connaissance en novembre de l'année précédente et que, deux mois plus tard, dans l'atelier de Bourdieu... Donc, le 7 mars – délices de cette précision –, ils avaient loué une chambre au *Royal Artois*. Et plus loin? Avec fièvre, Germain Laugier feuilletait cet agenda minable, interrogeait des signes oubliés, suscitait des journées entières derrière une lettre ou une petite arabesque au crayon. Une addition, dans le coin d'une page, le combla de douce tristesse. Toute une comptabilité de jeune homme pauvre : « Cigarettes, métro, imprévus... » Ce point d'exclamation, le 10 octobre, marquait une inquiétude ou une exaltation dont il avait perdu le secret. Ne correspondait-il pas à leur rupture? Non, la rupture c'était, bien sûr, cette croix à l'encre rouge. Deux jours plus loin, quelques mots crispés : « Mort de maman. » Les jambes molles, le cœur défaillant, Germain Laugier s'assit au bord du coffre. Il était ivre de passé. Perdues les notions du temps et de l'espace, il divaguait dans un monde ancien. Et il ne voyait plus la cave aux voûtes basses, l'ampoule faible, les toiles d'araignées. Des pas résonnèrent au-dessus de sa tête. Alice s'impatientait.

Elle allait descendre, le trouver là... Il la détesta violemment parce qu'elle dérangeait son rêve. Maintenant, par soumission aux convenances, il lui faudrait remonter vers le grand jour, vers les figures authentiques, vers les habitudes de l'âge mûr. Mais il ne pouvait plus supporter l'idée d'achever ce dimanche dans sa maison, parmi ses meubles. Il voulait sortir, seul, dans les rues, s'étourdir parmi des hommes, des femmes qui ne lui seraient rien. Quel prétexte invoquer pour cette évasion? Une course urgente, un rendez-vous d'affaires? Sottises! Il n'avait pas besoin de se justifier. Il était le chef.

Devant le visage attentif de sa femme, il ne put s'empêcher pourtant de multiplier les excuses :

– Une lettre importante que j'ai laissée au bureau... Je dois y aller. J'en ai pour une heure au plus. Oui... oui... même le dimanche, figure-toi... Un directeur n'a jamais de vacances...

Elle le laissa partir, avec un sourire dolent.

Dans la rue, il respira l'air libre avec ravissement. Sans doute Alice avait-elle rêvé d'une longue après-midi conjugale, avec des conversations affectueuses, et des pressions de main, et des tasses de thé. Maintenant, elle pleurait toute seule, dans la maison vide. Mais il ne voulait pas la plaindre. Il ne voulait plus plaindre personne. Il était seul au monde. Seul, avec cette brusque passion, qui dansait comme une flamme au-dessus de sa tête. Que faire? Où aller? Où retrouver Édith? Il passa au garage.

– Tiens, vous êtes seul, monsieur Laugier? lui dit le garagiste. Votre dame n'est pas malade, au moins?

Le garagiste ne concevait pas que Germain Laugier pût sortir un dimanche après-midi sans être accompagné d'Alice. Leur couple était fixé en traits immuables dans l'esprit de tous. Il ne devait se mouvoir que selon un certain contour approuvé par des années d'expérience.

Et, justement, Germain Laugier franchissait, trompait ces lignes idéales. Germain Laugier devenait un autre.

L'auto l'emportait, solitaire, valide, ardent, vers les aventures de la mémoire. Il résolut d'abord d'aller à Montparnasse. Puis il songea au *Royal Artois.* L'hôtel existait-il encore et n'avait-il pas changé de raison sociale? Le trajet lui parut interminable. Chaque arrêt de la circulation l'exaspérait, comme s'il eût craint d'arriver en retard à un rendez-vous. Enfin, la voiture s'engagea dans la rue d'Artois. Germain Laugier avait le sang à la tête. Il stoppa au coin d'une rue transversale. C'était là. Devant lui, se dressait la façade étroite et haute de l'hôtel, avec ses volets clos et ses ornements de pierre émaillée. La porte d'entrée, en vitres dépolies, était entrouverte, comme autrefois. Dans le vestibule dallé, trônaient, comme autrefois, de grasses plantes vertes aux feuilles endormies. Une soubrette au visage bouffi, beurré, venait à la rencontre de Germain Laugier sur des espadrilles silencieuses. Un trousseau de clefs se balançait sur son ventre.

– Je voudrais voir les chambres, dit Laugier d'une voix unie.

– Mais oui, Monsieur.

Elle l'examinait des pieds à la tête.

– Les tarifs sont calculés pour quatre heures, dit-elle enfin avec un sourire engageant.

– Je sais, dit Laugier.

– Monsieur est déjà venu?

Il fronça les sourcils :

– Oui, autrefois.

– Dans ce cas, Monsieur connaît nos catégories. Nous avons la chambre avec vestibule et salon, qui est la plus chère, la chambre avec petit vestibule qui est moyenne, et la chambre simple. Partout, bien entendu, l'eau courante, le...

– Oui... oui... Montrez-moi la moins chère.

Il suivit la bonniche dans l'escalier. Sur le palier, ils

croisèrent un homme et une femme qui descendaient, tête basse. La femme avait remonté son col de fourrure. Comme Édith. Dans le couloir, la porte d'une chambre était ouverte. On aérait les lieux après l'amour. On changeait les draps. Pareil spectacle avait été réservé à Édith, dès sa première visite au *Royal Artois*. Et il avait eu honte, alors, de l'avoir amenée dans cette maison. Il lui avait demandé pardon à la dérobée.

Germain Laugier se sentait faiblir d'impatience. Déjà, la soubrette arrivait au fond du très long corridor obscur.

– Ça sent la cuisine, dit Laugier.

– Oui, nous servons des goûters aux clients qui le désirent. Vous trouverez le menu affiché dans la chambre.

– C'est vrai, dit Laugier, j'avais oublié.

Il était ravi d'avoir oublié quelque chose.

– Voici ce que nous appelons la chambre simple, dit la femme.

Elle poussa une porte. Laugier pénétra dans une pièce minuscule, occupée par un lit en cuivre. Des rideaux grenat masquaient la fenêtre. Aux murs, tapissés d'un papier gris à moires bleues, pendaient des estampes galantes. Germain Laugier s'approcha d'elles et les reconnut aussitôt : ces femmes fessues et roses, ces lingeries battues en mousse, ces jeunes gens aux perruques poudrées, aux chemises froissées, ces envols de pigeons à travers des courtines complices... Face au lit, se dressait une glace murale de proportions indécentes. Des inscriptions fines en divisaient l'éclat : « Marie et Jean, 3 octobre. » « Ah! quel numéro! » « Miche adore son José. » Devant le radiateur, il y avait une petite coiffeuse en pitchpin. Et, tout au fond, près de la porte, un paravent à ramages défendait les mystères intimes du lavabo. Non, vraiment, rien n'avait changé depuis la dernière visite. L'odeur même des lieux, Germain Laugier la retrouvait intacte : ce parfum de brillantine aigre, de poudre de riz, de savonnette aux amandes et de poussière, ce relent de femme nue et de sueurs amoureuses. Sur la coiffeuse, il vit quelques épingles à cheveux oubliées au fond d'un cendrier. La carpette était semée de taches brunes.

– Vous la retenez pour quand? dit la bonne.

Il fut irrité par ce rappel à l'ordre. La présence de cette étrangère était une insulte au passé. Il voulut la congédier ou partir lui-même. Mais il ne pouvait plus quitter ce refuge riche de souvenirs. Il était là chez lui. Ces meubles, ces murs, ces glaces, limitaient son nouveau royaume.

– Je... je prends la chambre tout de suite, dit-il.

– Vous attendez quelqu'un?

Il se sentit rougir :

– Oui... Une dame...

– Voulez-vous me dire son nom, je la ferai monter dès qu'elle arrivera. C'est moi qui suis à l'entrée.

– Son nom?

– Ou son prénom... ou quelque chose pour que je la reconnaisse...

Il sourit :

– Elle s'appelle Édith, dit-il. Une jeune femme blonde, très jolie...

Elle prit un carnet à souches :

– Mme Édith, blonde, pour le numéro 17. Vous payez maintenant?

– Oui.

Elle empocha l'argent d'une main preste et se dirigea vers le lit :

– Je vous fais les couvertures?

– Si vous voulez.

Enfin elle s'en alla, referma la porte. Et Germain Laugier demeura seul au milieu de la chambre, les bras ballants. Un lustre en perles de verre brillait au-dessus de sa tête. Il l'éteignit, alluma les deux appliques, coiffées de soie rose, qui encadraient le lit. Dehors, il faisait jour, et les rues étaient pleines de passants véritables.

Mais ici, dans cette crique secrète, protégée des courants, des marées et des brises, stagnait l'eau profonde des songes. Ici, tout devenait possible. Germain Laugier s'assit au bord du lit, qui obéit à son poids. À travers les cloisons, on entendait gicler une eau louche. Puis, une femme rit longuement. Et le rire se renversa, baissa, fut une plainte régulière. La maison était bondée de couples clandestins. Le plaisir ronflait derrière toutes les portes.

« Ils sont tous laids et vulgaires, sans doute. Et, cependant, ils connaissent les mêmes joies que nous. »

Édith avait dit cela, un jour, et sa voix était si triste. Dans la glace, très loin, Germain Laugier aperçut un grand corps tassé, un visage gras et vague. Mais, en clignant les yeux, il pouvait susciter, à cette même place, la tache d'un autre corps, d'un autre visage adolescent. Et, à côté, ce reflet pâle, avec un peu d'imagination, ne dirait-on pas que c'est une femme qui retire son chapeau, les bras levés, la tête détournée? Le geste même d'Édith. Elle est là, comme jadis, amoureuse, docile. Elle se cache derrière le paravent pour se déshabiller. Les chaussures tombent. La robe atterrit, vide et flasque, sur le dossier d'une chaise. Puis un chiffon rose voltige et se perd en fumée. Et Germain Laugier, le ventre contracté d'impatience, attend que, tous vêtements rejetés, elle apparaisse enfin. Ah! pourvu qu'elle soit belle! C'est la première fois. Ou la dixième. Qu'importe! C'est une fois entre les fois. C'est un jour entre les jours. Il a vingt-cinq ans. Elle a dix-huit ans. Ils ont, l'un de l'autre, un désir pénible et profond. La voici nue enfin. Exacte des pieds à la tête, avec cette peau de coquillage, ce poil follet aux aisselles, le renflement pâle des seins et leur irritable et fraîche meurtrissure, et les jambes hautes, fendues jusqu'au ventre. Ses cheveux blonds coulent en ruisseaux sur ses épaules glissantes. Ses mains ne savent que faire, nagent dans l'air libre, loin du corps. Ses dents brillent. Ses yeux brillent. Elle approche.

Échauffée, elle lui donne déjà son odeur, un peu fauve, de terre grasse, de fleurs amères, de pelage vivant, tout un bouquet de parfums ardents et sombres, qu'il retrouvera, le soir, en se couchant, dans le creux de ses paumes.

– Tu me regardes... J'ai peur quand tu me regardes...

Est-elle bien cette jeune fille « comme il faut », dont le père est un haut fonctionnaire municipal et dont la mère organise des ventes de bienfaisance? Comment accepte-t-elle de se montrer nue devant lui, puisqu'elle habite un appartement, meublé de bibelots rares, et que plusieurs messieurs ont déjà demandé sa main? L'amour a dépouillé Édith de toutes les prudences bourgeoises. Il en a fait un petit animal accessible au seul émoi d'être caressé, la maîtresse d'un gamin malchanceux et farouche. Comme il est fier, comme il est fort de l'avoir méritée! Dans ses bras, elle fond, minuscule, élastique, portative. Elle est tout juste bonne à donner son parfum et ses lèvres. Germain Laugier ne peut plus se détacher de cette bouche chaude et active qui s'est collée à sa bouche. Quand il ferme les paupières, il lui semble que quelque chose de barbare et de délicieux se passe entre leurs deux visages. Les deux visages se mangent, se battent, se pénètrent. Les deux visages n'en font qu'un. Les deux corps n'en font qu'un, où le même plaisir naît et se gonfle par larges pulsations marines. Ils sont dans le lit sans y être entrés. Depuis des siècles, ils forment ce nœud de chair, où des forces contraires s'affrontent, luttent et trouvent leur apaisement. Mais une volupté plus vive tout à coup les sépare. Ils rejoignent leur nom, leur âge. Et ils se contemplent, stupéfaits d'être deux. Le silence coule sur eux et rafraîchit leurs membres. Édith a une face lisse et rose, aux lèvres mouillées, aux yeux plissés sur un regard têtu. Elle n'ose plus bouger, de peur de déranger la joie brûlante qui l'habite. Elle couve son bonheur, avec avarice, avec gravité. Lui s'attendrit, la caresse fraternellement sur les genoux, sur les hanches.

– Laisse, dit-elle. C'était trop bon. Tu vas tout gâter.

Il rit du bout des dents, allume une cigarette. Sa main est faible. Il se juge à la fois défait et victorieux. Il s'admire. Il l'admire. Par jeu, il demande :

– Comment se fait-il que tu puisses m'aimer?

La voilà dressée sur un coude, les seins en l'air, ronds et comiques, le cou tendu. Elle a des taches de rousseur autour des yeux. Ses cheveux sentent fort :

– Je t'aime parce que... Parce que je n'ai rien trouvé de mieux que toi... Simplement... Tu es beau... Tu as du talent... Tu seras un grand peintre. On te commandera des tableaux par télégramme...

– Fichtre!

– Tu auras un veston d'intérieur en velours lie-de-vin. Et je serai jalouse de tes modèles.

– Quand ça?

– Dans cinq ans, dix ans...

– Dans dix ans, tu seras jalouse de mes modèles?

– Mais oui. Nous serons encore ensemble à ce moment-là.

– Mariés?

– C'est secondaire.

– Et tes parents?

– Ils t'admireront tant qu'ils me pardonneront tout. Ah! Djéry, la vie sans toi, ce n'est pas possible. J'aime tout de toi! Même quand tu n'as pas nettoyé tes ongles après le travail... Veux-tu bien ne pas me pincer! Je vais avoir un bleu. On le remarquera.

– Qui on?

– Le petit Morel. Tu sais qu'il a demandé ma main. Tout compte fait, j'hésite. Que me conseilles-tu?

Gourmande, elle ouvre la bouche, elle écarte les bras pour que rien ne le sépare d'elle. Un camion fait vrombir toutes les vitres, tous les couples de la maison. La cigarette achève de se consumer dans un cendrier. Quelqu'un sonne. Une voix d'homme parle dans le couloir :

– Du champagne et deux coupes.

Germain Laugier pense au champagne, à des rideaux rouges, à une bouche active. Édith s'amuse à lui caresser les joues avec ses cheveux blonds. Un moment, les cheveux lui cachent la lampe. Il est dans une forêt de flammes. Perdu, condamné, épuisé. Il va mourir de faim, de soif. Mais deux lèvres fraîches le visitent.

– C'est bon de t'embrasser, chuchote Édith. Est-ce que ça te ferait plaisir si je te chatouillais avec mes cils? Non? C'est drôle. Moi j'aime ça...

Germain Laugier tâche de réfléchir : Édith dans une chambre d'hôtel. Comme une fille ramassée au tournant de la rue. N'est-ce pas indigne? Mais il n'a pas d'argent pour offrir un autre asile à leurs brèves rencontres. Elle le sait. Et elle sait aussi que leur amour purifie tout, excuse tout. Germain Laugier se penche vers elle et murmure :

– Édith, ma chérie...

Germain Laugier répéta :

– Édith, ma chérie.

Le son de sa voix, dans la pièce vide, le surprit. Il releva le front. Il était seul, assis au bord du lit. Il émergeait de son rêve avec une tête lourde et des yeux pleins de larmes. Il passa une main sur son visage :

– Que c'est bête!

Puis il regarda la chambre : ces petites lampes roses allumées en vain, cette glace, ce lit ouvert. Tout était conforme à leurs vœux d'autrefois. Mais, aujourd'hui, la mise en scène était décevante. Que faisait-il dans cette prison amoureuse? Que faisait-il, vieux fou, gras et haletant devant cette absence? Homme marié. Directeur général. L'auto devant la porte. La perle à la cravate. Les ongles vernis. Ses dernières chances étaient passées. Jamais ne reviendraient pour lui ces attentes, ces étreintes, ces rires. Il était fini, arrivé, casé, rangé, repu.

Son domaine était déjà la mémoire. Mais il était dur de subsister sur les seuls souvenirs.

Germain Laugier se leva, tourna autour du lit. Son ombre allongée le suivait sur le mur, sur les meubles. Tout à coup, il s'effondra dans les oreillers et demeura ainsi, la tête enfouie, les épaules rondes. Il ne pleurait pas. Il étouffait de chagrin. Il marmonnait :

– Voilà... voilà... rien d'autre...

Dans la pièce voisine, une femme chanta. Des clefs tintèrent dans le couloir.

– Quelqu'un arrive...

Il se rappela les recommandations qu'il avait faites à la bonne. « Madame Édith... Une jeune femme blonde... Pour la chambre 17... »

Si elle venait tout à coup! Si ce pas de femme qui se rapprochait était son pas! Si cette voix sourde était sa voix! Si une clef tournait enfin dans la serrure : « La dame que vous attendez, monsieur. » Un miracle! Il espérait un miracle! Une porte claqua, au loin, comme un couperet qui retombe. Un autre homme connaissait la joie qu'il avait désirée pour lui-même. Déshérité, dégrisé, Germain Laugier regarda l'heure. Rester? Partir?

La chambre lui était odieuse soudain. Il fallait fuir ces meubles ensorcelés, écheveler les souvenirs au vent de la course, distancer les fantômes... Sinon, il deviendrait fou. Déjà, ses tempes bourdonnaient de fièvre. Il saisit son chapeau et se rua hors de la pièce. Dans l'escalier, il croisa la soubrette. Elle lui lança un regard consterné :

– Vous partez déjà? Elle n'est pas venue? Patientez un peu. Les dames sont souvent en retard.

– Non. J'ai dû me tromper de jour.

– Voulez-vous retenir la chambre pour une autre date?

– C'est ça. Je repasserai...

– Ou alors, si ça ne va pas avec cette personne, je connais une petite femme charmante, une blonde, puisque vous aimez ça... Elle pourrait faire l'affaire. Sérieuse, propre...

Germain Laugier voulut frapper cette entremetteuse bavarde. Il la bouscula et poursuivit son chemin.

– Bon, bon! cria-t-elle. Ce que j'en disais, c'était pour rendre service...

À peine rabattue la portière de l'auto, il embraya brutalement et fonça droit devant lui dans la pluie.

Bourdieu n'était pas dans son atelier. Sur la porte, il avait épinglé une pancarte : « Dimanche. Je ne travaille pas. Je suis à la maison. » Malgré cet avertissement, Germain Laugier poussa le battant de planches qui s'ouvrit en grinçant. Bourdieu ne fermait jamais la porte à clef. Il ne craignait pas qu'on lui dérobât ses outils, sa vieille blouse, son écharpe. Par principe, il avait confiance en tout le monde. Et chacun le respectait pour cette belle candeur. Germain Laugier pénétra dans l'atelier vide. Les dernières statues étaient toutes voilées. Seuls les plâtres, les bronzes, demeuraient à découvert sur leurs selles. Les chaises étaient encombrées de croquis. Des femmes nues, à la sanguine, avec de fortes cuisses renflées, des seins puissants, des jambes longues : toujours le même corps. Sur la table, se débandaient, parmi de vieilles lettres et des factures, une série de petites pancartes jaunies : « Je suis sorti acheter des cigarettes. » « Je suis absent pour la journée. » « Si on a quelque chose à me dire, le concierge me fera la commission. » Et même : « Je travaille, foutez-moi la paix. »

Suivant les occasions, Bourdieu accrochait l'une ou l'autre de ces pancartes à la porte de l'atelier. Sur le mur, des modèles avaient inscrit leur adresse au crayon : « Gigi, 11, rue Huyghens. » « Martine Braun, 3, rue du Petit-Musc. »

La pluie coulait par nappes molles sur les carreaux

inclinés de la verrière. Il commençait à faire sombre. Des klaxons d'auto se répondaient au loin. Germain Laugier eut l'impression de s'être aventuré dans un cimetière. Bourdieu absent, plus rien ne vivait, plus rien ne séduisait dans cette vaste pièce glaciale. Pas une couleur. Du gris, du blanc. De la poussière, du bois, du plâtre, de la pierre. De la mort partout. Germain Laugier sortit de l'atelier, referma la porte avec précaution. Dans la petite allée, plantée d'ateliers semblables, le concierge, vêtu d'un ciré, taillait du bois avec une hachette :

– Vous cherchez M. Bourdieu? Il est chez lui. Rue Daguerre. Au numéro 7. Il a dit d'avertir si quelqu'un venait le trouver. C'est à vous la bagnole?

– Oui. Pourquoi?

– Pour rien. Vous êtes un officiel sans doute?

– Non.

Le concierge se releva, toucha du doigt sa casquette :

– Au 7, rue Daguerre, vous le trouverez. Troisième étage, porte à droite, mon président.

Au 7, rue Daguerre, l'escalier sentait le chou aigre. Un tapis usé recouvrait les marches. Sur le palier, il y avait une cuvette et un seau d'émail blanc. Germain Laugier tira une sonnette en cordon, écouta le timbre grêle qui résonnait dans le vestibule. Des savates claquèrent derrière le battant. Une voix de femme demanda :

– Qui est là?

– Un ami de M. Bourdieu.

La porte s'ouvrit devant une créature décharnée, aux cheveux défaits, aux yeux bigles. Elle était vêtue d'un vieux peignoir orange, ceinturé d'une cravate. Elle portait un foulard autour du cou. Derrière elle, on entendait la toux rauque d'un enfant :

– Il n'est pas là. Il est sorti avec Gèvres, dit-elle. C'est pas pour une commande, au moins?...

– Non.

Elle éternua.

– Eh bien! il est sorti, voilà. Je ne vous dis pas de l'attendre, parce que le gosse est malade et tout est bousculé, forcément. Lui, il va se balader. Et moi, faut que je lave et que j'astique. Un dimanche! Ça ne vous dit rien? Un dimanche! Minute, petiot, je te l'apporte ton sirop.

Germain Laugier songeait à la statue pour laquelle Bourdieu avait fait poser cette femme. Une baigneuse, potelée, souriante, qui se tenait à genoux devant une amphore. Machinalement, il essayait d'apparier le modèle vieilli et l'œuvre jeune et durable. Il retrouvait, avec effort, la forme du nez, la courbe de la bouche, l'écartement des yeux. Mais le reste? Partout, les chairs s'étaient affaissées jusqu'au squelette. La pierre seule était demeurée fidèle à son premier dessin. Comme Mme Bourdieu devait détester son effigie immuable! Comme elle devait être inquiète à la pensée que son mari passait des heures dans son atelier avec cette image d'elle-même, plus fraîche, plus belle, plus désirable qu'elle-même! Ainsi en allait-il de lui et du fantôme d'Édith. Édith avait-elle changé à l'exemple de cette femme?

– Alors? qu'est-ce que vous faites? demandait Mme Bourdieu. Si vous voulez les retrouver, c'est pas difficile, ils sont au *Dôme*...

– Oui, je crois que j'irai là-bas, dit-il.

Il redescendit l'escalier, les jambes molles. Depuis quelques heures, il courait de déception en déception. Tout le repoussait dans ce monde soumis à la chronologie. Il n'avait plus de goût à rien. Il eût désiré s'endormir et ne se réveiller jamais.

Ce fut avec un sentiment de gratitude puérile qu'il reconnut la bonne tête de Bourdieu, perdue dans la fumée et le mouvement du café. Bourdieu était seul. En voyant venir Laugier, il se dressa derrière sa table, au risque de renverser les consommations. Il riait de toutes ses dents. Il criait :

– Hep! Hep! Par ici!

La surprise, l'allégresse de Bourdieu rappelèrent à Germain Laugier que sa démarche pouvait sembler étrange. Il n'avait pas songé une seconde aux paroles qu'il prononcerait pour justifier sa visite. Tout cela s'était accompli si vite, en dehors de sa volonté. Et maintenant, il cherchait une excuse et s'irritait de n'en pas découvrir. Le plus simple eût été de dire la vérité : « J'avais envie de te voir. » Mais Germain Laugier s'insurgeait contre cette tentation. Par principe, il n'avait jamais envie de voir personne. Il ne dépendait de personne. Bourdieu se frottait les mains :

– Ça me fait plaisir de te rencontrer. Tu passais dans le quartier?

Germain Laugier détourna les yeux :

– Oui, je passais dans le quartier. Je suis allé à ton atelier, puis chez toi.

– Et la bourgeoise t'a dit que tu me trouverais ici avec Gèvres? Elle a bien fait. Gèvres est au téléphone. Il va revenir. Assieds-toi. Un demi? Garçon, deux demis.

Germain Laugier s'installa sur la banquette aux côtés de Bourdieu. C'était la première fois qu'il quêtait un secours ailleurs qu'en lui-même, la première fois qu'il avait besoin d'un étranger pour recouvrer son aplomb. Et cette constatation le blessait dans son orgueil. Mais, affaibli, vaincu, il puisait encore une certaine volupté dans la défaite. Secrètement, il découvrait le plaisir un peu lâche, un peu féminin, de la détente et de l'abandon. Il s'appuya du dos à la moleskine et murmura :

– Je suis éreinté.

– Tu n'es pas en auto?

– Si.

– Ah! bien.

Bourdieu le considérait de son grand œil loyal, habitué à saisir le langage des muscles sur un visage d'homme.

Laugier eut l'intuition que son ami le comprenait et il en éprouva quelque soulagement.

– Tu sais, dit Bourdieu, j'ai retravaillé ma bonne femme. Avant, c'était n'importe qui de bien foutu. Une académie sans âme. Maintenant, on devine des tas de choses à la regarder. Et tout ça simplement parce que j'ai changé la plantation du torse sur les hanches. Il suffit d'un rien pour faire vivre un morceau de terre. C'est drôle!

– Oui, c'est drôle!

Ils se turent. Le garçon déposa deux demis, essuya le guéridon d'un coup de torchon circulaire.

– À propos, j'ai reçu une autre lettre d'Édith, reprit Bourdieu. Elle dit que tu ne lui as pas répondu.

Germain Laugier se sentit défaillir, tomber dans le vide. Il maîtrisa l'expression d'hébétude qui montait à son visage. Ses lèvres articulèrent lentement :

– Non. Je ne lui ai pas répondu.

– Elle pense venir le mois prochain.

– Ah! oui?...

Il but une gorgée de bière âcre. Le rappel de ce nom, l'annonce de ce retour, le refoulaient en plein rêve. Tout dansait devant ses yeux, la salle verdâtre et vague, les figures en celluloïd des consommateurs, les tabliers blancs des garçons, les réclames des apéritifs. Il répéta :

– Ah! oui?...

La main de Bourdieu se posa sur sa main et le fit revenir à lui.

– Tu n'es pas bien, disait Bourdieu. Ton visage est tout pâle.

– Trop travaillé, dit-il.

Et il s'épongea le front avec un mouchoir. Puis, il essaya de sourire :

– Je me demande la tête qu'elle aura. C'est triste de se revoir après tant d'années. On vieillit...

Il songeait à la femme de Bourdieu.

– Je ne pense pas qu'Édith ait beaucoup changé, dit

Bourdieu. Elle était toujours coquette. Elle a dû se soigner. Oh! bien sûr, ce ne sera pas la jeunesse d'autrefois, fine, dansante...

– Non... non, dit Laugier, et il eut l'impression qu'une boule avançait dans sa gorge.

– Mais quand même...

– Elle était rudement jolie, n'est-ce pas? dit Laugier sur un ton humble qu'il détesta aussitôt.

– Oui. Les couleurs surtout étaient belles. Ces cheveux d'or. Ces prunelles de pierre verte. Cette peau de lait...

Germain Laugier laissait parler Bourdieu et, d'un mot à l'autre, il lui semblait que croissait son angoisse. Il se sentait seul, abandonné, puni, trahi, misérable. Il avait envie de se recroqueviller sur lui-même. Ses yeux brûlaient. Tout à coup, il releva la tête :

– Tu... tu as conservé cette photo d'elle? dit-il à mi-voix.

– Quelle photo?

– Si, si, tu m'avais dit qu'elle t'avait remis une photo pour faire son médaillon.

– C'est exact. Je dois l'avoir chez moi.

– Tu ne pourrais pas me la donner, me la prêter. Non?

Bourdieu eut un regard si direct, si pénétrant, que Laugier baissa les paupières pour se dérober à son insistance.

– Mais oui, je te donnerai cette photo, dit Bourdieu.

Laugier pensa : « Sûrement il va dire : tu l'aimes encore. » Mais Bourdieu ne dit rien. Alors, Germain Laugier joua l'indifférence.

– Comme je n'ai pas l'intention de la revoir...

– Pourquoi?

– Une idée à moi.

– Drôle d'idée!

– Je ne veux pas la revoir. Mais j'aimerais conserver

un souvenir d'elle, tu comprends. Plus on va, plus on tient à ses souvenirs. Il ne faudrait pas t'imaginer...

– Je ne m'imagine rien.

Germain Laugier se crut en sécurité derrière ce nouveau mensonge :

– Tu me passeras sa photo, un jour. Ce n'est pas pressé...

Maurice Gèvres revenait de la cabine téléphonique. Il fallut se serrer pour lui faire de la place. Bourdieu commanda une nouvelle tournée. Maurice Gèvres avait une mine soucieuse. Assis à côté de Germain Laugier, il éprouvait ce sentiment de gêne qui l'avait saisi dès leur première rencontre. Il ne savait que dire. Pour rompre le silence, il murmura enfin :

– Il me semble vous avoir aperçu, il y a deux ou trois jours, vers six heures, dans un café de la rue de la Gaîté.

– Ce n'était sûrement pas moi, dit Germain Laugier d'une voix brève.

Et tout son visage se contracta. « Pourquoi se cache-t-il ainsi? » pensa Maurice Gèvres. Mais, déjà, Germain Laugier redevenait aimable :

– Je réfléchis souvent à votre *Acrobate.* Le travail avance?

– Oui, lentement, dit Gèvres. Figurez-vous que mon modèle est un peu souffrant. Sa mère ne veut plus le laisser poser. Je lui ai téléphoné à l'instant.

– Alors? dit Bourdieu.

– Elle demande que je passe la voir, un matin, à la séance d'entraînement.

– Il s'entraîne et ne peut pas venir poser? dit Laugier.

– C'est curieux, n'est-ce pas? dit Maurice Gèvres. Moi non plus, je ne comprends pas.

Germain Laugier examinait le jeune homme avec curiosité. Il le devinait naïf, courageux, solitaire. Celui-là ne finirait pas directeur des chaussures Bosco. Celui-là réussirait ou crèverait à la peine. À moins qu'une femme, une Édith quelconque...

– Je souhaite de tout cœur que vous puissiez terminer votre œuvre, dit-il. Oui... oui... Quoi qu'il arrive, il faut tenir. N'est-ce pas? Il faut à tout prix. Sinon...

Un inconnu s'était approché d'eux. Il portait une barbe en collier et son nez était dévié sur la joue gauche.

– Godureau! s'écria Bourdieu. Alors, ta duchesse?

– Elle m'a payé son portrait avec de vieux bouquins. Elle disait : « Je suis gênée... Mais comme vous aimez les livres... » Je me demande où elle a pris ça!

Tous éclatèrent de rire. Un autre peintre vint les rejoindre, un Tchécoslovaque, au crâne rasé, qui parlait à peine le français et fumait une longue pipe. Il ne comprenait rien à la conversation, mais criait parfois d'une voix tonnante, en rejetant la tête :

– D'accord... Votre formule est ma formule... Esthétique n'est pas pissotière...

Puis, ce fut le tour d'un modèle, une jolie fille, un peu sale, un peu fanée, aux yeux limpides.

– Vous n'avez pas besoin de moi, monsieur Bourdieu?

– Je te connais, tu me lâcheras après trois séances. Mais viens toujours. On fera des croquis.

– Vous savez, Godureau peut vous dire, j'ai repris de la fesse et des cuisses. J'ai été à la campagne, n'est-ce pas?

– On verra ça.

Bientôt, ils formèrent une tablée de dix personnes. Germain Laugier retrouvait avec étonnement le ton des disputes anciennes.

– Picasso, mon cher, il est dépassé, clamait Bourdieu. Il a ouvert une porte. C'est bien. Je tire mon chapeau à tous ceux qui ouvrent les portes. Mais après, non...

– Eh! le Slave, disait Godureau. Regarde voir ce clochard à la terrasse. Il a une écharpe d'un vert! Ce vert et le violet sombre du gilet. Quelle note! Ça chante! C'est construit! Hein!

– Ah! rugissait le Tchèque. C'est fort comme une

diablerie. Quelle formule! On ne trouverait pas. Et lui trouve.

– Moi, j'estime, disait un petit jeune homme poncé, poli et frêle, que Bourdieu a tort de démolir Picasso avant de l'avoir compris.

– Vous l'avez compris, vous?

– Le Pablo de l'époque rose est purement miraculeux!

– Il a trop d'époques, votre Pablo.

– Je suis de ton avis, dit Laugier.

Tout le monde le regarda et il en fut flatté. Depuis longtemps, il ne s'était plus intéressé à l'art. Mais, soudain, il découvrait en lui-même une opinion toute formée sur les artistes contemporains.

– Nous nous acheminons vers un retour au classicisme, dit-il.

Il y eut des cris :

– Bravo, David!

– Vous êtes tous des crétins! hurla Bourdieu. Le classicisme, ce n'est pas la mort. Est-ce que vous avez regardé au moins la *Vénus de Milo*? Non? Eh bien! son profil gauche et son profil droit ne sont pas pareils. Parce qu'elle a été sculptée sincèrement, d'après nature. Ce sont les faux classiques qui ont introduit la symétrie, le léché, l'arrangé... L'*Acrobate* du petit, il est classique à sa manière. Eh bien! je voudrais que vous voyiez sa gueule. Il vit, ce gosse... Il souffre... Il lutte...

Maurice Gèvres était tout rouge et respirait difficilement.

– En art, il n'y a que la sincérité qui compte, dit Laugier. Et Picasso n'est pas sincère...

La fumée lui piquait les yeux. Les visages qui l'entouraient lui semblaient familiers et cependant lointains. Quelque chose de joyeux remuait dans son cœur. Quelque chose de secret, de préservé, d'indicible : « Ah! oui, bientôt j'aurai la photo d'Édith. »

– Et Utrillo, donc! criait Godureau. Vous me direz peut-être qu'Utrillo, lui aussi, a fait fausse route?

Le modèle regarda sa montre :

– Six heures vingt, il faut que je file. Mon ami m'attend.

Six heures vingt. Germain Laugier frémit : il y avait bien trois heures qu'il avait quitté Alice. Et la pensée de la retrouver lui était insupportable. Après cette journée de souvenirs impérieux, il avait peine à imaginer un repas en tête à tête avec sa femme, dans la salle à manger quotidienne. Il ne voulait plus revenir à sa tranquillité. Il ne vivait plus que pour l'aventure. L'idée le traversa d'inviter à dîner Bourdieu et Gèvres. Pas chez lui, bien sûr. Il n'avait pas perdu la tête au point d'oublier la distance qui le séparait de ces deux bougres, charmants et grossiers. Au pavillon de Saint-Mandé, il ne recevait que des hôtes d'élite. D'ailleurs, Gèvres et Bourdieu ne s'y fussent pas sentis à l'aise. Il leur fallait un bistrot, bien enfumé, bien populeux. Celui-ci par exemple. Quelques douzaines d'huîtres. Du vin blanc un peu aigre. Un menu d'artistes, quoi! Ce soir, Germain Laugier avait envie de s'encanailler, de se rajeunir. Il dit :

– Si nous dînions ici, tous les trois?

– Hein? s'écria Bourdieu.

– Oui, je préviendrai ma femme de ne pas m'attendre.

Bourdieu écarquillait les yeux et se grattait le menton dubitativement :

– C'est que... Tu me prends un peu au dépourvu...

– Tu n'es pas libre?

– Non. Et Gèvres non plus. Ce serait après-demain, je ne dis pas...

Germain Laugier était surpris par ce refus honnête. Il n'avait pas supposé que ces deux gâcheurs de plâtre pussent renoncer à l'aubaine d'un dîner. Et d'un dîner offert par lui, en ville, dans un bistrot de leur choix. Vraiment, leur attitude était incompréhensible. Sans doute cherchaient-ils à se faire valoir.

– Quoi? Quoi? Vous êtes pris, invités ailleurs? dit Laugier nerveusement.

– C'est ça, on est invité ailleurs, chez un copain, dit Bourdieu.

Germain Laugier avait honte de son insistance. Mais, ce soir, il voulait à tout prix dîner en compagnie de ces deux hommes. Quitte à les renier le lendemain, d'ailleurs.

– Dites à votre copain de se joindre à nous.

Bourdieu hocha la tête :

– Ce serait maladroit. Il a tout préparé chez lui. Il se vexerait.

Germain Laugier fronça les sourcils. Est-ce qu'on se moquait de lui? Quel était ce copain ombrageux? Autour d'eux, la conversation continuait, forte et décousue :

– J'ai vu un Jongkind de toute beauté.

– Celui au ciel blanc?... Rien que le papier... C'est du truc...

– Tu sais que Despiau est malade?

Pour emporter la décision, Germain Laugier oublia toutes ses répugnances et dit brutalement :

– Et si je vous invitais à dîner chez moi, ce soir?

– Qu'est-ce que ça change? dit Bourdieu. Non, ce soir on ne peut pas.

Il eut un franc sourire :

– Je regrette, tu sais. Et Gèvres aussi.

– Bon, bon, dit Laugier.

Et il vida le fond de son verre.

– Mais si tu veux qu'on vienne dîner chez toi demain, ou après-demain, ce sera avec plaisir, reprit Bourdieu. Seulement, la bourgeoise, elle, il faudra s'en passer, à cause du petit qui fait de la bronchite.

Bourdieu et Gèvres chez lui : tout ce qu'il avait voulu éviter. Mais il était délicat, maintenant, d'annuler cette invitation.

– Alors, demain, ça colle? demandait Bourdieu.

Laugier fit mine de consulter son carnet pour se donner le temps de réfléchir. Comme il tournait les pages de l'agenda, le souvenir d'un autre agenda, tout jauni, tout moisi, visita sa mémoire. Il se rappelait ces notes brèves : « Trois heures, Bourdieu, au *Dôme.* » Il sourit et inscrivit machinalement sur le feuillet ouvert devant lui : « Huit heures, Bourdieu, chez moi. »

– Demain, huit heures, ça vous va?

– D'accord, dit Bourdieu.

– Je vous remercie, monsieur, dit Gèvres.

– Voici mon adresse.

Il leur tendit sa carte de visite commerciale, chargée de titres, et se plut à constater qu'elle impressionnait Maurice Gèvres. Puis, il se leva.

– Pourquoi, quand vous parlez Tchécoslovaquie, vous dites toujours Mucha? criait le Tchèque. Il y en a d'autres, Kars, Coubine. Voilà des formules. Et pas de l'urinaire!

Au moment de partir, Laugier murmura, en se penchant vers Bourdieu :

– Tu penseras à la photo?

Bourdieu inclina la tête.

L'auto était arrêtée devant le trottoir. Deux gamins en guenilles l'examinaient avidement. Laugier en fut flatté. Il se sentait mieux. Il se promit de passer chez un fleuriste pour ramener à sa femme une azalée ou une botte de roses.

7

M. DUPOUY de Signac ouvrit un dossier à couverture bleue et déposa son fume-cigarette dans la gorge du cendrier. Ses gestes étaient vagues et gracieux. Une courte moustache blanche timbrait en plein centre son petit visage fripé. Il grasseyait en parlant.

– Le procès-verbal de la séance précédente étant approuvé, dit-il, nous allons, si vous le voulez bien, messieurs, passer à l'étude de la trésorerie et des pourparlers en cours avec différentes banques.

Autour du tapis vert, les six administrateurs inclinèrent la tête en signe d'acquiescement. Laugier examinait le vernis de ses ongles. Bourdieu et Gèvres devaient dîner à la maison, ce soir. Ce soir, il aurait enfin la photographie d'Édith. Bientôt, Édith elle-même... Il ferma les yeux, assailli de tendresse et de crainte.

– Grâce aux démarches entreprises par M. l'administrateur délégué...

Germain Laugier releva le front. On parlait de lui. Pourtant, il était si loin de cette table, de ces hommes, de ces questions. Des panneaux-réclame pour les chaussures Bosco ornaient les murs de la pièce. De part et d'autre de la fenêtre, pendaient de lourds rideaux en velours beige. Sur le drap vert, les papiers, les mains, étaient rangés en cercle. La fumée plafonnait en molles nappes bleues. Il faisait chaud. Le président lisait des chiffres avec rapidité. Ses lèvres, sous la moustache bien peignée, travaillaient, luisantes, voraces. Quelques administrateurs prenaient des notes. L'un d'eux, un gros roux, spongieux et somnolent, jouait avec un coupe-papier en écaille. Il avait trop mangé. Sûrement, il allait s'endormir. Une voix demanda :

– N'est-il pas nécessaire de faire proroger les délais d'échéance de notre crédit au Comptoir anversois?

C'était Macaire. Un homme à face chiffonnée et sombre. Mal rasé, mal coiffé, vêtu comme un commis, avec le stylo apparent dans la poche. Un chercheur d'histoires. M. Dupouy de Signac affirma qu'il n'était pas question de proroger les délais dans les circonstances actuelles.

– Mais les circonstances peuvent changer, s'écria Macaire.

Et il perdit son lorgnon.

– Alors nous aviserons. N'oubliez pas qu'en sollicitant une pareille mesure, qui lui serait sans doute accordée, la maison Bosco se placerait vis-à-vis de la banque dans une situation tributaire et, je dirai même, suspecte. Notre chiffre d'affaires...

Plusieurs administrateurs se mêlèrent à la discussion. Germain Laugier fit un effort pour suivre la pensée du président. Mais il se sentait extraordinairement las et détaché. Les paroles ne l'atteignaient qu'à travers des régions de brume cotonneuse. Les visages, les gestes se dissolvaient dans l'air. De quoi parlait-on? Ah! oui. Les paiements en retard.

– Nous faisons toute diligence, disait le président. Mais il est délicat d'intenter, dès aujourd'hui, des poursuites judiciaires contre certains vieux clients paralysés momentanément par la crise.

– J'aime ce « momentanément »! dit Macaire.

– Nous leur avons suspendu nos fournitures...

– Trop tard...

– Mais non. La maison Huxley, par exemple, a déjà repris ses paiements. Et, dès la sortie de notre série *Fox*...

Germain Laugier jeta un regard sur l'ordre du jour. Il avait hâte qu'on en vînt à la seule question pour laquelle il dût intervenir en personne : l'achat éventuel d'une usine, aux environs de Limoges. Bourdieu n'avait-il pas dit que Gèvres était de Limoges? Quel rapport?

La lumière baissait, la pluie tapait contre les vitres. Les papiers avaient l'air de flotter à la surface d'un étang vert et croûteux. Sur un geste du président, Germain Laugier redressa la taille. Son tour était venu. Le silence se creusait autour de lui. Un seul déclic tournait vers lui tous les visages. Il les détesta brusquement. Un frisson le parcourut. Comme s'il n'était pas à sa place. Comme s'il allait parler en public pour la première fois. À vrai dire, il n'avait guère préparé le dossier. Sa secrétaire s'en était chargée. Certes, il n'aimait pas confier à d'autres le soin d'étudier et de rédiger des rapports de cette importance. Mais, la semaine dernière, il s'était reconnu incapable du moindre effort administratif. Sa pensée était ailleurs. Il s'ennuyait au bureau. Était-ce très grave? « Tout marchera bien. Il n'y a pas de raison. D'ailleurs je m'en moque. Tiens, voilà Macaire qui retire ses lorgnons et les essuie avec un mouchoir. Signe qu'il est mécontent. »

– Monsieur le président, messieurs...

Germain Laugier s'entendit parler, avec stupeur. La voix était chaude. Les intonations étaient justes. On eût dit, vraiment, qu'il s'intéressait à la cause des chaussures Bosco!

– L'acquisition des usines Verzon exigerait une augmentation de capital qui peut être évaluée à cinq millions.

– Diable! dit quelqu'un.

– Avant d'examiner les possibilités de cette opération, poursuivit Laugier, je me permettrai d'attirer votre attention sur l'actif et le passif de la société venderesse. La société Verzon comprend la clientèle et l'achalandage y attachés, les traités, marchés et conventions passés par le vendeur, l'usine proprement dite, avec ses installations décrites dans l'état que vous avez sous les yeux...

Des murmures naissaient, çà et là, dans la masse des auditeurs. Une onde nerveuse anima les visages. Germain Laugier sentit qu'on ne le suivait pas. Mais cette constatation, qui l'eût chagriné jadis, le laissait aujourd'hui parfaitement calme. Ces affaires d'usine et de chaussures ne le concernaient pas. Il était l'homme d'un autre monde. Il songea au plaisir orgueilleux qu'il avait éprouvé jadis à recevoir dans son pavillon M. Dupouy de Signac. Ce soir, il l'eût volontiers décommandé pour accueillir Bourdieu et Maurice Gèvres. Il sourit.

– Notre administrateur délégué semble se réjouir de cette alternative, dit Macaire. Et pourtant...

– Pourtant, s'écria le gros homme roux, il faudrait voir l'affaire d'un peu plus près. Il y a quand même une dette hypothécaire sur l'usine...

– Je l'ai signalée, dit Germain Laugier.

– Et une dette envers les héritiers.

– Elle est contestée par la société.

– Autrement dit, nous courons à un procès.

– Ils vous font peur?

Germain Laugier avait dit cela d'une manière sèche, impatiente. M. Dupouy de Signac lui lança un regard de reproche :

– Messieurs, messieurs...

Macaire feuilletait un carnet de notes. Tout à coup, il leva la tête joyeusement :

– Vous ne nous avez pas parlé de la nouvelle turbine installée à Verzon, mon cher administrateur délégué.

Contre celui-là aussi, Germain Laugier fit front. La turbine? Qu'avait-elle la turbine? Il ne s'en souvenait plus. Il compulsa son rapport d'un doigt rapide : « Ce que je m'en fous, de leur turbine ! »

– La société Verzon n'en a pas entièrement réglé le prix à la fabrique de Zurich, dit Macaire avec un sourire malin. Vous auriez pu le mentionner, peut-être.

– Eh bien !... je... je me proposais de le faire, dit Germain Laugier.

– C'est bien ce que je pensais, dit le président.

Germain Laugier éprouvait autour de lui une baisse d'estime.

« Cette secrétaire !... On ne peut donc s'en remettre à personne ?... » Il n'avait pas l'habitude des critiques, des soupçons, de la défaite. Toujours, les conseils d'administration s'achevaient par son triomphe personnel.

La transpiration coulait dans son dos, collait la chemise à ses omoplates. Il alluma une cigarette. N'allait-on pas prétendre qu'il avait intérêt à ce que la société Bosco achetât cette usine, qu'il touchait une commission ?

– Un ingénieur de mes amis, dit Macaire, affirme que les usines Verzon sont dans un état de décrépitude telle qu'il faudrait engager un à deux millions pour la remise en état du matériel.

– Il voit grand votre ami, dit Laugier avec une moue méprisante. Je me suis arrêté à un chiffre plus modeste.

– Et le stock de cuir ? grogna l'homme roux.

– Quoi ? Je ne l'ai pas oublié, il me semble.

– Non, mais vous l'avez évalué, un peu sommairement, d'après les cours actuels.

– Eh bien ? demanda Laugier.

– Eh bien ! les cuirs baissent de jour en jour, et, lorsque nous entrerons en possession de l'usine, la valeur du stock aura dégringolé de moitié.

– Oui, oui, reprit Macaire, vous portez ces stocks de cuir à l'actif de l'opération. N'est-ce pas au passif qu'il faudrait les joindre ?

– M. Macaire aime les paradoxes, dit Laugier.

– Nullement, dit Macaire. Ces stocks nous alourdiront. Ils nous empêcheront de profiter d'une baisse momentanée sur la matière première. Ils nous interdiront une économie plus souple, plus accommodante. Y avez-vous pensé?

– Non, dit Germain Laugier.

Des gouttes de sueur descendaient sur ses tempes, sur ses joues. Il étouffait, il souhaita pouvoir ouvrir la fenêtre.

– Vraiment, disait Macaire, je ne comprends pas l'étrange sympathie qu'éprouve notre administrateur délégué envers ces usines du Limousin...

Germain Laugier pensa crier, mais se retint, baissa les yeux. Il se sentait trahi, attaqué de toutes parts, et trop faible pour se défendre. Les chiffres tournaient dans sa tête. Les noms propres se heurtaient, s'effondraient. Il n'avait rien préparé. Il ne savait rien. Et tout lui était égal. Pourquoi ne le laissait-on pas tranquille? Qu'il les jugeait donc ridicules et mesquins, ces vieillards passionnés de paperasses, ces défenseurs de la chaussure, ces mangeurs de dividendes, ces jetons de présence incarnés! La réverbération du tapis vert leur faisait des faces blafardes et flasques de noyés. Où étaient leur richesse, leur vie? Existaient-ils pour autre chose que pour ces fauteuils, ces rapports, cet argent? Soudain, il se rappela Édith, le *Royal Artois,* la chambre quiète avec les deux oreillers jumeaux. Des yeux glauques, une chevelure blonde s'interposèrent entre lui et le cercle des administrateurs. Une voix douce parlait à son oreille. Une chaleur de femme montait contre sa peau. Il passa un mouchoir sur son front brûlant. Autour de lui, on votait à main levée.

– Le projet est ajourné, dit le président. Mon cher administrateur délégué, vous voudrez bien vous entendre avec le commissaire aux comptes pour établir une étude plus sérieuse de la question...

Les administrateurs se levaient solennellement,

repoussaient leurs chaises. Germain Laugier serra quelques mains au hasard.

– Vous avez l'air fatigué, dit M. Dupouy de Signac. Vous devriez prendre du repos.

Un à un, ces messieurs quittaient la pièce, en devisant avec courtoisie. Bientôt, Germain Laugier demeura seul dans la salle vide. Il considéra tristement les fauteuils dérangés, les papiers épars sur le tapis vert, la fumée lourde qui se nouait en écheveaux devant la fenêtre. Derrière la porte, on entendait des voix alternées. Germain Laugier colla son oreille au battant de cuir. Les administrateurs échangeaient leurs impressions en grillant le cigare rituel des fins de séance.

– Une étude un peu précipitée, disait Macaire. Il nous avait habitués à plus de précision...

D'autres répondirent :

– Je me demande si le groupe Verzon ne l'a pas un peu embobiné.

– Pensez-vous! Laugier est incapable... Simplement, un manque d'information... Une négligence...

– Vous savez quelque chose à son sujet?

– Des soucis de famille? Non?

Germain Laugier soupira et desserra un peu le nœud de sa cravate.

Les housses grises, mollement vallonnées, descendaient de l'ombre jusqu'au centre jaune du cirque. Dans les passages, des femmes de peine balayaient les résidus hétéroclites du spectacle : programmes lacérés, coquilles de noix, épluchures d'oranges. Un peintre d'occasion rafistolait la barrière écorchée. L'orchestre, dans sa loge de velours, répétait une marche militaire, traversée d'appels de cuivres et de roulements de tambourins. Quelques silhouettes grises, fugitives, apparaissaient et disparaissaient dans la baie conduisant aux coulisses. On entendait hennir les chevaux au pansage. L'air sentait le sable humide, l'eau de Javel, le berlingot, le crottin. Deux projecteurs maintenaient dans la rotonde une lumière ocre, chargée de poussière. Sur la piste, le groupe des « Gais Cabrioleurs » étudiait sa nouvelle entrée. Ils étaient cinq. Quatre gamins et un long gaillard désossé, au visage stupide. L'homme poursuivait les enfants à grandes foulées maladroites, s'effondrait, se relevait d'un saut de carpe, repartait, retombait, les jambes entortillées, la tête à l'envers, et se mettait à marcher sur les mains. Les fuyards se moquaient de lui et lui échappaient au prix de mille contorsions cocasses.

C'était au cours d'une exhibition semblable que Maurice Gèvres avait distingué le petit Fabien Morelli. Le prétexte du numéro avait changé depuis, mais non les exercices des gymnastes. Maurice Gèvres s'installa dans une loge et regarda son acrobate, qui, maintenant, s'entraînait un peu à l'écart. Gravement, posément, Fabien Morelli renversait le torse en arrière, descendait la tête à hauteur de ses cuisses et prenait ses chevilles à pleines mains. Ainsi tordu, il formait un anneau de chair indissoluble. Son visage se gonflait de sang. Puis, il se redressa lentement, redevint vertical, déchiffrable.

– Fabien! appela Maurice Gèvres.

Le gamin tressaillit, aperçut Maurice Gèvres, enjamba la barrière. Il accourait vers lui sur ses petites espadrilles molles. Un maillot noir moulait ses jambes trop maigres. Il avait du sable plein les cheveux. Son haleine sortait en vapeur de sa bouche essoufflée. Vivement, il tendit à Maurice Gèvres sa patte sèche et brûlante.

– Je te croyais malade, lui dit Gèvres.

Fabien jeta un coup d'œil par-dessus son épaule :

– Non. C'est maman qui ne veut pas...

Il suait à grosses gouttes. Il reniflait.

– Qui ne veut pas quoi? demanda Gèvres.

– C'est compliqué. Elle vous expliquera. Ça l'ennuie que je vienne poser.

Il ajouta aussitôt :

– Moi, ça ne m'ennuie pas, vous savez. Oh! ça s'arrangera. Elle grogne comme ça. Et puis elle n'y pense plus.

– Où est-elle, ta mère? dit Gèvres.

– Elle était là. Elle va revenir.

Un coup de sifflet l'interrompit.

– Hep! Fabien! On reprend! cria quelqu'un.

Fabien fit à Gèvres un petit sourire triste et s'échappa vers le groupe qui piétinait dans l'arène. Ses espadrilles claquèrent sur les planches du passage. Puis il apparut, mêlé aux autres. La musique tonna. Deux gymnastes grimpaient à une échelle de corde, dressée miraculeusement dans le vide. Un appel partit des coulisses :

– Appuyez sur la gauche, nom de Dieu!

La porte de la loge s'ouvrit. Maurice Gèvres tourna la tête. Mme Morelli était devant lui, enroulée dans un manteau en faux léopard, sa casquette en feutre marron bien tirée sur les yeux.

– C'est gentil d'être venu, dit-elle.

– Vous m'aviez dit au téléphone que le petit était malade.

– Oh! pas malade. Un peu fatigué. Il a les traits tirés, ne trouvez-vous pas?

– Il m'a expliqué...

– Ce qu'il vous a expliqué n'a pas d'importance. Avez-vous un instant pour que nous bavardions?

– Volontiers, dit Gèvres.

Elle eut un sourire large, mouillé.

– Pas ici, dit-elle. Chez moi nous serons plus à l'aise.

Elle marchait devant, lourde, puissante, l'arrière-train serré à craquer dans son manteau jaune à macules noires. Ils traversèrent les coulisses. Dans les écuries, elle s'arrêta pour flatter l'encolure d'un cheval, offrir du sucre à un autre. Les bêtes s'ébrouaient dans leurs boxes. Les chaînettes tintaient. Un palefrenier passa, portant un harnais blanc sur l'épaule.

– Bonjour, Zucco, cria Mme Morelli.

L'homme toucha son béret basque.

Gèvres s'impatientait. Il avait hâte d'apprendre les griefs de Mme Morelli et de la convaincre en quelques mots. Il n'imaginait pas que la seule volonté de cette femme pût lui interdire d'achever son œuvre. Il regarda sa montre.

– Vous êtes pressé? demanda Mme Morelli. Ah! ces artistes! La rue à traverser et nous y sommes.

Mme Morelli habitait un petit appartement de deux pièces, humide et sombre. Les murs étaient décorés d'éventails-réclame, de castagnettes et de photos. Photos de camarades, aux torses avantageux, aux moustaches vaniteuses. Photos de Mme Morelli, singulièrement mince et jolie, dansant sur un lourd cheval blanc. Photos de Fabien, déguisé en clown, la face peinte par plaques, la bouche énorme. Ils s'assirent côte à côte sur un canapé étroit tendu de cretonne à fleurs. Devant eux, un bouquet de monnaies-du-pape débordait hors d'un vase en verre rose. Sur le guéridon, un réveille-matin tictaquait sagement dans son assiette pleine de sous. Mme Morelli retira son chapeau, secoua sa courte chevelure teinte et appuya son dos contre les coussins qui s'affaissèrent.

– Et voilà, dit-elle en plissant les yeux. Vous êtes chez moi. Comment trouvez-vous?

Il jugea ce préambule étrange.

– C'est très bien, dit-il.

– Très bien, non. Mais intime. Personnel. N'est-ce pas? Et les voisins ne sont pas gênants.

Elle sortit une glace de son sac à main, se contempla, pinçant les lèvres, haussant les sourcils. Puis, elle prit une houppette et s'en appliqua deux tapes sur les ailes du nez.

– Je luisais, expliqua-t-elle.

Maurice Gèvres, assis au bord du canapé, évitait de

regarder la matrone. Il se sentait menacé et grotesque. Il balbutia :

– Que se passe-t-il exactement, madame Morelli? Fabien m'a dit, à l'instant, que vous lui défendiez de venir poser chez moi. Ce n'est pas vrai?

Mme Morelli expulsa un soupir prolongé et battit un peu des paupières.

– Hélas! dit-elle.

Maurice Gèvres ouvrit la bouche. Un grand vide se creusait dans sa poitrine.

– Pourquoi dites-vous : hélas?

– La vie nous entraîne comme un fleuve, gronda Mme Morelli. Des fétus de paille. On se rencontre. On s'écarte...

– On s'écarte?...

– Eh oui! Au gré du courant... Oubliez-nous, mon cher.

– Vous oublier? s'écria Gèvres. Mais ma statue...

Mme Morelli fit une grimace de souffrance inspirée :

– Vous garderez ce souvenir au moins.

– Je n'ai pas fini mon travail! J'en ai pour un mois, deux mois encore!

– Pauvre! gémit Mme Morelli.

Et, soudain, elle se mit à parler d'une voix posée, raisonnable :

– Vous comprenez, mon petit, la vie augmente. Le gamin gagne de son mieux. Moi de même. En somme, de quoi ne pas crever de faim. Nous ne pouvons pas nous offrir le luxe de poser gratuitement, à droite, à gauche. C'est du temps perdu, tout ça.

– Du temps perdu?

– Mais oui, réfléchissez un peu. Si Fabien s'exerçait pendant les heures qu'il passe auprès de vous, il arriverait à mettre sur pied un numéro individuel. Et un numéro individuel, ça se paye. Au lieu de quoi, il sautille parmi les « Gais Cabrioleurs » et passe ses loisirs à se pavaner dans votre atelier. Où est la logique? Ah! si nous avions nos aises, si nous étions rentrés, je ne dis pas... Mais comme ça... Simplement pour vous faire plaisir... La carrière du petit... Mon devoir de mère est d'y veiller jalousement...

Elle était gonflée de majesté, la mâchoire forte, les narines béantes. Son souffle aigre atteignait Maurice Gèvres au visage. Il voulut combattre la détresse qui le gagnait :

– Pourtant, dit-il, vous m'aviez affirmé vous-même que cette statue servirait la carrière de Fabien et lui vaudrait de nouveaux engagements.

Elle le menaça de son doigt rose et dodu comme une saucisse :

– Vilain, vilain que vous êtes de me le rappeler! C'était le rêve orgueilleux d'une mère, mon pauvre ami. Pfuitt! Deux secondes de réflexion, et le rêve s'envole. Croyez-vous que le succès de votre statue donnera du muscle à Fabien? Et de la détente? On n'engage pas un acrobate parce qu'il a servi de modèle à un sculpteur, mais parce qu'il a du métier, un tour nouveau. Vous ne le nierez pas. Le travail seul peut sauver Fabien. Et il renonce à son travail au profit du vôtre. D'ailleurs, qui me dit que votre statue sera remarquée, aura du succès, hein? Moi, je n'y connais rien...

Son gros œil noir, huileux, attentif, fascinait le jeune homme. Maurice Gèvres, éperdu, sentait se débander en lui les restes de son espoir. Il suffisait que cette virago refusât, par caprice, que Fabien vînt poser chez lui, et des mois de travail se trouvaient annulés sans retour, une œuvre unique demeurait à l'état d'ébauche, les ambitions les plus nobles étaient confondues, la vie même n'avait plus de sens. Ne comprenait-elle pas la gravité de sa décision? Ne devinait-elle pas qu'en s'obstinant elle le détruisait, elle le tuait à la lettre? Car il ne pourrait plus exister si cette tâche lui était retirée des mains. Ce n'était pas juste! Elle n'avait pas le droit!

– Ah! madame, dit-il, vous n'imaginez pas ce que

signifie pour moi votre refus. J'avais mis tout mon espoir dans cette œuvre. Je ne vivais plus que pour elle...

– Je sais, je sais, dit-elle avec une moue importante. Mais vous avez tant de talent! Vous entreprendrez autre chose. Et vous le réussirez aussi bien.

– Fabien pourrait venir poser moins souvent... Deux fois par semaine, par exemple... Cela suffirait...

Sa voix était implorante. Il en eut honte d'abord. Mais il était prêt à s'humilier davantage encore pour obtenir gain de cause. Mme Morelli secouait la tête et ses boucles d'oreilles en cuivre fileté lui frappaient les joues :

– Je connais ces arrangements, dit-elle. On parle de deux jours par semaine. Et puis la cadence s'accélère insensiblement. Et on s'aperçoit que rien n'est changé. Non, non, mon cher. Payez les séances, ou renoncez à votre modèle. Voilà mon dernier mot.

– Payer les séances? dit Maurice Gèvres. Et avec quoi? Je n'ai rien, presque rien, vous le savez, madame.

– Oui, oui, dit-elle d'un air lointain.

Visiblement, elle ne voulait pas l'entendre.

– Combien exigez-vous? demanda-t-il brusquement.

Arrondissant ses grosses lèvres maquillées, elle murmura :

– Cent cinquante francs par séance.

– Vous êtes folle! s'écria-t-il. C'est le triple du prix que réclame un modèle professionnel!

– Fabien vaut mieux qu'un modèle professionnel.

– Mais c'est un vol! Mais... mais je ne pourrai jamais!

Ses idées viraient dans sa tête. La statue inachevée. Les soirées vides. Les rêves déçus. Les larmes lui montaient aux yeux. Il dit :

– Comment osez-vous? Comment osez-vous?

À ce moment, il devina qu'un doigt chaud et mou se glissait dans son encolure. Il frémit. Tout contre sa joue, une bouche étrangère chuchotait :

– Allons... allons... Tout peut s'arranger encore... Quel grand gosse vous faites!

Il releva le front. Mme Morelli s'était rapprochée de lui et lui entourait la taille de son bras robuste. À quelques centimètres de son visage, il voyait la face de cette femme, aux pores dilatés, aux cils raidis de fard. Elle avait une petite verrue duveteuse sur le menton. Elle sentait le vin blanc.

– Mon Dieu, quel grand chagrin! disait-elle, avec une grimace goulue. Vous êtes un enfant. Un charmant enfant. Je ne veux pas être cruelle. Posez la tête sur mon épaule, je vous consolerai. Non?

Il ne l'écoutait pas. Une seule phrase demeurait en lui de ce discours mâchonné à mi-voix : « Tout peut s'arranger encore. » Un instant, il espéra follement qu'elle s'était laissé attendrir. Mme Morelli soupirait :

– Votre faux col et vos manchettes sont élimés. Vos souliers ne sont pas cirés. Il vous faut une femme qui s'occupe de vous et vous dorlote. Pas une de ces jeunesses qui n'ont que plaisir et gambades en tête. Mais quelqu'un de sérieux, de maternel...

Il essaya de la repousser. Et elle le maintenait contre son flanc d'une poigne solide. Elle ronronnait :

– Quelqu'un de maternel. Quelqu'un qui sache vous apprécier. Ah! j'aurais aimé avoir un fils comme vous! Ne voulez-vous pas que je sois votre marraine? Rien que votre marraine un peu tendre...

Tout à coup, il comprit ce qu'elle attendait en échange de sa mansuétude. Une honte, un dégoût violents l'envahirent. Jamais il n'aurait soupçonné qu'elle pût lui proposer un troc aussi lamentable. S'imaginait-elle vraiment qu'il accepterait cette offre pour sauver son œuvre de l'abandon? Mais il ne saurait plus travailler après s'être livré au bon plaisir de cette vieille femme. La statue subirait le contrecoup de sa déchéance. C'était absurde, peut-être, mais il lui semblait que l'*Acrobate* participait à son destin, et que sa forme de glaise n'était pure que parce que des mains pures l'avaient modelée. Entre l'*Acrobate* et lui existaient un certain équilibre physique et moral, une probité mutuelle, une réciproque confiance, dont la disparition serait fatale pour l'artiste et pour l'œuvre. Ah! que cette femme était donc hideuse et méchante! Il émanait d'elle une force mauvaise. Elle personnifiait toutes les lèpres de l'humanité. Elle n'était venue au monde que pour empêcher Maurice Gèvres d'accomplir un noble combat. Elle était le diable.

D'un bond, il se mit debout. Mais elle le retenait par la main. Elle dodelinait affreusement de la tête :

– Si vous êtes gentil, je serai gentille. Si vous êtes complaisant, je serai complaisante. Si vous êtes généreux... Quoi, quoi? Je croyais que vous y teniez beaucoup à ce que le petit vienne poser chez vous? Eh bien?

Elle lui cligna de l'œil.

D'un mouvement brusque, il se dégagea. Sa mâchoire tremblait. Ses jambes se dérobaient sous lui.

– Vous êtes monstrueuse, murmura-t-il.

Elle riait, la face large, raccourcie. Une dent en or brillait dans sa bouche profonde.

– Tant pis pour vous, dit-elle. Moi, je voulais vous rendre service. Vous réfléchirez. Je sais attendre.

Elle tira de son réticule une cigarette en papier rose et l'alluma posément. Une courte flamme lui éclaira le nez. Ses bracelets tintèrent.

– Valet de trèfle... Désirez-vous que je fasse une réussite?

Mais déjà Maurice Gèvres avait quitté la pièce.

Zucco avait bien choisi sa table, tout au fond du café, derrière un pilier à moulures. Il tournait le dos à la salle. Assise à côté de lui, Marie poudrait son nez humide, ses pommettes enflammées.

– Il faut que je parte, disait-elle. Madame va s'inquiéter. On a du monde à dîner, ce soir. Des artistes, paraît-il. Des sculpteurs.

Il haussa les épaules.

– Je connais ça, les sculpteurs. On en avait un, à Milan, qui faisait en dix minutes la statue de quelqu'un de la société ou d'un acteur de cinéma. Comme on voulait. Puis, il leur coloriait la gaufre avec des poudres blanches, rouges, jaunes. C'était un salaud.

Elle lui jeta un coup d'œil effrayé. Le béret basque enfoncé jusqu'aux oreilles, la cigarette collée au coin de la bouche, il soufflait la fumée devant lui, violemment. Elle l'admirait beaucoup quand il se mettait en colère. Alors, son visage mou se ratatinait et collait aux os. Ses yeux devenaient étroits et profonds. Ses lèvres remuaient vite. On le sentait capable de casser n'importe quoi, de poignarder n'importe qui. Pourtant, il n'était pas solide. Il toussait. Il fumait trop.

– Alors, tu ne veux toujours pas qu'on se remette? dit-il lentement.

– Non, dit-elle. Je suis plus tranquille comme ça.

– Je te fais peur?

Elle enfilait ostensiblement les gants bordeaux que Mme Laugier lui avait donnés la veille.

– Je te fais peur? reprit-il.

– Je ne t'aime plus et tu ne m'aimes plus. Quand on s'est quitté, il y a deux ans, tu disais...

– Je me fous de ce que je disais alors. Ce qui compte, c'est ce que je dis maintenant.

– Pas pour moi.

– Je m'ennuie sans toi. Je ne peux plus me retrouver. Je pense à des tas de choses. On m'engueule et ça coule. Tiens, aujourd'hui, ils ont parlé de me balancer, parce que Finette, la jument blanche, s'était blessée dans le box. Eh bien! zéro. J'ai rigolé. Et pourtant je savais qui avait fait le coup. Si tu voulais... Rien que pour une fois...

– Non.

Il tapa du poing sur la table. Ses joues changeaient de couleur. Comme s'il allait s'évanouir de rage. Des veines se gonflaient à ses tempes :

– Puisque je te dis que je deviens fou à réfléchir pour rien!

– Tu seras plus fou encore si on recommence.

– Tu crois ça, mouche. Mais non. Parce que, quand j'aurai été avec toi, je serai purgé de toi. Je comprendrai que je me faisais des idées sur pas grand-chose. Je me calmerai. Mais d'abord, je dois essayer.

– Choisis quelqu'un d'autre.

– Non, c'est de toi qu'il faut que je me dégoûte. Si tu savais! Toutes les nuits, je m'imagine. Je te vois, je nous vois...

Il prit sa tête dans ses mains. Elle eut pitié de lui parce que sa peine la flattait. Certes, il prétendait n'avoir besoin de la retrouver dans son lit que pour se guérir d'elle. Mais il s'agissait là d'une manœuvre. En fait, il était ensorcelé. « Je ne suis pas jolie. Mais j'ai de l'attirance. » C'était le premier rendez-vous qu'elle lui accordait, après des mois d'attente et de supplications. Et ce serait le dernier, sans doute. Elle ne voulait plus le revoir. Autrefois, il la battait. Cependant, une curiosité étrange la penchait vers cet homme. Elle regardait les mains crispées au bord du guéridon. Elle imagina un bâton, un revolver entre ces doigts maigres et bleus. Elle gémit. « Quand je me lèverai pour sortir, il tirera un revolver de sa poche, il fera feu. » Une ivresse absurde l'envahit à cette seule idée. Le scandale, les journaux, la jeune morte...

« Ses cheveux dénoués... » Les pensées tournoyaient dans son crâne comme des mouches. Elle était fière, heureuse. Elle ramassa sur la table un livre qu'elle avait emmené pour lire dans le métro : c'était *La Légende des siècles*, que Monsieur lui avait donné. « On découvrit, auprès du corps, un volume de vers : *La Légende des siècles.* » Elle se mit debout. Elle chancelait. Peut-être les deux verres d'apéritif lui étaient-ils montés à la tête?

– Adieu, Zucco, dit-elle.

– T'en va pas! gémit-il soudain.

Ses dents claquaient. Ses mains tremblaient, se tendaient vers elle. Et, devant cet émoi, elle se sentit belle pour l'éternité. « Un mince filet de sang coulait sur sa joue... La pâleur de son front... Ses vêtements simples et propres... »

– Tu sais, cria-t-il, si tu refuses, je viendrai t'attendre encore devant la maison!

Alors, pour l'exaspérer, pour hâter son geste, elle lui dit :

– Tu trouveras à qui parler. Un gaillard.

– Qui ça?

– Monsieur... Monsieur est au courant...

– Tu couches avec lui?

Elle se mit à rire.

– C'est pas vrai, hein? C'est pas vrai? demanda-t-il.

Brusquement, elle lui tourna le dos et se dirigea vers la porte. Elle passait entre les tables. Elle divisait les conversations. « Les consommateurs racontèrent qu'ils l'avaient vue tomber à leurs pieds, sur le carrelage. » Devant le tambour vitré, elle s'arrêta, hésita une seconde. Dans le fond de la salle, Zucco pleurait, le front dans ses mains.

– Lâche, dit-elle.

Et elle se retrouva dehors, étonnée et triste de vivre.

8

LE DÎNER tirait à sa fin. Bourdieu engloutissait méthodiquement d'épaisses bouchées de crème au chocolat. Il avait le sang aux joues. Ses yeux brillaient. Maurice Gèvres, en revanche, mangeait à peine, évitait de parler. De temps en temps, il baissait les paupières comme pour se recueillir. Alice déplorait mentalement sa pâleur maladive et sa timidité. Sans doute n'était-il pas habitué à d'aussi riches nourritures. Pourvu qu'il supportât bien les boissons! La veille, elle avait accepté gaiement l'idée de recevoir Bourdieu et Gèvres. Jusqu'à ce jour, Germain Laugier n'avait guère invité à sa table que des hommes d'affaires, utiles et compassés. Ces hommes-là, Alice les révérait de tout cœur, et s'ennuyait en leur compagnie. Mais elle n'eût jamais osé reprocher à son mari le choix de ses relations. Quel sentiment avait poussé Laugier à rechercher ces deux artistes? Fatigué de vivre parmi les chiffres, essayait-il de renouer avec les souvenirs de son adolescence? Avait-il un service à obtenir de ce Bourdieu, dont il ne lui avait jamais parlé auparavant, et dont il vantait, depuis hier, le génie et la probité? Les décisions de Germain Laugier étaient d'autant plus respectables qu'elles semblaient moins logiques. Alice appréciait qu'il fût volontaire et mystérieux. Souvent même, elle affirmait qu'elle eût méprisé un mari plus tendre. Il lui fallait ce bloc opaque et dur auprès d'elle, pour qu'elle se crût en sécurité. Elle sourit en songeant au soin qu'elle avait apporté à se vêtir pour la circonstance. Germain Laugier l'avait prévenue : « Deux braves types très simples, bourrés de talent et dénués de manières. » Donc, elle avait choisi une toilette modeste pour les mettre à l'aise : sa robe en lainage bleu marine, avec un double liséré blanc au col et aux manchettes. Eux s'étaient endimanchés, les pauvres. Bourdieu arborait un complet noir trop étroit et un faux col amidonné qui lui sciait le cou. Maurice Gèvres portait un veston marron qui sentait un peu la benzine et un pantalon gris fraîchement repassé. Sa chemise blanche était reprisée en deux endroits. Ses souliers jaunes, tout neufs, venaient de la maison Bosco. (Elle les avait remarqués avant de passer à table.) Sur sa poitrine, s'arrondissait une pochette en dentelle écrue. Ces signes de pauvreté les rendaient l'un et l'autre plus sympathiques encore. Gèvres surtout éveillait la sollicitude maternelle d'Alice :

« Si bien élevé, si discret, si misérable, si seul!... À son âge!... Comment des parents peuvent-ils?... » Quant à Bourdieu, il la décevait un peu. Elle avait peine à croire que cet homme aux grandes mains paysannes, au regard naïf, au rire clair fût un véritable sculpteur. Il mangeait avec un appétit trop évident pour un être voué à des rêves de nymphes et de déesses nues. Justement, la bonne repassait le plat de crème. Bourdieu fut seul à en reprendre :

– Elle est exquise, dit-il pour s'excuser. Madame, vous êtes un cordon-bleu accompli.

– Tu adresseras tes compliments à la cuisinière, dit Laugier.

Sa mauvaise humeur couvait depuis la matinée. Pourquoi ce goinfre ne lui avait-il pas encore parlé de la photo? L'avait-il oubliée? L'avait-il égarée? Il aurait eu le temps de la lui remettre dans l'antichambre. Mais non. « Je l'aurai fait venir pour rien! »

Bourdieu grattait le fond de son assiette à petits coups et léchait vivement sa cuillère :

– Une délectation!

– Je suis fière, dit Alice, de voir que vous faites honneur au menu. Mais je ne suis pas satisfaite de M. Gèvres. Il n'a presque rien mangé.

– Il pense à son *Acrobate,* dit Laugier.

Gèvres était devenu tout rouge. Ses yeux s'embuaient de larmes. Ses lèvres tremblaient. Bourdieu l'enveloppa d'un regard rapide et murmura :

– Faut pas lui en parler. Il a des ennuis.

– Quels ennuis? demanda Laugier.

– Rien... rien de grave, dit Bourdieu.

Maurice Gèvres le remercia d'un sourire. Ce dîner était un supplice pour lui. Après la scène avec Mme Morelli, il eût souhaité demeurer seul dans son atelier, livré à son désespoir, à sa rage. Mais Bourdieu l'avait traîné de force chez ces étrangers. Il avait dit : « Demain on avisera... Ce soir, à tout prix, il faut te distraire. » Brave Bourdieu, croyait-il vraiment qu'il était distrayant de dîner chez Germain Laugier? Ce couple bourgeois, ramolli par le confort et la bonne chère, constituait une insulte à l'infortune de Maurice Gèvres. Chez lui, toute espérance était assassinée, et ici il y avait des fleurs, des serviettes brodées, de la crème au chocolat, une douce chaleur. En quoi ces deux-là méritaient-ils tant de chance? Pourquoi n'avaient-ils pas de soucis à la taille des siens? Les Laugier possédaient de l'argent, une maison, des compensations multiples à leurs moindres chagrins. Mais lui, sa seule richesse était l'*Acrobate*. Arraché à cette œuvre, il ne pouvait se rabattre sur rien. En revenant de chez Mme Morelli, lorsqu'il avait vu la belle statue toute sage, toute veuve au centre de l'atelier, il avait pensé mourir de désolation. Il l'avait caressée, embrassée, comme une amie. Puis, il avait couru chez Bourdieu. Et Bourdieu avait tenté un valeureux repêchage : « On pourrait changer de modèle?... Mais tout serait à refaire... Ou alors... veux-tu que j'aille trouver la mère de Morelli? Cent cinquante balles, elle est dévissée... On lui fera comprendre... » Des mots, des mots. Maurice Gèvres la connaissait bien, Mme Morelli. Il savait de quoi elle était capable. Alors? Non. La partie était close. Et, tandis qu'il portait en lui ce deuil solennel, Mme Laugier souriait, offrait des petits fours. Il serra les dents. Partir. Au plus vite.

– Voulez-vous que nous passions au salon?

Maurice Gèvres se leva comme les autres, suivit les autres dans le salon vert d'eau. Dès le seuil, il abhorra les tapis, le piano à queue drapé d'un châle espagnol, les fauteuils dodus, la lumière quiète des lampes. Il désira la rue, la nuit, la pluie. Sans doute devait-il faire une étrange figure, car Mme Laugier ne le quittait plus des yeux depuis quelques instants.

– Vous ne vous asseyez pas, monsieur Gèvres? dit-elle.

Il s'assit. La femme de chambre parut, poussant devant elle une table roulante, chargée de tasses et de bouteilles. Les roues grinçaient.

– Il faudrait graisser les roues, dit Germain Laugier.

Mme Laugier servit le café. M. Laugier déboucha les alcools.

– Fine? Armagnac? Cointreau?

– Fine, dit Bourdieu en levant un doigt.

– Et vous, monsieur Gèvres?

– Rien, je vous remercie.

– Comment rien? Vous ne buvez pas?

– Prends quelque chose, Gèvres, dit Bourdieu.

Docile, Gèvres baissa la tête.

– Une fine pour lui, reprit Bourdieu. Ça lui fera du bien.

À présent, Laugier proposait des cigares. Bourdieu en choisit un, le huma, le fit craquer entre ses doigts et en grilla la pointe à la flamme d'une allumette. Il avait trop mangé. Il se sentait bien. Les yeux mi-clos, il regardait se nouer les fumées. Laugier l'observait avec irritation :

« Sûrement, il n'a pas la photo. Et il s'en fiche. Pourvu qu'il ait le ventre plein... Au fond, il ne vaut guère mieux que ces messieurs du conseil d'administration. » Le souvenir du conseil d'administration était pénible à l'orgueil de Germain Laugier. Il refusa d'y penser. Mais demeurait en lui une impression vague d'échec, d'humiliation, de paresse. Depuis ce matin, les événements avaient déçu son attente. Tout allait de travers. Rien ne servait à rien. Et cette bonne qui affectait une mine tragique!

– Il manque du sucre dans le sucrier, dit Laugier.

Marie sursauta, fixa sur Germain Laugier un regard éperdu, empoigna le sucrier et quitta la pièce sans répondre. Comment osait-on lui parler de la sorte, à elle qui faisait le désespoir d'un homme et qui finirait un jour dans le sang? Elle valait mieux qu'eux tous réunis. Elle était, à elle seule, un sujet de drame : « S'ils savaient... Quand ils sauront... La jeune morte... Ses cheveux dénoués... »

– Elle est de plus en plus détraquée, dit Laugier.

Brusquement, il résolut d'être grossier avec tout le monde. Pour se venger de sa désillusion. Pour n'être plus seul à souffrir. D'ailleurs, ce Gèvres et ce Bourdieu, il les avait nourris, abreuvés. C'était à eux maintenant d'alimenter la conversation. Lui, il gardait le silence. Il fumait. Il était ailleurs.

Alice s'empressait, proposait des amandes grillées, des chocolats. Comme si Gèvres et Bourdieu eussent été des personnages importants. Vraiment, elle était comique.

– Aimez-vous les fruits confits, monsieur Bourdieu?

La bouche pleine, Bourdieu murmura simplement :

– Oh! madame.

Et Alice, diligente, rieuse, disparut derrière la porte vitrée. Germain Laugier ne put réprimer un frémissement d'impatience : « Elle en fait trop. Elle exagère. » Mais, déjà, Bourdieu, lentement, fourrait la main dans la poche de son veston et tendait à Laugier une enveloppe de papier gris.

– La photo, dit-il.

Germain Laugier éprouva un décrochement vertigineux dans la poitrine. Ses joues devenaient chaudes. Machinalement, il prit l'enveloppe et la glissa dans sa poche.

– Merci, dit-il d'une voix faible.

Il sentait que sa joie était visible sur son visage, et il en avait honte. Bourdieu souriait. « Quel homme étrange, pensa Laugier. Il a l'aspect d'un rustre. Mais rien n'échappe à son attention. Et il comprend tout. Il excuse tout. Il est à son aise dans toutes les aventures. » Un élan de gratitude et d'optimisme l'anima soudain. Il eut envie de rire, de parler, pour célébrer son plaisir. Alice rentra, tenant à la main une boîte pleine de fruits confits.

– Ah! s'écria Laugier. Les fruits confits. J'en prends.

– Laisse se servir les autres, dit Alice.

Avait-elle remarqué la bonne humeur subite de son mari? Sans doute. Car elle lui adressait un regard de reconnaissance. Bourdieu surprit ce regard et détourna les yeux. Maurice Gèvres refusa les fruits confits. Il avait vidé d'un trait sa tasse de café. Et, d'un trait, il avala son verre de fine. Sa mélancolie devenait immense, onduleuse, planante. Il respirait de la tristesse. Il buvait du désespoir. Laugier observa sa mine défaite et eut pitié de lui. Il voulait que chacun eût sa part de joie dans cette maison hospitalière. Il dit :

– Encore un peu de fine, monsieur Gèvres. Pour vous changer les idées. Le métier d'artiste est un métier de chien. On passe par des hauts et des bas...

Et il remplit une seconde fois le verre du jeune homme.

– Moi, dit Alice, je ne comprends pas la sculpture. Ça ne vous gêne pas de travailler en faisant abstraction des couleurs?

– Nous avons la lumière, madame, dit Bourdieu. Et elle remplace avantageusement les couleurs.

– La lumière?

– Mais oui. La lumière. La lumière seule. La matière

n'est qu'un prétexte à lumière. Tant qu'on pense en lignes, on se trompe. Dès qu'on voit en surface, on se rapproche de la nature. Tendre une forme. Conduire la clarté sur une joue, sur un nez, à petites pressions, exactement, fidèlement...

Alice songea tout à coup que ces deux hommes vivaient parmi des créatures nues et contemplaient en plein jour des hottées de seins, de cuisses et de ventres divers. Et cette notion lui sembla excitante et mauvaise. Quelle mentalité devait être la leur! Comme ils devaient mépriser les femmes! Ne sachant en quels termes exprimer sa curiosité, elle demanda :

– Vous... vous devez être, sans doute, très ferré en anatomie?

– On l'apprend à l'École, dit Bourdieu. Mais le mieux est de l'oublier au plus vite. Il faut sculpter un menton en ignorant que c'est un menton. Il faut le travailler comme une patate. Faire ce qu'on voit. Rien de plus. Car, si on pense que c'est un menton, les idées reçues s'interposent entre vous et le modèle. Vous n'avez plus la naïveté nécessaire. Vous n'êtes plus libre.

– Ainsi, dit Alice en souriant, les femmes sont pour vous de grandes patates?

– Exactement, s'écria Bourdieu. Quand il y en a une qui pose pour moi, j'oublie tout à fait qu'elle est une femme. M'intéressent seuls sa forme, le glissement de la lumière sur son corps, l'accrochage des ombres dans ses creux. Le détail me cache l'ensemble.

– Et l'ensemble ne te séduit jamais? demanda Laugier en clignant de l'œil.

Bourdieu hésita une seconde.

– Non, jamais, dit-il. Parce que, quand c'est fini, elles sont tellement plus moches que ce que j'ai fait d'elles.

– Au fond, le plaisir de la création interdit le plaisir amoureux, dit Laugier.

– Parbleu! dit Bourdieu. C'est comme si tu désirais ta

fille. Elle devient ta fille, celle qui pose devant toi. Elle est sacrée.

– Pendant qu'elle pose?

– Oui.

– Mais après?

Gèvres écoutait Bourdieu comme à travers un sommeil léger. Il se laissait bercer par cette voix fraternelle. Qu'il parlait bien, Bourdieu, de leur passion commune! Qu'il exprimait justement, sobrement, l'excellence de leur métier! Qu'il lui faisait mal en détaillant les joies de la création! Car, pour lui, ces joies étaient mortes. Il se rappela les heures de travail dans l'atelier glacé. Le jour où il avait modelé certaine partie du torse. Et comme il avait eu de la peine à placer les deux pieds de l'*Acrobate*. Et le cri de victoire qu'il avait poussé, lorsqu'une mesure, plus précise que les autres, lui avait révélé son erreur dans la structure du dos. La terre était molle, fraîche, vaguement odorante. L'ébauchoir glissait dans la pâte avec docilité. L'éternité était ouverte devant Maurice Gèvres. Maintenant... Instinctivement, il regarda ses mains maigres, nerveuses, ses mains désœuvrées. Entreprendre une autre statue? Il n'en avait pas le courage. Terminer celle-ci « de chic »? Il était trop scrupuleux pour se le permettre. Ah! s'il avait pu s'endormir et se réveiller au bout de quelques semaines, guéri de son obsession et prêt pour d'autres entreprises...

– Encore un peu de café, monsieur Gèvres?

– Volontiers.

Sa voix le surprit, et le goût d'un alcool violent et parfumé dans sa bouche. Il venait, sans y penser de vider le second verre de fine.

– On ne prend jamais trop de mesures, proclamait Bourdieu. Vous avez des types qui vous tournent une statue à vue de nez, et qui se prétendent des artistes. Ils ont tort.

– Mais si on mesure tout sur le modèle, la statue devient une copie servile, dit Laugier.

– Pas du tout. Car la mesure n'est pas une fin en soi. Mais un contrôle. Et un acte d'humilité envers la nature. Oui. Tu démarres, tu travailles dans l'enthousiasme. Et puis : « Attention, mon petit. Ce serait trop facile. Le nombril de ton bonhomme est logé plus profondément. Veux-tu vérifier? » On vérifie. On corrige. Et on repart avec une exaltation nouvelle. Berthelot était indigné de voir que Rodin prenait tant de mesures. Il disait : « Ce n'est plus de l'art. » Et alors? Tu l'as vu le buste de Berthelot par Rodin? Non, non. Il faut cette discipline un peu myope. Sinon, le sculpteur se laisserait entraîner, se croirait tout permis, et ferait une œuvre de pure fantaisie. Du tape-à-l'œil, quoi!

– Du tape-à-l'œil, oui, oui, murmura Gèvres vaguement.

– La preuve que la mesure ne tue pas la personnalité : place deux artistes devant un même modèle, impose-leur de piquer sur ce modèle des mesures identiques. Ils reporteront ces mesures sur leur œuvre. Ils feront exactement ce qu'ils voient. Et, cependant, les deux statues seront différentes.

Il semblait à Maurice Gèvres que le visage de Bourdieu était nimbé de brume rose. Et le visage de Laugier aussi. Ils jouaient une pièce, sur une scène violemment éclairée. Lui était dans la salle. Tout seul. Il ferma les paupières et les rouvrit, parce qu'il avait eu l'impression de s'évanouir. Mme Laugier l'observait avec gentillesse. « Tous ces gens. Tous ces étrangers. Ils ne peuvent pas comprendre », pensa Maurice Gèvres. Les propos de Bourdieu l'avaient charmé quelques instants plus tôt. Maintenant, il ne voulait plus les écouter. Bourdieu était trop bavard. Pourquoi éprouvait-il le besoin d'expliquer le métier à ces deux profanes? L'art devait demeurer une chose secrète.

– Assez, assez, Bourdieu, dit Maurice Gèvres.

Mais personne ne l'entendit. D'ailleurs, personne ne pouvait plus l'entendre. Son chagrin l'avait élevé à des régions inaccessibles. Il grelottait. Très au-dessous de lui, se croisaient des répliques banales.

– Il faudra que vous veniez à mon atelier, madame, disait Bourdieu.

– Mais bien sûr. J'en veux à mon mari de ne pas m'avoir révélé plus tôt qu'il avait un ami sculpteur.

– Vous savez ce que c'est... On se perd de vue...

– Oui... Un sucre?... Encore un peu de fine?

– Dieu qu'il fait bon chez vous!

– Trop bon. Alors, nous ne sortons guère...

– Pour ce qu'il y a à voir!...

– J'aimerais bien aussi visiter l'atelier de M. Gèvres.

Gèvres tressaillit, blessé à vif. Qui avait dit cela? Ah! oui, cette femme. Et, maintenant, elle le regardait. Il fallait répondre.

– Dans mon atelier, dit-il, il y a l'*Acrobate*.

Un long silence accueillit ces paroles.

– Mon mari m'en a parlé, dit Alice.

Gèvres sentit que sa tête devenait énorme. Un flot de chaleur gonflait sa peau. Il s'anima :

– Oui. Un acrobate. Il vient de faire une cabriole et il retombe sur ses pieds. C'est très difficile, parce que la pose est intenable.

Il se tut pour reprendre haleine. Autour de lui, les murs et les visages s'inclinaient, se relevaient à contretemps. Des horloges tintaient. Des chats miaulaient. De nouveau, sa voix sortait toute seule de ses lèvres :

– Ah! j'ai eu du mal. Ça fait cinq mois que je suis dessus. Et il me faudrait deux mois encore. Le visage est à peine ébauché. Mais le corps est bien d'aplomb.

Il s'était levé. Son éloquence le soutenait au-dessus du monde. Il s'entendit prononcer :

– On est aussi fort que Dieu quand on réussit une œuvre pareille.

Mais il s'arrêta, car, très loin, au fond d'un corridor, quelqu'un criait :

– Qu'est-ce qu'il a? Qu'est-ce qu'il a?

Et soudain, il eut l'impression que toute la maison, avec son poids de pierres, de meubles, de figures, de lumières, s'agenouillait sur lui.

Bourdieu et Laugier se penchèrent au-dessus du corps.

– Mon Dieu! gémissait Alice. Qu'est-ce qu'il a? Transportez-le!

Les deux hommes soulevèrent Maurice Gèvres et l'étendirent sur un canapé.

– Ce n'est rien, dit Laugier. Il aura bu trop de fine.

D'une main rapide, Alice dégrafait le faux col :

– Apportez de l'eau fraîche, Marie! La grande cruche...

La passion du sauvetage précipitait les battements de son cœur. Elle étouffait de pitié et de contentement.

– Pauvre petit! Il est pâle comme un linge!

Emportée par un instinct maternel abusif, elle n'hésita pas à gourmander son mari :

– Pas comme ça, le coussin. Glisse-le sous la nuque, voyons. Que tu es maladroit!

D'emblée, Bourdieu et Laugier étaient relégués au rôle d'utilités secondaires. Et ils n'en étaient pas fâchés. Car, devant les pâmoisons, les blessures, les vomissements, la femme redevient maîtresse.

– Alors, cette eau fraîche, Marie?

Dans la cruche, Alice trempa une lavette et appliqua la compresse molle sur le front de Maurice Gèvres. Le visage du jeune homme ne frémit pas à cette caresse glacée, ni au parfum du flacon qu'on offrait à ses narines minces. Il reposait, long et correct, les jambes raides, les bras aux flancs. Bourdieu déboutonna le gilet, la chemise, dégageant une poitrine imberbe.

– Il respire, dit-il.

– Bien sûr qu'il respire! dit Alice.

Elle s'était assise au chevet du malade et lui tâtait le pouls.

– Bon, bon, murmurait-elle d'un air entendu.

– Je m'excuse, dit Bourdieu. Cet incident est absurde.

– Mais voyons! dit Laugier.

– Parlez plus bas, dit Alice d'une voix outragée. Et éteignez les lumières. Rien que la lampe rose, sur le piano.

Les lampes s'éteignirent. Seule veilla une petite lueur captive, rougeâtre. Dans cet éclairage contenu, Maurice Gèvres montrait une beauté nouvelle. La face maigre et décolorée semblait flotter à la dérive. Une ombre douce accusait le creux des pommettes. Les lèvres se desserraient un peu.

– S'il pouvait vomir! dit Alice. Je l'observais depuis le début du repas. Il est malade, ce petit. Il ne mange pas à sa faim.

– C'est la contrariété plutôt, dit Bourdieu.

– Une affaire de femmes? demanda Laugier.

– Non.

– Quoi alors?

Bourdieu soupira profondément.

– De la saloperie, dit-il. La vieille Morelli, la mère de l'acrobate, veut lui faire payer les poses à cent cinquante francs la séance. Ou alors qu'il couche avec elle. Il a appris ça ce matin. Ça l'a retourné. Cent cinquante francs, vous pensez! C'est une fortune pour le gosse...

– Eh bien? dit Alice. Il n'a qu'à choisir un autre modèle.

Bourdieu sourit et hocha la tête :

– Vous ne pouvez pas comprendre, madame. Il faut être de la partie. Nous sommes à la merci du modèle. S'il nous quitte au milieu du travail, tout est perdu. Car un autre sujet commande une autre œuvre.

– S'il trouve un garçon du même âge, de même apparence...

– Chaque créature est un monde. Vous étudiez un monde pendant des mois. Vous mettez en place ses reliefs. Vous prévoyez sa forme définitive. Et, tout à coup, on vous le remplace par un autre. Que faire?

– Pauvre petit, dit Alice.

Laugier se grattait la nuque.

– Et elle est vraiment très laide, cette Morelli? dit-il enfin.

Bourdieu ne répondit pas. Marie traversait la pièce sur la pointe des pieds. Un instant, elle s'arrêta pour étudier le visage aigu du malade. Le drame qu'elle attendait pour cette journée, chute, pâleur et cris, un autre en avait eu le triste privilège. Elle se devina lésée, refoulée, comme toujours, vers les derniers rôles de la vie. Pourtant, elle méritait mieux que cela.

– Apportez la couverture en fourrure, Marie, dit Alice.

Marie sortit, les épaules basses, comme chassée d'un royaume. Alice changea la compresse. Du revers de la main, elle caressait les joues, le cou frais de cet enfant assoupi. Elle se sentait tendre et intelligente. Elle comprenait tout. Il lui sembla brusquement qu'un grand bonheur lui était donné. Elle leva les yeux vers Germain Laugier.

– Veux-tu m'accompagner, Germain? murmura-t-elle. J'ai deux mots à te dire.

Dès qu'ils furent dans l'antichambre, elle s'écria :

– Nous ne pouvons pas le laisser ainsi!

– Mais ce n'est pas grave. Il va se remettre.

– Je ne te parle pas de son malaise. Puisqu'il a du talent, puisque nous avons des moyens, il serait injuste de ne pas l'aider.

La figure d'Alice était tendue dans une expression sévère. Germain Laugier eut envie de rire. Chaque fois que sa femme prenait une décision, il la jugeait enfantine et comique.

– Toi, dit-il, si on ne te surveillait pas, tu gaspillerais toutes nos économies à élever des enfants abandonnés, soigner des chats malades, nipper des filles-mères et secourir des artistes.

– Je ne plaisante pas, Germain, reprit-elle d'une voix ferme. Ce ne serait pas chic de refuser à ce petit les quelques centaines de francs qui lui permettraient d'achever son œuvre.

– Son œuvre! Son œuvre! Tu ne l'as même pas vue.

– Ne m'as-tu pas dit qu'elle était belle?

– Si.

– Alors?

Germain Laugier fourra les mains dans les poches de son veston pour se donner une contenance. Il ne voulait pas céder, par principe.

– Si on commence comme ça, dit-il, on ne sait plus où s'arrêter. Il y a d'autres artistes malheureux...

Tout en parlant, il palpait, dans la poche, une enveloppe dure, inconnue. Ce contact lui valut un regain de chaleur et de joie. La photo. Ce soir, quand il serait seul, il la contemplerait à loisir. De penser à Édith le rendait indulgent et noble.

– Je n'ai pas besoin de tes conseils, dit-il enfin. Depuis longtemps, j'avais résolu de le secourir. Ah! il a de la chance, lui. J'étais comme lui, à son âge. Misérable, solitaire, désespéré. Mais il ne s'est trouvé personne pour me tendre la main. Si j'avais rencontré un Germain Laugier sur ma route, je serais un autre homme, peut-être. Un artiste. Qui sait?

Il s'aperçut qu'en parlant de la sorte il dénigrait l'homme qu'il était devenu au profit de celui qu'il aurait pu être. Cette constatation le fâcha.

– La pauvreté est une épreuve pour des bougres de cette espèce, dit-il. S'ils en triomphent, c'est qu'ils sont dignes de leur art. Sinon... Au fond, je lui rends un mauvais service en le repêchant. Je devrais le laisser barboter dans son jus.

– Germain!...

– Rassure-toi. Je vais lui glisser trois mille francs dans une enveloppe. Ça lui fera vingt séances. De quoi terminer son *Acrobate*, et on n'en parlera plus.

– Tu ne prétends pas lui offrir cet argent sous pli cacheté, comme des étrennes à un domestique! dit Alice, toute rose d'indignation.

– Pourquoi pas?

– Mais voyons... C'est quelqu'un de bien, ce garçon... Il se vexerait.

– Allons bon! dit Laugier en ouvrant les bras.

– Mais si. Il ne faut pas qu'il ait l'impression de recevoir une aumône. Dis-lui que tu le payes d'avance pour une réplique en plâtre de son *Acrobate*, ou que tu veux lui acheter une autre de ses œuvres.

– Il ne me croira pas.

– Ce sera plus décent quand même.

– Dieu, que les femmes sont compliquées! soupira Laugier. Enfin, si ça peut te faire plaisir...

Il tira son portefeuille en crocodile, le soupesa, l'ouvrit avec satisfaction.

– Un, deux, trois. Trois mille.

– Mets trois mille cinq.

– J'ai dit trois mille, ce sera trois mille, déclara Laugier.

Il se sentit bon et raisonnable, généreux, mais point sot. Son geste avait de l'élégance. Bourdieu lui en saurait gré. Somme toute, il valait mieux être riche. Cela permettait de faire le bien sans se priver. Cela permettait de s'admirer à bon compte.

– Il faut retourner auprès de Gèvres, dit Alice. Peut-être s'est-il réveillé?

Lorsqu'ils rentrèrent dans le salon, Maurice Gèvres était assis au bord du canapé, et Bourdieu lui offrait une tasse de café noir. Maurice Gèvres avait une figure exsangue, aux lèvres molles, au regard dilué, lointain. En apercevant Alice, son visage se crispa subitement. Dégagé du néant, il reprenait contact avec le monde et retrouvait d'emblée un décor sans joie, son désespoir qui l'avait attendu au seuil de l'inconscience. D'instinct, il détesta ces gens qui avaient été les témoins de sa pâmoison. Il leur en voulut de sa propre défaite. Et d'avoir à s'excuser devant eux. Il dit péniblement :

– Je vous demande pardon, madame, d'avoir ainsi gâché votre soirée...

9

ALICE ouvrit la boîte en carton argenté et dit :

– Tu avais raison. Ce sont des fleurs. Mais de qui, je me le demande?

Déjà, elle soulevait, humait une grosse botte de violettes chiffonnées et humides. D'autorité, Germain Laugier détacha l'enveloppe épinglée au couvercle. Elle contenait une carte de visite jaunâtre et froissée. Reculant un peu la tête, il lut à mi-voix : *Maurice Gèvres, avec ses remerciements et ses excuses.*

– Quel idiot! s'écria-t-il gaiement. Si je lui donne de l'argent, ce n'est pas pour envoyer des fleurs à ma femme.

Alice tourna vers Germain Laugier un regard chagrin. Elle déplorait chez son mari cette coutume de rabaisser les plus nobles intentions au rang de toquades puériles ou de louches manœuvres. Le monde des affaires lui avait enseigné la méfiance envers tout ce qui n'était pas inspiré par sa propre volonté. Il ne voyait partout que calcul, égoïsme, avarice, laideur.

– Son geste est très gentil, dit-elle. Et j'en suis touchée.

Germain Laugier vida sa tasse de café et se mit en devoir de grignoter un petit-beurre hexagonal. Il dit :

– Je dois le voir cette après-midi, et j'en profiterai pour lui passer un savon!

– Mais pourquoi?

– Pourquoi? Pourquoi? Parce que c'est un gamin, et qu'il n'a pas le sou, et qu'il ne lui sied pas de t'envoyer des fleurs! C'est clair?

– Prends garde, Germain. Tu sais combien il est susceptible. Je l'ai bien observé, avant-hier, après son évanouissement. Il n'aurait pas accepté ton argent sans l'intervention de Bourdieu.

– Tu te fais des illusions!

– Je suis sûre qu'il va t'offrir une statue qui vaudra dix fois plus que ce que tu lui as donné.

Germain Laugier s'appliqua une claque sur la cuisse :

– En somme, j'aurai fait une bonne affaire. Je suis son obligé, n'est-ce pas? Je lui dois mille grâces! C'est insensé, tout de même! Voilà un type que j'invite chez moi, qui tourne de l'œil dans mon salon, à qui je glisse trois billets pour lui permettre d'achever son travail et de manger à sa faim, et, encore, il faut que je prenne des précautions, que je multiplie les ronds de jambe, les sourires, les mines, et que je m'estime heureux s'il ne refuse pas de se laisser aider! Non! Non!

Il criait un peu, par habitude, par hygiène. Mais il n'était fâché ni contre Gèvres, qui avait eu la sottise d'envoyer des fleurs, ni contre Alice qui avait la faiblesse d'en être flattée. Non, vraiment, il n'était fâché contre personne. Derrière les rideaux de tulle, la rue baignait dans un soleil glacé et poudreux. Des oiseaux pépiaient dans le lierre. Le café sentait bon. Au bureau, aucune tâche urgente ou désagréable n'attendait Germain Laugier. Les souvenirs même du conseil d'administration s'effaçaient obligeamment dans sa mémoire. Deux jours avaient passé. Deux grands jours pleins et tranquilles. Il se leva :

– Je pars.

– Tu ne le brusqueras pas trop?

– Qui?

– Ce garçon.

– Encore!

– C'est que j'ai toujours peur de tes réactions.
– Dis tout de suite que je suis une brute.
– Pas une brute : un homme. Lui, c'est un enfant.
– On le traitera comme tel, dit-il en riant.
Elle le suivit dans l'antichambre et lui noua son écharpe, comme d'habitude. Puis, elle s'établit à la fenêtre pour le voir traverser le jardin et ouvrir la grille. Il marchait, les épaules droites, la tête dégagée. Son pardessus bleu marine lui taillait une silhouette virile. Il tenait une canne à la main. Lorsqu'il eut disparu et que le bruit de ses pas se fut rallié au silence, elle prit le bouquet de violettes et plongea son visage dans ce massif de fraîcheur sombre et sucrée. Elle se découvrait toute molle, tendre et oisive, devant ces fleurs. Un bonheur sans cause l'engourdissait des pieds à la tête. Elle bâilla, releva ses cheveux sur ses tempes. Il fallait chercher un vase, le remplir d'eau. Mais elle n'avait plus envie de quitter sa place. Elle appela :
– Marie, apportez-moi le vase en cristal et un broc d'eau. Je voudrais arranger ces fleurs...

À peine installé devant son bureau, Germain Laugier repoussa les papiers qui encombraient la table et tira de son portefeuille la petite photographie décevante et fidèle. Il l'avait tant regardée déjà, qu'il en connaissait par cœur les plus infimes détails. Pourtant, chaque fois elle surprenait son attente. Délicatement, il déposa le carton brillant au centre du sous-main. Et il n'y eut plus dans toute la pièce que ce minuscule visage blanc et noir offert à sa contemplation. Un visage bien commun, en somme. Mais dont la seule vue déclenchait dans le cœur de Germain Laugier une lancinante tristesse. Édith était devant lui, telle que le photographe amateur, un ami, un parent peut-être, l'avait aperçue un jour de soleil et de vent. La tête tournée de trois quarts, les cheveux défaits, elle riait dans une bourrasque de rayons. Le cliché, coupé aux épaules, ne permettait pas d'identifier la robe. Par endroits, les traits du modèle étaient rongés de lumière. Mais, avec un peu d'attention, Germain Laugier rétablissait la ligne argentée du nez, la limite veloutée d'une joue. La petite cicatrice qui divisait le sourcil était bien à sa place. Les yeux étaient incisés à bonne longueur. Et le regard oblique, le rire voluptueux, étaient conformes aux souvenirs que Germain Laugier en avait gardés. De tous les regards, de tous les rires d'Édith, ce seul regard, ce seul rire lui étaient restitués avec certitude. Germain Laugier tenait entre ses doigts un instant de cette existence précieuse. Il rêva au temps lointain où cette photographie avait été prise, aux sentiments d'Édith pendant qu'elle posait devant un inconnu. Faisait-il chaud ce jour-là? Était-elle avec ses parents? Pensait-elle à lui? Le connaissait-elle seulement? Malgré lui, il était jaloux de ceux qui l'avaient incitée à rire de la sorte, la tête un peu renversée, la bouche entrouverte et les cheveux au vent. Il ramassa une loupe dans un tiroir et l'approcha de la photographie. Près de la mâchoire, le grain de la peau devenait visible. Il en eut une sorte de suffocation. Le téléphone sonna. Germain Laugier décrocha le récepteur.

– Je n'y suis pour personne, cria-t-il.

Puis, il se carra dans son fauteuil et s'efforça de regarder droit devant lui, à hauteur d'homme. Sûrement, elle avait changé. Il agissait sagement en renonçant à revoir cette femme. Quel désenchantement si une Édith empâtée, fardée, surgissait tout à coup pour étouffer de sa masse le fantôme qu'il avait aimé! Pour elle comme pour lui, il fallait que cette aventure gardât la pureté indéfectible des souvenirs. Pour elle comme pour lui. Car lui aussi avait changé. Tellement qu'il en avait honte. La taille arrondie, le cou épaissi, les joues lourdes, il eût imposé à Édith une caricature boursouflée de l'homme qu'elle avait connu. « Boursouflée » était trop dire peut-être. Car, en somme, quand il se tenait droit et serrait les mâchoires, son visage ne manquait pas d'une certaine beauté robuste. Et l'œil était demeuré le même, vif, impérieux, inquiétant. En fait, elle eût mieux identifié son corps que son âme. C'était son caractère, qui avait été principalement modifié par les circonstances. Sans doute, eût-elle été déçue par son aplomb, sa méfiance et sa prédilection pour les plaisirs substantiels. Germain Laugier soupira, rangea la photographie, attira vers lui quelques papiers, quelques lettres. Requis par l'habitude, il parcourait l'état mensuel des usines : « Série *Fox*... Série *Skif*. » Des appellations baroques. Des chiffres. Était-ce pour cela qu'il avait vécu, qu'il lui faudrait vivre? Tandis qu'il cochait quelques pages au crayon rouge, la porte s'ouvrit et le garçon annonça :

– M. Gèvres et M. Bourdieu.

– Faites entrer, dit Laugier.

Il était heureux de cette diversion. Sans doute Gèvres venait-il remercier encore et le prier de choisir une statuette en échange des trois mille francs. On parlerait d'art, de sculpture, de lumière. Il ne pouvait plus se passer, maintenant, de ces discussions élevées et inutiles. Il les recherchait même, comme un remède à son isolement.

– Monsieur, s'écria Gèvres en entrant, je vous dois une grande joie. Le petit est revenu poser ce matin...

– À la bonne heure! dit Laugier.

– J'ai dû payer d'avance, parce que la mère Morelli ne voulait pas me croire sur parole. Elle n'y comprend rien. Sûrement, elle s'imagine que j'ai tué quelqu'un ou que j'ai fait un héritage dans la nuit...

Il rit nerveusement.

Une allégresse féroce, avare, enlaidissait son visage.

– J'ai travaillé. Oh! comme j'ai travaillé, dit-il encore.

Il eut honte de son exaltation, et regarda Bourdieu à la dérobée.

– Ne dirait-on pas qu'il est amoureux? dit Bourdieu. Il parle de son *Acrobate* comme d'une maîtresse.

– Vous verrez, vous verrez, dit Gèvres.

Puis il se tut. Mais, retranché dans le silence, il poursuivait un rêve délectable, revenait à son œuvre, la modelait encore, et atteignait d'étranges perfections. Un sourire insensé errait sur ses lèvres.

– Il est complètement dingo, dit Bourdieu.

– C'est bien mon avis, dit Germain Laugier. Aussi ne le gronderai-je pas pour avoir envoyé des fleurs à ma femme.

Maurice Gèvres arrondit un œil vague, ouvrit la bouche :

– Je... Mais c'était la moindre des choses, monsieur Laugier. Après les tracas que je vous ai causés. Cette honte...

– Si tu savais tout ce qu'il m'a débité sur le chemin du retour! dit Bourdieu. Et qu'il était déshonoré. Et qu'il n'aurait plus le courage de vous revoir. Et qu'il s'était conduit comme un mufle...

Germain Laugier riait de bon cœur :

– Par exemple! Par exemple! Mais il est à enfermer, ce garçon! Ma femme vous a trouvé charmant. Et vous n'ignorez pas la sympathie que j'éprouve pour vous. Le petit incident de l'autre soir vous a rapproché de nous, simplement. Je m'en félicite.

Maurice Gèvres balançait la tête avec obstination. Sans doute ne voulait-il pas se laisser convaincre. Peut-être même lui semblait-il pénible d'être tenu à la gratitude envers un étranger. Certains êtres acceptent mal le fardeau de la reconnaissance : les orgueilleux, les timides.

– Ne parlons plus de cela, dit Maurice Gèvres. Mais fixez-moi le jour où Mme Laugier compte venir à mon atelier pour y faire son choix parmi quelques bricoles.

Germain Laugier n'avait jamais songé qu'on pût solliciter l'opinion d'Alice en matière artistique. Pour l'ameublement, pour la décoration de la maison, il croyait jouir d'une compétence exclusive. Il dit :

– Ma femme n'a rien à voir là-dedans.

– Pourtant...

– Je suis au courant de ses goûts. Je choisirai pour elle. Et ainsi, tout sera terminé plus tôt.

Il lut une déception enfantine dans le regard de son interlocuteur.

– Elle ou moi, c'est la même chose, reprit-il. Ça vous ennuie?

– Non, mais je ne voudrais pas que Mme Laugier fût vexée.

– Alice vexée? s'écria Laugier. (Et il se remit à rire, tant cette idée lui paraissait cocasse.) On voit bien que vous ne la connaissez pas! Justement, je n'ai pas une après-midi trop chargée. Nous allons filer à votre atelier. J'examinerai ce qui me tente. Et j'enverrai chercher, un de ces jours, le bibelot que j'aurai choisi. D'accord?

La visite à l'atelier fut brève. Maurice Gèvres n'avait guère exécuté que cinq ou six académies sévères et impersonnelles avant de s'attaquer à la statue de Fabien Morelli. Sur le conseil de Bourdieu, Germain Laugier pria le jeune homme de lui réserver une maquette en terre cuite de son *Acrobate*. Maurice Gèvres protesta que cette maquette valait deux mille francs à peine et offrit des croquis pour compléter la somme. Mais Germain Laugier ne voulait rien entendre. Maurice Gèvres fut obligé de céder, à contrecœur. Il était furieux de sa chance. Il répétait :

– Ce n'est pas juste! Ce n'est pas juste!

La visite d'un camarade interrompit leur dispute amicale. Bourdieu et Laugier profitèrent de l'incident pour s'esquiver. Dans la rue, ils se regardèrent.

– Tu retournes au bureau? demanda Bourdieu.

– Je devrais le faire. Mais le ciel est trop bleu. Veux-tu que nous marchions un peu? Nous retrouverons l'auto tout à l'heure.

Côte à côte, ils remontèrent le boulevard Edgar-Quinet. Le mur du cimetière s'étirait à perte de vue. Un train fila derrière eux, ébranlant la passerelle d'acier. Le vent rabattit la fumée et l'odeur de suie chaude. Sur le trottoir, des gamins se poursuivaient entre les grêles piliers de fer qui, chaque matin, soutenaient les auvents du marché. Par terre, traînaient encore des papiers gras et des épluchures d'oranges. Ils traversèrent la rue et longèrent des magasins de pompes funèbres, meublés de pleureuses en marbre et de palmes en métal doré. Les boutiques étaient sombres et propres. Devant l'une d'elles, un gros chat jaune se léchait gravement le plastron. Bourdieu se pencha et caressa l'échine de la bête.

– Quel coin sinistre! dit Laugier.

– Pourquoi? dit Bourdieu. Ce cimetière me semble bien placé, entre les cafés, les théâtres, les trains qui passent, les hôtels louches. Ainsi, les morts participent encore à la vie de la capitale. Ils sont de tous les départs, de toutes les fêtes, de toutes les rencontres...

Il glissa son bras sous le bras de Germain Laugier.

– Tu as été très chic avec Gèvres, reprit-il. Si, si... Je ne t'ai rien dit sur le moment. Mais ton geste m'a profondément touché. Je croyais te retrouver tel que je t'ai connu, emballé pour les bonnes causes, large, insouciant, sincère...

– Je suis loin de tout cela, dit Laugier. Simplement, j'avais le moyen de lui venir en aide.

– Tu n'étais pas le seul. Mais personne d'autre ne l'aurait fait.

Germain Laugier tressaillit de fierté. Il lui plaisait d'avoir secouru Maurice Gèvres et que Bourdieu l'admirât pour sa décision. Il avait oublié, très sincèrement, que l'initiative de cette générosité revenait à sa femme. Alice était loin de sa pensée. Il s'étonna en entendant Bourdieu proclamer d'une voix bourrue :

– Ta femme et toi, vous formez un couple épatant.

– Tu dis? murmura-t-il.

– L'autre soir, après le dîner, je vous observais l'un et l'autre. Eh bien! vraiment tu ne dois pas regretter ton mariage.

– Mais je ne le regrette pas, dit Laugier à tout hasard.

– Elle est charmante. Jolie d'abord, ce qui ne gâte rien.

– Oh! jolie...

– Si, si. Pas éclatante, mais jolie. Je m'y connais. Elle a des traits d'une finesse! Et ce menton bien rond qui indique la douceur! Et cette coiffure! Les cheveux noirs, c'est toujours seyant...

– J'admire ta compétence, dit Laugier.

Et il fit un sourire moqueur.

Il n'aurait su dire pourquoi les compliments de Bourdieu le décevaient, l'agaçaient un peu. N'y avait-il pas pour eux un plus noble sujet de conversation que les mérites physiques et moraux d'Alice? N'y avait-il pas entre eux des souvenirs plus dignes d'être évoqués et commentés que ceux de cette pauvre soirée à la maison?

– Oui, c'est une charmante personne, poursuivait Bourdieu. Elle sait recevoir. Oh! mais c'est que ça compte! Il y a des femmes qui sont des éléments de désordre, qui dégagent de l'électricité, qui attirent la poussière, les tracas, les factures, les scènes. La tienne, elle crée le confort, par sa seule présence. Et toi, il te faut ça. Un coin calme où tu puisses te reposer. Un visage amical...

– Je t'en prie, dit Laugier, tu vas devenir lyrique.

Une expression obstinée raffermit le visage de Bourdieu. Il grommela :

– Je dis mon idée. Tu as bien fait de renoncer à Édith.

Laugier redressa la taille, et dirigea vers Bourdieu un regard de mépris tranquille :

– Voudrais-tu préciser ta pensée? demanda-t-il.

– Il n'y a rien à préciser, s'écria Bourdieu. Tu m'as

affirmé que tu ne tenais pas à revoir Édith après son retour à Paris. Et moi je te réponds : bravo. Parce que des retrouvailles comme ça, c'est bête et c'est mauvais.

– Te voilà bien catégorique, soudain.

– Avant, je ne connaissais pas ta femme. Je pouvais me dire : « Il a épousé une chipie qui le rend malheureux; donc, il aurait bien tort de ne pas chercher une diversion auprès d'Édith. » Mais, depuis avant-hier, j'ai changé d'avis. Et je me dis : « Quand on a une femme comme la sienne, on n'a pas le droit de courir après les Édith... »

– Que reproches-tu à Édith?

– Rien. Mais, si tu peux te passer d'elle, il faut le faire.

– Tu la crois donc bien dangereuse?

– Tu en as fait quelqu'un de dangereux.

– Comment ça?

– En pensant trop à elle, en la parant de trop de souvenirs. Tu as accroché à son nom toutes les séductions du passé. Et tu as un mal fou à te dominer devant la tentation qu'elle représente.

– Ce n'est pas vrai, dit Laugier.

– Mais si. Je t'observe, mon petit vieux. Tu n'es plus le même. Tu as perdu l'équilibre. Tu rêves debout. Je suis sûr que tu portes sa photo sur toi, et que tu la regardes dix fois par jour à la dérobée. J'ai l'air d'un imbécile, Germain, mais je vois clair. Je sais ce qu'il t'en coûte d'oublier Édith. Pourtant, il faut tenter cet effort. Sinon, elle gâchera tout et ne donnera rien. Des coucheries, des mensonges, des larmes, des déceptions... Est-ce là ce que tu espères?

Germain Laugier écoutait avec stupéfaction ces paroles violentes. Jamais encore Bourdieu ne s'était adressé à lui sur ce ton franc et bourru.

– Et quand cela serait? dit Laugier.

– Non, dit Bourdieu. Le souvenir doit rester un souvenir. Tu regretteras de l'avoir heurté aux réalités d'un corps, d'un visage. Tu feras du mal à Alice, à Édith, à toi-même...

Les craintes qu'exprimait Bourdieu répondaient trop à la pensée secrète de Laugier pour qu'il n'en fût pas irrité. Il se sentait attaqué en lui-même et hors de lui-même. Il devenait le centre d'un débat. Rien de plus. Or, ça, il ne pouvait l'admettre. Il se rebiffa :

– Mon petit, si ce n'est pas Édith, ce sera une autre. J'ai besoin de changer. Une sorte de cure. Tu comprends?

Il eut le temps de juger indigne cette fausse confidence. Quel besoin éprouvait-il de dénombrer ses désirs devant un étranger? Pourquoi disait-il à Bourdieu ce qu'il n'avait jamais dit à personne?

Alourdi par l'aveu qu'il avait reçu, Bourdieu ne savait que répondre. Il avançait, tête basse, d'un air mécontent et brusque. Il raclait l'asphalte du talon.

Des nuages paresseux mirent dans le ciel leurs chevelures d'ombre. Une pluie fine, coupante, gifla le pavé. Les deux amis s'abritèrent sous un porche.

– Ça va passer, dit Bourdieu.

Et il ajouta d'une manière hostile :

– Tout de même, ce que ça te tient!

– Quoi?

– Ça. Le souvenir. Édith. Je n'aurais pas cru.

– Puisque je te dis qu'il ne s'agit pas spécialement d'Édith. Édith n'est qu'un prétexte.

Il était heureux d'avoir découvert cette formule. Il la répéta :

– Un prétexte...

Comment n'y avait-il pas songé plus tôt? Il n'était pas amoureux d'Édith, mais fatigué de la vie conjugale. Il ne souhaitait pas retrouver Édith, mais se détourner d'Alice. Son principal souci était de fuir Alice, et non de joindre Édith. Vue sous cet angle, son aventure devenait raisonnable. Il restait maître de la situation. Et c'était là l'essentiel. Oui, l'essentiel pour lui était de savoir que, malgré les apparences, il demeurait Germain Laugier, un homme fort et lucide qui n'obéissait à personne. Cette idée lui donnait de l'entrain. Il frappa de la main l'épaule sèche de Bourdieu :

– Je vois clair en moi, dit-il.

– Ce n'est pas une excuse, dit Bourdieu.

La pluie s'était évaporée hors d'un paysage luisant, lustré, qui sentait le plâtre humide et la fumée. Des crevasses bleues s'ouvraient parmi les nuages. Un vent froid fit courir des risées dans les flaques. Bourdieu et Laugier quittèrent le porche et se mirent en marche, sans but, entre des passants qui refermaient leurs parapluies.

– Tu feras comme tu voudras, dit Bourdieu. Mais j'ai peut-être eu tort de te parler d'elle, de te donner sa photo.

Laugier éclata de rire :

– Tiens, reprends-la, sa photo, dit-il.

Et il sortit son portefeuille en crocodile. Il lui semblait brusquement que cette photo avait perdu toute valeur.

– Édith ou une autre...

Bourdieu l'arrêta d'un geste :

– C'est trop tard, maintenant.

Ils passèrent devant un bistrot. Subrepticement, Germain Laugier se regardait dans les glaces de la devanture. Il fut surpris de se trouver si belle prestance. Un peu carré, un peu lourd, sans doute. Mais la tête avait une majesté léonine. « Si je maigrissais un peu... Si je m'habillais plus jeune... » Une femme haute, rapide et bien peinte, les croisa dans une bouffée de parfum. À la façon dont elle le dévisageait, Germain Laugier sentit croître ses chances. Il se retourna sur l'inconnue. Elle s'était retournée aussi. Il n'en demandait pas plus. Il poussa Bourdieu du coude :

– Mignonne, hein?

– Du chiqué.

Germain Laugier cambra les reins, serra les poings

pour vérifier sa force. Il admirait cet appétit de conquêtes qui lui venait au creux de l'estomac. Bourdieu l'enveloppa d'un regard sans tendresse :

– Tu t'en donnes du mal, dit-il paisiblement.

Réveillé par un choc intérieur, Maurice Gèvres se dressa dans son lit et interrogea du regard les ténèbres de l'atelier. La reprise du travail le rendait fiévreux. Maintenant, il savait enfin que la statue serait achevée, présentée au Salon, acceptée, primée, couverte de médailles. Il ne doutait plus du succès. Son œuvre méritait l'étonnement et la gratitude des foules. Bientôt, les journaux parleraient de lui; les commandes afflueraient par dizaines; il changerait de local; il s'achèterait des vêtements, du linge; peut-être même pourrait-il envoyer une petite somme à ses parents. Tout cela grâce à Laugier. Pourquoi cet inconnu l'avait-il aidé? Était-ce par admiration pour l'œuvre, ou par pitié pour l'artiste? Maurice Gèvres n'aimait pas être l'obligé de quelqu'un. Surtout d'un Germain Laugier. « C'est drôle, pensait-il, plus il est jovial avec moi, et plus je le redoute et moins je le respecte. Il y a en lui une fatuité, une pesanteur qui sont intolérables. Sa femme doit être bien malheureuse... » Comment cet homme épais et volontaire avait-il pu épouser une créature aussi précieuse que Mme Laugier? En elle, tout était douceur, timidité, et rêverie profonde. Lors de cet incident grotesque, Maurice Gèvres avait apprécié la délicatesse de son maintien. Par ses gestes, par ses répliques, elle lui avait donné l'impression qu'il était un vieil ami de la maison, que son malaise n'était pas ridicule et que tout le monde compatissait à sa peine. Il n'était pas gêné devant elle. Il se sentait de plain-pied avec elle. N'était-ce pas elle qui avait insisté pour que Germain Laugier lui versât les trois mille francs? Au lieu d'attendre qu'un commis des chaussures Bosco vînt prendre livraison de la terre cuite, Maurice Gèvres résolut de la porter lui-même au pavillon de Saint-Mandé. Il reverrait Alice. Il lui dirait sa reconnaissance, mieux qu'il n'avait su le faire devant les autres. Il la prierait de lui rendre visite à l'atelier. Il lui montrerait son œuvre. Cette idée l'emplit d'une hâte joyeuse. Il était impatient de se remettre au travail, pour que la statue fût plus belle encore lorsqu'il la présenterait à la jeune femme.

Fabien Morelli venait poser à neuf heures du matin. Il devait être minuit, une heure peut-être. Que de temps perdu! Maurice Gèvres rejeta les couvertures et frissonna, saisi par le froid et l'humidité de la pièce. Pourtant, il ne pouvait plus dormir. Il se leva, enfila un manteau sur son pyjama et alluma la lampe. L'*Acrobate* surgit, fidèle au poste, sur son pilotis de poutres et de planches. Maurice Gèvres ne l'avait pas recouvert de linges, afin de le voir en entier dès le réveil. D'ailleurs, la terre était devenue assez molle, ces jours-ci, pour n'avoir plus besoin d'être mouillée. Lentement, il s'approcha de la statue, tourna autour d'elle, et l'interrogea du regard. L'éclairage électrique accusait le moindre sillon, exaltait la moindre colline. Le bloc de glaise n'était qu'un ruissellement de clarté immobile. Torse, jambes et bras étaient à la bonne valeur. Mais le cou et le visage méritaient encore une étude sévère.

– Ça devrait être plus ferme, plus sûr, murmura Gèvres en posant la main sur la joue de terre fraîche.

Il sourit à son œuvre comme à une vieille compagne. Elle n'était pas pour lui chose morte. Elle vivait déjà d'une petite existence têtue. Et il fallait convaincre et baptiser cette créature nouvelle, la pousser du domaine éphémère dans le domaine durable. Lui donner cette éternité qui lui était refusée à lui-même.

Il cligna des yeux. Dans sa mémoire, le visage de Fabien Morelli s'inscrivait avec précision. Il le voyait plus sûrement que si le gamin eût posé devant lui. « Oui, c'est bien ça, pensait-il, le nez est mieux dégagé de l'ensemble. Les orbites sont mieux creusées. Tout le visage avance un peu en museau. » Il cueillit une mirette sur la table et gratta un peu de glaise au coin des paupières.

– Juste une indication.

Mais, déjà, le désir de modeler la terre montait et vibrait dans ses mains. Peu à peu, Maurice Gèvres oubliait Laugier, Alice, les trois mille francs. Il lui semblait que chaque correction apportée au visage de l'*Acrobate* rapprochait l'œuvre et le rapprochait, lui, d'une grande vérité. Le secret de la vie était enfoui là, dans cette masse d'argile compacte, et beaucoup de patience et d'humilité étaient nécessaires pour le dégager. Repousser ce plan, soulever cet autre, selon les leçons du relief vivant, c'était participer à une recherche plus noble que celle d'une ressemblance. Un jour viendrait, où, brusquement, l'œuvre serait parfaite. Et alors Maurice Gèvres comprendrait tout. Comme un moine qui réfléchit et combat jusqu'à ce que, soudain, l'inonde la lumière divine. Chacun avait sa route pour parvenir à Dieu. Il avait choisi celle-là. Quelle était la route de Laugier? En avait-il une seulement? Que Dieu fût au bout de ses peines, jamais Maurice Gèvres ne l'avait ressenti à ce point. La nuit, autour de lui, maintenait la ville endormie. Personne d'autre que lui ne veillait au monde. Pieusement, de ses mains grises et lourdes, il sculptait cette image où Dieu avait fait refuge. Et il n'était pas ridicule que Dieu fût un petit acrobate qui retombe sur ses pieds après une cabriole. Dieu pouvait même être une cruche, ou une femme de mauvaise vie, n'est-ce pas? Il se mit à rire, sachant que tout lui était pardonné.

Le visage de l'*Acrobate* s'accusait à chaque touche nouvelle. Le nez se dégageait de l'ensemble, droit et coupant. L'ombre se logeait mieux sous l'arcade sourcilière.

« On ne devrait jamais travailler sans modèle. Mais, cette nuit, je ne peux pas me tromper. »

Un frisson courut entre ses épaules. Encouragé par le silence bienveillant, il osa dévier et refendre les paupières. Et, parce qu'il avait déplacé un mince bourrelet de glaise, la face entière de l'*Acrobate* sembla s'éveiller et vivre. Maurice Gèvres poussa un cri :

– Il vit!

L'allégresse lui coupait le souffle. Il eut envie de s'agenouiller. Puis, instinctivement, il jeta un coup d'œil par-dessus son épaule, comme si quelqu'un l'avait aidé dans sa tâche. Le vent s'engouffrait sous la porte. La nuit pesait sur la verrière. Des autos roulaient, là-bas, derrière des masses de maisons, de familles somnolentes. Maurice Gèvres avait froid. Ses mains devenaient raides. Il revint à son lit, rafla une couverture et l'accrocha comme une jupe autour de ses hanches. Puis, il se versa un verre de vin rouge et l'avala d'un trait pour se réchauffer. Tout cela, il le fallait, ce froid, cette soif, cette faim, cette misère, pour que l'œuvre fût digne des âges à venir. « Rien de grand ne se crée dans l'aisance. » Une détonation claqua au loin. Maurice Gèvres tressaillit. Il imagina une dispute sous un porche, un cadavre glissant de tout son poids sur le pavé luisant.

« Qu'est-ce que ça me fait, à moi? Moi, j'ai l'*Acrobate*. »

À présent, assis sur une chaise, devant la statue, il s'efforçait de lutter contre le sommeil : « Il y a sûrement quelque chose à reprendre dans la coupe des narines. Mais quoi? »

Ses yeux se fermaient. Il se sentait vaciller au sommet d'une tour. Le visage d'Alice passa sur le ciel rouge de ses paupières. Puis, le visage de Mme Morelli, bouffie, hargneuse : « Faut me payer d'avance. » Puis un visage inconnu, si beau, si pur, qu'il devait être le visage de la mort. Il s'endormit, la tête penchée, les bras ballants. Un sourire écartait ses lèvres.

10

ASSISE dans les oreillers, Alice observait son mari qui s'habillait, à gestes lents, devant la glace.

– Je t'assure que tu as maigri, dit-elle.

Germain Laugier souleva ses larges épaules :

– Pour ce que je m'en moque!

Mais il n'était pas insensible à ce compliment. Le menton haut, il lorgnait son reflet, aminci à la taille et aux hanches. Depuis quinze jours, il s'imposait de boire moins aux repas et de marcher dans le Bois entre les heures de bureau. À ce régime, il avait déjà perdu près de six livres. Son ventre était plus à l'aise dans les pantalons. Ses cols lui devenaient un peu larges. Il avait même l'impression de rajeunir et de se porter mieux.

Avec précaution, il enfila un veston de souple laine grise à filets blancs, que le tailleur lui avait livré la veille. Ce complet sport, de nuance claire, convenait à son teint, à la couleur de ses yeux. Sans doute n'était-il pas aussi distingué que les autres complets de sa garde-robe. Mais Germain Laugier était fatigué de la distinction. Négligemment, il sortit d'un tiroir la pochette bleue qui se mariait avec les tons de sa cravate, la secoua, la glissa dans la poche du veston et en épanouit les coins d'une pichenette.

– Pourquoi mets-tu ton complet neuf aujourd'hui? dit Alice.

Il se fâcha :

– J'ai horreur de cette discrimination entre les complets neufs et les complets usagés, entre les jours d'élégance et les jours de travail. C'est de la logique d'épicier. J'estime avoir le droit de m'habiller comme il me plaît, quand il me plaît. Non?

– En tout cas, ce costume-là t'avantage beaucoup, Germain.

– Oui, il n'est pas mal coupé, concéda-t-il avec une moue indifférente.

– Tu devrais t'en commander un autre dans le même genre.

Il considéra sa femme avec un sentiment de pitié, parce qu'elle ne savait plus rien de sa vie intime et qu'elle louait son élégance au lieu de s'en inquiéter.

– Je passe mon peignoir et je te rejoins dans la salle à manger, dit-elle encore.

Devant la table servie pour le petit déjeuner, elle ne se lassait pas d'examiner et de respirer ce mari inconnu, rasé de près, parfumé à l'eau de lavande et habillé de laine gris perle. Elle le trouvait renouvelé, inédit et terriblement désirable. Mais un amaigrissement à peine visible et l'inauguration d'un complet sport n'auraient pas suffi à la bouleverser de la sorte. Il y avait autre chose. Germain Laugier avait évolué. C'était sûr. Depuis quelque temps, il se montrait plus gai, plus conciliant, plus facile à vivre. Il lisait tard, le soir, dans son lit : des romans, des études d'art. Elle avait même découvert, dans un tiroir, quelques croquis qu'il avait exécutés sur le papier à en-tête du bureau. Des figures de femme, aux yeux obliques, aux sourires voluptueux, une caricature de Seuriet, deux ou trois nus, un portrait de lui-même, très embelli, avec une mâchoire volontaire et un regard jeune. Les dessins étaient honnêtes. Germain Laugier les avait datés et signés. Était-ce la fréquentation de Bourdieu et de Gèvres qui le transformait ainsi? Sans doute, auprès d'eux, apprenait-il à connaître des joies plus élevées que celles dont il avait fini par se contenter. L'amitié de ces deux artistes le sortait un peu du bureau, des chaussures, des chiffres, et lui ouvrait un horizon digne de lui. « Digne de lui », elle buta sur cette pensée et l'estima irrévérencieuse. Jadis, il ne lui serait pas venu à l'esprit de souhaiter que son mari changeât de personnalité. Elle était pleinement satisfaite par cet ensemble de défauts et de qualités qui s'appelait Germain Laugier. Elle l'admirait sans réserve, redoutant même pour lui le moindre gauchissement de caractère, priant pour que Dieu le conservât intangible dans ses vertus et dans ses vices, jusqu'à la mort. Et voici qu'elle se félicitait de le voir infidèle à lui-même. Elle sourit à cette petite trahison et se jugea ingrate envers le Laugier *première manière*. « Tout de même, quand il se fâchait, ce regard, cette voix... » Mais déjà son cœur s'emplissait d'une volupté serviable à voir son mari, gris et bleu, lustré, aminci, énigmatique, se redresser derrière la table et se tamponner les lèvres avec la serviette pliée en carré.

– Il fait trop beau, dit-il. Je ne prends pas l'auto. Je veux marcher un peu.

Et, tout à coup, il ajouta sur un ton négligent :

– Si nous déjeunions au restaurant, Alice?

Elle frémit de plaisir et lui jeta un regard rapide :

– Au restaurant?

– Oui, dit-il. Viens me chercher au bureau, pour midi.

Lorsqu'il eut disparu, Alice fut saisie d'une gaieté active et désordonnée. Quelle robe mettre? Et quel chapeau?

– Hortense, nous déjeunons en ville! criait-elle. Marie, repassez vite le chemisier blanc... Non, pas celui-là... L'autre, avec des boutons en perles...

Il était rare que Germain Laugier consentît à sortir avec Alice. Or, elle aimait bien les salles de restaurant, parfumées de sauces rares, dallées de nappes neigeuses, visitées par un essaim de garçons flexibles, aux basques voletantes. Là, les chapeaux des femmes s'épanouissent dans toute leur extravagance fleurie. L'argenterie et le cristal tintent avec distinction. Et les hommes prennent des airs compétents pour parler à des sommeliers rubiconds, coiffés de roses calvities. « Vraiment, il a changé. Et je le préfère ainsi, se dit-elle. Mais a-t-il mis son complet neuf avec l'idée d'aller au restaurant, ou a-t-il eu l'idée d'aller au restaurant parce qu'il avait mis son complet neuf? »

Elle soupira. Elle se sentait aimée; et tout heureuse, inexplicablement, d'être une femme et pas un homme, d'obéir et non de commander. Vivement, relevant un coin de son peignoir, elle gravit l'escalier vers la salle de bains, ses savons, ses laits de concombre et ses fards. Devant la glace, elle examina sa petite face régulière. Démaquillée, elle paraissait plus jeune. De nouveau, elle évoqua Germain Laugier dans son complet gris, rehaussé d'une cravate bleue. Et Maurice Gèvres aussi, qui lui avait envoyé ce bouquet de violettes. Elle se surprit à fredonner en peignant sa chevelure noire, épaisse. Marie apporta le chemisier à boutons de perles. « Il y a longtemps que Germain ne m'a plus parlé de Maurice Gèvres. Pourquoi ne l'invite-t-il pas à dîner? Ici ou au restaurant! Au restaurant, avec Gèvres, Bourdieu, mon mari... »

Elle rêva d'une vie large, lumineuse, mondaine, pleine de messieurs galants, de complets neufs et de fleurs dans des boîtes de carton argenté. Elle s'imagina courtisée, adulée, et tout amollie de pommades et de parfums. Puis, elle serra les lèvres et s'enduisit le visage, méthodiquement, avec une crème blanchâtre dont sa mère lui avait donné la recette.

Avant de passer au bureau, Germain Laugier s'arrêta dans une pharmacie et monta sur la balance avec appréhension. Un commis fit coulisser les poids de cuivre sur leurs réglettes graduées et annonça :

– Quatre-vingt-six, cinq cents.

Germain Laugier calcula mentalement qu'il avait

encore perdu trois cents grammes. Puis il paya, sourit à la caissière et regagna la rue en sifflotant.

Au bureau, il contrôla l'effet de son complet neuf et de sa cravate dans le regard chaviré d'une dactylo et le sourire ahuri du garçon de courses. Sa table de travail lui sembla plus vaste et mieux rangée que d'habitude. Dans les pièces voisines, les machines à écrire cliquetaient avec entrain. Seuriet lui-même paraissait plus optimiste que les autres jours.

– Alors, Seuriet, quoi de sensationnel?

Tandis que Seuriet lui dénombrait point par point les nouvelles rentrées de marchandises, Germain Laugier parcourait la feuille du personnel en retard : encore cette Geneviève Puteaux! Il cocha son nom d'un trait de crayon rouge, mais renonça lâchement à la convoquer.

– Vous passerez un savon à Geneviève Puteaux, de ma part, dit-il. Moi, je n'ai pas le temps.

Le garçon de bureau entra pour annoncer M. Marpechu.

– Priez-le de patienter un peu, dit Laugier.

Le garçon inclina la tête :

– Il y a aussi M. Bourdieu qui est venu. Mais il est déjà reparti. Il m'a laissé cette lettre pour vous.

Germain Laugier prit l'enveloppe de papier jaune que le garçon lui présentait sur un plateau, la décacheta vivement et en tira une page de calepin :

Mon vieux, je n'ai pas pu t'attendre. Édith est arrivée. Elle aimerait te voir. Tu feras ce que tu voudras. Moi, je t'ai dit ce que j'en pense. Elle est descendue à l'hôtel Sheffield...

– Voulez-vous me laisser seul un instant, Seuriet? dit Germain Laugier.

Sa voix était égale. Il souriait.

– C'est que je voulais vous dire... pour l'usine Verzon... Le commissaire aux comptes...

– Tout à l'heure, tout à l'heure, Seuriet.

Seuriet quitta le bureau, en traînant les pieds.

Germain Laugier aspira l'air profondément et s'approcha de la fenêtre. Glissant de biais entre les maisons, un rayon de soleil éclairait le pavé de la cour. Devant la loge du concierge, deux chauffeurs en salopette bleue enseignaient à un petit chien la façon de faire le beau et de donner la patte.

Ce même jour, vers onze heures et demie, Maurice Gèvres sonnait à la grille du pavillon des Laugier. Marie vint lui ouvrir et l'introduisit dans le salon vide.

– Madame est sur le point de sortir. Elle dîne en ville avec Monsieur. Si vous pouvez attendre un instant...

– Ah! dit Maurice Gèvres. Ne la dérangez pas.

Il tenait sous le bras une caisse en carton d'où s'échappaient des frisures de paille.

– Vous vouliez lui remettre quelque chose?

Maurice Gèvres hésita une seconde.

– Non, non, dit-il enfin. Je préfère revenir...

Mais, malgré lui, il demeurait sur place, regardait, humait cette pièce connue. Il retrouvait sans colère les tentures vert d'eau, le piano drapé d'un châle espagnol, les fauteuils Louis XVI et le canapé témoin de son malaise. Une langueur très douce lui mollissait les jambes. La voix d'Alice résonna au premier étage :

– Qu'est-ce que c'est, Marie?

Maurice Gèvres se dirigea vers la porte :

– Je m'en vais, dit-il.

Dans la rue, il pressa le pas, craignant d'être rappelé. Il lui semblait que les passants se retournaient vers lui et hochaient la tête.

Au moment de téléphoner à Édith, Germain Laugier s'aperçut qu'il ne savait pas sous quel nom la demander au standard de l'hôtel. Il se rappelait bien son nom de jeune fille : Édith Bastien. Mais quel était son nom de femme mariée : « Mme?... Mme?... » C'était agaçant. Édith, qu'il connaissait mieux que personne, lui devenait étrangère par la vertu d'un nom. « Mme?... Mme?... » Avec impatience, il questionnait sa mémoire, retournait un fouillis de syllabes endormies. « Le mariage de Mlle Édith Bastien avec Monsieur... Ingénieur des Ponts et Chaussées. » Et, soudain, le nom se dégagea de toute une scorie de voyelles et de consonnes adventices. Un nom dur, impeccable, ridicule : Mme Clavet. Ce n'était pas à Édith Bastien, c'était à Mme Clavet qu'il parlerait aujourd'hui.

Irrité, il décrocha le téléphone et dit :

– Veuillez demander Mme Clavet à l'hôtel *Sheffield*.

Puis, il reposa le récepteur sur sa fourche et attendit, épuisé par ce seul effort. L'idée qu'il allait entendre, au bout du fil, la voix, le rire, le souffle d'Édith, lui paraissait incroyable. Pour apaiser son trouble, il inventait une suite de contretemps : elle serait sortie; elle serait malade; elle aurait quitté l'hôtel sans laisser d'adresse. Il souhaitait que sa tentative se soldât par un échec. Ainsi, du moins, il retomberait dans la sécurité quotidienne. Déjà, il ne pouvait plus vivre avec ces larges battements dans la poitrine et cette sueur froide qui lui poissait le front. Pourquoi ne le rappelait-on pas? La téléphoniste lisait un feuilleton, sans doute. Quelle boîte! Il ferma les yeux pour retrouver ses esprits. Édith. Édith vivante. Édith toute proche. « Allons! Je suis fou. Si je tremble de la sorte, je n'arriverai même pas à lui dire deux mots. Et elle, de quel ton m'accueillera-t-elle après une si longue absence? » Il se plut à imaginer les mots communs et tendres qu'elle chuchoterait à son oreille. D'un regard vague, il parcourut la pièce et ne reconnut plus la porte de cuir vert, les deux crocodiles pendus par la queue, la moquette beige, les vitrines peuplées de chaussures. Tout cela était dépassé, mort, renvoyé au néant. Il habitait une autre région du monde. Il n'était pas marié. Il était jeune, très jeune. La sonnerie vive du téléphone déchira ses pensées. Il décrocha le récepteur.

– Allô?

– Vous avez l'appartement de Mme Clavet à l'hôtel *Sheffield,* monsieur.

Germain Laugier murmura : « Merci », et s'appuya des deux coudes à la table. Très loin, il discerna un grelottement de métal, un déclic abrupt. Puis, une voix d'enfant demanda :

– Qu'est-ce que c'est?

Germain Laugier éprouva un léger choc au cœur. Quel était cet enfant qui répondait à la place d'Édith? Avait-elle eu un enfant? Il n'en avait jamais entendu parler. Il ne savait rien d'elle. Il eut peur. Peur de toutes les années, chargées de malchances, d'amours, de fatigues, de joies, de maternités, de maladies, qui avaient passé sur elle sans qu'il y prît garde. Peur de tout ce qui éloignait l'actuelle Mme Clavet de l'Édith Bastien qu'il avait aimée. Surmontant son angoisse, il dit enfin :

– Je voudrais parler à Mme Clavet.

– Je vais appeler maman, répliqua la petite voix étrangère.

Et, dans le récepteur, Germain Laugier perçut un bruit de galopade agile, un rire, des cris aigus : « Maman... Maman... C'est un M. Augier qui te demande... »

Instinctivement, Germain Laugier en voulut à Édith d'être mère. Il lui sembla que l'existence de cet enfant rendait leurs retrouvailles absurdes et lugubres. Ce témoin à charge leur fixait à l'un comme à l'autre un âge exact, matérialisait leur séparation, leur interdisait tout espoir de retour à une jeunesse factice.

Mais, déjà, un pas menu se rapprochait, à l'autre bout du monde. Et, soudain, Germain Laugier devina une présence humaine, une rumeur de vie qui s'installaient près de lui. Elle était là. Mais elle ne parlait pas encore.

Elle respirait, retrouvait son calme. Enfin, du grand silence bourdonnant, monta une voix si oubliée, si familière, que Germain Laugier en perdit le souffle.

– Vous êtes gentil de m'avoir téléphoné, disait la voix.

Germain Laugier fut surpris, d'abord, par ce vouvoiement cérémonieux. Mais, sans doute, l'enfant était-il encore dans la pièce. Elle se gênait :

– Un voyage magnifique, merci... Je suis si heureuse de revenir à Paris... Quinze ans, pensez donc!

Édith parlait toujours, avec une aisance enjouée qui affligeait Germain Laugier. Il avait cru qu'elle serait trop émue pour former ses phrases. Il s'était promis de secrètes délices à l'entendre balbutier, éperdue d'amour et de reconnaissance.

– Comptez-vous rester à Paris? demanda-t-il machinalement.

– Mais oui. Je cherche un appartement. Il me faudrait cinq belles pièces, très aérées, dans le quartier du Champ-de-Mars. Si vous voyez quelque chose...

Jouant le jeu, malgré lui, il affirma :

– Je m'en occuperai.

– Vous êtes un amour, mon cher. Comment vous remercier?

Il serra les lèvres.

– J'ai su depuis, poursuivait-elle, que vous aviez obtenu une grosse situation dans l'industrie. C'est bien, ça!

Dire qu'il avait redouté d'être devenu trop « bourgeois » pour elle!

– Ne parlons pas de cela, dit-il. J'y pense si peu.

– Vous avez tort, mon cher. Moi, je suis très flattée de votre réussite.

Avait-il été assez bête pour compter sur le désarroi d'une Mme Clavet! Que sa propre angoisse, que son enthousiasme lui paraissaient donc ridicules, maintenant! Pour une fois qu'il avait laissé libre cours à son imagination, la réalité lui assenait un châtiment sévère. Il murmura :

– Vous êtes très prise, sans doute?

– Horriblement! s'écria Édith. Mes parents, mes amis, tant de gens que je n'ai pas revus depuis des années. Mais je trouverai bien un moment pour vous recevoir.

Elle rit. Et ce rire lui sembla une insulte.

– On en reparlera, dit-il rudement.

– Mais oui... Mais oui... Bourdieu m'a dit que vous êtes marié et que votre femme est charmante. Vous n'avez pas d'enfants?

– Non.

– Moi, j'ai un fils, Étienne. C'est lui qui vous a répondu au téléphone. Un gamin insupportable... Vas-tu finir, Étienne? Aïe! Voilà qu'il me chatouille! Aucun respect pour sa mère! Qu'est-ce que je disais donc?... J'ai la tête à l'envers! Ah! oui, voulez-vous venir prendre une tasse de thé chez moi, demain à cinq heures?...

Submergé par ce flot de paroles futiles, Germain Laugier ne savait que répondre. Il n'eût jamais supposé qu'après une si longue absence leur première conversation pût être dédiée à sa femme, à Bourdieu, à des tasses de thé, à des enfants. N'avaient-ils rien d'autre à se dire?

– Je vous entends mal, disait Édith. Demain, à cinq heures, ça vous va?

Il fut tenté de refuser d'emblée. Mais, déjà, sa bouche prononçait les syllabes qu'il n'avait pas voulues :

– Demain, je serai chez vous.

– Je suis heureuse, s'écria-t-elle. Nous serons seuls. Étienne va goûter chez sa grand-mère. Ne fais pas de grimaces, Étienne! Laisse les embrasses des rideaux! Oui, ça s'appelle une embrasse... Je ne vois pas ce que ça a de drôle! Alors, nous pourrons bavarder un peu. Vous me trouverez bien vieillie, bien changée. Si, si!

Germain Laugier étouffait de tristesse, de découragement, de lassitude. Il n'avait plus qu'une envie, raccrocher l'appareil, tuer cette voix adorable dont chaque mot lui déchirait le cœur. Elle devina son intention, sans doute, car elle s'exclama soudain :

– Je parle, je parle, et j'avais rendez-vous chez le coiffeur à onze heures et demie précises. Il est quelle heure? Midi moins dix? Mon Dieu, je me sauve! Donc à demain, cher ami. Au revoir.

– Au revoir.

Germain Laugier, épuisé, se renversa dans son fauteuil et porta les deux mains devant son visage. La voix lointaine vivait encore dans sa tête. Lentement, il ramassa la lettre de Bourdieu sur sa table et la déchira en lanières égales. Le garçon de bureau frappa à la porte :

– C'est Mme Laugier.

Déjà Alice se glissait dans la pièce, légère, fardée, chapeautée de rubans et de paille bleue.

– Toi? dit-il.

Il ne se rappelait plus qu'ils devaient déjeuner ensemble au restaurant. Elle parut désappointée :

– Mais oui. Tu m'avais dit de venir te prendre.

– C'est vrai.

Il secoua le front. Alice attendait, devant lui, fautive, malheureuse, avec son étrange chapeau et son visage trop maquillé. Elle avait dû se préparer avec minutie pour lui faire honneur. Cette pensée lui était pénible.

– Allons-y, dit-il sans entrain.

Et il ajouta, pour se venger d'elle qui ne savait rien, qui ne saurait jamais rien, qui n'aurait même pas le droit de le plaindre :

– Au fond, je regrette déjà cette sortie. La saleté qu'on nous servira ne vaut guère le dérangement.

Elle se mordit la lèvre inférieure. Ses yeux brillèrent comme si elle allait pleurer. Germain Laugier sonna, et le garçon de bureau lui apporta son manteau, son chapeau et sa canne.

11

LE CONCIERGE ventru et galonné raccrocha son téléphone et dit :

– Mme Clavet vous attend. Chambres 129-131. L'ascenseur est au fond du hall.

Germain Laugier traversa le hall cossu, cloisonné de marbre et de glaces, où quelques rares clients fumaient dans le vide et feuilletaient des journaux montés sur baguettes. Au passage, il vérifia dans un miroir l'élégance impeccable de son reflet. Manteau bleu. Complet gris. Cravate bleue. L'ascenseur l'éleva, dans un glissement luxueux, vers des altitudes de moquette beige, de plantes vertes et de numéros émaillés. « Un hôtel sérieux, pensa-t-il. Elle doit avoir de l'argent. » Il allait à ce rendez-vous sans espoir et sans crainte. La conversation de la veille l'avait renseigné sur la femme qui l'attendait. Il imaginait fort bien une Édith rondouillarde, au teint vernissé et au sourire jovial. Une Édith affectée, un peu vieillissante déjà, avec des gourmandises, des recettes de beauté, des éclairages complices, toute une louche science de femme. Une Édith installée dans la vie. Comme il l'était lui-même.

Dans le couloir interminable, il eut le temps de déplorer, une dernière fois, cette faillite de chair et d'âme chez un être qu'il aimait tant. Ce fut avec indifférence qu'il s'arrêta devant une porte semblable aux autres portes, et derrière laquelle, il le savait, respirait l'ennemie de ses rêves. Pourquoi était-il venu? Il aurait dû se décommander. Il pouvait encore partir. Au-dessus de la porte, il y avait un petit globe en verre dépoli. Une tache de rouille défigurait le numéro de la chambre. La clef était poussée dans la serrure. À travers le battant de bois mince, Germain Laugier entendit un froissement d'étoffes, un pas. Et, soudain, il identifia le parfum d'Édith. La tête lui tourna. Sans plus réfléchir, il frappa trois coups à la porte.

La porte s'ouvrit. Ils furent face à face. Un instant, il contempla, sans rien comprendre, la jeune femme radieuse, bordée de soleil, qui se dressait à contre-jour devant lui. Elle répondait si peu à l'image engraissée, couperosée, dont il avait appréhendé l'exactitude, qu'il se crut le jouet d'un songe. Mince, évidée à la taille, les jambes longues, le buste léger, elle défiait le temps et l'absence. Elle émergeait du néant avec un visage reposé et laiteux. Elle n'avait pas changé. Et, cependant, elle paraissait plus séduisante qu'autrefois. Les grâces incultes de l'adolescence, Édith les avait exploitées et disciplinées avec soin. De tout son être, émanait une impression de plénitude royale.

Il eut envie de la remercier parce qu'elle était belle. Mais les mots se refusaient à ses lèvres, comme dans les rêves de grande peur. Elle, non plus, ne parlait pas. Elle l'observait avidement, intensément. Il redouta cet examen farouche. Enfin, elle murmura :

– Entre, entre vite. J'étais si impatiente de te voir!...

Elle le tutoyait, et le souvenir de leur conversation au téléphone devenait absurde. Il ne voulait plus y penser. Comme elle se tournait un peu pour lui permettre de passer, il lut sur sa figure, livrée à la clarté des fenêtres, un émoi chaleureux, une sourde impatience qui le réconcilièrent avec le monde entier. Sans force, sans désir, engourdi de bien-être, il se laissa guider dans la chambre. Il aima la tapisserie des murs, à losanges roses et beiges, le lit de bois sombre, les fauteuils de cuir clouté, les malles ouvertes, le désordre. Il accepta les restes d'un train mécanique éparpillés près du radiateur, et le règlement de l'hôtel placardé à la porte. Il avait perdu le goût de la critique. Il était heureux. Elle, cependant, le forçait à s'asseoir et téléphonait pour prier qu'on ne la dérangeât plus. Avec effort, il nota qu'elle portait une robe de couleur pêche et un collier de perles. Mais il était incapable de réfléchir plus avant. Déjà, elle revenait à lui et s'installait de biais sur un pouf en cuir rose.

– Djéry, dit-elle doucement, j'ai peine à croire que nous voilà tous deux ensemble, de nouveau.

Des larmes divisaient l'éclat de ses prunelles vertes. La respiration soulevait, abaissait régulièrement sa poitrine, sous le tissu et les perles. Ses mains soignées, jointes au creux de sa robe, étaient agitées d'un tremblement à peine perceptible. Elle baissa les paupières, et il dit, malgré lui, bêtement :

– Tu n'as pas changé, Édith.

Elle se mit à rire, découvrant avec coquetterie ses dents saines et blanches, le creux rose et sec de sa bouche.

– Pas changé? Et ça? Et ça?

De l'index, elle désignait sous son œil une ride pâle et fine, comme un trait d'ongle, et une autre ride minuscule entre les sourcils. Il haussa les épaules :

– Est-ce que ça compte?

– Mais bien sûr! Elles me donnent beaucoup de soucis, mes premières rides. Je lutte. Je lutte contre elles, mon cher. Trente-trois ans. Les hommes ne doutent de rien. D'ailleurs, toi non plus tu n'as pas trop changé. Un peu épaissi, élargi, mais ça ne te va pas mal.

Il s'en voulut d'être sensible à un aussi pauvre compliment. Cependant, elle insistait, le menton tendu, les lèvres plissées dans une moue attentive :

– Pas mal, pas mal. Tu as su mûrir. Et pour cette cravate, mon cher!...

La cravate bleue avait produit l'effet désiré. Il s'en réjouit, d'une manière puérile.

– Laisse donc, dit-il. J'aurais préféré me présenter devant toi avec ma vieille cravate d'autrefois, mon vieux complet d'autrefois, et mon visage d'autrefois aussi.

Il observa qu'elle frémissait des narines et que ses prunelles devenaient vagues, se détournaient de lui, cherchaient quelqu'un d'autre au fond de cette pièce sans âme. Puis, brusquement, elle secoua la tête, faisant voler ses boucles et les lumières de ses yeux.

– Non, dit-elle. Je t'aime mieux ainsi.

Elle soupira :

– Tu as de la chance, toi! Je sais tout par Bourdieu.

– Tu l'as vu?

– Avant-hier, dans son atelier, en coup de vent. Je crois même que je n'ai pas été très gentille avec lui. Je ne lui ai guère demandé de ses nouvelles. Je n'ai parlé que de toi.

Elle avait dit ces mots avec une simplicité de jeune fille. Sa phrase rejoignait d'autres phrases qui bruissaient encore dans la mémoire de Germain Laugier : « La vie sans toi n'est pas possible... J'aurais envie d'être malade près de toi... Je suis folle de toi... » Le fil magique se renouait d'un âge à l'autre. L'absence devenait illusoire. Il l'avait rencontrée la veille, au *Royal Artois,* dans un café, au Louvre. Il balbutia :

– Tu n'as parlé que de moi?

– Mais oui. Et il m'a dit... il m'a dit des tas de choses! Que tu étais marié. Que tu occupais un poste très en vue. Que ton intérieur était charmant. Que tu te passionnais pour l'art, mais que tu ne peignais plus... Pourquoi, Djéry, as-tu renoncé à la peinture?

Ce blâme tendre le bouleversa. Il leva une main et la laissa retomber sur l'accoudoir du fauteuil :

– Je n'aurais rien donné de fameux.

Elle redressa la tête :

– Je suis certaine que si!

– Il est trop tard maintenant. Après ton départ, après la mort de ma mère...

– Ta mère est morte?

– Oui, le lendemain du jour où j'ai reçu ta lettre de rupture.

Elle pâlit un peu sous la poudre et le rouge :

– Tu m'en veux?

– Je t'en ai voulu, oui, sur le moment...

Il luttait contre ce besoin d'aveu, d'abandon servile qui le poussait vers Édith. Un reste de fierté l'empêchait de proclamer son ancienne détresse. Après tout, il ne l'avait pas vue depuis quinze ans. Il était à peine sûr de sa discrétion. Etait-elle digne encore de cette confidence? Mais une main légère et chaude se posa sur sa main, il tressaillit, redouta de pleurer et murmura :

– J'ai eu très mal. Tu étais partie. Ma mère me laissait. Je me retrouvais seul, sans amour, sans espoir, sans argent. Que faire? J'ai pris en haine tous ces rêves qui m'avaient trahi : toi, mon travail, les camarades. J'ai deviné que je n'étais pas fait pour ce bonheur-là. J'ai tout plaqué. J'ai tout dénigré. Une place s'est offerte...

La main chaude avait quitté sa main. Un repentir très doux se levait dans les yeux d'Édith.

– Et moi, si tu savais comme j'ai souffert, dit-elle. Ils m'ont bousculée, assourdie, aveuglée pendant des semaines. Puis le départ. Et ce mariage... ce grand mariage. J'ai cédé, par lâcheté, par fatigue. Loin de toi, je n'avais plus aucune force. Je me laissais faire. Tu comprends...

Il comprenait. Il était prêt à la plaindre. Il l'écouta douloureusement parler de son mari, de leurs premières mésententes, de leurs scènes, de leur divorce.

– J'ai longtemps hésité, à cause du petit. Mais je n'en pouvais plus. Un tyranneau. Il ne voulait pas que je sorte. Il m'espionnait. Il ouvrait mes lettres. Il m'accusait de coucher avec les domestiques. Il a dit sur moi des choses... Bien sûr, après, il s'excusait, il pleurait un peu. Mais, le lendemain, de nouveau, il avait cet œil mauvais, ce ricanement, ce mouvement d'épaule. Il ne faut plus que j'en parle. C'est trop laid. C'est fini. Ou presque. Je ne sais pas encore comment j'ai pu lui faire admettre la nécessité d'une séparation. Ah! ces réunions à quatre, nous deux et les deux avocats!... Oui, il n'y a pas d'avoués à Casa... Il importait de tout régler avant d'aller devant le juge, tu comprends? Le divorce sera prononcé aux torts réciproques. Pour cela, j'ai dû échanger avec mon mari des lettres d'injures. Et les avocats nous ont bien dit de conserver les enveloppes... Enfin, les deux demandes ont été introduites. Le juge a pris des mesures provisoires, et m'a assigné un domicile séparé, chez une amie, à Casa. Pour la procédure, j'ai élu domicile chez mon avocat. Maintenant, l'affaire est en train. Il paraît... je ne veux jurer de rien... il paraît que, dans trois ou quatre mois, je serai libre... Libre, tu entends, Djéry?... Partie la Mme Clavet!... Évanouie!... Disparue!...

Elle eut un rire bref, tira un mouchoir de sa manche et le respira précipitamment. Sans doute était-elle confuse d'avoir évoqué devant lui d'aussi lamentables souvenirs.

– Où en étais-je? dit-elle d'un air égaré et faussement joyeux. Oui, pour moi, tu le sais maintenant, ça n'a pas été drôle. Combien de fois ai-je eu la tentation de t'écrire, de t'appeler au secours! En ai-je composé des lettres dans ma tête! En ai-je reçu des réponses dans mes rêves!

– Et moi donc! dit-il.

Il se tut aussitôt, gêné par son mensonge.

– Mais, d'abord, reprit-elle, je voulais être libre. Quand la procédure du divorce a été entamée, alors seulement... Et tu ne m'as pas répondu.

Elle le regardait avec reproche. Pris au dépourvu, il se cherchait des excuses.

– Je ne t'ai pas répondu, dit-il, parce que j'avais peur.

– Peur de quoi?

– Peur de toi, Édith. Tu m'avais fait tant de mal.

– Je te demande pardon.

– Non... non... Il le fallait... Alors, longtemps, j'ai lutté contre le désir de te voir. Et me voici...

– Mais ta femme? dit Édith.

Désarçonné par cette question, il bredouilla :

– Eh bien?

– Est-ce que tu l'aimes? Est-ce qu'elle te mérite? Est-ce qu'elle te rend heureux?

Germain Laugier se raidit contre l'envie de dire : « À peine. » Un sentiment inexplicable lui interdisait de dénigrer Alice en présence de l'autre. Non qu'il plaignît sa femme, mais il tenait à sauvegarder sa propre dignité. Un retour d'orgueil l'incitait à prétendre qu'il était, toujours et partout, satisfait de son sort. Il dit :

– Je n'ai pas regretté mon choix.

Il ne regrettait jamais son choix. Par principe. Mais quel principe eût résisté à l'interrogation de cette face meurtrie?

– Elle est très gentille pour moi, dit-il encore.

Édith sourit :

– Tant mieux. D'ailleurs, n'importe qui à sa place...

Déjà, il déplorait les paroles qu'il avait prononcées. N'allait-elle pas les traduire comme une affirmation de sa fidélité conjugale? N'allait-elle pas s'imaginer qu'il tenait trop à sa femme pour s'intéresser à d'autres amours?

– Que serait-il advenu, dit-elle rêveusement, si, comme nous le souhaitions, tu m'avais épousée? M'aimerais-tu encore?

– Quelle idée! s'écria-t-il. Mais certainement je t'aimerais! Nous étions faits l'un pour l'autre. Les circonstances seules nous ont séparés.

– Quand on se laisse séparer par les circonstances, c'est qu'on n'est pas faits l'un pour l'autre.

Cette réplique exaspéra Germain Laugier. Il était trop sûr de sa passion, pour admettre que quelqu'un d'autre, fût-ce Édith elle-même, osât en discuter la valeur.

– Nous nous aimions, poursuivait Édith, mais nous étions si jeunes, si gais, si confiants.

– Oui, dit-il. Et alors?

– Alors, peu à peu, les désillusions seraient venues, les petites maladies, les fatigues, l'accoutumance, l'ennui...

Elle repoussa du doigt une mèche de cheveux blonds qui lui tombait sur les yeux :

– Sans aucun doute, nous avons bien fait de nous séparer. Car, ainsi, chacun de nous a gardé de l'autre un souvenir merveilleux, irremplaçable...

Germain Laugier crispa les mains sur les accoudoirs du fauteuil. Pendant qu'Édith parlait, il sentait croître dans son cœur une crainte panique. Peut-être ne tenait-elle pas à renouer avec lui les relations d'autrefois? Peut-être ne voyait-elle en lui qu'un ami, qu'un confident fidèle et commode? Et lui se berçait d'espoirs, quêtait un encouragement, attendait de la serrer dans ses bras. Pourtant, la lettre qu'elle lui avait envoyée, quelques mois plus tôt, était bien la lettre d'une amoureuse. Du moins, il l'avait interprétée ainsi. S'était-il trompé? Ou était-elle revenue sur sa décision? Il fut sur le point de lui demander : « Pourquoi donc désirais-tu me rencontrer? » Mais il s'arrêta, car il redoutait d'entendre la réponse. Le visage d'Édith était indéchiffrable. Elle remuait à peine les lèvres :

– Tu nous vois, Djéry, tous les deux, côte à côte, avec un appartement, des habitudes, des enfants, les fins de mois, le sommeil en commun, la nourriture, les disputes à cause des domestiques! Nous aurions été comme les autres...

– Je ne le crois pas, dit-il violemment. Nous ne pouvions pas être comme les autres. Tout ce que tu prévois aurait existé peut-être, mais sur un autre plan. Nous aurions dominé ces soucis vulgaires, parce que notre amour...

Il s'interrompit, chercha la fin de sa phrase et s'exclama soudain :

– Avec toi, j'aurais eu une tout autre vie!

Elle parut effrayée, détourna la tête.

Que se passait-il donc? Il ne rêvait pas. Il était assis en face d'Édith. Il n'avait qu'à étendre la main pour la toucher, elle dont la vision seule avait, pendant des mois, enchanté son attente. Et, pourtant, un respect mystérieux les éloignait l'un de l'autre. Les malentendus, les politesses, les ruses, les précautions oratoires s'accumulaient entre eux. Ils étaient séparés par un voile. Un mot, un geste d'elle, et ce voile tomberait. Mais quel mot, quel geste?

Il demanda craintivement :

– Estimes-tu que tout soit fini, pour nous?

Elle ne répondit pas. Ils demeurèrent un instant silencieux, fermés chacun sur leur propre pensée. Puis, elle prononça d'une voix douce :

– J'ai gardé toutes tes lettres, Djéry. Veux-tu les voir?

Sans attendre son acquiescement, elle se leva, s'approcha d'une mallette en cuir posée sur le marbre de la cheminée.

– Toutes tes lettres, tes moindres croquis, des caricatures que tu dessinais au cours de Gründ, des tickets de métro, tout, tout ce que j'ai pu. C'est bête, n'est-ce pas?

Elle sourit d'un air fautif, revint s'asseoir en face de lui, et ouvrit sur ses genoux la mallette au couvercle plat, frappé d'initiales dorées.

La gorge serrée, le cœur faible, Germain Laugier se pencha sur le cercueil où dormaient des liasses de missives mortes.

– Je t'en ai écrit des lettres! murmura-t-il.

– Oui, il y en a beaucoup, dit-elle avec fierté.

Et elle rougit. Elle prenait les lettres une à une, les dépliait, les passait à Laugier qui les parcourait du regard. À un moment, elle s'arrêta, tenant une feuille à la main :

– Pas celle-là, dit-elle.

– Pourquoi ?

– Elle est trop gentille.

Elle avait dit cela spontanément, comme si Laugier n'eût pas été l'auteur de ces lettres, mais un étranger indigne d'en pénétrer le sens. Et, loin de s'irriter contre elle, il comprenait et admirait sa pudeur. À lire ces pages, pensées par lui, signées par lui, il éprouvait une gêne instinctive. Il avait l'impression de violer un secret, de dérober une offrande. Le Germain Laugier d'autrefois se défendait à travers ce papier, cette écriture, contre le Germain Laugier d'aujourd'hui. Deux hommes s'affrontaient, séparés par le temps plus sûrement qu'ils ne l'eussent été par l'espace. De cet antagonisme, Germain Laugier avait une perception très vive, presque physique. Il regarda Édith. Elle n'avait pas bougé. Elle tenait la lettre pressée contre sa poitrine.

– Non, pas celle-là, dit-elle encore. Tu me l'avais adressée poste restante après... après la première fois...

Sa voix était un peu rauque. Dans ses yeux allongés, mouillés, brillaient deux étincelles verticales. Au souvenir de cette lettre et de l'étreinte qu'elle célébrait, Germain Laugier sentit qu'une exigence têtue montait dans l'épaisseur de son corps. Le sang gonflait ses tempes. Ses lèvres s'entrouvraient sur l'air mou et tiède de la chambre.

– Donne-moi cette lettre, dit-il brutalement.

– Non. Il ne faut pas, chuchota-t-elle.

Puis, elle lui tendit la feuille qui tremblait entre ses doigts pâles. Il la prit et lut à mi-voix :

Ma chérie, je suis rentré comme un homme ivre dans ma chambre. Ma mère, les meubles, les dessins m'étaient moins proches et moins vrais que le souvenir de notre entrevue. Je te remercie pour tout ce que tu m'as sacrifié. Tu ne le regretteras pas. Que tu étais belle, Édith, après m'avoir aimé!... J'ai gardé ton parfum sur mes mains, sur mes lèvres. J'ai honte de toucher un objet quelconque depuis que je t'ai touchée.

D'un geste vif, Édith lui arracha la lettre :

– Je te disais bien qu'il ne fallait pas la lire!

Elle riait nerveusement. Il avait les larmes aux yeux. Il dit :

– Comme nous avons été heureux, Édith! Un hôtel. Une chambre meublée. La misère. Et, cependant, notre amour était pur et riche...

– Te souviens-tu du jour où nous sommes allés vendre tes livres sur les quais?

– Et cette maison de thé où nous passions toute l'après-midi devant une seule tasse : « Un thé pour madame. Moi, je n'ai pas soif. » À la fin, on nous a priés de commander deux consommations ou de ne plus revenir. J'étais vexé, malheureux. Et tu savais si bien me consoler alors...

– Et le bistrot... le bistrot où...

– Je sais.

– Tiens, voilà une caricature de Gründ. Je te l'avais chipée. C'était tout au début...

Il jeta un coup d'œil sur la caricature de Gründ et la repoussa de la main.

– Et ça, reprit-elle, ce sont des tickets de métro. J'avais marqué au dos le résumé de notre journée. « 10 février. Amour. Il me dit qu'il serait prêt à m'épouser. Baiser sous les arcades du Louvre. » Étais-je sotte!

– Et cette fleur séchée?

– Elle vient d'un bouquet que tu m'avais offert pour ma fête.

À présent, ils étaient assis tout près l'un de l'autre. Requis par la douceur vénéneuse des souvenirs, ils se laissaient traverser par des cortèges de jours et de visages.

De temps en temps, d'une voix faible, l'un ou l'autre mendiait une approbation :

– Tu te rappelles... Mais si, nous avions été au cinéma... Et, en sortant...

Le temps coulait sur eux avec indifférence. Les heures passées s'intégraient à l'heure présente. Les dates et les lieux ne signifiaient plus rien. L'ombre vint à travers les fenêtres voilées d'un tulle raide. Une enseigne lumineuse brilla, rouge, sur la maison d'en face. Des pas, des rires sonnèrent dans le couloir.

– N'allume pas de lampe, dit Laugier. Restons ainsi.

– Oui, restons ainsi, dit-elle.

Il devinait mal son profil dans les ténèbres naissantes. Mais il lui sembla qu'elle pleurait et souriait en ravalant ses larmes. Et il sentit qu'il ne s'était pas trompé, que son amour, que sa vie appartenaient bien à cette femme crépusculaire. Son cœur devenait large, vigoureux, incommode. Des pulsations robustes lui montaient jusque dans la gorge. Il n'avait plus de force dans les mains. Un moment, il se demanda s'il était heureux et il ne sut pas répondre à cette question raisonnable.

– Édith, murmura-t-il, est-ce que je peux te dire?...

– Tais-toi, souffla-t-elle.

Il respira son haleine tiède en même temps qu'il entendait ses mots. La chaleur de ce corps féminin rayonnait jusqu'à lui. Alors, il s'enhardit, s'agenouilla devant elle. Une folle envie le prit de l'étreindre, de la porter sur le lit, de la déshabiller et de l'écraser de caresses, comme autrefois. Il lui fallait cette épreuve de joie pour dissiper les derniers doutes. Il n'en pouvait plus d'attendre. Que voulait-elle de lui?

Brusquement, il enfouit son visage dans la robe d'Édith, heurtant du nez la forme de ses genoux, de ses cuisses, de son ventre et balbutiant des paroles sans suite :

– Maintenant... maintenant tu es à moi... Donne-moi l'assurance... Ne me trompe plus...

À travers l'étoffe, montait l'odeur familière qui commandait son délire. Mais déjà, de ses deux mains, avec d'infinies précautions, Édith lui soulevait le front et l'écartait d'elle.

– Non, non, Djéry...

– Tu ne m'aimes plus! s'écria-t-il.

Elle soupira profondément :

– Mais si, je t'aime. Seulement, je ne veux pas te céder encore. Je veux – ne te moque pas de moi –, je veux que nous refassions connaissance, que tu me poursuives comme autrefois, que tu t'impatientes, que tu te hâtes, que tu espères et puis, un jour...

– Quoi? Quoi? Qu'est-ce que tu racontes?

Il se mit debout, prêt à la riposte. Mais, vivement, elle se dressa devant lui et le saisit aux épaules :

– Tu me juges ridicule, puérile, méchante... Pourtant, il ne faut pas que notre première entrevue soit ça. Cette ruée. Cette satisfaction immédiate. Nous méritons mieux, Djéry... Peu à peu, peu à peu, tu vas me conquérir. La victoire t'est assurée. Déjà, je me défends si mal. Si tu savais, tout à l'heure, quand tu avais la tête sur mes genoux...

Il demeurait auprès d'elle, hébété, les mains lourdes. Sa colère était tombée. Et son désir aussi. Confusément, il acceptait les raisons d'Édith. Oui, leurs retrouvailles ne devaient pas être une simple coucherie, l'union de deux corps affamés, le combat de deux bêtes longtemps séparées et qu'on laisse courir l'une sur l'autre. À contenter aussi vulgairement leur envie, ils eussent perdu le privilège d'une lente et douce préparation. Au plaisir de la possession, ils eussent sacrifié toute une gamme de voluptés accessoires : les découvertes patientes de l'âme, les pudeurs vaincues, les attentes... Il dit :

– Excuse-moi, Édith. Tu as raison. Il faut jouer le jeu.

Elle s'écria :

– Ce n'est pas un jeu!

Puis, elle lui serra les mains :

– Tu ne m'en veux pas, Djéry?

– C'est toi qui serais en droit de m'en vouloir.

Maintenant, il admirait la délicatesse de cette femme qui se refusait à lui par respect du passé, et qui se donnerait à lui, dans quelques jours, par amour du présent. Jamais, il n'aurait pensé à ménager ainsi de nouvelles fiançailles. Il était une brute. Et elle était un ange digne de son adoration. Il demanda d'une voix humble :

– Nous nous reverrons souvent?

– Oh! oui, Djéry! Enfin, aussi souvent que tu le pourras.

– Pourquoi cette restriction?

– Tu es marié.

– Si peu!

– Ta femme...

– Elle ne compte pas. Une camarade, tout au plus. Par gentillesse, j'éviterai de lui faire du mal. Voilà tout. Nous nous cacherons un peu...

– Comme autrefois, dit-elle avidement.

– Comme autrefois, Édith.

Un silence les sépara. Immobile, fondu de tendresse, il réfléchissait à peine. Il souhaitait seulement que cette entente n'eût pas de fin.

– Il faut partir, Djéry.

– Partir?

– Mais oui. Je dois chercher Étienne chez ma mère.

Étienne? Qui était Étienne? Ah! oui. Le train mécanique près du radiateur. Péniblement, il remontait à la surface. Elle le consola d'une phrase :

– Tu m'accompagneras un peu, si tu as le temps.

La porte à tambour tourna violemment et leur poussa au visage une odeur de gel et d'essence. Une nuit épaisse et froide engourdissait la ville. Les réverbères rayonnaient dans des vapeurs de lune. L'asphalte sonnait sec sous le talon des passants. Germain Laugier prit le bras d'Édith et demanda timidement :

– Un taxi?

– Non, non. Marchons à pied jusqu'à l'Étoile. Et là, je prendrai le métro.

– Où habitent tes parents?

– Toujours rue du Renard, près de l'Hôtel de Ville.

Ils se turent. Germain Laugier sentait bouger contre son flanc le bras d'Édith, contre sa hanche, la hanche d'Édith. Leurs enjambées s'accordaient harmonieusement. Ils allaient, côte à côte, dans la nuit. Ils continuaient une très ancienne promenade. Sans doute eut-elle, comme lui, l'impression d'une résurrection exacte, car elle murmura :

– Ça ne te rappelle rien?

Il inclina la tête, trop ému pour parler. Grâce aux ténèbres, grâce à la ville intacte, il s'allégeait jusqu'à n'être plus qu'un svelte adolescent, bavard et ivre de sa chance. Il retrouvait sa chair et son sang d'autrefois. Ce soir, il raccompagnait Édith chez ses parents. Elle le prierait de la laisser au coin de la rue, devant la boutique du papetier. « On pourrait nous voir. » Ils s'embrasseraient en hâte. Et puis, il la regarderait courir à petits pas vacillants et pointus vers la grande porte cochère.

– La boutique du papetier, dit-il. Il y avait une panoplie de stylos à la devanture.

Elle se rapprocha encore de lui, si bien qu'ils marchèrent en titubant et qu'une vieille dame se retourna sur leur passage. Ils pouffèrent de rire. Une auto, qui prenait son virage, les éclaboussa.

– Capitaliste! cria Laugier.

À la terrasse d'un café, un marchand de marrons vociférait dans une gloire de vapeurs rousses et d'odeurs brûlées. Ils lui achetèrent un sac de châtaignes et les mangèrent avec délices.

– Je garderai le cornet, dit Édith, et j'inscrirai dessus la date et quelques mots encore.

– Lesquels?

Elle serra les lèvres avec obstination. Un réverbère l'éclaira. Elle avait une peau lumineuse, un peu verdâtre, et des yeux étoilés.

– J'avais si peur en venant te trouver, dit-il, de rencontrer une dame épaisse, bonasse et mal ficelée.

– Et moi, s'écria-t-elle, je redoutais la visite d'un monsieur desséché, hargneux avec un tic rapide dans la joue!

– Ne parlons pas de nos craintes. Parlons de notre chance.

Elle posa la tête sur son épaule. Comme ils débouchaient sur la place de l'Étoile, elle chuchota d'une voix ensommeillée :

– Viens dans le métro avec moi, Djéry, on prendra des secondes.

12

EN PÉNÉTRANT dans l'atelier, Fabien Morelli ne put retenir un cri de surprise : la statue de l'*Acrobate* était décapitée au ras des épaules, et la tête reposait sur une selle voisine, comme sur un plat.

– Pourquoi m'avez-vous coupé la tête? murmura-t-il.

Maurice Gèvres se mit à rire :

– Ne t'effraye pas, Fabien. J'avais besoin de travailler la tête sous un autre angle. Alors, je l'ai décollée et descendue. Cela te permettra de poser assis. Et moi, je serai plus à l'aise pour modeler. Quand j'aurai fini, je remettrai la tête en place et je la fixerai avec de la barbotine. Voilà.

Mais cette explication technique ne suffisait pas à dissiper la méfiance du gamin.

– Ça m'était égal de poser debout, dit-il.

– Quand tu es debout, il y a des choses que je vois moins bien, des plans qui ne se révèlent pas et qui, maintenant, apparaîtront sans faute. On procède fréquemment ainsi. Allons, installe-toi. Et garde ton manteau, il fait frais.

Fabien Morelli s'assit sur un tabouret et cambra les reins, par habitude. Il était maussade. Cette affaire de décollation l'inquiétait de plus en plus. Sans être superstitieux, il lui déplaisait de voir son corps mutilé, et, tout près, sur un support en planches, une tête grise, au cou tranché net, aux prunelles aveugles, au sourire mort. Une tête de guillotiné. Sa tête. Il frémit de répulsion. Sûrement, il y avait là un mauvais présage. Maman Morelli n'eût pas toléré qu'on traitât ainsi l'effigie de son pauvre fils. Elle savait tout, maman Morelli. Elle disait bien : « Méfie-toi de ce Gèvres. Rogne sur les heures de pose. Il ne mérite pas qu'on le serve. » Ah! non, il ne méritait pas qu'on le servît. Tout au début, Fabien Morelli avait éprouvé une vive sympathie envers le sculpteur, et un certain orgueil à l'idée que son image, taillée en pierre ou coulée en bronze, passerait à la postérité. Mais maman Morelli avait tôt fait de lui ouvrir les yeux. La statue ne valait pas grand-chose. D'abord, le corps de glaise était moins beau, moins musclé que celui du modèle. Et la figure était celle d'un faune, pointue, méchante, avec de longues oreilles et un sourire niais. Et les yeux étaient trop petits. Et les pieds trop grands. Et les tendons, vanité de tout gymnaste accompli, se voyaient à peine. C'était laid. Voilà.

– La lumière est merveilleuse, dit Gèvres. Penche un peu la tête. Ça y est. Les bosses du front prennent une précision dans cet éclairage!

– Je n'ai pas de bosses sur le front, dit Fabien avec rage.

– C'est ce qui te trompe. Tu en as d'excellentes. Et je vais m'en occuper sur-le-champ.

Maurice Gèvres jubilait, en nettoyant ses instruments sur une petite éponge. Puis, son œil noir et vif se tourna vers Fabien. Il décocha au modèle un regard indiscret, violent, inhumain. Fabien eut l'impression que le sculpteur lui volait un morceau de visage. Il voulut protester. Mais, déjà, d'une main légère, Maurice Gèvres collait une pastille de glaise à la racine des sourcils et l'étalait à petites pressions d'ébauchoir.

– Pourquoi que vous m'ajoutez de la graisse sur le front? demanda Fabien.

Maurice Gèvres haussa les épaules et ne répondit pas. Fabien fut vexé par cette insolence : « Il se croit très fort. S'il savait... »

– Elle est moche votre statue, dit-il à mi-voix.

Mais l'autre lui adressa un sourire de somnambule et poursuivit sa tâche en sifflotant. « Tout ce que je dis, il s'en moque », pensa Fabien.

Maurice Gèvres se sentait en forme, ce matin. Son œuvre prenait bonne tournure. Déjà, il entrevoyait la fin de son effort. Après avoir fixé la ressemblance inerte de l'*Acrobate,* il pouvait inscrire dans la terre plastique les signes de la vie. Mais ces signes étaient innombrables. Le visage, devant lui, était parcouru d'expressions multiples et banales. Maurice Gèvres comparait ces mouvements superficiels de la figure aux vagues molles qui recouvrent le roc, en se jouant. Assaillie, revêtue de lumières et d'ombres fugitives, la pierre dure dérobe son âme. Mais, tout à coup, par un large ressac, les flots se retirent et laissent à nu la masse essentielle. Dans ce bloc de glaise, c'était la vertu essentielle de Fabien Morelli que Maurice Gèvres s'appliquait à saisir. Il voulait rendre non pas un Fabien Morelli quelconque, grimaçant, versatile, mais l'événement humain que représentait Fabien Morelli. Par-delà les apparences, il recherchait le contour absolu de l'*Acrobate.* Il guettait l'instant où le gamin, dépouillé de tous ses masques, ne devrait plus rien qu'à lui-même et deviendrait lui-même enfin. L'instant où il serait éternel, sans le savoir. Que c'était donc beau et digne, une statue! Le portrait peint mendiait l'attention des visiteurs par le regard brillant, la succulence des chairs, la richesse chatoyante des vêtements. La statue, elle, aveugle, sourde, immobile, incolore, ne demandait rien à personne. Elle ignorait la foule. Elle vivait seule, à l'écart, sur de grandes réserves secrètes. Maurice Gèvres imagina l'*Acrobate,* coulé en bronze, et livré à la vaste lumière du ciel, avec, autour, des frissons de verdure, des chants d'oiseaux, toutes les rumeurs du monde. Et un vertige très doux lui serra les tempes. « Non... non... pas encore. Il faut travailler... » Fabien Morelli avait remué la tête.

– Un peu plus de face, Fabien, dit Gèvres. Je voudrais corriger un méplat du menton.

– Je suis fatigué, grogna Fabien.

– Allons donc! Il n'y a pas dix minutes que tu poses.

– Maman, elle trouve que je rentre plus fatigué qu'avant.

– Elle s'occupe trop de toi, maman, dit Gèvres avec irritation.

Fabien Morelli rentra la tête dans les épaules et poussa un ricanement sournois.

– Elle s'occupe de vous aussi, dit-il.

– De moi?

– Oui, elle a tiré les cartes... Elle vous a jeté un sort...

Maurice Gèvres écoutait à peine. Cependant, il remarqua l'expression hostile qui vieillissait le visage de Fabien et demanda :

– Qu'est-ce que tu as dit?

– J'ai dit qu'elle vous a jeté un sort. Elle vous en veut parce que vous m'empêchez de travailler et que vous êtes fier. Alors, elle vous a jeté un sort.

– On ne jette plus de sorts, Fabien. C'était bon au Moyen Âge...

– La nuit, devant trois bougies allumées, elle a étalé des cartes, récitait Fabien. De drôles de cartes, avec des têtes d'animaux : des loups, des tigres, des serpents. Puis, elle a pris un valet de trèfle et l'a glissé dans le tas des bêtes. Et elle a secoué le jeu. Et elle parlait dans une langue magique. Quand minuit a sonné, elle a ressorti le valet de trèfle et l'a transpercé avec une épingle...

Le regard coulé à ras de sourcils, les lèvres tordues dans une moue cruelle, Fabien Morelli observait le visage de Gèvres. Il dit encore :

– Une longue épingle à chapeau. Crac... Je faisais semblant de dormir sur le canapé. Mais j'ai tout vu. Elle est très savante, maman Morelli. Vous décollez les têtes, elle transperce les cœurs. C'est le mauvais sort...

Il se tut et se signa rapidement. Maurice Gèvres n'aimait pas entendre parler de Mme Morelli. Il avait conservé d'elle un affreux souvenir. De nouveau, cette femme lui barrait la route et l'empêchait de travailler en paix. Humiliée, jalouse, elle se vengeait de lui en le dénigrant aux yeux de Fabien.

– Tu inventes, mon petit, murmura-t-il.

Fabien Morelli étendit le bras, cracha par terre :

– Je vous jure que non.

– Eh bien! je sais un moyen efficace de lutter contre les mauvais sorts.

– Lequel?

– Refuser d'y croire.

Maurice Gèvres avait parlé sur un ton de plaisanterie, mais ses doigts tremblaient nerveusement. Malgré lui, il se représentait la vieille femme adipeuse et maquillée, les trois bougies, les cartes glacées de crasse, la cigarette rose fumant dans un cendrier. Il lui parut indéniable que des forces mauvaises émanaient de ce repaire fleuri de monnaies-du-pape et décoré de photos et de castagnettes. Plusieurs fois, il lui avait semblé que l'air, autour de lui, se chargeait d'influences néfastes. La terre plastique devenait trop molle et cédait veulement aux caresses de l'ébauchoir. Les points de repère, marqués avec des bouts d'allumettes, glissaient et s'enfonçaient dans la glaise. La main se faisait sotte, lasse, lâche, inutile. Et tout cela était voulu par le démon. Le démon, partout et toujours, préconisait les solutions faciles. « Arrête-toi. Personne ne te saura gré d'avoir poussé plus avant l'étude de cette joue. » En ce moment même, Maurice Gèvres se battait contre le démon. Qu'espérait-il, le démon? Que Maurice Gèvres renoncerait à installer les deux plans brefs qui limitaient la grande lacrymale. « Laisse donc. Tu ne feras pas mieux. » Maurice Gèvres éprouvait du mal à dominer cette tentation de tricherie. Il accusa une facette, au coin de l'œil. Une autre. Il dit :

– Une, deux. Ta mère perd son temps, mon petit Fabien.

– Elle dit que c'est vous qui perdez le vôtre.

– Malgré toi, je ferai de toi quelque chose de beau.

– Je m'en fous, dit Fabien.

Et il se fourra un caramel dans la bouche. Maurice Gèvres s'arrêta de modeler et pencha le buste en arrière. Il s'étonnait de la hargne et de la laideur au milieu de quoi il était condamné à vivre. Existait-il des artistes qui accomplissaient leur œuvre dans un climat de paix, de bonté, de confort? Entraîné par ses pensées, le jeune homme rêvait à des ateliers lumineux et bien chauffés, à des fauteuils profonds, à des modèles affables, à des collations servies sur des plateaux d'argent. Puis, il ramena les yeux sur sa turne sordide et sur le gamin méchant qui respirait près de lui.

– Repose-toi un peu, dit-il.

Fabien sauta sur ses jambes et se mit à parcourir l'atelier en touchant les statues l'une après l'autre. Il chatouillait un menton auguste, palpait le sein d'une déesse en plâtre, caressait au passage une cuisse aux nobles proportions.

– Laisse ça, dit Gèvres, tu m'agaces.

– Vous avez peur que je les salisse? demanda Fabien en dressant sa petite tête effrontée.

– Oui, dit Gèvres.

– J'ai les mains propres. Plus propres que vous!

La voix de Fabien, aigre, traînante, exaspérait Maurice Gèvres au point qu'il se demanda : « Qu'est-ce que j'ai? Serait-ce la vieille, avec ses bougies, ses cartes? » Il dit :

– Reviens à ta place, Fabien. Je reprends le travail.

Mais, à dix heures et demie, fatigué, écœuré, il décida de congédier son modèle. Fabien riait sans desserrer les lèvres, d'une manière vile et insolente :

– Faut me payer la séance complète, monsieur Gèvres. Et puis le trajet en métro. C'est maman qui l'a dit.

Après le départ de Fabien, Maurice Gèvres se retrouva seul devant son œuvre. Et il la détesta soudain. Tout était à rectifier dans cette figure prétentieuse. Il avait travaillé en dépit du bon sens. Il avait gâché son sujet. Dès demain... Il regarda sa montre. Il avait encore le temps d'apporter la terre cuite à Mme Laugier. Aujourd'hui plus que jamais, il éprouvait l'envie de voir un intérieur douillet, des bibelots bien époussetés, des visages confiants et sympathiques. Et si elle était absente, ou occupée, ou prête à sortir, comme l'autre jour? Peut-être valait-il mieux lui téléphoner d'abord? Indécis, les bras ballants, le cœur vide, il tournait dans son atelier à la recherche d'une brosse. Il aperçut son reflet dans une glace et eut honte de sa chemise bleue, défraîchie, de ses pantalons froissés, de ses grosses chaussures. « Je remettrai le paquet à la bonne, songea-t-il. Cela vaudra mieux. »

– Je le poserai sur la cheminée, à la place de cette affreuse pendule, dit Alice. On verra son reflet de dos dans la glace.

Maurice Gèvres inclina la tête, bougea les lèvres, mais ne dit rien. Elle lui sourit d'un air embarrassé d'écolière :

– Vous devez vous moquer de moi. Je ne sais guère parler de ces choses. Je peux dire : cela me plaît, ou cela me déplaît, sans plus...

– Et cela vous plaît? demanda-t-il.

– Beaucoup, dit-elle avec un sourire qui embellit son visage.

Maurice Gèvres détachait quelques brins de paille qui étaient demeurés sur le socle. Il éprouvait une impression étrange à voir la maquette en terre cuite de son *Acrobate* installée sur une petite table de marqueterie, dans le salon des Laugier. Il regardait la statuette s'habituer à son nouveau cadre, s'épanouir, s'embourgeoiser dans un décor d'étoffes rares, de bois cirés et de rideaux lourds. Déjà, elle reniait l'atelier misérable qui avait abrité sa naissance. Maurice Gèvres la reconnaissait à peine. Elle n'était plus à lui. Il en eut la gorge serrée.

– Je la regarderai chaque jour; je l'apprendrai par cœur, dit Alice.

Ces seuls mots adoucirent les regrets de Maurice Gèvres. Ils étaient assis de part et d'autre du guéridon qui supportait l'*Acrobate*. La lumière de la rue était à peine verdie par le reflet des lierres. Une robe bleue très simple supprimait le corps de la jeune femme et ne laissait en vie que sa face pâle et ses mains. Les yeux étaient brillants d'une joie inquiète. Les narines se gonflaient. Maurice Gèvres devina qu'elle était heureuse. Elle lui jeta un regard rapide et murmura :

– Je voudrais comprendre pourquoi j'aime tant cette statue.

– À quoi bon? dit-il.

– Si, si. (Elle fronçait les sourcils avec une obstination enfantine.) C'est si léger, si pur. Il n'est pas beau votre gamin. Et il n'est pas intelligent...

Elle cherchait ses mots. Elle dit enfin, très rapidement, comme honteuse de son audace :

– Il est beau, de l'intérieur. Il est intelligent, de l'intérieur... Et, pourtant, je n'ai qu'une maquette sous les yeux. Comme la statue à laquelle vous travaillez doit être impressionnante! La pose est la même, n'est-ce pas?

– Exactement.

– Et le visage?

– À peu de chose près.

– J'aimerais bien voir...

Il se troubla :

– Plus tard. Je ne suis plus content de ce que j'ai fait. J'hésite!

– Vous hésitez? Mais c'est inconcevable! Je suis sûre, moi, que vous avez du talent. Rien qu'à voir cette maquette...

Il l'écoutait parler et s'étonnait de prendre plaisir à ses louanges naïves. Contre toute raison, cette femme lui redonnait confiance en lui-même. Les arguments les plus absurdes, les plus communs, trouvaient dans sa bouche une vertu nouvelle. Eût-elle dit des mots sans suite, qu'il se fût laissé convaincre par le son de sa voix. Auprès d'elle, il se jugeait en sécurité. Parce qu'elle était simple comme lui. Parce qu'elle ignorait le mal. Il balbutia :

– Ce que vous me dites me fait du bien.

– Mais n'importe qui vous le dirait! s'écria-t-elle. J'imagine que Bourdieu...

– Ce n'est pas la même chose!

– Ah?

Elle eut conscience d'un danger et baissa les paupières. Son cœur battait plus vite qu'elle ne l'eût voulu. Ses mains étaient chaudes. Une compassion, une admiration maladroites s'imposaient à elle et l'inquiétaient un peu. Trahissait-elle le culte de son mari en dédiant à ce pauvre enfant solitaire, navré, mal vêtu, la sympathie qu'il méritait sans doute? Elle se le demanda, en toute franchise, puis cessa d'y réfléchir et se sentit libérée. Maurice Gèvres la dévisageait toujours avec une expression lointaine de naufragé.

– Quand pensez-vous terminer votre statue? dit-elle, pour rompre le silence.

– Les envois au Salon sont acceptés jusqu'au 15 avril. Mais je dois compter avec le travail du mouleur. D'ici deux semaines, il faut que je sois prêt.

– Surtout ne gâchez rien par excès d'esprit critique.

Maurice Gèvres l'aima pour la banalité de ce propos. Il était pris entre deux ordres contraires, entre deux couleurs ennemies : le blanc et le noir, la lumière et l'ombre. Il comprenait tout, maintenant.

– Vous savez, dit-il, il me faut lutter contre tant de forces mauvaises!

Elle parut surprise :

– Que voulez-vous dire?

– Des tas de gens sont contre moi. La vieille Morelli m'ensorcelle...

Cette parole lui sembla monstrueuse. Il se corrigea aussitôt :

– Enfin, elle souhaite mon échec. La matière lui obéit. Et je dois dominer la matière. Ah! c'est dur...

Il examina ses mains :

– Pourvu que je ne me blesse pas!

Elle fit une moue amusée :

– Quelle idée! Qu'allez-vous chercher là?

– Si... si...

Et, tout à coup, il sentit se rompre en lui des barrages de politesses et de méfiances. Un flot d'aveux bourdonnait au bord de ses lèvres :

– Quand je suis seul, souffla-t-il, il m'arrive d'y penser. Ça rôde autour de moi. Ça me harcèle. Ici, je suis à l'abri... Près de vous...

Il s'arrêta, ravala une gorgée de salive. Du fond de son tourment, il la regardait, innocente, étonnée, ouvrir les yeux, proposer son aide :

– Vous devriez vous reposer... Le surmenage...

– Il n'est pas question de surmenage. Je suis l'objet d'un enjeu. Voilà tout. N'avez-vous jamais eu l'impression d'être revendiquée par deux puissances à la fois? L'une vous pousse. L'autre vous retient. Ah! quand viendra la solitude?

Désemparée, elle chuchotait :

– Allons! Allons!

Elle lui prit la main. Il lui sembla n'avoir jamais éprouvé une fierté pareille.

– Calmez-vous, dit-elle. Encore quelques jours de travail, et puis ce sera fini. Tout Paris défilera devant votre œuvre. Une belle carrière s'ouvrira pour vous...

De toutes ses forces, il souhaitait qu'elle eût raison. Il lui plaisait d'être admiré par elle. Désormais, il voulait travailler, réussir pour elle. Un rouge fiévreux enflammait les pommettes de Maurice Gèvres. Alice remarqua cette transfiguration et en fut flattée. À vivre auprès de son mari, elle en était arrivée à ignorer son pouvoir sur les hommes. Mais ce pouvoir existait. Elle en avait la preuve. Confuse, ravie, elle se leva, s'approcha de la fenêtre. Un rayon de soleil, acide et faux, lui brûlait la joue. Derrière la vitre, le thermomètre marquait douze degrés au-dessus de zéro.

– Bientôt le printemps, dit-elle.

Et elle ajouta, très bas, très vite :

– Quand vous vous sentirez tourmenté, abattu, venez me voir...

Dans la salle à manger, séparée du salon par des portes vitrées, Marie mettait le couvert, heurtait des verres, des assiettes. Une pendule sonna le quart, et toutes les pendules de la maison lui répondirent.

– Midi et quart, dit Gèvres. Je vais m'en aller.

– Voilà mon mari, dit Alice.

Une auto s'était arrêtée devant la grille. Maurice Gèvres entendit claquer la porte du jardin et déplora de n'avoir pas pris congé quelques instants plus tôt.

– Il ne fallait pas vous déranger, s'écria Laugier en entrant. J'aurais très bien pu embarquer votre statuette dans ma voiture.

Avec lui, pénétrait dans la pièce une odeur de grand air, de rue froide. Rapidement, il s'approcha de sa femme et la baisa sur le front. À ce moment, Maurice Gèvres lut dans le regard d'Alice quelque chose de si féminin, de si intime, qu'il détourna la tête, par pudeur. « Elle est sa femme. Elle couche avec lui. Elle l'entend ronfler », pensa-t-il avec tristesse.

– N'est-ce pas qu'il a de la gueule, son *Acrobate*? proclama Laugier.

– Je le trouve très beau, dit Alice.

– Tu n'es pas difficile!

Il était grand, fatigué, vaillant, un peu vulgaire. Un bonheur animal fortifiait son visage. Il se passa la main en peigne dans les cheveux.

– Quel travail au bureau! gémit-il. Ah! mes enfants! On mange? Bien entendu, vous restez avec nous, Gèvres.

– C'est que, monsieur...

– Pas de « monsieur »! J'ai dit.

Il cria :

– Marie. Un couvert de plus.

Un paquet plat, enveloppé de papier bistre, dépassait de la poche de son veston. Il le sortit, le jeta sur le canapé.

– Qu'est-ce que c'est? demanda Alice.

– Des cravates.

Il se moucha.

– Ah! Et puis j'ai amené des fleurs pour toi, dit-il. Elles sont dans l'antichambre.

Toute rêveuse, elle oublia de dire merci. Elle contemplait son mari comme un étranger. À table, elle l'écouta parler d'abondance. Il discourait avec bonne humeur sur l'art, la politique, la littérature. Il semblait fier et sûr de lui. Plusieurs fois, il dit à Gèvres : « Mon vieux. » Au dessert, il s'écria :

– Une tarte aux poires! C'est ma perdition!

Et il baisa la main d'Alice, en signe de reconnaissance. Elle en éprouva une petite gêne frileuse. À cause de Gèvres qui les regardait.

13

GERMAIN Laugier arriva au bureau sur le coup de neuf heures et demie du matin, morigéna deux dactylos en retard, serra la main de Seuriet, parcourut son courrier en sifflotant, marqua : « Lu et approuvé », au bas d'un rapport qu'il n'avait ni lu, ni approuvé, et téléphona à la maison pour dire qu'il ne rentrerait pas à midi parce qu'il avait accepté un déjeuner d'affaires. À dix heures et demie précises, un taxi le déposait devant l'hôtel *Sheffield.* Édith l'attendait dans le hall. Elle était vêtue d'un tailleur en gros lainage, à dessin pied-de-poule, vert olive et blanc. Une écharpe d'un vert soyeux comme la pâte des berlingots se gonflait entre les revers aigus de sa veste. Son grand sac sport, en crocodile *gold,* s'accordait fidèlement avec le crocodile *gold* des chaussures. Machinalement, Germain Laugier identifia le modèle et le nom du bottier fameux qui l'avait conçu.

– Que tu es élégante! dit-il. Je suis intimidé.

Visiblement, elle avait voulu faire « jeune ». Germain Laugier lui sut gré de cette pensée délicate qui répondait si bien à son propre désir. D'autant que, vraiment, elle avait l'air d'une jeune fille. Une jeune fille riche, bien habillée, moderne, un peu différente, certes, de l'ancienne Édith Bastien, qui, malgré la situation aisée de ses parents, n'arborait que de petites robes sages, des collerettes passe-partout et des bas d'une maille épaisse. Il songea : « Ce tailleur-là, sur Édith, il y a quinze ans!... » Mais, aussitôt, il se trouva injuste : « Elle est mieux qu'autrefois. Plus soignée. Plus fine. Plus précieuse. » Autour d'eux, des clients soulevaient la tête au-dessus des journaux déployés. Les hommes regardaient Édith longuement, avec impudence. Les femmes la fusillaient d'un coup d'œil rapide et se détournaient d'elle majestueusement. Germain Laugier s'enorgueillit de ces brèves victoires.

– Où allons-nous? demanda Édith. À la Sorbonne? Au cours de Gründ?

– Il est mort depuis longtemps, le pauvre vieux.

– Mais non, il n'est pas mort! s'écria-t-elle avec impatience.

– Pourtant, j'avais cru lire dans les journaux, il y a cinq ou six ans...

– Puisque je te dis qu'il n'est pas mort, répéta Édith.

Ses yeux exprimaient le reproche, la prière. Il comprit son regard et murmura, amusé :

– Tu as raison, il n'est pas mort. Tout au plus malade. Et un remplaçant nous lira son cours.

– À la bonne heure!

Elle enfilait ses gants, ramassait un court manteau de fourrure au creux d'une bergère et le jetait sur ses épaules droites.

– Métro? Taxi? demanda-t-il.

Elle dit du bout des lèvres :

– Un taxi? Tu m'effrayes, Djéry! Aurons-nous assez d'argent pour finir la journée?

Il eut envie de l'embrasser, devint rouge, grogna :

– Sotte! Sotte! Que tu es sotte!

Et il la poussait doucement vers la porte vitrée, vers la rue, vers le passé.

Ils arrêtèrent le taxi à la place Saint-Michel et décidèrent de remonter à pied le grand boulevard de soleil froid et de brume. Pour sacrifier aux usages du quartier Latin, Édith retira son chapeau et secoua ses cheveux libres et pleins d'étincelles. La chaussée charriait un bric-à-brac de voitures parallèles. Les autos ronflaient, se soudaient, se décollaient, sentaient mauvais et cornaient prudemment. Sur les trottoirs, une foule lente coulait au long des éventaires de livres, de cahiers et de cravates hétéroclites. Édith et Germain Laugier se laissèrent happer par cette tribu nomade, qui les emporta et les ballotta au gré de sa démarche.

– Ils n'ont guère changé, dit Germain Laugier.

Il retrouvait avec gratitude les visages minces et boutonneux des étudiants, leurs bouquins liés d'une courroie, leurs cols relevés, leurs pipes, leurs rires forts, leur misère jeune et vaillante. Lui aussi, tira une pipe de sa poche et l'alluma, tourné contre le vent.

– Tu fumes la pipe maintenant? demanda Édith.

– J'ai toujours fumé la pipe.

Elle balança la tête en signe de négation et reprit, d'une voix altérée :

– Dieu, qu'il est bon de se retremper dans cette jeunesse, de sentir qu'on n'est pas encore tout à fait étranger à son mouvement! Nous sommes des leurs malgré tout.

Un garçon les bouscula et s'excusa rapidement :

– Pardon, monsieur.

Germain Laugier marqua un instant de surprise. « Autrefois, il ne se serait pas excusé », songea-t-il. Mais il chassa aussitôt cette pensée. Un groupe de jeunes gens et de jeunes filles descendait à leur rencontre en hurlant : « Cornuche au poteau! Cornuche au poteau! »

– Qui est Cornuche? demanda Édith.

– Je ne sais pas. Un professeur sans doute.

Les « manifestants », trois jolies écolières à la bouche insolente et aux cheveux défaits, cinq ou six gaillards aux imperméables arrosés de taches, fonçaient droit sur eux, bras dessus, bras dessous, précédés par leur cri de guerre. Tout à coup, ils pouffèrent de rire :

– Oh! le pied-de-poule! s'écria l'une des jeunes filles. J'en veux-z-un! J'en veux-z-un!

– Adresse-toi au vieux! glapit une autre voix écorchée par la mue.

– Les imbéciles! gronda Germain Laugier.

– Cornuche au poteau! Pied-de-poule! Cornuche au poteau! Pied-de-poule!

La clameur les dépassa et mourut dans l'épaisseur indifférente de la foule. Édith feignit de rire :

– Ils sont amusants!

– Oui, dit Laugier.

Et il pressa le pas. Comme ils arrivaient place de la Sorbonne, Édith regarda sa montre :

– Qu'il est tard! Nous aurons manqué tout le début. Il faudra que je recopie.

Il dut se contraindre pour sourire à cette gentillesse. Dans la cour de la Sorbonne, ils se heurtèrent à un flot d'étudiants désœuvrés. Germain Laugier reconnaissait à peine les lieux, cherchait du regard l'emplacement des anciennes pancartes. Perdu, agacé, il murmurait :

– Voyons... Voyons... Il n'y a qu'à entrer dans n'importe quel amphithéâtre affecté à un cours public...

Il s'approcha d'une affiche blanche, placardée sous la voûte, et se mit en devoir de la déchiffrer. Une jolie fille, blonde, mince, au regard lointain, passa devant eux sur ses longues jambes. Elle donnait le bras à un fils de famille calamistré et tendu de lainage beige.

– Accompagnons ces deux-là, dit Édith. Je suis sûre qu'ils nous guideront bien.

Suivant le couple, ils échouèrent au dernier rang d'un amphithéâtre bourré de monde, décoré de fresques fumeuses et voué pour l'instant à quelque cours public sur l'art et la société. Aux murs, stagnaient des processions de seins poussiéreux, de palmes fades et de barbes violâtres. La Paix tendait la main à la Justice, tandis que la Liberté ouvrait les bras à la Science, et que la Poésie gravissait un escalier doré vers le rayonnement d'une Vertu aux draperies rigides. De hautes fenêtres sales, taillées sans ménagement dans la nudité des déesses, versaient un reflet lunaire sur le vernis des pupitres. Les têtes des auditeurs dévalaient par vagues égales vers le fond de l'amphithéâtre. Et, au bas de cette pente vivante et diversement chevelue, un petit homme criait très fort en agitant les bras.

Germain Laugier observa Édith. Elle souriait avec ravissement. Et lui-même était prêt à céder au mirage, tant la salle était semblable aux salles qu'ils avaient connues, tant l'auditoire était demeuré fidèle à leur souvenir, tant il se sentait jeune auprès de cette femme qui n'avait pas vieilli.

– C'était comme ça, quand nous nous sommes rencontrés, chuchota Édith. Cette voix au fond de la salle. Ces étudiants attentifs. Et nous deux... Nous deux...

Elle lui prit la main :

– Tu comprends pourquoi je désirais venir?... Tout reprendre au début... Tu me disais « mademoiselle... ».

Elle ferma les paupières d'un air ivre et fatigué. Germain Laugier cherchait des mots à prononcer, un geste à faire pour célébrer leur nouvelle union. Il répéta bêtement :

– Mademoiselle... Mademoiselle...

Et il vit qu'Édith mâchait ses lèvres et qu'une lente larme se détachait de ses yeux. Vivement, elle se détourna, entrebâilla son sac, en tira un cahier qu'elle disposa devant elle.

– Regarde, dit-elle. J'ai apporté un cahier. Mon vieux cahier. Je vais continuer à écrire dessus...

Alors, tout à coup, il eut mal et serra les dents. Une pitié incompréhensible affolait son cœur. À côté de lui, le couple, dont ils avaient suivi la trace, ouvrait de vrais cahiers, bien neufs, nets de tout souvenir, purs de toute magie. La jeune fille notait quelques syllabes au passage.

Le garçon la regardait faire, préoccupé de son seul désir, la peau tirée sur les maxillaires, l'œil voleur, les sourcils noués. Et, autour d'eux, des centaines d'autres couples vivaient leur aventure immobile. Autrefois, Germain Laugier ne les remarquait même pas. Aujourd'hui, comme un étranger, il étudiait leur visage et leurs gestes. Il eut peur de ce dépaysement cruel. Où étaient-ils, les étudiants de jadis, que ceux-ci avaient remplacés? Vers quels destins s'étaient-ils éparpillés hors de la grande salle? Se rappelaient-ils seulement un garçon maigre, noiraud, mal peigné, et sa compagne blonde aux yeux verts?

Le petit vieux, au fond de l'amphithéâtre, clamait en tapant du poing droit sa main gauche ouverte :

– L'homme voit le vrai et compose le beau. Le vrai est physiologique. Le beau est psychique. Si nous nous en tenons à la *Critique du jugement,* de Kant...

Édith sortit un stylo de son sac et en dévissa prestement le capuchon.

– C'est intéressant, dit-elle.

– Tu ne vas pas l'inscrire?

– Pourquoi pas?

– Je pensais...

– Peut-être voudrais-tu me faire un dessin? La caricature du professeur?

Il secoua la tête :

– Non. Pas ça. Laisse...

Il étouffait. L'amphithéâtre était surchauffé, sans doute. De ce public appliqué, montait une odeur aigre qui lui donnait la nausée. Il se sentait prisonnier d'un mensonge. Pour reprendre plaisir, il regarda Édith qui écrivait. Sur ce fond de profils anonymes, il admira la bouche forte et comme sucrée, l'œil studieux, la joue un peu cave, toute sa silhouette conforme à la tradition. Que lui manquait-il donc? Qu'exigeait-il de plus, puisque tout semblait répondre à ses vœux? Il fut soulagé d'entendre l'orateur enfler sa voix pour la péroraison. Des pieds impatients remuaient sous les tables. Des cahiers refermaient leurs ailes blanches dans la masse de l'auditoire. Soudain, toute la salle fut debout et reprit vie, pour parler, rire, se hâter vers les grands remous sombres des portes. C'était fini. Édith s'était levée comme les autres. À présent, ils marchaient côte à côte vers la sortie, incorporés à la foule des étudiants. Un instant, ils firent vraiment partie de ce courant d'épaules et de têtes. Et puis, dehors, ils se retrouvèrent seuls, étrangers à ces jeunes gens qui se dispersaient par petits groupes dans les rues. Il lui saisit le bras, l'attira contre lui, comme pour la défendre contre un chagrin. Mais elle lui souriait d'une manière friande :

– Allons prendre le porto dans un bar, dit-elle.

– Quelle idée!

– Si, si. Je le veux.

Il la devina têtue, raisonneuse, un peu égoïste. Le programme qu'elle avait conçu, elle entendait le suivre avec précision. Autrefois, elle était plus indécise et plus obéissante. Elle se laissait guider avec confiance et trouvait son plaisir à tout ce qu'on lui proposait. Qui donc l'avait habituée à prévoir sa journée, à défendre ses volontés? Son mari? Un amant?

Ils entrèrent dans un bistrot tout en stuc, en verre et en laques, où des consommateurs de vingt ans discutaient à travers la fumée lourde et le tintement des soucoupes. Séparés par un guéridon minuscule, ils burent, les yeux dans les yeux, un porto épais et rouge qui poissait les lèvres.

– Pas fameux, leur porto, dit Laugier.

– Mais si. Ah! Djéry, pourquoi fais-tu le difficile? Autrefois...

– Tu as raison. Garçon, un second porto.

– Si nous déjeunions ici? dit-elle.

Il haussa les sourcils. Tout à coup, il se jugeait déplacé dans cette assemblée d'étudiants. Son complet gris lui pesait aux épaules. Il déplorait aussi le tailleur pied-de-poule d'Édith, et le sac, et les chaussures en crocodile *gold*.

– Voulez-vous nous montrer la carte? demanda Édith en arrêtant du doigt un garçon couronné de vaisselle branlante.

Germain Laugier frémit d'impatience. Il n'admettait pas qu'une femme prît l'initiative de donner des ordres en sa présence. Lorsque le garçon eut jeté sur la table un menu polycopié et taché de graisse pâle, il s'empara de la feuille, la parcourut d'un regard vif et dit :

– De la cuisine de mastroquet. J'aime mieux t'emmener au *Relais du Rond-Caillou.*

Elle parut contrariée, mais se ravisa aussitôt et fit un visage radieux de jeune fille.

– Oh! oui, s'écria-t-elle. C'est un endroit épatant!

– Il n'y a pas une semaine que tu es à Paris, et tu sais déjà que le *Relais du Rond-Caillou* est un endroit épatant! Mes compliments. Tu vas vite en besogne.

Sans vouloir se l'avouer, il était déçu par la compétence mondaine de la jeune femme. Il ajouta :

– Tu y as déjà été, peut-être?

Très vite, elle balbutia :

– Mais non, Djéry.

Il la soupçonna de mentir, s'en offensa et se jugea grotesque :

– D'ailleurs, ça n'a aucune importance.

– Non, aucune.

Elle rit et l'entraîna facilement à rire. Détendu, il paya les consommations et guida Édith à travers un dédale de tables. Dehors, il respira l'air frais avec ivresse. Il avait l'impression de s'évader hors d'une épreuve déprimante. Il laissait derrière lui la Sorbonne, les étudiants, les bistrots, la misère. Il héla un taxi :

– Au *Rond-Caillou.*

– Quelle fête! murmura Édith.

Cette exclamation lui déplut.

– N'exagérons rien, dit-il en s'installant à côté d'elle sur la banquette.

Il était près d'une heure lorsqu'ils pénétrèrent dans la salle du *Rond-Caillou,* aux murs boisés et au plafond traversé de solives brunes. Un feu d'enfer brûlait dans la haute cheminée gothique. Des fenêtres à vitrages bleus et roses répandaient une lumière calme sur le visage des convives. Maîtres d'hôtel, garçons et sommeliers glissaient comme des séraphins funèbres entre les nappes ornées de fleurs et de cristaux. Dès l'entrée, un essaim de serviteurs empressés entoura Édith et Germain Laugier, les étourdit de prévenances et les convoya cérémonieusement jusqu'à une table proche de la cheminée. Germain Laugier apprécia en connaisseur cette danse rituelle autour du client bienvenu. Çà et là, quelques regards se levaient des assiettes et se fixaient sur les arrivants. De nouveau, tandis qu'il s'asseyait en face d'Édith, Germain Laugier éprouva la vanité de se montrer en public auprès d'une jolie femme dont tout laissait à supposer qu'elle était sa maîtresse ou qu'elle le deviendrait bientôt. Il lui était agréable de se retrouver avec Édith dans un restaurant fameux, parmi une assistance bien élevée et riche, et de sentir que son costume et son comportement répondaient aux règles du lieu. Rendu à son monde, à son identité, à son âge, il prit plaisir à convoquer le maître d'hôtel et à consulter la carte en plissant les sourcils. Édith étudiait un autre exemplaire de la carte et susurrait de temps en temps :

– Je prendrai ça... Ou plutôt ça, j'adore la sauce poivrade... Non, du canard à l'orange, voilà.

Le maître d'hôtel, flanqué de deux garçons, considérait le couple d'un œil respectueux et hochait la tête, à intervalles réguliers, comme frappé par la délicatesse du menu qui se composait à cette table. Dès que Germain Laugier eut enfin passé la commande, d'une voix bienveillante et résolue, le maître d'hôtel abattit son crayon sur un carnet à souches, griffonna quelques hiéroglyphes rapides et déchira des feuillets qui s'envolèrent vers les cuisines entre les mains de sous-ordres diligents. Le sommelier le remplaça, obséquieux, rubicond et gourmand, et lui aussi parut approuver de tout cœur le choix de ces « messieurs dames ». Germain Laugier se surprit à penser qu'Édith et lui-même étaient spécialement sympathiques au personnel. Il déplia sa serviette avec entrain.

– La seule maison bien stylée de Paris, dit-il.

C'était dans cette même salle qu'il avait déjeuné avec Alice, quelque cinq jours plus tôt. Et, alors, il avait jugé sévèrement le service, les plats et la clientèle. Mais il ne s'en souvenait plus guère. Déjà, de frêles chariots, aux roues silencieuses, rapprochaient de la table un prodigieux assortiment de hors-d'œuvre chauds, tièdes et froids. Toute une flottille de raviers, chargés de saucisses diverses, de poissons argentés, d'olives vernies, de viandes en gelée et d'aigres légumes décolorés, s'amarrait autour de la nappe. Machinalement, Germain Laugier quêta du regard l'étonnement enfantin d'Édith. Il eût aimé qu'elle s'émerveillât de cette abondance. Mais elle ne marquait aucune surprise, fronçait le nez, et disait au garçon en pointant son doigt vers les plats :

– Pas de ça... Un peu de ça... Assez... Et de ça aussi... Non, vos trucs à la vinaigrette, je m'en méfie...

Elle avait l'air d'une habituée. Cette constatation le déçut. Édith Bastien se fût comportée tout autrement, sans doute. Affolée, rouge de plaisir, elle eût exigé de goûter à tout, et se fût récriée sur la succulence de chaque spécialité.

– Si tu n'aimes pas les hors-d'œuvre, il faut commander autre chose, dit-il avec une pointe d'impatience dans la voix.

– Mais j'aime les hors-d'œuvre! s'écria-t-elle. C'est même ce que je préfère!

Il songea qu'autrefois elle avait des préférences plus absolues. Elle aimait un plat, un paysage, un tableau, un homme, avec moins de méfiance qu'elle ne faisait aujourd'hui. Elle était simple et franche. Comme si elle eût deviné sa pensée, elle s'exclama :

– Ces petites saucisses chaudes sont un délice! Donne-m'en encore, veux-tu?

Et elle ajouta, la bouche pleine, l'œil brillant :

– Si je ne me retenais pas!

Mais il lui sembla qu'elle feignait l'appétit pour lui complaire.

– Ne te force surtout pas, dit-il.

Elle lui jeta un regard inquiet :

– Qu'as-tu? On dirait que tu es fâché?

– Mais non.

– Peut-être trouves-tu que je ne fais pas assez attention à toi? C'est que je suis éblouie, Djéry. Je n'ai pas l'habitude. Ce luxe! Cette gentillesse! Cette qualité de chère! J'en perds la tête! En voilà une idée de m'amener dans un endroit pareil! Ce n'est pas pour moi. Ce n'est pas pour nous. Ouf, je n'en peux plus!...

Elle déchiqueta encore du bout de la fourchette quelques petits poissons norvégiens imbibés de sauce rouge, et réclama un bol d'eau tiède pour s'y tremper les doigts.

– Comment voulez-vous votre bol d'eau, madame? demanda le garçon. Parfumé à l'essence de lavande ou à la fleur d'oranger?

– Fleur d'oranger, répondit-elle sans hésitation.

On eût dit vraiment que la question du garçon ne l'avait pas surprise et qu'elle avait une longue expérience de ces raffinements.

– Le mien, à l'essence de lavande, dit Laugier, pour affirmer son indépendance.

Mais, lorsque le garçon se fut éloigné, Édith chuchota :

– Que de chichis! On est tellement plus simples, nous! Vite, pendant qu'il ne regarde pas, je chipe un radis.

Elle cueillit un radis dans le ravier, l'éleva rêveusement jusqu'à ses lèvres et le croqua net, en découvrant ses dents blanches :

– Tout ce que j'aime!...

Puis, elle déposa la petite queue verte sur le bord de son assiette et fit une moue contrite :

– Tu crois que je peux en prendre encore un?

– Mais oui, dit-il d'une voix enrouée.

Il était à la fois heureux et gêné par ses mines de fillette gourmande. Jusqu'à quel point était-elle sincère en rejoignant ainsi l'idéal qu'il avait conçu? Une menace de tricherie charitable s'insinuait dans son cœur. Il rudoya, intérieurement, cette mauvaise crainte, secoua la tête, avala un grand verre de vin. Elle aussi goûtait le vin, les yeux mi-clos, la lèvre humide. La cheminée proche envoyait à sa chevelure un large reflet amical, rouge et doré. La chaleur de la pièce rosissait doucement ses pommettes.

– Dieu! que tu es restée jolie, dit-il.

– « Restée » est de trop.

– Dieu, que tu es jolie!

– Merci!

Elle accepta l'hommage avec gravité, en femme sûre de son charme et friande de preuves. La ligne de ses sourcils tressaillit de plaisir. Elle enfla les narines :

– Ça sent bon!

Le maître d'hôtel décoiffait devant eux un lourd légumier d'argent où gisait un canard à l'orange. Avec des gestes caressants, il détachait les morceaux, les transportait sur des assiettes chaudes, recueillait la sauce essentielle au creux de sa cuillère.

– Je ne pourrai jamais manger tout ça, dit Édith. J'étoufferai. Et j'ai un bridge à quatre heures.

Le maître d'hôtel s'esquiva, suivi d'une cour de garçons affairés.

– Tu joues au bridge? demanda Laugier.

– Oui.

Il la considérait d'un œil mécontent. Lui, ne jouait pas au bridge. Quand il l'avait connue, ils se moquaient, tous deux, de ces réunions sinistres autour d'une table verte. Sans doute son mari, des amis de là-bas, l'avaient-ils intéressée à ce passe-temps absurde.

– Et tu aimes ça? dit-il avec un mépris mal dissimulé.

– Quand je gagne.

– Et tu gagnes souvent?

– Oui.

– Et gros?

– Assez.

– Je trouve cette coutume ignoble. Sortir son portefeuille dans un salon, compter des sous, payer des amis ou se faire payer par eux, tenir des comptes, c'est... Oh! après tout, je m'en fiche!

– Tu n'as pas changé, dit-elle gaiement.

– Non, moi, je n'ai pas changé. Du moins, à cet égard.

Il fut fier, assez naïvement, de cette constatation, comme s'il avait marqué un point au détriment d'Édith. Comme si, dans leur course vers le passé, il avait pris sur elle un notable avantage.

– Autrefois, dit-il, tu riais de ta mère qui organisait des bridges chez elle. Tu disais : « La maison est transformée en tripot. » C'est chez ta mère qu'aura lieu le bridge de ce soir?

– Non, chez des amis.

– Lesquels?

– Tu ne connais pas.

Elle découpa un morceau de canard et le mâcha longuement, avec délices.

– D'ailleurs, reprit-elle, il ne faut pas que tu me croies possédée par le bridge, comme certaines femmes dont je tairai le nom. Le bridge n'est pour moi qu'une distraction. Et puis, on rencontre souvent des partenaires intéressants, renseignés...

– Tu tiens donc tant que ça à te faire des relations?

– Quel vilain mot!

– Moi, je ne vois personne en dehors de mes affaires.

– Jadis, tu avais des amis, dit-elle légèrement.

Il s'offensa de ce rappel à l'ordre :

– J'ai réduit leur nombre et je m'en trouve bien.
– Affaire de goût, dit-elle. Je compte beaucoup sur mon bridge de ce soir, parce que j'y verrai Bastiade.
– Le député?
– Oui.
– Et qu'est-ce que tu lui veux? dit-il en riant.
– Il est très au courant des derniers potins de chancellerie.
– Tu te passionnes pour la politique?
Il lui décocha un regard de sombre ironie.
– Mais tout le monde, Djéry. On ne peut plus vivre en marge de la politique. Les événements internationaux...
– Que ces mots vont mal à tes lèvres!
– Tant pis pour mes lèvres. Bastiade prétend que nous sommes à la veille d'un grand conflit et que seule la collaboration énergique des socialistes...
Il agita les mains devant son visage :
– Laisse ce charabia.
– Tu ne crois pas à la guerre?
– Jamais quand je suis avec une femme, dit-il.
Mais elle était lancée et rien ne pouvait plus l'arrêter. Germain Laugier l'écouta exposer sa science toute fraîche : elle citait des noms, des dates, fronçait les sourcils, étouffait la voix :
– On m'a affirmé, tout à fait confidentiellement, qu'à la Chambre des pairs... Personne n'en sait rien... Mais c'est grave... Cette année-ci est une année cruciale...
Elle s'interrompit pour se pâmer d'aise devant une pêche Melba saucée de jus de framboise.
– Je t'aime mieux dans la gourmandise que dans la conspiration, dit-il.
Elle le menaça du doigt :
– Tu n'es pas gentil. Je m'énerve un peu, tu sais. Je crains tellement la guerre!
– Et alors?
– Tu n'as pas d'enfant, toi!

Il s'impatienta et la jugea maladroite :

– Le tien n'a que dix ans.

– Et alors?

Ils se turent, mécontents l'un de l'autre, lointains et tristes.

– Bourdieu est dans le vrai, dit Laugier en reposant sa cuillère. Il laisse la politique aux spécialistes et ne s'occupe que de son art.

– Tu aimes ce qu'il fait? demanda Édith.

– Beaucoup.

– Lorsque je suis passée à son atelier, j'ai trouvé que ses statues étaient un peu trop léchées.

– C'est l'École du Louvre qui ressort?

– Mais non. À Casablanca, j'ai eu l'occasion de rencontrer quelques artistes et ils m'ont appris à apprécier la belle sculpture. Simplement.

Germain Laugier se rappelait le ravissement d'une autre Édith devant les premières œuvres de Bourdieu. Depuis, elle avait perdu cette faculté d'enthousiasme naïf. Elle craignait de paraître ridicule en affichant une admiration sans réserve pour quoi que ce fût, pour qui que ce fût. Elle analysait, discutait, faisait la difficile. Elle avait vécu, quoi! Et cela se sentait.

– C'est un peu trop fidèle, tu comprends, dit-elle encore. Ça manque de personnalité. Et la masse est si maigre! Quand on a connu Maillol...

Elle réprima un petit bâillement :

– J'ai trop mangé.

– Moi, j'admire Bourdieu, dit Laugier avec force.

Et il ajouta triomphalement :

– D'ailleurs, je l'ai toujours admiré.

– Tu le fréquentes beaucoup?

– Je n'en ai guère le temps. Mais je le regrette. Qui sait, auprès de lui, peut-être reprendrais-je goût à la peinture...

Il s'avoua qu'il falsifiait délibérément son idée, mais il ne pouvait plus se rétracter. Il éprouvait le besoin d'affirmer, face à Édith, que lui, du moins, était demeuré le même, contre toute apparence.

– Au fond, reprit-il, je n'ai jamais cessé de penser, de sentir en artiste. Oh! il y a eu des éclipses. (Il songeait aux chaussures Bosco.) Cependant, même quand je m'estimais délivré de cette passion, elle était à l'affût au plus profond de moi-même.

Édith avait repoussé son assiette et, les coudes sur la table, le visage attentif, elle écoutait, elle regardait Laugier. Devant elle, il retrouvait le ton de leurs discussions juvéniles. Les mots venaient si facilement à ses lèvres que, plus il parlait, et plus il se croyait sincère. Peu à peu, il lui semblait que le véritable Germain Laugier était tel qu'il l'inventait avec véhémence :

– Rien que dans cette salle, je vois tant de fêtes pour l'œil : observe cette table, près de nous. L'homme en noir, renversé sur le dossier de sa chaise. La nappe bleue à force d'être blanche. Et, entre ces deux taches extrêmes, tout un paysage de fleurs et de cristaux. Ça n'a l'air de rien, mais...

Il n'acheva pas sa phrase et demanda, par simple jeu :

– Je ne t'embête pas trop?

Mais il savait qu'elle protesterait avec indignation :

– Tu es fou! J'aime t'entendre parler ainsi, librement, comme avec toi-même.

Il songea qu'il ne s'était jamais dit à lui-même ce qu'il lui disait à elle. Mais cela n'avait pas d'importance.

– Quel morceau, Édith! Ces deux notes dures. Et la transition des roses acides, des mauves éteints, des verts fades... Ah! J'en ai composé des tableaux dans ma cervelle. Je suis plus riche que n'importe quel peintre féru de son métier. Je ne regrette pas les pinceaux et la toile. L'œuvre est tellement plus belle quand on se refuse à l'exécuter...

Il se tut et se laissa baigner par une exaltation facile. Édith lui prit la main et la serra vivement :

– Je te retrouve si bien, Djéry, murmura-t-elle. Derrière tout ce qui pouvait nous séparer, tu as gardé cette chaleur, cette foi, cette... cette insouciance... Comme nous allons être heureux!

Elle rêva quelques instants, les yeux noyés, la bouche entrouverte. Un négrillon, coiffé d'un fez et vêtu d'une veste rouge à passementeries, versait un café épais dans leurs tasses. Lorsqu'il eut disparu, Édith baissa les paupières et dit :

– Ce négrillon me fait penser... non, c'est absurde... Ah! si nous pouvions voyager ensemble!... L'Afrique du Nord... Tu ne sais rien de la lumière, tu ne sais rien du ciel si tu n'as pas visité ce pays... À Casablanca...

Une image la traversa et ses lèvres tremblèrent.

– Parlons d'autre chose, soupira-t-elle. Il faudra que nous allions voir les musées, les expositions... J'ai désappris tous les chefs-d'œuvre!

– Quelle chance! dit-il.

– Cette après-midi, veux-tu?

– Et ton bridge?

– Il attendra un peu.

Elle ouvrit son sac, se poudra lestement, rangea la houppette et fit claquer le fermoir. Autour d'eux, les conversations bourdonnaient agréablement. Deux messieurs et une dame passèrent à quelques pas de leur table avant de gagner la sortie. Édith enveloppa la femme d'un coup d'œil vif et calculateur.

– Des diamants avec un tailleur sport, elle est folle! dit-elle.

Germain Laugier fit signe pour qu'on lui présentât l'addition. Lisant le chiffre au bas du feuillet, il voulut dire : « Bigre! » mais se retint. Une vendeuse de fleurs s'approcha d'Édith, le sourire aux lèvres.

– Une boutonnière, madame?

Germain Laugier paya la boutonnière, et Édith le remercia du regard, le nez plongé dans une grosse rose aux pétales convexes et aux tiges serrées dans un corselet en papier d'argent. Le parfum des fleurs se mêlait à l'odeur triste des sauces. Un courant d'air glaça les chevilles de Germain Laugier. Il remua les jambes :

– On s'en va?

– D'accord. Mais j'étais bien ici.

– Je voudrais te réconcilier avec l'œuvre de Bourdieu. Nous passerons à son atelier...

– Et puis?

– Et puis, je ne sais pas! Quel besoin as-tu de toujours prévoir?

Elle fit la moue :

– Bourdieu, ce n'est pas drôle!

– Je lui dois beaucoup, dit-il. Grâce à lui, j'ai pu rêver sur une photographie.

– De moi?

– Mais oui.

Elle parut inquiète, vexée.

– Montre-la, dit-elle.

Il tira la photographie de son portefeuille et la tendit à la jeune femme, par-dessus la table. Le visage d'Édith se contracta dans une expression vindicative.

– Je suis affreuse là-dessus, dit-elle.

D'un geste brusque, elle déchira l'épreuve et en jeta les morceaux dans sa tasse.

– Qu'est-ce qui te prend? s'écria-t-il.

Elle lui sourit d'un air étrange :

– Tu n'en as plus besoin maintenant. Je suis là. Alors, il faut que l'autre s'en aille.

La voie privée était déserte et sage, comme une rue de province. Les ateliers en brique rose fumaient philosophiquement. Des moineaux s'ébrouaient dans la flaque d'une fontaine. Il y avait même un peu d'herbe entre les gros pavés. Et, tout au fond de l'impasse, autour d'un marronnier sec et vieux, les premiers bourgeons vibraient en vapeur légère. Devant la porte de Bourdieu, reposait un chien, au pelage pisseux et à la truffe mobile. Il humait l'air frais, le soleil. En apercevant Germain Laugier et Édith, il éternua et se traîna quelques pas plus loin, la queue basse. Germain Laugier regarda Édith :

– On y va?

Elle inclina la tête. Il frappa à la porte.

– Entrez, cria la voix de Bourdieu.

Ils le trouvèrent étendu de tout son long sur le lit de camp, des sabots aux pieds et le crâne coiffé d'un chapeau en papier journal. Il fumait la pipe. À la vue du couple, il se leva paresseusement.

– Tiens! Vous voilà! grogna-t-il.

– On te dérange? dit Laugier, surpris par cet accueil bourru.

– Non. Je ne travaillais pas. Ça fait deux jours que je ne travaille pas. Elle est malade.

– Qui? Votre femme? demanda Édith.

– Non, elle, dit Bourdieu.

D'un mouvement de l'épaule, il désignait une grande statue en terre, aux seins épais, au ventre triomphal.

– Rosita. Elle est à l'hôpital, reprit-il. Une semaine de foutue. Les risques du métier, quoi!

Il s'étirait, bâillait, remontait sa ceinture trop lâche. Puis, son petit œil brilla, goguenard, et il se frotta les mains.

– Et vous deux, ça va? On se promène? On s'explique? On se raconte?

– Ne fais pas l'idiot, dit Laugier.

Bourdieu débarrassa une chaise des cartons à dessins et des compas qui l'encombraient, et la poussa vers Édith.

– Asseyez-vous, dit-il. Toi, tu auras droit au tabouret du modèle. Mais fais attention de ne pas salir ton beau pardessus. C'est plein de plâtre dans cette maison. Et donne-moi ton chapeau. Et ta canne. Tu n'en as pas besoin de ta canne?

Germain Laugier se laissait faire, avec mauvaise

humeur. Il avait espéré que Bourdieu entrerait dans le jeu de leurs souvenirs, mais Bourdieu semblait prendre un malin plaisir à refuser la partie.

– Je m'excuse, je n'ai rien à vous offrir, disait-il en ouvrant les bras.

Et, se tournant vers Laugier, il ajouta :

– Ta femme va bien?

Laugier reçut une bouffée de sang au visage.

– Merci, dit-il.

– Et votre fils, Édith? demanda Bourdieu.

– Très bien.

Elle fit un sourire pincé et retira ses gants pour se donner une contenance. Il y eut un silence, pendant lequel Germain Laugier détesta, en pensée, ce gaillard planté devant eux, le nez froncé, la pipe au bec, l'œil narquois. Bourdieu les considérait comme des fiancés attardés. Il lisait sur leurs traits les signes de leur aventure. Il les jugeait. Il les plaignait. Il se moquait d'eux. C'était clair. Germain Laugier regrettait d'être venu, mais sa vanité lui interdisait de battre en retraite. N'avait-il pas insisté auprès d'Édith pour qu'elle l'accompagnât chez Bourdieu? Donc, vis-à-vis d'elle, il se devait d'accepter l'entrevue et de l'exploiter à son profit. Il en allait, secrètement, de son autorité. Dominant sa répugnance et sa lassitude, il dit :

– Elle avance, ta bonne femme?

– Eh! oui. Petit à petit. Petit à petit. On approche...

– Tu comptes l'envoyer au Salon?

– Je n'aurai pas le temps. D'ailleurs, je m'en moque. Pour moi, cela n'a plus d'importance. Ce n'est pas comme pour le petit Gèvres...

Il s'animait, devenait cordial :

– J'ai traîné deux membres du jury à son atelier. Pasquier et Masselin. Ils sont épatés, ravis... Ah! ça fera du bruit...

– Il faudra que tu voies cette statue, Édith, dit Laugier. Je suis sûr qu'elle te plaira.

– Oui? dit Édith, d'une petite voix neutre.

– Je ne m'emballe pas facilement, dit Laugier.

Elle sourit d'un air entendu, et Laugier fut flatté à l'idée qu'elle le croyait aussi enthousiaste que jadis. Il poussa délibérément son avantage :

– Je ne m'emballe pas facilement. Mais ça, hein, Bourdieu? quelle pâte, quel modelé!... De là à là (il indiquait le cou, le mollet), c'est de premier ordre...

Bourdieu lui adressa un regard de haute surprise :

– Eh! tu vas effrayer les moineaux, mon fils.

Édith se mit à rire :

– Germain est impossible. Sitôt qu'il est lancé sur une question d'art, il ne se connaît plus!

– Je vois, je vois, dit Bourdieu.

Il vida sa pipe en la tapant contre son sabot.

– Souvenez-vous, Bourdieu, reprit Édith. Autrefois, déjà...

– J'ai la mémoire courte, dit-il.

Germain Laugier feignait la modestie bougonne :

– Fichez-moi la paix. Je dis ce que je sens, voilà tout...

Édith posa la main sur son genou :

– Mais c'est très bien... Mais il faut toujours...

Il fut gêné par ce geste, par cette voix trop tendres. Il se leva. Bourdieu sifflotait en se dandinant d'une jambe sur l'autre.

– C'est beau, la jeunesse, dit-il.

Édith rejeta ses cheveux d'une manière coquette et susurra :

– Voilà Bourdieu qui fait le moqueur. Ça vous va mal, mon cher. Et puis, ce n'est pas chic envers de vieux amis comme nous. Le succès vous a pourri.

– Oh! le succès! On n'a jamais de succès quand on est sculpteur. C'est bon pour les peintres.

– Alors, l'orgueil intime, la conscience de votre talent. Vous faites le métier que vous avez choisi de faire. Vous êtes l'homme que vous avez choisi d'être. C'est rare, ça.

Subitement, Germain Laugier se demanda si ces propos ne dissimulaient pas un reproche à son intention. Édith n'allait-elle pas, devant Bourdieu, qui avait poursuivi sa carrière, déplorer que d'autres l'eussent abandonnée pour un métier plus vil? N'allait-elle pas parler des chaussures Bosco? Au restaurant, il avait été fâché qu'elle dénigrât l'œuvre de Bourdieu. Ici, il craignait qu'elle n'admirât sa vie. Depuis quelques heures, tout lui était prétexte à soupçons. Devenu sensible à l'extrême, il éprouvait maladivement la signification d'un regard, d'un geste, d'une intonation, d'un parfum. Il se laissait traverser par des espoirs et des peurs infimes. Il observa Édith. De toute évidence, elle faisait du charme. Pour qui? Pour Bourdieu? Pour lui? Les jambes haut croisées, le buste penché en avant, elle discourait d'une voix musicale :

– J'ai toujours admiré les hommes qui demeuraient fidèles à l'idéal de leur jeunesse. Vous êtes demeuré fidèle à votre idéal, Bourdieu...

– Lui aussi, dit Bourdieu en désignant Laugier.

Elle se troubla et battit des cils :

– En un certain sens...

– Mais si. Seulement, mon idéal à moi c'était la sculpture, et le sien c'était vous.

– Voulez-vous vous taire! s'écria-t-elle en le menaçant de ses gants libres comme d'un fouet.

Laugier ne savait pas s'il devait s'offenser contre Bourdieu pour cette réplique inattendue. Mais non. Bourdieu paraissait sincère. Et Édith était visiblement flattée par le compliment.

– La sculpture est un idéal sans danger, disait-elle, parce qu'elle ne vieillit pas. Mais une femme...

– Une femme non plus ne vieillit pas. Du moins quand on l'aime.

Laugier donna un coup de pied dans le tabouret. Qu'est-ce qu'il voulait dire, Bourdieu? Cette conversation n'avait pas de sens. Édith minaudait :

– Mon cher Bourdieu, vos allusions ne peuvent que

manquer leur but. Germain et moi, nous sommes de bons amis, rien de plus. N'est-ce pas, Germain?

– Mais oui, dit-il.

Et il regretta la réserve incompréhensible d'Édith. En parlant de la sorte, elle laissait supposer le pire. Elle le rendait pitoyable au regard de Bourdieu. Se méfiait-elle du sculpteur? Était-elle si férue de sa réputation? Plus encore que du temps où elle était jeune fille!

– Ah! vous me rassurez, dit Bourdieu avec un empressement joué. J'avais craint des choses... Mais c'est mieux ainsi... Il est marié. Sa femme est charmante. Sa vie est faite. À quoi bon bouleverser l'ordre établi pour le plaisir de jongler avec les souvenirs?

– C'est bien mon avis, dit Édith.

Bourdieu ne la quittait pas des yeux. Il parlait avec insistance :

– Méfiez-vous du réchauffé. Le goût change. C'est ça et ça n'est pas ça. C'est bon et c'est moins bon. Ça vous amuse dix minutes et ça vous déçoit après. Non, non, vous êtes dans le vrai...

Les coudes aux genoux, le menton dans les mains, Édith semblait étrangement sensible aux arguments de Bourdieu. Pour un peu, on eût dit qu'elle allait se laisser convaincre. Germain Laugier eut peur de cette défection. La colère brouillait ses idées. Au lieu d'être la fête heureuse qu'il avait espérée, cette réunion tournait au désastre. Bourdieu s'ingéniait à gâcher, à salir leur joie. Mais de quel droit venait-il en travers de leur route, celui-là, avec sa pipe, ses sabots, sa voix d'ouvrier? Un ami? Non. « Lui casser la gueule », pensa Germain Laugier. Ses mâchoires tremblaient. Ses poings devenaient pesants. La haine lui sortait de la peau. Pourtant, il se retint.

– Rengaine tes sermons, mon vieux, dit-il rudement. Édith et moi savons ce que nous avons à faire.

– Bon, bon, dit Bourdieu. Je vous approuvais simplement.

– Nous nous passerons de ton approbation, si tu veux bien.

– Oh! je m'en doute!

Édith rajustait ses gants d'une manière fébrile, saccadée. Elle avait un peu pâli. Elle souriait d'un air égaré :

– Mon Dieu, quatre heures déjà. Et mon bridge?

– Ce n'est pas moi qui vous fais fuir? demanda Bourdieu.

– Mais non, quelle idée!

– Tu as raison, Édith. Il faut partir, dit Laugier.

Avant de sortir, il s'avança vers Bourdieu et lui souffla d'une voix basse :

– Tu es content maintenant?

– Mais oui, dit Bourdieu avec un sourire malin.

Il marcha jusqu'au seuil de la porte pour les accompagner.

– À bientôt, dit-il.

Germain Laugier ne répondit pas. Il avait pris le bras d'Édith et l'entraînait, rapidement, le long des ateliers.

Au moment de quitter l'impasse, il se retourna. Bourdieu était toujours sur le pas de sa porte, les mains dans les poches, le menton haut. Il les regardait.

Germain Laugier se rapprocha d'Édith et lui serra le coude.

– Ne pense plus à lui, Édith, chuchota-t-il. C'est un pauvre type. Un bourgeois qui s'ignore. Il ne peut pas nous comprendre. Il nous envie notre bonheur.

– Oui... oui, marmonnait-elle d'une voix éteinte.

– Si tu avais vu sa femme!... Elle est laide... mais laide! Et il ne gagne pas grand-chose... Il est aigri, voilà tout...

– Tu crois? Quand même, il a du talent...

– Il n'y a pas une heure, tu prétendais le contraire.

– Je ne sais plus.

– Il me semble que tu t'es laissée impressionner par ses arguments de confesseur manqué.

– Mais non.

– Je t'observais. Tout à coup, tu as changé de visage.

– Quand?

– Quand il a parlé des amours réchauffées qui nous amusent dix minutes et qui nous déçoivent ensuite.

– Je songeais à autre chose.

– À quoi?

– À rien. Je suis fatiguée, Djéry.

Elle leva vers lui un regard anxieux, implorant.

– La brute, murmura Laugier. Je lui revaudrai ça. Après ce que j'ai fait pour lui!...

– Qu'as-tu fait pour lui?

Il chercha un nom à ce grief très vague, pensa malgré lui à la paire de chaussures que Bourdieu avait choisie dans son bureau, ne trouva rien d'autre et se tut, fâché. Édith se faisait lourde à son bras. Il la devinait hésitante, molle, blessée.

– Il est fini, Bourdieu, dit-il avec force. Nous seuls existons. Toi et moi. Identiques à nous-mêmes après tant d'années. Quel miracle!

Elle frissonna.

– Oui, n'est-ce pas? c'est un miracle, dit-elle très vite. Répète-le.

– Un miracle, Édith.

– Tu m'aimes, comme... comme avant?

– Oui.

– Et tu ne fais rien de mal en m'aimant?

– Non.

– Et nous allons être heureux?

Un taxi passait qu'il arrêta d'un signe de tête. Dans l'auto, elle se blottit contre lui et murmura :

– Je suis prise demain et après-demain. Mais jeudi, à cinq heures, tu viendras chez moi... J'ai besoin de te revoir... J'ai peur...

Il lui enlaça les épaules. Elle se mit à trembler, ferma les yeux et ouvrit les lèvres passivement.

14

LE DOCTEUR referma la porte de la chambre et s'engagea dans l'escalier à petits pas prudents. Germain Laugier le suivait, la main à la rampe.

– Alors, votre avis, docteur, mais franchement? demanda-t-il en s'arrêtant sur la dernière marche.

Le docteur fit une grimace inspirée, qui lui déforma la moustache et lui remonta les sourcils à mi-front.

– Je ne crois pas à la diphtérie, dit-il gravement. Une angine cryptique, pultacée. Probablement quelques bacilles de Vincent. Rien de très méchant, en somme. Qu'elle suive le traitement.

– Combien de jours?

– Vous êtes bien impatient. Mettons cinq, six jours.

– Et la fièvre?

– Elle tombera toute seule. Mais surveillez bien la malade. Exigez que les soins soient exécutés à heures fixes. C'est essentiel. Pour plus de prudence, nous ferons des prélèvements. Je vais téléphoner au laboratoire.

Il enfilait ses gants, nouait une écharpe mauve. Ses yeux se dédoublaient derrière de grosses besicles bombées.

– Vous voilà rassuré, mon cher.

Laugier serra la main qui se tendait vers lui :

– Vous revenez demain, docteur?

– Sans faute. Et, d'ici là, énergie, discipline, bonne humeur...

Demeuré seul dans l'antichambre, Germain Laugier écouta renaître autour de lui les bruits de la maison. Une sonnette tinta au premier étage. Alice appelait Marie. Des pas coururent sur le parquet. Germain Laugier passa dans le salon vide et frais où tremblait le reflet verdâtre des lierres. La silhouette menue de l'*Acrobate* se mirait dans la glace de la cheminée. Sur le guéridon du téléphone, gisait un annuaire ouvert à la page des hôtels. Germain Laugier soupira, referma le gros livre et consulta sa montre d'un geste machinal. Six heures à peine. Il avait suffi de deux heures pour compromettre sa joie. Deux heures plus tôt, il était encore un homme insouciant et libre qui se proposait de rejoindre Édith à l'hôtel *Sheffield.* Il rangeait ses papiers sur le bureau. Il avait le chapeau sur la tête. La sonnerie du téléphone l'avait retenu : Hortense, la cuisinière, annonçait que Madame était « toute fièvre » et « passait de l'autre côté ». Rentrer à la maison, coucher Alice, convoquer le docteur, décommander Édith. Après cette bourrasque de gestes et de mots, d'ordres et de contrordres, il se retrouvait au milieu d'un grand vide et ne savait plus à quoi s'employer. La pensée de sa soirée perdue l'anéantissait. Il ne pouvait réfléchir à rien d'autre qu'à sa propre déception. Des images défilaient dans son esprit et l'emplissaient d'un désespoir ordinaire : les deux tasses, inutiles maintenant, qu'Édith avait préparées; les fleurs qu'elle avait arrangées, sans doute; la robe qu'elle avait mise avec le désir de lui plaire. Il se rappela aussi les dernières paroles d'Édith au téléphone : « Je te comprends. Il faut rester auprès de ta femme, Djéry. Dès qu'elle ira mieux, tu me téléphoneras. » Quel pauvre visage éteint, déçu, défloré, devait correspondre, là-bas, à cette voix qui se voulait vaillante! Il évoqua un instant Édith, dressée devant la fenêtre, toute droite, les bras ballants et les yeux vagues. Cette vision lui fit mal au niveau du cœur.

Tout à coup, il haussa le menton, cambra les reins, contracta, relâcha nerveusement les muscles de ses cuisses. Il ne pouvait plus tenir en place. Il n'admettait pas cette maladie. C'était trop bête. Alice n'était guère sujette aux refroidissements. Elle était prudente. Et voilà que, du jour au lendemain, elle flanchait. Une angine. Et avec des complications encore! Le docteur l'avait bien dit. Germain Laugier butait de plein front contre l'injustice du destin. « Pourquoi aujourd'hui? Pourquoi pas dans un mois? » Il ne lui venait pas à l'idée de plaindre Alice. Elle était l'instrument du sort. Elle prêtait sa forme à l'usage d'une force maligne. « Bien sûr, elle n'y peut rien, mais quand même... » Ne sachant contre qui décharger sa colère, il regardait les murs, le plafond avec violence. Il ouvrit la porte, retourna dans l'antichambre, huma une odeur d'éther et se fâcha : « Ne dirait-on pas?... C'est pis qu'un hôpital! Hortense en fait trop! Tout heureuse d'avoir à soigner Madame! » Au bas de l'escalier, il éprouva une grande lassitude. Son oisiveté lui soulevait le cœur. Que faire? Marie descendait les marches en portant une cuvette recouverte d'un linge. Elle avait un visage absent. Elle passa devant lui sans le voir. Puis, elle dit :

– Ah! oui, Madame demande Monsieur...

Germain Laugier empoigna la rampe et la fit trembler d'une seule pesée de la main :

– J'y vais!

Devant la porte de la chambre, il s'arrêta. À travers le battant de bois, il entendait des tintements, des gargouillements ridicules. Alice se gargarisait, toussotait, crachait. Il frappa.

– Un instant, dit la voix d'Hortense.

Germain Laugier devina qu'on tirait un meuble, qu'on camouflait des vases, qu'on débouchait un flacon de parfum. Il s'irrita de ce remue-ménage : « Comme si je ne savais pas qu'elle est malade! »

– Entrez.

Il poussa la porte. Hors du grand lit, gonflé de couvertures, gréé de voiles et de linges, émergeait un petit visage fade aux yeux suppliants. Alice, fiévreuse, démaquillée, avait eu le courage de dissimuler sous une écharpe de soie rose vif la grosse compresse de toile et de coton qui lui chauffait le cou. Elle avait emprisonné ses cheveux dans une résille. Elle s'était passé les mains à l'eau de Cologne. Cela se sentait.

Germain Laugier la complimenta sur sa coquetterie, s'assit à son chevet et pria Hortense de les laisser seuls.

– Elle est si gentille, Hortense! murmura Alice en fermant les paupières.

– Essaye de dormir, dit Laugier.

– Et toi aussi, tu es si gentil! Tous ces tracas que je vous cause! Je suis furieuse contre moi. Mais le docteur a dit que dans cinq jours, six jours au plus...

Elle soupira :

– Il ne faut pas que ça te dérange dans ton travail.

Puis, elle fit la grimace, avala douloureusement un peu de salive, et une petite larme scintilla au coin de ses yeux.

– C'est dur d'avaler, dit-elle. Tu veux voir ma gorge?

Il eut du mal à maîtriser sa répulsion :

– Non... Ce n'est pas la peine... Demain... Je verrai ça demain...

– Une vraie blessure. Je me demande comment je pourrai me remettre en si peu de temps. Peut-être qu'il a dit ça, le docteur, simplement pour me tranquilliser.

– Mais non.

– Je n'aime pas me badigeonner...

Elle le regarda tristement, sourit, détourna la tête :

– Tu dois me juger bête, laide, encombrante. Tu dois me maudire pour tout ce que je t'empêche de faire. Ton bureau. Tes rendez-vous... Je suis certaine que tu penses : « Ah! elle a trouvé le moment!... »

Il s'effraya d'être deviné aussi profondément, puis il se rassura en songeant qu'Alice parlait pour ne rien dire. Suivant une ruse chère aux malades, elle se dénigrait violemment, pour recevoir en échange des protestations de tendresse. Germain Laugier haussa les épaules, fit la grosse voix :

– Ne dis donc pas de sottises... Tu...

Il chercha des mots aimables, murmura :

– Tu es une petite fille malade...

Et se tut, mécontent de cette piètre galanterie et incapable de trouver mieux. Son mensonge le gênait. Il lui déplaisait de feindre l'affection aux côtés de cette femme sans forces, et d'avoir à subir une reconnaissance qu'il ne méritait pas.

– Tu es bon, Germain.

Il dit :

– Laisse donc. Ne parle plus. Ferme les yeux.

Il avait hâte de supprimer cette voix et ce regard trop doux.

– Tu es bon, toi...

Elle divaguait un peu, avant de s'assoupir. La fièvre brûlait ses joues. Il toucha la main moite qui reposait au bord du lit. Alice frémit, referma ses doigts mous sur le poignet de Germain Laugier.

– Toi, toi...

« Comme elle m'aime! songea-t-il. Tout le monde m'aime! »

Alice avait baissé les paupières. Sa respiration devenait égale. En vérité, la présence de Germain Laugier n'était pas indispensable au chevet de cette malade somnolente. L'angine allait suivre son cours. Les domestiques étaient là pour les soins. Il était libre, en principe. S'il demeurait ici, c'était par correction. Et nul ne savait sa lutte. Il déplora qu'Alice fût aussi gentille. Il eût été plus à l'aise pour la quitter s'il avait pu lui reprocher quelque chose.

Il essaya d'imaginer qu'elle jouait la comédie pour le retenir, qu'elle était douillette, égoïste. Puis, il se lassa de ce travail inutile. Il ne l'aimait pas, voilà tout. Il n'éprouvait aucune pitié devant ce visage vaincu. Fallait-il s'indigner de cette cruauté naturelle? « Tant pis pour elle. C'est la règle du jeu. Elle a perdu. » Il la regarda et répéta d'une voix basse :

– Elle a perdu.

L'ombre envahissait la pièce. Germain Laugier alluma la lampe de chevet. Sur une chaise, traînaient les vêtements d'Alice, si familiers qu'il en eut la nausée. Il connaissait tout d'elle, sa tiédeur, son odeur, son élasticité et le son de sa voix et l'alternance de ses malaises. Il ne pouvait pas aller plus loin dans cette morne compétence. Il était au bout du chemin. Et si elle mourait? Germain Laugier trembla de tous ses membres. Puis, il inclina la tête et envisagea l'événement avec lucidité. Alice morte, il épouserait Édith : « Je suis fou... » Vigoureusement, il chassa l'idée et tenta de faire le vide dans son cerveau.

Hortense frappa à la porte et entra sur la pointe des pieds, portant un plateau avec du jus de citron, du sucre et de l'eau fraîche.

– Monsieur dîne comme d'habitude?

– Oui.

Elle sortit, énorme, tanguant sur des chevilles de beurre. Marie lui succéda, elle tenait sur les bras une pile de lingeries fines.

– Posez ça là, dit Laugier.

– Ça ne va pas mieux? demanda Marie.

– Je n'en sais rien.

Elle eut un regard mystérieux :

– On ne sait jamais rien. Et il vaut mieux ne rien savoir.

Puis elle disparut, elle aussi. Le profil d'Alice découpait une tache sombre sur l'oreiller. Les lèvres obéissaient à une respiration prudente. La vie se signalait à peine. Germain Laugier se leva, s'approcha de la fenêtre. Dans la rue, il lui sembla voir une forme noire adossée au réverbère : l'homme au béret basque, l'amant de Marie. Il tenait une valise à la main. Le point rouge de sa cigarette s'allumait et s'éteignait par saccades.

Alice tourna la tête, et ses jambes se déplacèrent sous les couvertures.

À pas de loup, comme un voleur, Germain Laugier quitta la pièce. Il descendit au salon, décrocha le téléphone et forma nerveusement le numéro de l'hôtel *Sheffield* :

– Édith... Oui, ça va mieux... Tout danger est écarté. Es-tu chez toi ce soir?

Il respira l'air profondément, regarda l'*Acrobate*, le plafond, et reprit d'une voix douce :

– Je tâcherai de venir quand même... Attends-moi...

– Monsieur a dîné bien vite et il est sorti comme il sonnait neuf heures, dit Hortense avec une moue de dépit. Même qu'il a mis son chapeau neuf! Il a dit qu'il allait prendre l'air. Je vous demande un peu!...

– C'est bon, murmura Alice. Laissez-moi.

Le départ de Germain Laugier ne la surprenait pas et la chagrinait à peine. Avait-elle mérité autre chose? Tout le temps qu'il était demeuré près d'elle, Alice avait observé sur son visage les marques de l'inquiétude et de la réprobation. Comme s'il avait déchiffré en elle de secrètes pensées. Comme s'il l'avait jugée et condamnée en silence. Tout cela était bien sa faute. Les événements s'étaient enchaînés avec une malice inéluctable. Dieu avait organisé le péché et commandé le châtiment. Quel besoin l'avait saisie de courir ce matin à l'atelier de Gèvres? Elle ne l'avait pas prévenu de sa visite. Elle était arrivée là pour voir l'*Acrobate*. Mais, à la place de l'*Acrobate*, il n'y avait qu'un amas de fers et de plâtre crémeux. Du plâtre partout, bleu et blanc, en poussière, en flaques. Du plâtre sur les meubles, sur les vêtements. Le mouleur était au travail.

– Si j'avais su, avait dit Gèvres, je ne l'aurais convoqué que pour demain. Ainsi, vous êtes venue et vous n'avez pas vu ma statue. C'est mauvais signe...

Il faisait froid. La pluie glissait à travers les vitres disjointes de la verrière. Gèvres avait un visage fou, les cheveux défaits, le teint pâle. Il l'avait assise auprès de lui, sur son lit de fer. Il lui avait serré la main :

– C'est un instant solennel. Rien ne peut plus être repris. L'œuvre existe hors de moi.

Des gouttes de sueur perlaient à son front :

– Priez pour moi...

Elle avait eu peur. Elle était partie, très vite. Sur le pas de la porte, il lui avait crié d'une voix étranglée :

– Je n'ai que vous au monde!

Ce cri déchirant la poursuivait encore dans le silence de la chambre. À midi, elle avait senti sa gorge attaquée par une douleur rongeuse. Puis, elle avait eu de la fièvre. À trois heures, devant son lavabo, elle s'était évanouie. Et Hortense avait téléphoné au bureau. Oui, oui, Dieu avait voulu tout cela. Ses dents claquaient. Une chaleur visqueuse imprégnait sa chair. D'une main faible, elle décolla les épaulettes de sa chemise et laissa retomber son bras, épuisée par ce seul effort.

– Je dois avoir plus de 39. Où est le thermomètre?

La lampe de chevet éclairait, sur la table de nuit, un verre d'eau, le reste du citron, une cuillère poisseuse. Plus loin, toute la pièce n'était qu'une caverne d'ombre et d'odeurs hostiles. Une auto passa. La maison frémit. Mais non, c'était elle seule qui frémissait et demandait grâce. Sa gorge était contractée comme dans un étau. L'air glissait avec peine entre ses muqueuses enflées. La salive coulait, épaisse, brûlante. Elle souhaita mourir, puis se reprit, indignée :

– Ce n'est qu'une angine... Une angine comment déjà? pultacée... cryptique... Qu'est-ce que cela veut dire? Enfin, je guérirai bientôt... J'ai envie de guérir... Pour le revoir... Ai-je le droit de le revoir?...

Elle perçut un miaulement dans le couloir. Poucette était là, tapie à l'affût du moindre murmure. Et puis, il y avait Hortense, Marie. La sonnette était à portée de sa main. Il lui paraissait étrange, cependant, que quelqu'un pût l'entendre et la rejoindre au creux de cette fournaise. Lui seul, là-bas, dans son atelier glacial, devait être averti de sa peine. Lui seul. Elle évoqua son visage fripé, nerveux et blême, ses grands yeux noirs.

« Je n'ai que vous au monde! »

Qu'il était donc mal vêtu, mal logé! Ce lit tendu d'une mince couverture. Ces savates déchiquetées dans un coin. Ce pardessus, pendu au clou, et tout effrangé, tout marqué de taches. Ce plâtre partout. Cette saleté. Cette humidité. Ce pauvre froid. Il méritait une autre vie. Les trois mille francs de Germain, c'était bien. Mais ce n'était pas suffisant. Il importait de procurer à ce petit des vêtements chauds, du linge convenable. Les armoires de Germain regorgeaient de vieilles chemises trop étroites, de complets un peu démodés. Un artisan de quartier pourrait les rectifier à la taille de Gèvres. Cependant, il ne fallait pas que le jeune homme s'en offensât. Elle lui expliquerait. D'elle, il accepterait tout. Elle le savait. Elle l'avait lu dans son regard. Ah! et puis, ne pas oublier la nourriture. Il ne mangeait pas à sa faim, ce garçon. Un bon chocolat le matin, de la viande rouge, des laitages... Comment arranger tout cela? « Voyons! Voyons! » Elle réfléchissait, sautait d'une idée à l'autre et se fatiguait à organiser son émoi : « Marie devrait lui porter deux fois par semaine... non... trois fois par semaine... Il n'aurait plus qu'à réchauffer... Il a un réchaud. Je l'ai vu. Déjà, je vais lui envoyer des farines, du vin, un peu d'alcool... Mais il serait indispensable que je le revoie d'abord... Sans ça... »

Une rumeur sourde pédalait dans sa tête. La fièvre. Dans quelques semaines, bien sûr, Maurice Gèvres se débrouillerait mieux. Après le Salon, l'État lui achèterait son *Acrobate.* D'autres commandes suivraient. Le succès ne faisait pas de doute. Comme elle en était fière pour lui! Elle sourit avec tendresse au vide, au silence. Puis, elle se reprit, indignée :

« Je rêve, je rêve... Et il faut agir. Quelle sottise d'être là, couchée, alors qu'il a besoin de moi! Peut-être pourrais-je me lever pour chercher ces vieilles affaires, et puis je m'étendrais de nouveau. » Elle tenta de se dresser et retomba sur ses oreillers, la tête tournoyante, les mains ouvertes. « Mon Dieu, mon Dieu, et lui qui ne sait rien! » Les larmes lui venaient aux yeux. Le docteur avait parlé de cinq jours. Mais elle guérirait plus tôt en se soignant bien. Ce collutoire sentait si mauvais. Il valait mieux que Gèvres ne la vît pas dans cet état pitoyable. Elle était laide. Ce matin, pour aller chez lui, elle avait mis une robe imprimée, bleu et rose. Le bleu et le rose l'avantageaient. Mais sans doute Maurice Gèvres l'avait-il jugée trop élégante? Il ne lui avait pas fait compliment de sa toilette. Elle en fut attristée, mais chassa bien vite ce médiocre souci. Sûrement, ses souliers étaient tachés de plâtre. Pourvu que Germain ne les vît pas avant qu'ils fussent nettoyés. Comment avait-elle pu lui cacher cette visite insensée? Où avait-elle trouvé la force de se composer un visage? C'était la première fois de sa vie qu'elle défendait un secret contre la vigilance de son mari. Elle fut alarmée par cette constatation : « Ce n'est pas bien... Il était là, près de moi... Et je n'avais rien fait de mal... Alors, pourquoi ne lui ai-je pas tout avoué?... »

Elle roulait sa tête d'un bord à l'autre de l'oreiller : « Vilaine femme... vilaine femme... Je lui dirai tout... »

Elle imagina la colère de Germain et n'en fut pas effrayée. Serait-il jaloux? Cette idée la flatta un instant, mais elle s'insurgea aussitôt contre cette coquetterie de mauvais aloi. Elle ne tenait pas du tout à ce que Germain se tourmentât par sa faute. D'ailleurs, elle le connaissait trop bien pour craindre sa réponse. Il ne prendrait pas ombrage de son affection très douce, de son admiration raisonnable pour Maurice Gèvres. Il la comprendrait. Et elle lui saurait gré d'avoir deviné sa pensée. Calmée pour un instant, elle envisagea, les yeux fermés, la face détendue, un avenir heureux, entre son mari et le jeune sculpteur, entre l'habitude et la fantaisie, entre le vrai et le beau. « Il viendra ici... Il nous parlera de ses travaux... Peut-être fera-t-il un buste de moi... Seulement, il ne faut pas que je meure... » Son cœur battait follement, sans qu'elle s'en inquiétât. Sa tête devenait légère. Elle disait des chiffres, des mots sans suite :

– Trois ou quatre chemises. Et le beurre salé. Ça se conserve... Des chaussettes... Ou alors des petits pois... Comment peut-il se laver dans cette cuvette? À l'eau froide? Et pour la blanchisserie... Ici? Hortense ne demanderait pas mieux... Quel âge a-t-elle, Hortense? Cinquante-deux... Cinquante-trois... Les poissons vivent si vieux... Mais ça ne nourrit guère...

Des images lumineuses assaillaient son front. Des poissons volants, des papillons poudrés de feu, des étoiles de mer phosphorescentes la convoyèrent vers le sommeil et la submergèrent sous leur miroitement innombrable. Et jusqu'au plus profond de l'abîme où elle descendait, tête ballante et bouche close, une voix violente, jeune, tendre, répéta :

« Je n'ai que vous au monde! »

Comme il poussait la porte de la chambre, Édith surgit devant lui, droite, vigilante, un doigt posé sur les lèvres :

– Chut!... Le petit dort. Tu vas le réveiller...

Il sursauta :

– Le petit? Ah! oui...

Une rancune passagère assombrit sa joie. Elle reprit d'une voix basse :

– Comment va ta femme?

– Mieux. Une angine banale.

– Elle est bien soignée?

– Mais oui.
– Comment s'appelle ton docteur?
– Mouchard.
– Connais pas.
– Tu débarques à peine et tu voudrais tout savoir.
– J'aurais pu entendre parler de lui. Il a ordonné des badigeonnages au bleu de méthylène?
– Non. Au Colarsenol.
– Quelle drôle d'idée!
Il s'impatientait :
– Ça te gêne?
– Non, je disais ça...
– Pour dire quelque chose. Nous avons d'autres sujets de conversation, il me semble...
– Que tu es nerveux, Djéry, mon pauvre!
Il la regarda dans les yeux, profondément, comme pour la supplier de ne pas le décevoir davantage. Il déplorait qu'une femme se trouvât toujours intéressée par les maladies d'une autre femme et disposée à la plaindre, fût-elle son ennemie. Cette alliance organique, cette compétence médicale commune, cet amour un peu sale de l'ordonnance, de la fiole, du citron pressé et du thermomètre lui soulevaient le cœur. Il regretta l'ignorance limpide des jeunes filles : « Moi, je ne connais qu'un remède : l'aspirine. » Édith disait cela, autrefois, et il se moquait d'elle. Que n'eût-il donné aujourd'hui pour la sentir aussi naïve et fraîche que jadis?
– Ton manteau, ton chapeau, dit-elle.
Puis, elle lui indiqua un fauteuil et s'assit en face de lui, sur un pouf en cuir rose, comme lors de sa première visite. Un lampadaire rustique, coiffé d'un abat-jour en parchemin, dispensait à la pièce une lueur blonde, confidentielle. Les murs avaient perdu leur tenue verticale. L'affreux lit sculpté reculait dans l'ombre. Au fond, dans une petite cheminée étroite et raide, brûlait un feu de bois. Il faisait doux. Le parfum d'Édith emplissait la chambre.

– Tu m'excuseras, dit-elle, je me suis mise à l'aise.

Elle portait un déshabillé bleu pâle, bordé de cygne vaporeux, et une résille enserrait sa chevelure. La même résille qu'Alice. Germain Laugier fut désappointé par cette remarque en apparence futile. Il eût souhaité que rien ne lui rappelât Alice auprès de cette femme qu'il lui préférait. Mais, aussitôt, il mit cette exigence absurde sur le compte de la fatigue et tenta de sourire au visage qui s'avançait vers lui.

– C'est gentil d'être venu quand même, dit-elle.

– Je ne pouvais plus tenir.

– Et moi donc!

Elle leva la main et la manche du déshabillé glissa jusqu'à son coude :

– J'avais fait préparer du thé, des gâteaux, reprit-elle. Non, je ne dois pas le dire, tu serais trop fier...

– Tu as été un peu triste? demanda-t-il d'une voix sourde.

Elle baissa le front :

– Oui.

Il voulut la saisir aux poignets, l'attirer contre lui, mais elle le repoussa et jeta un coup d'œil vers la porte.

– Non... non... Il n'est pas encore endormi, dit-elle. Et puis, ici... Il ne faut pas...

– Pourquoi?

– Je ne sais pas... Ce n'est pas bien... Un fond de porto?

Elle versa un verre de porto et le posa entre eux, sur une table basse. Autour du verre, s'éparpillaient les cartes d'invitation de quelques grands couturiers parisiens. Édith suivit le regard de Germain Laugier et soupira :

– On fait de si jolies choses pour le printemps!

Visiblement, elle était flattée d'être déjà connue et conviée par tant de nobles maisons. Elle devait laisser traîner les cartes sur la table pour étonner ses amies.

– Ça t'amuserait d'aller à une présentation de modèles? dit-elle d'une manière indifférente.

– Nullement.

– Tu es comme moi. J'ai horreur de ça! Tout à coup, ça me prend, et je n'achète rien pendant des semaines et des semaines. Une vraie sauvageonne. Ce déshabillé, tu vois, je l'ai depuis le printemps dernier.

– Il te va à ravir.

– Tu trouves? Il faudrait le rectifier là et là, parce que j'ai un peu maigri. Les soucis, le voyage...

Un gémissement enfantin venait de la chambre voisine.

– Ne fais pas attention, dit Édith. Il cherche son sommeil. Je l'ai couché un peu plus tôt...

Elle sourit :

– À cause de toi. Il n'était pas content... Il est jaloux, tu sais?

Germain Laugier plissa le front avec effort. La conversation s'engageait mal. Après ce baiser hâtif dans le taxi, il avait espéré tout autre chose. Pour rompre l'entretien, il se leva et fit quelques pas dans la chambre. Comme il s'approchait de la fenêtre, elle s'écria :

– Ne va pas par là! Je faisais mes comptes. Quel fouillis!

Il avisa un petit bureau d'acajou. Le meuble était jonché de lettres à en-tête et de chemises multicolores aux titres calligraphiés. Il reconnut l'écriture d'Édith : « Propriété de Chantilly », « Affaire Souleyrac », « Factures litigieuses », « Banques »...

– C'est toi qui as classé tous ces papiers, préparé toutes ces chemises?

– Mais oui, dit-elle.

– Je ne te savais pas si soigneuse.

Il inspectait toujours ce monceau de paperasses. Au hasard, il identifia des lettres d'avoué, des exploits d'huissier sur papier bleu, des relevés bancaires et des liasses d'obligations.

– Peut-être pourrais-tu me renseigner? dit-elle. J'ai acheté des Potasses d'Alicante. C'est bon, ça?

Il fit la grimace :

– Oui.

– En tout cas, c'est en hausse.

– De quelques points.
– Tu me conseilles de vendre?
– Si tu veux.
– Jusqu'à présent, je suis très satisfaite de mon portefeuille, dit-elle avec une mine sérieuse. Rien que pour l'année dernière, ça m'a rapporté...
Elle cueillit un calepin sur la table et le feuilleta nerveusement :
– Où avais-je inscrit le chiffre? C'est embêtant...
– Quelle importance?
– Comment, quelle importance? J'aime bien savoir où j'en suis, voilà tout. Attends : deux cent mille... Non, ce n'est pas ça...
Elle remarqua l'expression hostile de Laugier et dit :
– On y pensera plus tard. Tu vois, je n'y connais rien. J'en ai par-dessus la tête. Des actions... Un procès... Une hypothèque à faire lever... Mais je me demande si ça vaut la peine... Et puis, cette maison à Chantilly où j'ai des tas de choses à moi qu'il faut inventorier... Ah! là! là!...
Elle releva une mèche qui pendait hors de la résille. Derrière la porte, une voix d'enfant appela :
– Maman! Maman!
– Je viendrai plus tard, cria Édith. Essaye de dormir, Étienne.
Elle dit encore :
– Oh! cet enfant...
Puis, elle se mit à rire.
– Je me fais l'effet d'une gamine perdue dans la cour des grands. Toutes ces questions d'argent m'assomment. Je suis l'insouciance même. Et voilà, on m'envoie des papiers... Je vais les mettre au feu, tiens!
– Tu es folle! dit-il.
– Si. Si.
Elle avait ramassé une poignée d'enveloppes sur la table et courait vers la cheminée à petits pas :
– Je les jette!

Il la rattrapa et la saisit aux épaules :

– Laisse ça.

– Non.

Elle riait, renversée devant lui, et la clarté des flammes faisait luire ses yeux et ses lèvres. Germain Laugier fut frappé par la beauté sauvage de cette face qui se balançait à portée de son souffle. De tout le corps, à peine voilé, montaient une chaleur, une odeur amoureuses.

– Laisse ça, murmura-t-il encore, pour cacher son désarroi.

Elle secoua la tête, sans répondre. Alors, à pleines mains, il lui pétrit la chair des épaules. Elle gémit un peu. Les papiers glissèrent sur le tapis. Pris de vertige, il abattit son visage sur ce visage offert, fouilla, déchira les lèvres douces, se heurta aux dents entrouvertes, se fit mal et sentit le goût du sang sur sa langue. En même temps, ses doigts écartaient le déshabillé de soie, déplaçaient de minces lingeries, s'imprimaient lourdement dans la peau. Il délirait. Il vacillait sur ses jambes. Il criait des mots dans la bouche de l'autre. Puis, à bout d'haleine, à bout de plaisir, il se sépara d'elle et recula d'un pas, étourdi. La flamme du foyer éclairait, devant lui, une femme heureuse, meurtrie, décoiffée, à la bouche de sang et aux yeux noyés de langueur.

– Djéry, dit-elle.

Elle porta les deux mains devant sa figure et revint se blottir contre lui, aveugle, chancelante. Son déshabillé bâillait sur une chemise de nuit à dentelle bleue. Les pointes de ses seins faisaient deux taches mauves à travers le voile. Il inclina la tête pour les baiser. Mais elle poussa un faible cri :

– Non... Non... Attends, Djéry...

De la chambre voisine, s'échappait un appel puéril et monotone qui ne la trompait pas :

– Maman... Viens, maman... J'ai fait un mauvais rêve...

Vivement, elle s'éloigna de Germain Laugier, courut à sa coiffeuse et se repoudra. Il la regardait faire, ahuri.

– Un instant, lui dit-elle. Tu m'excuseras. Il est si nerveux. Avant-hier, il m'a fait une crise...

Puis elle poussa la porte de communication et disparut dans la chambre d'Étienne. Derrière elle, le battant était demeuré largement ouvert. Dans la glace de la cheminée, Germain Laugier aperçut le reflet d'une pièce minuscule, avec un lit en cuivre et la silhouette bleu pâle d'Édith. Elle était penchée sur une touffe de cheveux bruns. Elle appuyait sa bouche sur le front de l'enfant. Et Germain Laugier connut un étrange malaise en songeant que ces lèvres maternelles gardaient encore le goût de leur dernier baiser. Maintenant, la voix d'Édith résonnait dans le silence :

– Il faut dormir, Étienne, mon chéri. Il est tard...

– Raconte-moi l'histoire du chien Courtaud.

– Tu es trop grand.

– Je ne suis plus grand.

– Depuis quand?

– Depuis ce soir.

Assise au bord du lit, elle berçait une tête menue qui s'appuyait contre son sein, à la place même que Germain Laugier avait caressée.

– Là... là... Les mauvais rêves passeront... Tu n'as qu'à serrer tes deux mains l'une contre l'autre, et rien de vilain ne t'arrivera cette nuit. C'est comme ça.

– Reste avec moi.

– Je ne peux pas.

– Pourquoi?

– J'ai des visites.

– Fais-les partir.

– Voyons, Étienne...

L'enfant pleurnicha. La voix d'Édith se fit plus basse, comme pour lui confier un secret. Sûrement, ils avaient des secrets, des manies, une vie intime, dont Germain Laugier se devinait exclu. Une part d'Édith lui était ainsi dérobée. Quoi qu'il fît, il ne l'aurait jamais à lui tout entière, comme autrefois. Édith chuchotait, loin de lui :

– Tu veux prendre tes soldats de plomb? Il est trop tard. Écoute. Je vais laisser la veilleuse. Et puis je vais te border. Encore un peu? Bon... Il y avait une fois un chien qui s'appelait Courtaud...

Germain Laugier se laissa descendre dans un fauteuil. Il se sentait las et vieilli. Son cœur battait durement contre ses côtes. On lui avait volé quelque chose. On l'avait dupé. La fille ardente, blonde, libre, qu'il avait tenue dans ses bras, voici qu'un mauvais sort l'avait anéantie. Il n'y avait plus à sa place qu'une mère attentive, penchée sur le lit d'un enfant.

Comment pourrait-il jamais la rejoindre? Il fallait quitter cette chambre, oublier ce grand espoir, retomber dans les habitudes. Un bruit léger le fit tressaillir. Édith refermait la porte et s'avançait vers lui sur la pointe des pieds :

– Voilà, il va s'endormir, dit-elle d'une voix fautive.

Il ne répondit rien. Il suivait d'un œil avide, méchant, les progrès de la métamorphose. Déjà, elle réintégrait son premier personnage. Déjà elle redevenait femme, par le sourire, par le regard.

– À quoi penses-tu? dit-elle.

Il se leva :

– Des soucis... Rien de grave.

– Tu vois, je ne suis pas très maternelle. Je le traite en camarade. J'ai des amies qui me le reprochent. Encore un peu de porto?

– Non.

Il ne pouvait se résoudre à la reprendre dans ses bras. Ces caresses, ces baisers à deux pas de l'enfant assoupi... Elle comprit sa gêne et hocha la tête :

– Oh! je sais bien! C'est dommage, dit-elle. Il ne faut pas m'en vouloir. Bientôt je serai plus libre. Après-demain, je pars avec Étienne pour Chantilly. Et je le laisse aux parents de mon mari jusqu'à la fin des vacances de Pâques.

– Aux parents de ton mari? Qu'est-ce que c'est encore que cette histoire? dit-il.

– Mais si, les parents de mon mari habitent Chantilly. Et je ne suis pas brouillée avec eux. Ils n'ignorent pas que tous les torts sont du côté de leur fils. Heureusement d'ailleurs, car j'ai besoin d'eux pour mes affaires. Mon beau-père est agent de change.

– Ah! voilà!...

– Oui, et puis, autre chose. La propriété de mon mari se trouve également à Chantilly. Et, comme je te l'ai dit, j'ai beaucoup de meubles là-bas. Alors, il faut voir tout ça, pour la séparation, tu comprends?

– Combien de temps resteras-tu à Chantilly?

– Je ne sais pas. Le moins possible. Une semaine. Dix jours.

À l'angoisse qui l'envahit, il mesura combien il l'aimait encore.

– Si longtemps! murmura-t-il.

– Mais je reviendrai seule. Pour toi. Rien que pour toi.

D'un doigt rapide, elle lui arrangea sa cravate.

– Quand partiras-tu? demanda Laugier.

– Demain... Après-demain...

– Je t'emmènerai en auto.

– Avec Étienne?

Il serra les dents. Elle répéta :

– Avec Étienne?

– Oui, avec Étienne, dit-il.

Alors, elle lui enlaça le cou de ses deux bras frais et appuya le front contre sa joue :

– Merci, Djéry. Tu es chic!

Puis, elle s'écarta de lui et battit des mains :

– Un voyage en auto! Une après-midi à la campagne! Tous les deux! Des amoureux de vingt ans! Dans les bois! Tu connais Chantilly?

– Je croyais le connaître.

– Non, tu ne connais rien... Je t'apprendrai... Les écuries... Le terrain... Le château de la Reine-Blanche... C'est d'un romantique! On déposera Étienne chez ses grands-parents, et jusqu'au soir on courra ensemble... Comme des fous! Tu entends! Comme des fous!

Elle pirouetta, svelte, impondérable, dans la lumière beige de la lampe. À la voir aussi facilement heureuse, Germain Laugier lui rendait l'âge de son rêve.

– Veux-tu bien ne pas faire cette tête-là, ou je te pince! disait-elle.

Non, elle n'était pas mariée, elle n'avait pas d'enfant, pas de robes élégantes et pas de compte en banque. Elle le pinça. Il lui attrapa la main au vol et baisa la paume chaude et lisse.

– C'est malin, dit-elle d'un air troublé.

Ils se regardèrent, et elle pouffa de rire :

– Je m'habillerai sport, dit-elle. Un petit feutre avec une plume de coq. Une jupe en tweed. Une veste en daim. Je vois ça d'ici. Et toi?...

– Moi... Moi, je t'aime, Édith. Viens m'embrasser.

– D'habitude on demande, on ne commande pas.

– Moi, je commande.

Elle s'approcha, tête basse, et, de nouveau, il la ploya contre lui et couvrit de baisers son cou et ses joues. Enfin, elle échappa mollement à son étreinte et dit d'une voix altérée :

– Il est tard, Djéry... Va-t'en, va-t'en... Tu ne peux plus rester...

– Pourquoi?

– Nous ferions des bêtises.

– Il faudra bien les faire un jour.

– Pas ici. À mon retour. Au *Royal Artois.*

Elle avait un visage animé, aux lèvres humides, aux narines palpitantes. Une lueur cruelle vacillait dans ses prunelles vertes. Ses cheveux sentaient le fauve :

– Au *Royal Artois...* Tu te souviens?...

Il crut défaillir. Sa gorge se nouait. La peau de ses joues se tendait, devenait douloureuse. Il dit :

– Oui. J'y ai souvent pensé.

Un bruit faible de toux, de sanglots, de soupirs, parvint jusqu'à eux et les immobilisa, face à face.

– Il s'est réveillé, chuchota Édith.

Germain Laugier eut peur que quelque nouvel incident ne gâchât la belle joie qu'elle lui avait donnée.

– Tu as raison, il faut que je m'en aille, dit-il.

Elle lui apporta son manteau, son chapeau, avec un sourire.

– Je te téléphonerai au bureau pour l'heure du départ, dit-elle encore.

Il acquiesça de la tête. Il ne voulait plus de paroles entre eux.

Dans le couloir de l'hôtel, il fit un signe amical au garçon d'étage qui le regardait passer. Il se sentait heureux de vivre. Il résolut d'aller boire un verre avant de rentrer chez lui.

Il était minuit passé, lorsque Germain Laugier ouvrit la grille du petit jardin. Le pavillon dormait, sourd et carré, sous le grand ciel poudré d'étoiles froides. Le clair de lune glissait sur le toit en pente douce. Le lierre vibrait de reflets métalliques. Les graviers de l'allée étincelaient, comme des éclats de verre. Au premier étage, la fenêtre d'Alice était encore allumée. Dans le silence vaste de la nuit, Germain Laugier entendit rouler des trains, soupirer des branchages. Il regretta de quitter l'espace, le vent pur, la solitude, pour la quiétude chaude du logis. Dans l'entrée, Hortense l'attendait, assise sur le coffre en bois. Elle était vêtue d'une robe de chambre cachou, et des papillotes couronnaient son lourd visage somnolent. Quand elle aperçut Germain Laugier, ses bajoues tressaillirent. Elle fronça les sourcils et lui décocha un regard glacé.

– Alors? demanda Laugier. Comment va Madame?

– Elle repose un peu, la pauvre, dit Hortense. Et Monsieur s'est bien promené?

– Ça va. Rien de neuf?

– Si. Marie s'est enfuie ce soir.

– Quoi?

Hortense marqua un silence pour mieux goûter l'effet de sa révélation.

– Oui, reprit-elle enfin. Elle disait qu'elle avait une course à faire. Pendant que j'étais occupée avec Madame, elle est sortie. Après, quand je suis passée devant sa chambre, j'ai vu la porte ouverte, la lumière allumée et tout qui était sens dessus dessous. Elle avait préparé ses valises, la futée. Elle avait filé sans rien laisser derrière elle. Son type lui aura tourné la tête. Ah! quand ça les travaille, ces petites...

– Allons bon, dit Laugier.

– Seulement moi, reprit Hortense, le plus clair c'est que le ménage me reste. Une maison comme ça, toute seule, on n'y arrive pas. Surtout avec Madame qui est couchée et tous les soins à l'avenant. Alors, je voulais dire à Monsieur...

– On prendra une femme de ménage, dit Laugier.

– Ce n'est pas que je sois regardante à l'ouvrage. Mais ce n'est que juste raison, il me semble. Avec ça que l'aspirateur est détraqué et que l'électricien demande huit jours. À mon âge, les escaliers à la brosse, sur les genoux, c'est une torture matérielle et physique. J'ai été engagée comme cuisinière. Et encore, si j'avais su que le four était déréglé...

Germain Laugier s'élança dans l'escalier pour échapper à ces doléances ménagères. Devant la chambre d'Alice, il reprit son souffle et poussa la porte, doucement. Alice ne dormait pas. Assise dans ses oreillers, le visage cireux, le cou entouré de compresses, elle tournait vers son mari un regard craintif.

– Je t'ai attendu, dit-elle.

Il dut vaincre sa répulsion pour pénétrer dans les

pénombres fiévreuses. Honteux de sa joie, de sa force égoïstes, il s'approcha du lit et glissa un baiser sur le front brûlant. Puis il posa les questions d'usage : la température, les soins? Avait-elle mangé? Désirait-elle boire un peu? Mais sa voix sonnait faux. Et ses gestes avaient perdu leur aisance habituelle. Dans un élan généreux, il plaignit sa femme, non pas d'être trompée, mais d'ignorer qu'elle le fût.

– Tu ne m'en veux pas de t'avoir abandonnée, ce soir? dit-il. J'avais la tête lourde...

Elle chuchota :

– Tais-toi donc. J'ai de si grands torts envers toi.

Sa figure prit une expression de souffrance. Ses yeux s'emplirent de lumière. Comme il ne répondait rien, elle reprit pauvrement :

– Ce matin, j'ai vu Maurice Gèvres à son atelier.

– Qu'est-ce qu'il devient?

Elle tressaillit. Elle avait redouté des reproches, des ordres, des menaces, tout sauf cette indifférence que Germain Laugier opposait à l'aveu. À présent que ses craintes se révélaient illusoires, elle s'étonnait de n'éprouver aucun soulagement. Même, elle était déçue, secrètement, de s'en tirer à si bon compte.

– Tu ne me demandes pas pourquoi je lui ai rendu visite? dit-elle.

– Pour admirer l'*Acrobate,* parbleu!

– Oui, dit-elle, consternée.

– Eh bien? Ton impression?

– Je n'ai rien pu voir. On était en train de mouler la statue.

– Dommage. Et le petit? Il va bien? Il faudra l'inviter à déjeuner, un de ces jours. C'est vrai, nous n'avons plus de bonne! Quelle idiote! Hortense ne t'a rien dit? Je te raconterai plus tard... Mais non, rien de grave...

Il retirait son faux col, sa cravate. Décidément, l'aventure d'Alice lui semblait bien banale. Il lui refusait le bénéfice de la moindre surprise et du moindre soupçon.

Et dire qu'elle avait cru affronter sa jalousie, aller au-devant d'une scène! Il n'était pas jaloux d'elle. Il ne serait jamais jaloux d'elle. Cette pensée la mortifiait bizarrement. Elle regrettait presque sa confession inutile.

– Je vais coucher sur le canapé du salon, dit-il.

Rendue au sens des réalités, Alice protesta avec véhémence :

– Tu es fou!... Ici, bien sûr, ce n'est pas possible... À cause de moi... J'ai trop chaud... Et puis la contagion... Mais Hortense va te préparer la chambre d'ami...

– Que d'histoires! dit-il. Et pour si peu de chose!...

Quelques semaines plus tôt, il eût déploré hautement que la maladie d'Alice le privât d'une couche éprouvée, il eût exigé la chambre d'ami, et son oreiller, et ses deux couvertures, et sa carafe avec son verre, et sa lampe de chevet. Aujourd'hui, il répudiait ses habitudes confortables et se réjouissait, comme un tout jeune homme, d'échapper au décor familier du sommeil et de camper dans le salon, pour une nuit.

– Ça fait du bien, dit-il, de coucher sur la dure.

Et il claqua des doigts d'une manière alerte.

Il tourna encore un moment dans la chambre, désœuvré, impatient. Enfin, il s'en alla. Alice l'entendit siffloter en descendant les marches.

Le canapé étroit, rêche et raide, tendu de draps inconnus, garni de vieilles couvertures qui sentaient le camphre, lui parut receler des vertus étranges. À peine couché, il crut recouvrer une adolescence farouche. Délivré d'Alice, de sa présence, de sa chaleur, il s'abandonna au plaisir de la solitude. Il fut, dans l'obscurité, un homme sans âge – peut-être jeune –, sans servitudes, sans métier, sans maison, sans patrie. Tout lui était permis. Et d'abord d'aimer une femme. Il s'endormit avec l'impression qu'il avait rencontré Édith pour la première fois, et que sa vie venait de prendre une signification nouvelle.

15

GERMAIN Laugier avala sa citronnade pâle et sucrée, alluma une cigarette, en tira quelques bouffées rapides et la déposa au bord de la soucoupe avec précaution. Autour de lui, le salon de thé, exigu, silencieux et sombre, sentait le sirop et la levure. Près de la fenêtre, deux vieilles dames en noir bâfraient des meringues, en échangeant des confidences édifiantes sous leurs chapeaux à plumages de deuil. Pas d'autres clients pour distraire les yeux. Aux murs, s'ordonnaient des galets coloriés et des photographies de Chantilly, rehaussées à l'aquarelle. Derrière un rideau en perles de bois, Germain Laugier apercevait le magasin proprement dit, ses pâtisseries juteuses sur des rayons de verre, son comptoir flanqué de deux bonbonnières en cristal, et sa patronne potelée, rose, nourrie de pâte d'angélique, et qui souriait dans l'espace avec délectation. Comme il n'était que trois heures et demie de l'après-midi, les acheteurs étaient rares et furtifs. Des enfants surgissaient, farauds, avec quelques gros sous dans la main et repartaient en suçant un lacet de réglisse. Chaque fois que sonnait le petit carillon de l'entrée, Germain Laugier levait les yeux avec espoir. Mais ce n'était jamais elle. Elle ne devait plus tarder, pourtant. Il y avait bien une heure qu'il l'avait débarquée, avec Étienne, devant le portail d'une grande villa vénérable et renfrognée. Pendant tout le trajet de Paris à Chantilly, Étienne, assis seul au fond de la voiture, n'avait cessé de bavarder et de poser des questions stupides. Édith, installée à côté de Laugier, répondait à son fils avec bonne grâce et s'efforçait de mettre en valeur les mérites secrets du gamin :

« Comment nomme-t-on ces arbres, Étienne? »

« Qu'est-ce que c'est qu'un mammifère? »

Elle avait même prétendu lui faire réciter une fable. Mais Germain Laugier avait protesté. Il ne comprenait pas les efforts que tentait Édith pour lui rendre aimable un Étienne enrhumé, mal élevé et sournois. Il jugeait cette insistance déplacée et sotte. Comment Édith pouvait-elle se complaire à vanter son fils, devant un homme qui voulait oublier tout ce qu'elle avait vécu loin de lui? Ignorait-elle qu'entre elle et Laugier, Étienne était l'ambassadeur des puissances ennemies? Celui qui a faim, qui a soif, qui a sommeil, celui qui a besoin de caresses et de pardons, celui qui vous enchaîne à des devoirs absurdes, celui qui vous dit votre âge? Germain Laugier, lui, détestait le petit Étienne. Dans l'auto, il avait, à plusieurs reprises, ravalé des paroles furieuses. Mais alors, Édith lui adressait un sourire ou lui posait la main sur le genou. Et il oubliait ses griefs pour un instant. Maintenant, Édith et Étienne faisaient des grâces chez les parents Clavet. On agitait des potins de famille. On déplorait le divorce. « Mais c'était plus sage, bien sûr! » Germain Laugier se divertit à imaginer cette scène grotesque, dans un vieux salon encombré de bibelots poussiéreux. Un sourire erra sur ses lèvres. Les dames en noir, ayant englouti leurs meringues et tamponné leurs bouches avec de fins mouchoirs, le regardèrent droit dans les yeux et se levèrent. Il resta seul. De nouveau, il lorgna sa montre : quatre heures moins le quart. Que faisait-elle? L'avait-on retenue? Essayait-on de la convaincre? Un rayon de soleil s'alluma, s'éteignit, s'alluma encore sur le parquet ciré. Un autocar passa, ébranlant les vitres. Puis, le carillon de la porte tinta joyeusement. Et le rideau en perles s'ouvrit sur la silhouette attendue.

– Je suis en retard! s'écria Édith. Ils m'ont posé tant de questions! Sortons vite. Il faut profiter du soleil.

Elle était essoufflée, rieuse. Dans la rue, elle prit le bras de Laugier.

– Tu ne crains pas qu'on te reconnaisse? dit-il.

Elle secoua la tête :

– Mais non. Et puis, quelle importance? Je suis libre, presque libre, bientôt libre. Mes beaux-parents ont reçu une lettre de l'avocat. Je t'en parlerai plus tard...

Ils traversèrent la rue du Connétable et débouchèrent sur le vaste champ de courses, vert, plat et pelé. En face, derrière les tribunes, commençait la forêt touffue. À gauche, s'alignaient les immenses écuries de Condé, couronnées par l'envol de trois chevaux rétifs. Et, plus loin, derrière des vallonnements herbeux et des zigzags de barrières blanches, le château de Chantilly, avec ses rampes, ses tourelles, ses terrasses, ses canaux, ses jardins, flottait comme un mirage d'eau, d'ardoise et de pierre blonde. Germain Laugier et Édith s'étaient arrêtés au centre de la pelouse et regardaient vibrer devant eux cette architecture limpide. Un vent large les souffletait en plein dos et les collait l'un à l'autre. Une même joie activait la circulation de leur sang.

– J'aime ce paysage, dit Édith. Ce terrain plat, ce bois sauvage et, au fond, ce château qui n'a pas l'air vrai. Combien de fois ai-je rêvé à cette place!

– Tu as vécu à Chantilly?

– La première année après mon mariage. Et puis, nous sommes partis pour Casa.

Il se rembrunit :

– Que fait-on? Le parc? La forêt?

– La forêt, dit-elle. Allons aux étangs de Commelles, au château de la Reine-Blanche.

– C'est loin.

– J'ai tout le temps. Étienne est en bonne compagnie. Il suffit que je rentre pour le dîner. Et toi?

– J'ai prévenu Alice que je ne serais pas de retour avant la nuit.

– Bravo!

Elle riait, cinglée par la bourrasque, les yeux plissés, les narines ouvertes. Un ciel d'avril, bleu pervenche et gris, imbibé de soleil, échevelé de nuages actifs, se déployait derrière elle. Germain Laugier l'admira d'être si bien plantée dans le paysage, avec sa veste en daim noir, sa jupe en tweed, ses cheveux libres.

– Ils t'ont laissée partir sans difficulté? demanda-t-il.

– Mais oui.

– Ils n'ont pas trouvé étrange que tu les quittes une heure après ton arrivée?

– Mais non. J'ai dit que j'avais rendez-vous avec le monsieur qui nous avait déposés en auto devant leur villa...

– Et cela leur a semblé naturel?

– Pourquoi pas?

– Drôle de famille! grommela-t-il.

Le visage d'Édith s'éclaira d'un sourire que, sans doute, elle n'avait pas su réprimer. Il parut à Germain Laugier que ce sourire était la marque d'un secret profond. Or, il n'admettait pas qu'Édith pût lui cacher quelque chose.

– Vous aviez bien des souvenirs à échanger sans doute, toi et tes beaux-parents?

– Pas tant que ça.

L'intonation était mystérieuse. Il chercha le regard d'Édith qui fuyait le long de la plaine. Il dit :

– Ils ont sûrement essayé de te raisonner?

– Il y a longtemps qu'ils y ont renoncé.

– Longtemps? Mais tu les revois pour la première fois.

– Penses-tu! À Paris, ils venaient me rendre visite, chaque jour, depuis mon arrivée.

– Tu ne me l'as jamais dit.

– Je ne savais pas que cela t'intéressait.

– Tu as même prétendu que tu allais à Chantilly pour les retrouver après des années d'absence.

Elle battit des paupières et dit :

– Marchons. Il fait froid.

Ils avancèrent à longues enjambées vers la forêt. Mais, tout en marchant, Germain Laugier poursuivait son idée. Il voulait comprendre cette femme, la ravir aux autres, la dominer.

– Tu m'as donc menti, reprit-il.

– Oh! Djéry! s'écria-t-elle.

Ses prunelles devinrent rêveuses, puis brillèrent à nouveau d'une lueur de joie.

– J'avais peur de te faire de la peine en te parlant de leurs visites, dit-elle. Je pensais que cela valait mieux. Me suis-je trompée?

Il ne sut que répondre, se troubla et donna un coup de pied dans une motte de terre.

– Tout ça c'est le passé, dit-elle encore. Si nous voulons l'oublier, il faut l'évoquer le moins souvent possible.

– Mais eux, dit-il, eux l'évoquent devant toi! Ils plaident la cause de leur fils. Ils s'efforcent de t'embobiner.

– Pas du tout. Leur fils compte se remarier avec une fille très riche de Casa. Un parti splendide. Ils en sont ravis. Ils souhaiteraient même hâter le divorce...

– Pourquoi m'as-tu dit alors qu'ils avaient « renoncé » à te convaincre?

– J'ai dit ça?

– Il y a cinq minutes à peine.

– Eh bien! je me suis mal exprimée. Ils sont d'accord. Tout le monde est d'accord. Mon mari, mes parents, mes beaux-parents, moi-même. Le seul ennui, c'est Étienne. J'aimerais le garder.

– Et pourtant, tu l'amènes chez tes beaux-parents?

– Qu'est-ce que ça fait? Je dois les ménager, n'est-ce pas?...

Germain Laugier haussa les épaules.

– Mon opinion, dit-il, est que ton avocat fait traîner les choses. J'ai des relations importantes à Casa. Avec quelques interventions bien choisies, quelques gratifications bien distribuées, tu devrais être libre à l'heure qu'il est. Veux-tu que je m'occupe de l'affaire?

Elle sembla effrayée :

– Non, non, ne te mêle de rien. Mon avocat est un garçon remarquable. J'ai confiance en lui. Laisse la procédure suivre son cours.

Il n'osa plus insister. Il avait l'impression désagréable d'être englué dans un réseau de mensonges. Plus il questionnait Édith, et moins il pouvait la comprendre. Il la devinait entourée de soucis personnels. Des inconnus passaient dans sa vie. Des obligations la liaient à des noms d'hommes et de villes. Des espoirs clandestins allumaient ou éteignaient ses yeux. Un instant, elle paraissait vraie, entière, intacte, et puis, de nouveau, les lignes se brouillaient, et il se retrouvait devant une étrangère.

– Tu as une vie bien compliquée, dit-il.

– Tout le monde. Toi-même, sans doute...

– Non.

– Tu crois ça, dit-elle avec une grimace coquette. Mais si tu savais combien de questions je me pose à ton sujet!

– Par exemple!

– Aime-t-il toujours ceci? Pense-t-il toujours cela? Ferait-il tel geste si je lui disais telle parole?

Il se mit à rire, heureux de voir à quel point il l'intriguait encore :

– Tu exagères!

– Mais non. Tout le temps je suis sur le qui-vive. Je cherche les ressemblances, les dissemblances entre toi et le souvenir que j'ai gardé de toi. Tiens, aujourd'hui même, je me demandais : « Aimera-t-il encore se promener, comme autrefois, ou, plus casanier, préférera-t-il rester dans une pâtisserie? »

– J'ai préféré me promener.

– Merci, dit-elle en baissant les yeux.

Ils pénétrèrent dans la forêt, et les premiers feuillages versèrent à leur front une ombre verte et mouvante.

– Tu sens? dit-elle. La forêt. La terre rajeunie. C'est bon.

Un moment, ils furent assourdis par le pépiement innombrable des oiseaux dans les branches. Puis, tout se tut. Et leur pas prit possession du silence. Ils marchaient côte à côte, dans un sentier. Au-dessus de leurs têtes, se balançait une nef de bourgeons drus et de feuilles jaunes, à peine dépliées. Le ciel apparaissait très loin, derrière le bercement de ces hautes masses forestières. Les troncs étaient luisants de la dernière pluie. Des ronces pourpres, tachées de boue, s'accrochaient aux jambes des promeneurs. Dans une clairière à la terre rousse, semée de copeaux, gisait le cadavre d'un grand arbre écorcé. Ils traversèrent une route de sable fin et s'enfoncèrent dans les taillis qui fleuraient la mousse humide, le bois blessé, la résine. Ils ne parlaient plus guère, car ils étaient conquis par la majesté glauque des lieux. Germain Laugier tenait une branche morte à la main et en fouettait les herbes au passage. Il se sentait grandi par son entrée dans ce royaume sylvestre. Peu à peu, l'envahissait, en face de ces arbres, de ces feuillages nombreux, la certitude d'une solidarité physique avec la nature. Il n'était plus Germain Laugier, le directeur des chaussures Bosco, mais un adolescent nourri par la sève et les murmures du bois. Il admirait la vigueur de ses jambes, la sûreté de son pas, le jeu de son souffle puissant au creux de sa poitrine. Il se croyait capable d'abattre un chêne, de tuer une bête nuisible, d'allumer un feu de campement et de protéger Édith contre les dangers de la nuit. Il cria et l'écho répéta, très loin, les paroles qu'il avait formées. Édith courut en avant, cueillit une herbe et la suça, les yeux clignés, les lèvres minces. Elle aussi bénéficiait de cette consécration. Entre elle et les mensonges quotidiens, s'interposaient ces rideaux de frondaisons et de silences. Loin des hommes, loin des maisons, son visage prenait une beauté nouvelle. À l'abri des regards, elle devenait elle-même.

– Comme nous sommes purs! murmura Laugier. Ici seulement, il me semble que je te retrouve.

Elle se planta devant lui, les mains nouées derrière le dos, la face dressée :

– Je n'ai pas changé, n'est-ce pas?

– Non.

– Je suis toujours jeune, sauvage, insouciante?

– Oui.

Elle dit plus bas :

– Je ne connais rien des hommes. Je ne sais pas comment c'est, un homme. Tu m'apprendras.

Elle se remit à courir. Il la rattrapa, la saisit par la taille. Elle se débattait, hors d'haleine. Elle le mordit au poignet :

– Laisse-moi, brute... Autrefois, il y avait des couples qui venaient ici, dans cette clairière, et ils faisaient l'amour tous ensemble.

– D'où le sais-tu?

– On me l'a dit.

Il la repoussa :

– Et ça t'amuse?

– Ça y est! gémit-elle. J'ai déchiré mes bas. Marchons. C'est encore loin le château de la Reine-Blanche!

Il la suivit, tête basse, le souffle court :

– Édith, dit-il, je ne te comprends pas. Tout à coup, tu m'échappes...

– Et ça t'ennuie?

– Bien sûr. Tu es venue ici avec ton mari?

Aussitôt, il regretta sa question. Elle le toisait d'un air surpris, méchamment.

– Oui, dit-elle.

– Ici même?

– Peut-être...

Puis, elle s'écria :

– Tout cela est sans importance. Ai-je un mari? As-tu une femme?

Un oiseau passa devant eux, comme un jet de pierre. Les feuillages frémirent. Germain Laugier enlaça les épaules d'Édith et ils reprirent leur marche silencieusement. Mais, bientôt, elle se prétendit fatiguée et s'assit sur un tronc d'arbre abattu en travers du chemin. Son visage était pâle et las. Un cerne mauve entourait ses paupières.

– J'ai froid, dit-elle.

– Tu veux rentrer?

– Je ne sais pas.

Il feignit une allégresse narquoise :

– Quelle mauviette! Au bout de quelques pas, elle vacille. Prends exemple sur moi.

Il était fier de sa force inaltérable. Il bomba le torse, aspira l'air à pleins poumons. Enfin, il ramassa un caillou et le lança par jeu contre une grosse racine tordue. Le caillou rebondit plus loin.

– Tu as vu? dit-il.

Le regard qu'elle lui adressa n'exprimait nulle admiration, mais une pitié, une mélancolie atroces. Il comprit que des pensées graves la visitaient et troublaient son repos. Ému, maladroit, il se pencha vers elle :

– Qu'as-tu?

– Mais rien.

– Si, si, tu as quelque chose et tu me caches ton sentiment.

Elle l'écarta des deux mains :

– Laisse-moi, je suis énervée!

Des pas se rapprochaient. Deux gamins en guenilles parurent, qui portaient des sacs sur leurs dos. L'un d'eux s'arrêta, tourna vers Édith sa face plissée et sale.

– Les amoureux s'en vont par deux! cria-t-il.

Et il détala, suivi de son compagnon qui traînait la patte. Leur rire s'éteignit dans les futaies.

Édith se levait, défripait sa jupe. À ses pieds, elle aperçut des écorces d'oranges :

– D'autres sont venus ici, dit-elle. On croit toujours être le premier, découvrir une place vierge. Et puis on voit des épluchures d'oranges, des boîtes de sardines, des journaux. L'endroit est fréquenté, marqué. On n'est plus qu'un parmi les autres.

– Pourquoi dis-tu cela?

– Tu cherches toujours un sens à mes moindres propos.

Elle s'étira :

– N'allons pas aux étangs. Il y aura du monde. Partout, il y a du monde.

Une bourrasque de vent inclina les feuillages. La lumière s'éteignit derrière les rideaux de verdure dansante. Quelques gouttes de pluie tombèrent sur la main de Germain Laugier.

– Quelle heure est-il? demanda Édith.

– Six heures moins le quart.

Ils rebroussèrent chemin sans s'être concertés. Germain Laugier était désappointé par l'issue de cette promenade dont il s'était promis tant de joie. Et, secrètement, il accusait Édith de lui avoir gâché sa journée. Qu'avait-elle à toujours se dérober, s'attrister et s'exalter sans cause? Pourquoi n'était-elle pas aussi simple que lorsqu'il l'avait connue? La pluie, au-dessus d'eux, redoublait de violence. Les feuilles résonnaient sourdement. Les troncs craquaient. Des ruissellements profonds s'infiltraient à travers l'épaisseur de l'écorce et des mousses. Parfois, les ramures secouées laissaient passer une averse fraîche et pointue, qui crépitait sur le sol. À l'orée du bois, ils découvrirent le champ de courses, nu et gris, labouré de flèches d'argent. Le ciel bas charriait des nuages qui ondulaient comme des éponges sous l'eau.

– Ils doivent être inquiets à la maison, dit Édith. Pourvu qu'Étienne ne soit pas sorti!

Elle retira sa veste de daim et l'ajusta en capuchon sur sa tête. Germain Laugier releva son col et roula les bords de son pantalon. Ils foncèrent dans l'espace libre. La pluie lavait leur visage, coulait dans leur nuque, glaçait leur dos. Leurs pieds s'enfonçaient dans la terre molle. Édith cria :

– C'est affreux, je me tords la cheville!

Ils s'arrêtèrent. La route était proche. Germain Laugier offrit d'amener son auto. Ils s'y mettraient à l'abri, le temps de l'averse. Édith, les cheveux collés, la bouche molle, accepta tout ce qu'on lui proposait. Il repartit, en courant, vers les maisons, tandis qu'elle retournait se cacher sous les arbres. Lorsqu'il rejoignit sa voiture, parquée non loin de la pâtisserie, il était essoufflé au point que des nausées lui venaient à la bouche. L'auto démarra sous une pluie furieuse, longea le château, tourna au carrefour des Lions et ralentit à l'orée du bois, dans l'avenue de l'Aigle. Au bord de la route, Édith agitait les bras comme une naufragée. Germain Laugier la fit asseoir à côté de lui, toute grelottante et punie. Elle se tassait sur la banquette et cherchait de l'épaule la chaleur d'un corps amical. Elle murmurait :

– J'ai si froid... Mes bas sont déchirés... Et je dois avoir une tête... Ne me regarde pas...

Il la regarda et s'attendrit devant ce visage nu et fatigué. Les cheveux d'Édith sentaient l'herbe mouillée. Le fard débordait ses lèvres, ses paupières. Des gouttes d'eau tremblaient en perles dans ses sourcils. Elle était laide. Et c'était bien. Il se mit à rire :

– Je sais que je t'aime, dit-il, car tu me plais mieux lorsque tu ne peux pas plaire aux autres.

Elle ne comprit pas et lui jeta un coup d'œil inquiet :

– Je vais me repoudrer...

– Non, laisse... Écoute plutôt...

La pluie tambourinait sur le toit de l'auto. Des gouttes

lourdes s'écrasaient aux vitres et se diluaient en reflets d'argent. Germain Laugier actionna l'essuie-glace, et un triangle trouble et vibrant s'ouvrit devant leurs yeux. Ils virent de grands arbres gris, aux troncs de vapeur, aux feuillages de brume, un coin de route boueuse, un peu de ciel. Le mécanisme ronronnait doucement. Un calme bruit de larmes les isolait en plein centre du monde. L'orage éloignait les hommes. Ils étaient seuls, dans une barque ancrée sous l'averse, quelque part dans le monde et le temps.

– Quelle paix! murmura Édith. Je voudrais que le soleil ne revînt pas.

Puis, elle étouffa un bâillement avec le revers de sa main.

Tout à coup, Germain Laugier reçut le poids d'une tête sur son épaule. Il crut à une feinte. Mais non. Édith, recrue de fatigue, s'était bien assoupie à son côté, brusquement, comme une gamine qui a trop joué. Il chuchota :

– Édith, Édith...

Un petit grognement animal lui répondit. Il eut envie de rire :

– Ça par exemple!...

Un sentiment de triomphe gonflait son cœur. Il était fier de supporter et de protéger le sommeil de cette jeune femme lasse. Il rejoignait inconsciemment un rôle viril aussi vieux que la terre. Tous ses reproches, toutes ses appréhensions s'évanouissaient devant le spectacle de sa compagne endormie. Édith, muette, immobile, close, était livrée, pieds et poings liés, à sa légende. Elle redevenait la matière idéale des méditations. Elle ne pouvait plus, d'un geste ou d'un mot, détruire l'image qu'on se faisait d'elle. Germain Laugier se recula un peu pour qu'Édith allongeât ses jambes. Son épaule, son bras étaient engourdis par la pose, mais il n'en avait cure. Il lui plaisait de souffrir, alors qu'Édith s'abandonnait au rêve. D'une main prudente, il arrêta l'essuie-glace. Et la pluie seule bourdonna autour d'eux. Comment avait-il pu mettre en doute la valeur de leur attachement réciproque? Quelques allusions au passé, quelques phrases à double sens, n'en fallait-il pas plus pour qu'Édith devînt un objet de défiance? Était-il si faible que le moindre malentendu suffît à menacer sa joie? Édith reposait là, contre lui, de tout son poids, de toute sa tendresse. Couchée auprès de lui, après le plaisir, dans un lit saccagé, elle aurait eu cette même figure. Déjà, elle lui appartenait. D'un corps à l'autre, d'une âme à l'autre, se faisaient les premiers échanges. Il se pencha vers Édith et baisa légèrement ses cheveux humides, son front lisse et trop chaud. « Elle a un peu la fièvre. Et moi qui la harcelais de questions énervantes! » Il se jura d'être plus tolérant avec elle. Vraiment, il lui assignait un rôle périlleux. À quoi bon se leurrer davantage? Le mariage, la vie en commun, la maternité, les responsabilités matérielles avaient transformé Édith. Son corps et son visage avaient résisté aux épreuves du temps, alors qu'intérieurement s'opéraient des relèves essentielles. Mais il devait lui savoir gré d'être demeurée si charmante, malgré tout ce qui la poussait à une plus complète trahison. Car, même ainsi, elle était charmante. Et faite pour lui. Il le savait.

Elle remua la tête, et un flot de tendresse noya le cœur de Germain Laugier. Pour se consacrer à cet amour, il était prêt à sacrifier sa carrière, ses habitudes, ses amitiés. Il divorcerait. Il épouserait Édith. La vision d'Alice, immolée, larmoyante, ne l'arrêtait pas dans sa décision. Chacun était sur terre pour chercher et défendre son bonheur propre. Seuls accomplissaient pleinement leur mission ceux qui restaient insensibles à la prière des autres. Céder aux autres, par compassion ou par devoir, c'était se tromper soi-même. La pensée l'effleura qu'il lui faudrait, ce soir, rentrer à la maison, retrouver une Alice convalescente, jaune et triste, une Hortense qui grognait parce qu'elle avait trop de travail.

Ce décor, ces personnages qui avaient été si longtemps au centre de sa vie, il les répudiait aujourd'hui pour d'autres lieux, pour un autre visage. Les valeurs changeaient de main. Les perspectives se déplaçaient.

Édith soupira, ouvrit les yeux :

– J'ai dormi?

– À peine.

– Et tu m'as regardée dormir?

– Oui.

Elle paraissait inquiète :

– Je me méfie.

– De quoi?

– Quand on dort, on a parfois un visage si étrange... Comme si on allait tout dire...

– Il y a longtemps que je sais tout de toi.

Elle sourit :

– C'est vrai?

Ils demeurèrent un instant silencieux, enlacés, réconciliés par la tiédeur de l'auto et le chant de la pluie. Enfin, elle émergea de sa torpeur, les prunelles vagues. Elle dit :

– Il faut songer au retour. On m'attend...

Il fit la grimace. Édith se mit à rire :

– Je te téléphonerai dès demain au bureau.

– C'est long jusqu'à demain.

– Et toute la nuit je penserai à toi.

– Ce n'est pas long, une nuit.

Elle rougit un peu. Ses cils battirent vite sur ses yeux verts et profonds :

– Bientôt, bientôt, il n'y aura plus rien pour nous séparer.

Il embraya d'un geste brusque, et l'auto démarra dans l'avenue toute fumante d'eau.

Quelques instants plus tard, il déposait Édith devant la villa des Clavet. Le cœur serré, il la regarda courir dans l'allée qui menait au perron d'honneur. Les vitres de la maison étaient allumées. Des ombres passaient sur la transparence mordorée des rideaux.

L'auto roulait à travers la forêt sombre et ruisselante. La clarté blanche des phares soulevait les arbres l'un après l'autre, les faisait tournoyer sur eux-mêmes et les rejetait, noirs et cassés, dans l'ombre. Des masses de feuillages surgissaient dans la vitre et s'envolaient soudain, bruissants et roussis, vers le ciel invisible. Des ronces bondissaient au bord du chemin et retombaient, fauchées de lumière, vers le néant. L'essuie-glace déplaçait de grosses larmes irisées sur ce paysage de troncs luisants, de mousses haillonneuses et de boue grise. Et Germain Laugier se sentait pénétré de dévotion devant ce bois enchanté qui s'égouttait sur son passage en perles blanches, brunes et vertes. La voiture gardait encore le parfum d'Édith, mêlé à l'odeur fade de cuir. Le moteur ronflait doucement. Le volant était souple à la main. Les ressorts amortissaient les cahots de la route. Au carrefour de la Table, Germain Laugier prit la direction des étangs, en descente, à travers des dentelles de feuillages légers. Tout en observant la voie phosphorescente ouverte devant lui, il ne cessait de penser à Édith, à l'après-midi qu'il avait passée auprès d'elle, et à la longue vie heureuse qui les attendait. Il suscitait l'image d'une pauvre figure, lavée par l'eau du ciel, avec un nez rose, et des yeux rétrécis de sommeil. Il s'attendrissait sur de petits pieds glacés et humides. (« Pourvu qu'elle ne prenne pas froid! ») Il désirait follement les réchauffer dans ses mains. Une bonne robe de chambre. Un grog. Des pantoufles fourrées. D'autres avaient eu le privilège de ces soins. D'autres. Toujours d'autres.

L'auto patina dans un virage et s'engagea sur la route circulaire des étangs. L'eau grise bouillonnait sous la pluie. Au ciel rayonnait encore, parmi de sombres combats, un crépuscule de soufre et de cendre. Très loin, sur le miroir obscur des étangs, le château de la Reine-Blanche dressait sa silhouette gothique étouffée de vapeurs : le but de leur promenade qu'ils n'avaient pas atteint. Germain Laugier pressa sur l'accélérateur, dépassa le château, le déversoir, et fonça sous le viaduc de Thève. Le bruit soyeux de la vitesse, le murmure familier du moteur l'incitaient à la rêverie. Les idées se succédaient en lui, déliées et faciles. Sans doute, à cette minute même, Édith était-elle en train d'évoquer son visage, de prononcer son nom. Elle, dans cette maison étrangère, parmi ces gens qui ne la comprenaient pas. Lui, filant seul, en auto, sur cette grande voie noire et blanche. Tant de distance entre eux. Tant d'arbres, de marais, de champs et de silence. Mais, un jour, ils triompheraient de l'espace comme ils avaient triomphé du temps.

En débouchant sur la route nationale, Germain Laugier dut freiner brutalement pour éviter une auto, lancée à vive allure, et dont les phares l'aveuglèrent un instant. Le péril passé, il comprit qu'il avait eu peur. « Un accident! Ce serait trop bête, maintenant. » Il repartit avec une prudence nouvelle. Des voitures le doublèrent. Autrefois, il ne l'aurait pas admis. Ce soir, il laissait faire. La pluie s'était arrêtée. Quelques étoiles brillèrent dans la trouée des nuages. Germain Laugier baissa la vitre de la portière. Un air vif lui gifla la joue. Il s'arrêta au Mesnil-Aubry pour acheter des cigarettes et boire un verre de rhum. Ses vêtements avaient séché sur lui. Mais il n'avait pas froid. Il se sentait bien. Il remonta dans sa voiture et repartit, engourdi, inconscient, comme pour un voyage sans fin.

16

LA SEMAINE qui suivit fut, pour Germain Laugier, pleine d'exaltations et de désespoirs stériles. Édith lui téléphonait chaque jour de Chantilly, mais ni l'un ni l'autre ne pouvaient parler librement, car lui était à son bureau, attendait ou recevait des visites, et elle craignait d'être interrompue par l'arrivée de ses beaux-parents. À plusieurs reprises, il lui avait dit son intention de venir passer une après-midi auprès d'elle. Mais elle s'était toujours opposée à son projet. Elle prétendait avoir besoin de vivre quelque temps dans une solitude totale pour régler ses affaires et liquider tout ce qui la rattachait encore à son mari. Il lui fallait une cure d'isolement avant d'être à nouveau digne de Germain Laugier. Au nom de leurs souvenirs, elle le suppliait de ne pas enfreindre cette discipline. En vérité, il la soupçonnait de consacrer ses loisirs à un sévère examen de conscience. Et il redoutait les résultats de cette introspection à laquelle elle s'appliquait loin de lui. N'étant pas à ses côtés pour plaider la cause de leur amour, il inventait des dangers subtils, des pressions diplomatiques, des mouvements tournants exécutés par la famille autour de la jeune femme. Il exprimait ses appréhensions dans de longues lettres folles qu'il se contraignait à ne jamais relire. Et elle lui répondait en se moquant de lui avec gentillesse et en lui soumettant, pour le rassurer, des emplois du temps qui eussent attendri les parents d'une pensionnaire. Cette correspondance amoureuse ravissait le cœur de Germain Laugier. Après l'heure du courrier matinal, il était détendu, optimiste, conciliant. Mais, dès le début de l'après-midi, les doutes et les colères ne le laissaient plus en repos. Il comptait les heures. Il s'achetait des cravates par désœuvrement. Ou bien, brusquement, il quittait le bureau, la mine égarée, et courait commander un panier de fleurs pour Mme Clavet, à Chantilly. Il songea aussi qu'il était indispensable de louer une garçonnière. Le *Royal Artois*, c'était bon pour une première entrevue. Mais après... Il consulta des agences, explora des locaux sordides et finit par retenir un studio meublé, rue des Dardanelles. Le studio était propre, repeint de frais, ciré de neuf, avec un grand canapé drapé d'une tapisserie chleuh, des fauteuils en peau de chèvre, des tablettes incrustées de nacre et une salle de bains rose bonbon. De temps en temps, Germain Laugier allait rendre visite à son nouveau logis pour l'aérer et y porter des objets de toilette et des livres. Le bureau ne l'occupait plus guère. L'échec de son rapport sur l'usine Verzon lui semblait un prétexte suffisant pour renoncer à toute initiative personnelle. Il signait le courrier, recevait quelques clients de marque et s'éclipsait bientôt en priant Seuriet d'expédier les affaires courantes. À sa femme, pourtant, il déclarait qu'il était surchargé de besogne et que la présence à Paris de quelques gros acheteurs hollandais l'obligeait à s'absenter le soir, après dîner, pour discuter de questions commerciales importantes. Alice étant à peu près remise de son angine, il avait moins de scrupule à la laisser seule devant un tricot ou un livre. Il ne la rencontrait plus qu'aux heures des repas, et ce bref tête-à-tête lui était déjà un supplice. Tout en elle l'irritait. Sa pâleur, sa faiblesse, son regard humble. Il lui tenait rigueur d'ignorer le drame qui se jouait auprès d'elle et dont, tôt ou tard, elle subirait les conséquences. Il la méprisait de ne pas savoir discerner en lui un personnage nouveau, chargé de passions menaçantes. Parfois, l'envie le prenait, à la voir si calme, de lui crier la vérité en face. Il avait besoin de rompre ce mensonge pacifique, de proclamer son amour, de dire, de répéter, de hurler le nom d'Édith, que des conventions absurdes le forçaient à taire, alors qu'il lui brûlait les lèvres. Il abrégeait le repas, sortait dans la rue et marchait sans but, jusqu'à l'épuisement. Un cinéma, un café l'accueillaient, et il regardait l'écran, buvait de l'alcool, avec un sentiment de distraction supérieure. L'idée ne lui venait plus de retrouver Bourdieu. Il le jugeait passé à l'ennemi, pourri de préjugés, infréquentable. Quant à Gèvres, Alice, à peine rétablie, avait voulu l'inviter à dîner chez eux. Mais Laugier l'avait priée d'ajourner cette réunion dont la perspective ne l'amusait guère. Il était trop absorbé par sa propre aventure pour s'intéresser encore aux travaux du jeune sculpteur. La statue de l'*Acrobate* avait été moulée et expédiée au Salon dans les délais prévus. Le jury allait s'assembler dans quelques jours pour choisir les œuvres dignes d'être exposées. Tout était en règle de ce côté-là. On verrait, après le vernissage, à offrir un petit souper en l'honneur du gamin. Donc, ni Bourdieu, ni Gèvres. Mais qui alors? Il s'étonna de n'avoir pas d'amis et de souffrir si peu de la solitude.

Dix jours passèrent avec une lenteur désespérante. Alice engagea une nouvelle bonne. Hortense se plaignit de varices. Poucette découcha. Un matin, en prenant son petit déjeuner, Germain Laugier ouvrit le journal et vit avec stupeur que la photo de Marie s'étalait en première page, sous un titre en caractères gras : *Un meurtre énigmatique.*

Il parcourut l'article fiévreusement. Le cadavre de la malheureuse avait été découvert la veille, dans un wagon du métro. Elle avait été tuée d'un coup de poignard dans le cou. Les phrases du journaliste dansaient devant les yeux de Germain Laugier : *La jeune morte... Un mince filet de sang coulait sur sa joue... Ses cheveux dénoués... La pâleur de son front... Ses vêtements simples et propres... Auprès d'elle, on ramassa un volume de vers :* La Légende des siècles... *La police poursuit activement ses recherches...* Il tendit le journal à sa femme. Alice poussa un cri et devint toute blanche.

– Nous aurions dû prévenir la police, comme je le disais, pendant que ce type rôdait encore sous nos fenêtres...

– Sais-tu seulement si c'est lui le coupable?

– La pauvre, la pauvre, geignait Alice. Et c'est notre faute!

Puis, elle appela Hortense et toutes deux commentèrent l'événement avec horreur. Une fille si bien, si travailleuse. Mais elle lisait trop. Et cet homme l'avait ensorcelée. C'était un démon pour sûr, un sadique. Désormais, il faudrait bien verrouiller les portes.

Ces lamentations exaspéraient Germain Laugier. Lui aussi se sentait nerveux et quelque peu responsable. Le matin même, il se rendit à la préfecture de police pour dicter sa déposition. Il apprit qu'on venait d'arrêter un dénommé Zucco qui avait fait des aveux complets. Cette nouvelle apaisa ses scrupules. En arrivant au bureau, après sa conversation avec les inspecteurs, il trouva sur sa table une lettre d'Édith. Elle lui annonçait son retour pour le surlendemain 20 avril, et lui donnait rendez-vous, ce jour-là, vers trois heures, au bar de l'hôtel *Sheffield* : *Toute mon après-midi est libre. Nous ferons ce que tu voudras.* Il comprit qu'elle pensait au *Royal Artois,* et une bouffée d'orgueil dilata sa poitrine. Il avait oublié Marie, Zucco, les journaux, la police. Il se mit au travail avec un plaisir renouvelé. Les questions qui, la veille encore, lui paraissaient odieuses, éveillaient sa curiosité et sollicitaient sa décision. Il réclama le dossier de l'usine Verzon, donna des coups de téléphone, morigéna des fournisseurs et s'accorda l'illusion d'être un grand personnage. Au déjeuner, il taquina aimablement Alice qui était obsédée par la mort tragique de sa femme de chambre et prétendait ne plus pouvoir manger. Puis, il alla visiter la garçonnière. Tout était en ordre. Il imagina des rencontres exubérantes dans ce cadre faussement marocain, parfuma les tentures avec un vaporisateur, aligna les franges d'une carpette, essaya les ressorts du divan, fit fonctionner les robinets de la baignoire, se traita de « veinard » devant la glace murale, s'ennuya un peu et retourna au bureau. Le soir, enfin, après un dîner de viande froide et de légumes, il prétexta une grande fatigue pour éviter toute conversation avec sa femme et se coucher tôt. Il dormit mal. Bien avant l'aube, un cauchemar l'assaillit et il se réveilla. Son pyjama était trempé. Il alluma la lampe de chevet et changea de linge. Alice reposait dans le lit, confiante, inutile. Il s'approcha de la fenêtre, souleva le rideau. Les volets n'étaient pas fermés. Le réverbère, sur le trottoir d'en face, éclairait une palissade en bois, couverte d'affiches multicolores. Mais Zucco n'était plus à son poste. Malgré lui, Germain Laugier revenait au souvenir de Marie, assassinée, la nuit, dans un wagon vide. Comme la veille, une gêne lâche l'envahit à cette seule pensée. Il ne se sentait plus très propre. Il avait honte. De quoi? Que lui était cette fille? Que lui était Zucco? Leur aventure ne le concernait pas. Elle était laide et banale, leur aventure. Elle puait la chambre mal tenue, le bistrot, la pluie, la sueur et le sang. Il eut froid et boutonna le col de son pyjama trop large. Ce coup de couteau. Cette agonie dans le fracas des roues. Ils s'aimaient aussi ces deux-là. À leur manière. Il aurait dû le comprendre, intervenir à temps, parler à cet homme, à cette femme...

– Non, ce n'était pas mon rôle. Je n'y suis pour rien.

Longtemps, il demeura ainsi, debout, frissonnant, dans la clarté douce de la lampe...

17

M. PASQUIER se leva pour signifier que l'entretien était clos :

– Un peu de courage, mon cher, dit-il encore en raccompagnant Gèvres jusqu'à la porte. La décision d'un jury n'a jamais tué personne. Vous êtes jeune. Le succès viendra...

Dans le vestibule, Maurice Gèvres sentit que le sol se dérobait sous lui. Il s'appuya d'une main à la cloison fraîche. M. Pasquier lissait sa forte barbe grise et souriait avec douceur. Une lumière bombée jouait sur son crâne d'ivoire. Son petit nez crochu était piqué de points bleus.

– Eh bien! Eh bien! murmura-t-il d'une voix lointaine. Vous n'allez pas vous trouver mal?

Maurice Gèvres regardait avec stupeur cet étranger au ventre dodu et au poitrail frappé d'une rosette rouge. Il ne comprenait pas ce qu'il était venu chercher auprès de M. Pasquier, ni pourquoi il hésitait à fuir cette antichambre où pendaient de longs manteaux noirs. Il remarqua, au mur, un calendrier ouvert à la date du 20 avril et devina qu'il ne pourrait plus en détacher les yeux. Le 20 avril. Il faisait bon ici. M. Pasquier était un homme aimable. Fallait-il vraiment le quitter? Il tenta un effort pour dominer cet engourdissement qui le retranchait du monde. Et sa détresse, brusquement, lui poignit le cœur. Dans un éclair, lui revinrent les paroles terribles que M. Pasquier avait prononcées. Ce fut une émotion si subite qu'il dut se retenir pour ne pas crier. Des larmes lui brouillèrent les yeux. Le visage barbu oscilla, devant lui, dans un faisceau de lames lumineuses. Maurice Gèvres chuchota :

– Ce n'est pas vrai?

– Hélas! dit M. Pasquier.

– Mais pourquoi m'ont-ils fait ça?

Un tic d'impatience brida les paupières de M. Pasquier. Il avait du travail. Ce jeune homme lui faisait perdre son temps.

– Mon cher, dit-il, je crois vous avoir fait comprendre que vous étiez la victime d'un combat d'influences. J'ai même poussé l'indiscrétion jusqu'à vous révéler le nom de votre détracteur.

– M. Trubaille?

– Lui-même. Que désirez-vous de plus?

Gèvres ouvrit la bouche d'un air stupide :

– Mais je ne l'ai jamais vu. Mais je ne lui ai rien fait...

– Je ne dis pas le contraire, soupira M. Pasquier. Seulement, comme je vous l'ai expliqué, Trubaille espérait imposer au jury l'œuvre de son ancien élève, une grande machine à prétentions cubistes. Je n'ai pas pu m'empêcher de donner mon avis sur ce piètre morceau de maçonnerie. Trubaille s'est piqué au jeu, et, quand votre tour est venu et que j'ai fait mine de vous soutenir...

– Il pouvait dénigrer mon *Acrobate* sans m'accuser, moi, sans me perdre!

M. Pasquier écarta les bras dans un geste d'impuissance polie :

– Il voulait à tout prix emporter la décision. C'est un orgueilleux, un impulsif, n'est-ce pas? Ah! il a été très fort! Il a traîné les jurés devant la statue. Il leur a montré des précisions plastiques soi-disant impossibles à obtenir par le modelage. Il a invoqué son honneur, l'honneur de la sculpture, de l'Art, du Salon et de la France. Il les a tous retournés. Quel diable d'homme!

– Et ils ont refusé l'*Acrobate,* dit Gèvres d'une voix blanche.

– En fin de séance, j'étais à peu près seul à le défendre.

– Ils m'ont traité de faussaire!

– N'exagérons rien.

– Ils vont le dire partout!

– Mais non! Et même s'il se produit quelques indiscrétions, c'est de la publicité gratuite. Songez que vous avez un devancier illustre. Rodin, pour son *Âge d'airain,* avait été accusé de moulage sur nature, lui aussi. Ça ne l'a pas empêché de réussir, il me semble? Ne vous laissez donc pas abattre par cette injustice provisoire. Prouvez-nous que vous êtes plus fort que les intrigues. Travaillez. Travaillez...

Maurice Gèvres se laissait docilement pousser vers la sortie. Sans doute, pour M. Pasquier, l'aventure de ce jeune confrère n'était pas tragique. Il en avait vu d'autres, M. Pasquier. Il ne croyait plus en rien, ni en personne. Même plus en lui-même. Même plus en la majesté suprême de l'Art. Il souriait de tout. Il était à l'aise dans la vie. À son doigt brillait une chevalière carrée. Il se passa la main dans la barbe :

– Voilà... Revenez me voir... Ne m'en veuillez pas d'avoir été le premier à vous annoncer la triste nouvelle... Vous serez avisé officiellement, bien sûr... Le Salon de l'année prochaine... Une œuvre de la veine de l'*Acrobate...* Ma sympathie... Mon estime... Vous direz à ce cher Bourdieu...

Ces paroles tombaient sur Maurice Gèvres comme une pluie d'eau tiède. Et il souffrait, bizarrement, de cette douceur, de cette gentillesse, de cette indifférence. À reculons, il gagna le palier. Puis, tout à coup, il tourna le dos à M. Pasquier et dévala les marches, trois par trois, comme un dément.

Dans la rue, il se mit à marcher, très vite, sans savoir

où il allait, ni quand finirait son épreuve. Les battements de son cœur se répercutaient douloureusement dans les artères de son cou. De sa bouche ouverte, s'échappait une longue plainte monotone. La fatigue lui brisait les reins. Il huma l'haleine d'une pâtisserie, buta contre un trottoir, bouscula un passant, demanda pardon. Des gens se retournaient sur lui. Il avisa un banc et s'assit, essoufflé, les coudes aux genoux. Ainsi, l'incroyable devenait vrai : le jury du Salon refusait l'*Acrobate,* sous prétexte qu'il s'agissait d'un moulage sur nature. Cette statue, à laquelle il avait consacré tant d'efforts, quelques vieux bonzes officiels la condamnaient du haut de leur nullité décorée. Parce qu'un certain Trubaille voulait tirer vengeance d'un certain Pasquier, des mois de patience et d'espoir se trouvaient perdus. L'*Acrobate* n'affronterait pas la foule. Il demeurerait à l'atelier. Il serait voué à l'oubli. À moins qu'il ne connût le mépris d'une critique féroce. Car la calomnie de Trubaille ferait tache d'huile. Moulage sur nature. Pensez donc! Du pain bénit pour les journalistes en mal de copie! Dire qu'il avait tant travaillé, tant aimé cette œuvre! Il se rappela les journées dures, la faim et le froid, les ricanements du gamin, et les nuits solitaires, avec le ciel couché contre les vitres, et les réveils, à l'aube, avec cette figure en terre glaise qui régnait sur l'atelier boueux. Il évoqua ses dégoûts, les mesures erronées, les tâtonnements dans la matière plastique et l'accord enfin obtenu de la lumière et de la forme. Comment les messieurs du jury n'avaient-ils pas senti la somme de souffrances qui aboutissait à cette seule statue? Comment n'avaient-ils pas deviné tout ce qu'elle représentait d'intelligence et d'abnégation? Étaient-ils incapables de distinguer le vrai du faux, le bon du mauvais? Ou se moquaient-ils de tout cela et ne songeaient-ils qu'à leurs préséances? C'était si facile d'accuser les autres d'imposture, quand on était soi-même un faux bonhomme, harnaché d'honneurs et privé de talent. Car on l'avait accusé d'imposture! Pour tous ces hommes, il était évident que le nommé Maurice Gèvres n'avait pas hésité à mouler son œuvre sur le corps même du modèle et à prétendre ensuite qu'elle était le fruit d'un labeur ardu. Pour tous ces hommes, le nommé Maurice Gèvres n'était pas un artiste, mais un faiseur. Un voleur de gloire. Dans un sursaut de révolte, Maurice Gèvres imaginait déjà des masses d'inconnus qui le montraient du doigt. Les journaux l'insultaient en première page avec des titres énormes. Alice elle-même se détournait de lui. Et ses parents? Que pensaient-ils, ses parents dans leur petite quincaillerie de Limoges? Il fuyait à perdre haleine, tout seul, le long des routes plates. Mais peut-être fallait-il s'arrêter et affronter la meute? Confondre Trubaille. Comment? Un procès. Une expertise. Le défilé des témoins. « Je l'ai vu au travail... Je peux affirmer... » Consulter un avocat. Non. Bourdieu, d'abord.

Il se leva péniblement. Ses jambes étaient lourdes. Une douleur lui traversait l'épaule gauche. Il mit un pied devant l'autre, chancela un peu. Puis, il regagna son banc et se rassit, la tête basse. Son énergie fuyait par une invisible blessure. Il eut peur. Pourquoi lui faisait-on si mal? Et soudain, il comprit tout, dans un éblouissement. La vieille Morelli. Elle lui avait jeté un sort. Dans son antre, où brûlaient des cigarettes roses, elle avait médité sa perte. Et les forces mauvaises se déchaînaient contre lui. Tout devenait clair, maintenant. C'était la Morelli qui avait incité Alice à venir voir l'*Acrobate*, alors que le mouleur dérobait la statue sous une couche de plâtre informe. C'était la Morelli qui avait provoqué la querelle entre Pasquier et Trubaille. C'était la Morelli qui avait ensorcelé les membres du jury et leur avait dicté cette sentence absurde. Elle était à l'origine du drame, cette femelle, sombre et mafflue. Elle commandait à des légions de diables secondaires. Elle finirait par avoir sa peau. Mais que tenter contre elle? L'univers était divisé. Noir et blanc. Ombre et lumière. Lui, sans nul doute, était le champion de l'altière pensée. Et les autres se liguaient contre lui pour l'empêcher d'accomplir son devoir. Chaque fois que surgissait un chef-d'œuvre, la Morelli abattait ses cartes, et des armées de nains hideux partaient en guerre contre la pureté. C'était les mêmes nains aux pattes louches qui avaient brûlé les œuvres de Vinci, détruit la bibliothèque d'Alexandrie, vilipendé Rodin. Ils traversaient les siècles sans changer d'âme, ni de visage. Ils étaient éternels par leur bêtise et leur méchanceté. Ils n'existaient au monde que pour empêcher l'homme de s'élever trop haut. Pour la majorité des chrétiens, le diable était cornu, fourchu, glorifié de vapeurs de soufre et accompagné de coups de cymbales. Or, ils se trompaient, les braves! Le mal n'avait pas ce masque tragique. Il se réfugiait sous les frisettes molles d'une Morelli, sous le chapeau rond d'un Trubaille. Il s'habillait en tireuse de cartes, en bourgeois, en artiste. Il sentait la soupe, le vin blanc, la cigarette froide. Le diable? Il passait là, dans cette rue, il poinçonnait des tickets de métro, il vendait des fromages, des chaussures, il lisait son journal au café, il avait femme et enfant, il était un contribuable ponctuel. Peut-être même allait-il à la messe! À quoi donc le reconnaissait-on? Eh! justement à cette absence de personnalité, à cet effacement papelard, à cette sottise trop humaine. Les agents de la Morelli étaient des apôtres du juste milieu, du confort matériel, de la denrée périssable, de l'épargne méticuleuse, de la prudence intellectuelle. Infiniment petits, ils niaient tout ce qui était grand. Tricheurs, ils voyaient la tricherie partout. Ratés, ils s'indignaient d'une réussite un peu exceptionnelle. Ah! s'il avait accepté le marché de la Morelli, s'il s'était avili jusqu'à coucher avec cette flasque matrone, s'il avait sali son corps et son âme au contact de cette pourriture vivante, tout le monde fût tombé d'accord pour célébrer ses vertus. Les membres du jury eussent proclamé à l'unanimité que son œuvre était excellente. Et l'argent du diable aurait gonflé ses poches. Mais il avait refusé cette offre méprisable, et les génies du mal le châtiaient d'être resté intact. À l'aide! Personne dans ce pays n'entendrait-il sa voix? Et dans le ciel? Que faisait Dieu dont il était l'ambassadeur? Pourquoi le laissait-il expirer sous les crachats et les huées de la populace? Et cette pancarte infamante qu'on avait clouée au-dessus de sa tête : « Imposteur », aucune foudre d'or ne la réduirait-elle en cendres, en fumée? Où étaient la justice, la raison, l'amour? Qui croire, que croire? La nuit, la terre ronde et dure, le silence. Mais peut-être fallait-il que toute haute pensée fût ainsi piétinée par la foule, pour renaître ensuite, plus belle d'avoir longtemps saigné? Le Christ triomphant, sauvé de la mort, aidé de trente-six miracles, n'eût pas éveillé la passion des hommes. Le monde aurait admiré, redouté cet athlète, ménager de son sang, rétif à la souffrance. Mais il n'eût pas communié en lui. En vérité, Dieu avait abandonné le Christ, car de ce martyr seul pouvait jaillir la foi. Et Dieu l'abandonnait, lui, Maurice Gèvres, car sa déchéance présente nourrirait sa renommée future. C'était la vieille règle. Pourtant, Maurice Gèvres ne voulait pas se résigner au supplice que lui proposait Dieu. Il n'avait pas été fait pour cette grande épreuve. Il était un homme. Rien qu'un homme. Il ne voyait pas au-delà de cet horizon de maisons, d'arbres et de visages. C'était là, c'était maintenant qu'il exigeait d'être heureux. Tant d'autres étaient heureux, qui ne méritaient pas de l'être!

Une nurse passait devant lui, traînant par la main une fillette rose et potelée. La fillette le regarda longuement, intensément, de ses yeux bleu pervenche :

– Venez donc, Élisabeth, dit la nurse d'un air mécontent.

Un balayeur de rues s'approcha de lui pour lui demander l'heure. Maurice Gèvres tira sa montre :

– Quatre heures cinq.

– Merci, monsieur, dit l'homme.

Et il toucha du doigt la visière vernie de sa casquette. Il avait une bonne tête à la peau brique et aux sourcils blonds. Son menton était fendu par le milieu. Maurice Gèvres l'aima, brusquement, de tout son cœur.

– Merci, monsieur.

La gentillesse de cet inconnu lui donnait envie de pleurer. Pourquoi tous les hommes n'étaient-ils pas aussi aimables que ce balayeur? De nouveau, il songea à Bourdieu et se reprocha de n'avoir encore rien tenté pour le rejoindre. Bourdieu pouvait le comprendre, l'aider. Il habitait loin, Bourdieu. Rien qu'à l'idée de se lever, de marcher, Maurice Gèvres se sentait envahi de fatigue. Il eût souhaité mourir sur place et se dissoudre dans le néant. Mais, comme un agent de police traversait la rue, il eut peur. N'allait-on pas l'arrêter? D'un effort soudain, il se dressa et se mit à courir vers la bouche du métro.

Bourdieu accueillit Maurice Gèvres par des bordées d'imprécations sonores. Il savait tout, déjà, par un copain du jury. Ah! c'était du propre! Pasquier s'était défendu comme une savate. Trubaille méritait d'être botté en place publique. Les autres ne valaient guère mieux. Une belle équipe, quoi! Il était insensé que des pouvoirs souverains fussent réunis entre les mains de ces incapables. C'était la mort de l'Art, la damnation des artistes. Bourdieu criait, la face cramoisie, les yeux saillants. Puis, il versa du vin rouge dans deux verres et força Maurice Gèvres à trinquer avec lui :

– Bois, mon petit vieux, ça te remettra.

Maurice Gèvres, assourdi par ces clameurs, étourdi par ces gestes, tentait en vain de penser et d'exprimer sa peine. Le vin rouge lui brûlait la gorge. Il dit enfin :

– Que dois-je faire?

– Les mépriser! vociféra Bourdieu. Et le plus possible!

– Pourtant, ils m'ont accusé de moulage sur nature. C'est de la diffamation, ça. Il faudrait que je puisse me justifier, intenter un procès.

Bourdieu posa une main sur l'épaule du jeune homme.

– C'est bon pour les marchands d'intenter des procès, dit-il. Tu n'es pas un marchand, tu es un artiste.

– Je ne sais plus, murmura Gèvres.

– Si, si, tu es un artiste. Un grand artiste. Supposons que tu intentes un procès contre Trubaille. Bon. L'affaire traînera pendant des années. Tu useras ton temps et tes nerfs à suivre la partie. Tu ne penseras plus qu'à cette misérable procédure. Tu négligeras ton métier. Des journalistes viendront t'interviewer, déformeront tes paroles, publieront ta photo. Tu bénéficieras d'une publicité assez vulgaire, qui te gagnera la sympathie des imbéciles et la méfiance des honnêtes gens. Tu seras, pour quelques mois, une personnalité bien parisienne. Et, pour toute ta vie, un raté. Est-ce là ce que tu souhaites?

– Mais l'injustice, l'injustice est là, dit Maurice Gèvres. Il faut la réparer, me laver de cette honte...

– Ce n'est pas un juge qui te lavera de cette honte.

– Et qui?

– Toi-même. Tu travailleras. Tu donneras, l'année prochaine, une œuvre de la même qualité que l'*Acrobate*. Et tes détracteurs deviendront tes amis. Je les connais, les bougres. Ils changent d'opinion comme de chaussettes...

– Travailler? dit Gèvres d'un air douloureux.

– Tu m'avais parlé d'un projet : un athlète au repos...

– C'est si loin. Je ne peux plus y penser. Cela me fait mal.

– Allons, allons, dit Bourdieu. Il faut te ressaisir, tu es jeune...

Les paroles mêmes de Pasquier. C'était drôle : les hommes mûrs acceptaient facilement la scélératesse de leurs semblables. Ils criaient un peu, pour la forme. Mais ils ne bougeaient pas. On eût dit qu'ils avaient perdu la faculté de s'indigner contre la mauvaise foi des autres. Comme si cette mauvaise foi eût été nécessaire à l'harmonie du monde. Comme si, contre cette mauvaise foi, toute révolte eût été illusoire. À quoi bon vivre dans un univers où le diable triomphait sans risques?

Bourdieu s'était assis en face de Gèvres et le regardait profondément dans les yeux :

– Tu es un gamin, dit-il. Tu penses des sottises. Tu crois encore que le bien est toujours récompensé et le mal puni sans excuses. La vie n'est pas l'illustration d'un livre de morale. La vie est plus étrange, plus belle que cela. Il faut lutter, s'affirmer, se tailler sa place. La persévérance, l'honnêteté finissent par vaincre...

– Quand?

– Un jour... je ne sais pas...

– Je ne veux pas triompher un jour. Je veux, dès maintenant, qu'on me donne mon dû. Je veux, aujourd'hui même, être heureux comme je le mérite.

– Quelle comptabilité!

– J'ai trop travaillé, j'ai trop souffert, j'ai le droit...

Maurice Gèvres dévisageait avec colère ce bon grand Bourdieu, qui sentait la sueur et le vin. À le voir si têtu, si pesant et si simple, le jeune homme n'espérait plus guère être compris de lui. Il avait l'impression de se trouver devant un mur. Il appelait, et sa voix lui revenait aux oreilles. Cependant, Bourdieu était un ami sincère. Mais il avait trop longtemps vécu parmi les hommes. Il avait appris à composer avec la malchance, l'iniquité, les fripouilleries quotidiennes.

– Moi, je ne pourrais pas...

À présent, pour distraire Maurice Gèvres, Bourdieu s'approchait de la grande figure en terre à laquelle il travaillait depuis quelques mois :

– Que dis-tu du ventre? J'ai l'impression qu'il faudra le soutenir un peu plus, si je veux le réaliser en marbre...

Maurice Gèvres détourna la tête. Il détestait cette statue froide et hautaine, et les autres qui l'entouraient. Ce peuple de cadavres lui soulevait le cœur. Tout cela était faux, prétentieux, inutile. La sculpture était un art condamné. Et dire qu'on se fatiguait les mains et l'esprit à modeler ces mannequins sinistres! Et dire qu'on dédiait sa vie à cet idéal de terre et de plâtre! Quelle farce!

– Là, tu vois, disait Bourdieu, je vais dessiner un peu le genou. Il plie mal...

Il donnait des détails, tout heureux de vivre et de travailler, de manger à sa faim et de faire de la bonne besogne.

– Le boulot console de tout, proclamait-il, avec un air de volupté égoïste.

Le boulot? Que resterait-il de ce « boulot » après la mort du sculpteur? La postérité rendrait hommage à l'abnégation de l'artiste. On placerait l'œuvre dans une grande salle fraîche où défileraient des touristes pressés. On imprimerait le nom de l'auteur dans des catalogues et des manuels scolaires. Et puis, un jour viendrait, où la terre, nettoyée des hommes et des bêtes, vide, glaciale et pure, tournerait dans l'espace et tout l'art du monde n'aurait servi à rien. Ah! l'essentiel n'était pas d'espérer une revanche auprès des générations futures, mais de jouir du soleil, de la chaleur, de la bonne chère, jusqu'à la limite des forces. Ce n'étaient pas les créations du cerveau, insensibles, durables, qu'il fallait aimer, mais tout ce qui était mortel, fugace et qui pouvait procurer du plaisir. L'art était à côté de la vie. Se consacrer à l'art, c'était renoncer aux douceurs de la vie.

– Quelle duperie! murmura Gèvres.

Tout son être tremblait si fort qu'il dut s'appuyer au dossier de la chaise. Des gouttes de sueur perlaient à son front et coulaient lentement sur ses joues. Quelque chose de très doux, de très fier, s'abîmait en lui, pour toujours. L'illusion d'un avenir meilleur, l'orgueil de servir une cause noble, la conscience de son talent : autant de formules dépassées. À la place de cette foi qui l'avait soutenu dans la lutte, il ne subsistait rien. Désemparé, trahi, malheureux, Maurice Gèvres s'étonnait d'exister encore. Bourdieu vint se planter devant lui :

– Bien entendu, tu dînes avec moi.

– Je ne peux pas, dit Gèvres précipitamment. J'ai une course à faire.

Et il se leva. Dans son désarroi, il se raccrochait à un dernier espoir : Alice. Il n'avait pas pensé à elle, tout d'abord. Mais, maintenant, il comprenait qu'elle seule saurait compatir à son infortune. Elle n'était pas comme Pasquier, comme Bourdieu, comme tous les artistes, enfermée dans un réseau de maximes. Elle n'invoquerait pas la dignité sacro-sainte de la sculpture, les vertus purificatrices du travail et le pardon des avanies. Elle jugerait son aventure en femme sensible et non en esthète. Elle souffrirait avec lui. Elle s'indignerait avec lui. Il ne serait plus seul enfin. Il l'aimait tellement pour son cœur simple, pour son visage calme et franc. Comme elle aurait de la peine! Comme ce serait bon de la voir pleurer! « Elle me sauvera. » Bourdieu considérait Gèvres d'un œil inquiet :

– Tu ne vas pas faire de bêtises?

– Non... non... Mais je voudrais vous demander...

Il se tut, effrayé de son audace. Puis, il acheva bravement :

– Je voudrais vous demander un peu d'argent, pour prendre un taxi.

– Un taxi? Tu es si pressé?

– Oui.

Maurice Gèvres allait ajouter : « Je vous rendrai ça bientôt », tant il s'était habitué à l'idée d'une prompte réussite. Il retint les mots au bord de ses lèvres. Il baissa la tête.

– Je vous le rendrai quand je pourrai, dit-il.

Bourdieu fouilla dans son portefeuille et lui tendit un billet de cent francs.

Ils arrêtèrent le taxi à l'angle de la rue d'Artois. Le chauffeur n'en finissait pas de rendre la monnaie.

– Cinq et cinq font dix, et dix font vingt...

Édith, debout sur le trottoir, inspectait les environs d'un œil inquiet. Elle serrait son manteau sur ses hanches, remontait son col en renard bleu, soupirait, malmenait l'asphalte à petits coups de talon rageurs.

– Est-ce bientôt terminé? dit-elle enfin. Quelle idée de prendre un taxi quand on veut passer inaperçus!

– De qui as-tu peur? demanda Germain Laugier.

– De personne... Enfin des amis, des connaissances...

– Est-ce que ça compte?

Elle sourit :

– Non. Tout de même, c'est ennuyeux...

Mentalement, il lui reprocha cette réponse. Autrefois, elle ne craignait pas de se compromettre en l'accompagnant à l'hôtel. Elle s'avançait crânement vers le *Royal Artois,* car elle était forte de son amour et de son innocence. Depuis, elle avait appris à redouter l'opinion publique et à défendre sa réputation. Oui, libre de toute entrave, Édith se gênait plus qu'à l'époque où elle dépendait d'une famille vigilante. N'ayant plus rien à sacrifier aux hommes, elle faisait des embarras dont se fût moquée la gamine prodigue et courageuse de jadis. Cette pudeur à retardement était bien étrange. D'autant que Germain Laugier la partageait un peu. Lui non plus n'était pas à son aise. Il donna un gros pourboire au chauffeur, avec l'arrière-pensée que cette générosité lui porterait chance pour la journée.

– Viens vite, dit Édith, après s'être assurée que le chauffeur ne les suivait pas des yeux.

Germain Laugier prit le bras de la jeune femme.

– On entre ensemble? dit-elle encore.

– Pourquoi pas?

– Ce ne serait pas plus prudent d'y aller séparément?

– Nous sommes toujours entrés ensemble.

– Tu as raison.

Elle lui jeta un vif regard et pressa le pas. Chaque enjambée les rapprochait de la grande porte en vitres dépolies. Et, de seconde en seconde, Germain Laugier se sentait plus faible et plus anxieux. Il avait si longtemps, si violemment, attendu cette joie, que, sur le point d'y goûter, il se découvrait vide et las, écœuré de douceur et d'angoisse. Ses jambes se dérobaient sous lui. Son cœur devenait minuscule. Il n'éprouvait presque plus de désir. Il observa Édith et vit qu'elle avait un visage pâle, tendu, des yeux de somnambule. Elle aussi savait l'importance capitale de cette rencontre. Un parfum d'héliotrope les enveloppa dès le seuil de l'hôtel. Hors des plantes vertes, surgit l'affreuse petite soubrette au visage bouffi, aux flasques espadrilles. Elle reconnut Laugier et lui fit un signe d'intelligence. Elle chuchota :

– Je vous remets bien, monsieur. Vous voyez que tout s'arrange... Je vous donne la chambre que vous aviez visitée? Chambre simple, je crois... Oui... oui...

Édith se tenait à l'écart, le nez enfoui dans son col.

– Si vous voulez me suivre, dit la bonne.

Dans l'escalier, Germain Laugier serra la main d'Édith à la dérobée. Tandis qu'il gravissait les marches, tendues d'une moquette beige, une peur solennelle s'élevait en lui. Édith espérait de lui un prodige. Il importait de ne la décevoir en rien : être tel qu'elle souhaitait qu'il fût, ne pas trahir d'un mot, d'un geste, d'un clignement de paupières, l'amant idéal dont elle avait nourri ses rêves. Le serait-il seulement, après tant d'années?

Arrivée au palier, la bonne fit sonner ses clefs et dit :

– Par ici, messieurs dames.

Ils s'engagèrent dans le couloir et Édith murmura :

– Comment avons-nous pu, autrefois?... Nous ne nous rendions compte de rien!...

Elle avait une mine offensée, distante. Elle respirait fort, par les narines. Germain Laugier pensa qu'elle était troublée par l'approche brutale du plaisir. Mais elle dit encore :

– Quel endroit!

Et elle remontait son col d'une main nerveuse.

La bonne ouvrit une porte et la fit battre contre le mur. Ce bruit sourd ébranla Germain Laugier jusqu'au ventre. Il tendit l'argent qu'il avait préparé :

– Voilà. Laissez-nous.

Puis, se tournant vers Édith, il ajouta d'une voix fautive :

– Veux-tu entrer, Édith?

La porte refermée, Germain Laugier inspecta les lieux d'un regard circulaire et les reconnut fidèles à ses souvenirs. Le papier moiré, le lit de cuivre, la glace, les estampes, la coiffeuse, rien ne manquait. Édith, de son côté, achevait le même inventaire et se réjouissait, elle aussi, visiblement, de cette restitution minutieuse des choses. Un sourire timide effleurait ses lèvres. Ses yeux prenaient de la profondeur.

– Tout est là, dit-elle. Et nous deux...

Il la contempla un instant, debout au milieu de la pièce, avec le grand lit ouvert derrière elle. Il avait peine à croire qu'elle lui fût enfin livrée, portes et fenêtres closes, comme autrefois. L'idée qu'il pût la recevoir dans ses bras, nue et chaude, lui faisait mal. Un respect funèbre tempérait son impatience. Il se rappela sa dernière visite à l'hôtel et son désespoir. Alors, parmi les murs et les meubles de leur jeunesse, l'absence d'Édith lui avait paru intolérable. Aujourd'hui, elle était là. Répondant à ses vœux, elle s'était intégrée enfin à ce décor privilégié. Et elle n'y était ni trop à l'étroit, ni trop à l'aise. Elle le remplissait bien et lui donnait de la vie. Déjà, par sa présence, toute la chambre se laissait enchanter. Le temps coulait à l'envers, par lentes vagues régulières. Des étonnements novices rafraîchissaient l'âme de Germain Laugier. Il se sentait ému, attendri et bête. Il avait envie de pleurer. Pour lui-même, il balbutia :

– Ce n'est pas possible.

– Parle plus bas, dit-elle. J'ai l'impression que la bonne nous écoute derrière la porte.

Il ouvrit la porte. Le couloir était vide. Alors, il repoussa le battant, affermit une targette encrassée de peinture et revint vers Édith qui retirait son chapeau, son manteau. Elle apparut dans une petite robe beige très simple qu'il ne connaissait pas.

– Que tu es belle! dit-il sourdement.

Elle eut un frisson et rentra la tête dans les épaules, comme pour se préserver d'un choc. Il lui saisit les poignets et voulut l'attirer contre sa poitrine. Mais elle résistait, détournait son visage :

– Pas encore, Djéry... Je suis bouleversée. Cette chambre. Ces estampes. Rien n'a changé. Le retour est si brusque. J'ai le vertige.

Il lui lâcha les mains. Elle recula d'un pas. Un peu de vide s'établit entre eux. Édith reprit haleine, comme rassurée pour un instant. Puis, elle répéta :

– J'ai le vertige. Je me sens revenue, vraiment, à la première fois. Nous avions été chez Bourdieu, la veille. Ensuite tu m'as amenée ici. J'étais une gamine...

– Tu es une gamine, dit-il.

– Une gamine effrontée, fanfaronne, têtue, mais j'ai eu si peur lorsque la porte s'est refermée sur nous. Comment donc étais-je habillée?

– Une robe beige qui ressemblait à celle-ci comme une sœur.

Elle lui lança un coup d'œil méfiant :

– Tu crois? Non, non... Je devais avoir une jupe bleu marine et un petit tricot gris perle... Ou plutôt...

– Tu avais une robe beige. Et tu étais coiffée comme

aujourd'hui. Et ton visage était le visage d'aujourd'hui. Et ton parfum. Et tout...

– Mon parfum? Je me parfumais à peine.

– Ce n'est pas vrai.

– J'avais peur, oui, reprit-elle en rougissant. Et je n'osais pas regarder les estampes galantes aux murs...

– Les regarderais-tu aujourd'hui?

Baissant la tête, elle dit :

– Non.

Et elle ajouta :

– Toi non plus, je n'osais pas te regarder. Je te devinais si pressé, si amoureux, si fort!

Il se rapprocha d'elle jusqu'à la coller contre le mur, désarmée et plate :

– Tes yeux, dit-elle. Tes yeux de jadis!... J'ai l'impression de basculer dans le vide quand je les vois.

– Baisse les paupières.

– Alors, je serai sans défense.

– Et tu as besoin de te défendre?

– Je ne sais pas.

Une expression d'agonie monta vers les lèvres rouges desserrées, vers les yeux verts qui se révulsaient un peu. Édith respirait par saccades, comme un jeune animal aux retraites coupées. Germain Laugier enlaça des deux bras ce corps préparé pour la chute. Sa bouche alla chercher une bouche sucrée, rétive, qui s'ouvrait mal. Son ventre, ses cuisses trouvèrent leur appui à travers des étoffes minces. Il fut pris d'une suffocation étrange. Il manquait d'air. Édith glissa vers le lit et s'assit au bord du sommier, le dos raide, les mains sur les genoux.

– Je veux que tout soit comme avant, dit-elle avec un entrain essoufflé, comme la première fois... Raconte-moi la première fois, Djéry.

Il s'insurgea contre cette idée baroque :

– Pour quoi faire?

– Il le faut, dit-elle.

Germain Laugier fronça les sourcils. Il se méfiait de

cette manœuvre. Pourtant, le visage d'Édith confessait un réel tourment. Par déférence ou par charité, il obéit à sa prière.

– La première fois, dit-il doucement, tu m'as fait éteindre le lustre. Tu t'es déshabillée dans le noir. Puis, tu m'as ordonné d'allumer la lampe de chevet. Et déjà tu étais couchée dans le lit, les draps haussés jusqu'au menton. Lorsque j'ai tiré les draps, je t'ai trouvée nue...

La figure d'Édith se referma.

– Éteins le lustre, dit-elle.

La nuit tomba sur eux. Seule une flèche de jour traversait les rideaux disjoints, sans parvenir à éclairer la chambre. Germain Laugier s'immobilisa dans les ténèbres où luisaient vaguement deux boules de cuivre et un pan de miroir. Enterré dans cette obscurité diffuse, il se crut séparé d'Édith. Mais un parfum précis, un froissement d'étoffe lui rendirent aussitôt sa présence. Elle dit :

– Tu ne me vois pas?

– Non.

– Alors, je me déshabille.

La gorge serrée, il entendit choir les souliers légers et durs. Puis, une ceinture siffla, dénouée. Des ongles impatients griffaient une gaine en caoutchouc. À un moment, Germain Laugier eut l'impression, que, devant lui, le parfum de la femme avait un peu changé, et il comprit qu'elle était nue. Les défenses étaient tombées. La compagne était, comme aux premiers âges, avec ses cheveux et ses dents. Prête pour l'amour, c'est-à-dire défaite, humble, un peu craintive. On pouvait faire d'elle ce qu'on voulait. Il n'y avait plus de voisins, plus d'automobiles, plus de métiers, plus de lois. Il n'y avait que deux êtres, le fort et le faible, qui s'épiaient avant de se confondre, dans l'infini des temps. Germain Laugier fit un pas. Là-bas, tout près, au bout du monde, un corps aveugle heurta une chaise, une voix infime gémit :

– Aïe!...

Il s'immobilisa. Et la voix reprit, étouffée :

– Ce n'est rien. Un instant encore. J'aime ne pas te voir. La première fois, tu étais resté tout habillé. Je m'en souviens.

– Où es-tu? dit-il.

– Je marche vers le lit, Djéry. Et je pense à toi. Tu es maigre, maigre. Tes vêtements sont usés aux plis. Tu as posé sur la table ton carton à dessins aux coins déchiquetés. Nous n'avons pas beaucoup d'argent...

– Non, dit-il, sur un ton rauque qui l'étonna lui-même.

– Nous rentrerons à pied. Et demain, à cause de moi tu refuseras de prendre l'apéritif avec tes amis. Tu as versé trop d'eau de Cologne sur ta tête. Tout le flacon de ta mère, au moins. Elle ne se doute de rien?

– De rien.

– Mes parents non plus. Ils me croient au cours de Gründ, à la Sorbonne. Tu ne vas pas me mépriser au moins d'être venue ici? Une jeune fille bien!...

La voix baissa dans un murmure :

– Toute fraîche, toute neuve. Tu as de la chance.

Le lit grinça discrètement. Elle s'était couchée. Alors, il s'avança jusqu'à buter de la jambe contre le sommier. À portée de son visage, il sentait vivre une femme étendue.

– N'allume pas encore, dit Édith.

Elle poussa un soupir. Il crut qu'elle pleurait :

– Tu pleures?

Elle ne répondit pas. Alors, il allongea la main vers le commutateur qui était à la tête du lit, et la lumière brilla sous un abat-jour en soie rose. Un cri le frappa au front, en même temps que cette clarté soudaine. Le cri d'Édith. Et, derrière ce cri, la face d'Édith apparut, renversée, meurtrie. Sans comprendre sa faute, il fut tenté de demander pardon.

Les draps remontés jusqu'au cou, Édith livrait au jour une figure blême et moite, aux yeux arrondis par la peur. Elle tremblait. Elle claquait des dents. On eût dit que, hors de cette ombre, avait surgi un homme dont elle n'attendait pas la venue. Et elle examinait avec effroi cet étranger qui s'était introduit dans la chambre à son insu et prétendait devenir son amant. Ce n'était pas celui-là qui devait la prendre. C'était un autre. Un autre qui n'était plus là. Germain Laugier demeurait hébété, les bras ballants, devant cette maîtresse trahie. Lui-même, d'ailleurs, ne reconnaissait pas en elle la femme dont il avait rêvé. La lumière les divisait.

– Qu'as-tu? chuchota-t-il.

Et, en disant cela, il interrogeait aussi bien Édith que lui-même. Il entendit, dans la chambre voisine, un gémissement femelle, un bruit de claques et des rires qui se répondaient. Un timbre retentit dans le couloir. Cette sonnerie le tira de sa torpeur. Il sentit que sa joie était menacée. À tout prix, il importait de rassurer Édith. Pour leur salut à tous deux, il s'imposa de paraître gai. Il dit faussement :

– La première fois aussi, tu étais effrayée. Plus effrayée que cela, même. Tu m'avais demandé un verre d'eau fraîche. Veux-tu de l'eau fraîche? Voulez-vous de l'eau fraîche, mademoiselle?

Une moue lasse écarta les lèvres d'Édith. Le vert profond de ses yeux se chargea de larmes scintillantes. Son menton bougea par saccades. Elle gémit :

– Ne parle pas, Djéry, tu me fais mal.

À présent, elle roulait sa tête sur l'oreiller. Il essaya de plaisanter :

– Allons, allons, petite fille!

– Je ne suis pas une petite fille! s'écria-t-elle.

Les sourcils noués, les mâchoires serrées, elle le défiait de tout son être. Ses mains étaient crispées au bord du drap blanc. Ses jambes se raidissaient sous la couverture.

– Qu'est-ce qui te prend? dit-il.

– Tu le sais très bien! Et tu en souffres comme moi!

– Tu es folle?

– Non.

D'un mouvement brusque, elle rejeta les draps et s'assit dans le lit. Nue jusqu'à la ceinture, elle offrait aux lumières sa poitrine blanche et molle aux pointes auréolées de brun. Elle passa une main sur ses seins fatigués et leva le front avec arrogance :

– Répète, répète donc!... Que disais-tu?... « Petite fille... »

Elle ne put achever et des sanglots crevèrent dans sa gorge. Il contemplait avec stupeur ce buste encore solide et désirable, mais dont les lignes fléchiraient bientôt. Il voulut renier le souvenir d'une Édith plus jeune, au profit de cette femme sans défense. Même ainsi, elle était belle. Même aujourd'hui elle méritait son amour. Il se rapprocha d'elle. Mais, déjà, elle avait remonté le drap et s'en voilait le haut du corps avec une pudeur farouche. Son visage douloureux demandait justice.

– Ne me touche pas, dit-elle.

Il eut pitié d'elle, parce qu'il la devinait brûlée de honte. Elle avait dû souffrir avant d'oser ce grand geste d'aveu. Et elle se le reprochait déjà, peut-être.

– Ma pauvre sotte! dit-il.

Elle battait des paupières, reniflait ses larmes.

– Tu es bien avancée maintenant, dit-il encore.

Puis, il se tut, car, déjà, sa compassion se muait en rancune. Qu'espérait-elle obtenir en lui opposant la réalité de cette chair qui portait les signes du temps? Voulait-elle le dégriser, l'éloigner d'elle? C'était trop bête! Il était au-dessus de ça! Il savait bien qu'elle s'était mariée, qu'elle avait vécu, qu'elle avait eu un fils. Alors?

Édith, assise, droite, les yeux bien ouverts, la face pétrifiée, semblait attendre qu'il la frappât. Les larmes avaient tracé des sillons vernis sur ses joues. Le fard s'était délayé aux commissures de ses lèvres. Avec rage, il cria vers cette morne figure :

– Tu es belle! C'est cela que tu désirais entendre? Eh bien, entends-le! Tu es belle! Comme autrefois! Et je t'aime comme autrefois!...

Il parlait sans contrôle, avec un sentiment de gêne et de tristesse. En vérité, il était honteux de se découvrir moins amoureux que charitable. Il souhaitait se convaincre, s'étourdir de mots :

– Édith, ma chérie... Nous pourrions être si heureux...

Elle le toisa d'un regard rapide :

– Non, nous ne pourrons plus jamais être heureux, Djéry. Ce jeu est trop cruel. Il ne faut pas le poursuivre.

– Quel jeu?

– Le nôtre, le tien et le mien, mon chéri. Nous sommes là comme deux comédiens novices. Nous cherchons à nous donner le change. Nous truquons notre amour. Nous... Ah! c'est affreux!

– Qu'est-ce que tu dis? Qu'est-ce que tu dis?

Il attira une chaise et s'assit au chevet du lit, tout près d'Édith, mais il n'avait plus envie de ce corps vulnérable. Seul l'occupait le tourment d'une âme qui refusait la joie. Déjà, il tremblait pour toutes les choses précieuses que cet accès de franchise allait briser entre eux. Un goût de malheur lui venait aux lèvres. Il gronda :

– Tu t'acharnes à te faire mal, Édith, et à me faire mal. Tes nerfs te trahissent. Dans quelques instants, tu riras de nous...

– Je pense que je ne saurai jamais rire de nous, quoi que nous fassions... C'est si triste, « nous »...

– Triste?

– Oh! oui, Djéry, triste, mortellement. Il y a longtemps que j'y songe. Et toi-même tu y as songé. Tu croyais rejoindre la jeune fille que tu avais connue, moi je voguais vers un jeune homme dont l'image avait adouci mes chagrins. Nous nous sommes rencontrés... Et voilà...

– Quoi, « et voilà »?

– Malgré moi, pour te contenter, j'ai essayé d'être un peu celle que j'avais été. J'ai endossé l'uniforme. Tu comprends? Et c'était dur de sentir que tu aimais de moi ce qui n'était plus moi. Souvent, je réfléchissais à notre duperie et j'étais jalouse de cette autre moi-même que tu me préférais. J'étouffais sous un masque. Je souhaitais l'arracher. Mais j'avais peur aussi de ta déception devant mon vrai visage.

– Je le connais, ton vrai visage!

– Tu prétends le connaître, Djéry. Mais, en vérité, les souvenirs te le cachent encore. Tu tenais trop à ton rêve et je ne voulais pas te perdre pour le seul plaisir d'être sincère.

Il haussa les épaules :

– Qu'est-ce que tu racontes? Des complications!... Des histoires de femme énervée!... Vous êtes toutes les mêmes!... Jamais satisfaites!... Je te jure bien que pour ma part...

– Ne jure pas. Car toi aussi tu as espéré rajeunir, retrouver pour moi tes passions d'adolescent, ton amour de l'art, ta gaieté, ton âme de jadis, quoi!... Toi aussi... Et c'était bien gentil à toi de faire cet effort. Mais je m'en aperçois. Et tu t'en aperçois. Et cela gâche tout. Non?

– Non.

– Bourdieu avait raison. Il ne faut pas s'habiller de souvenirs. Il faut vivre avec l'heure qui passe.

– Qui nous en empêche?

Elle ne parut pas l'avoir entendu :

– Était-ce ma faute? Au début, j'avais résolu de tout reprendre comme par le passé : Gründ, les cafés, les promenades d'autrefois. J'étais séduite par la persistance des choses. Je croyais que, nous aussi, nous pourrions triompher du temps. Et puis...

Elle fit un geste vague de la main et baissa la tête.

Germain Laugier écoutait avec terreur cette voix sourde et mesurée. Un sentiment d'exil prenait possession de son être. Il voulut réagir, discuter, convaincre. Mais il ne trouvait pas de paroles assez fortes pour les opposer aux paroles d'Édith. Il se débattait dans un nuage de mots ordinaires. « Elle est encore là, devant moi... Je peux la toucher... Je dois la retenir... Rien n'est perdu, puisqu'elle est encore là, devant moi, puisque la porte est fermée... » Peut-être vivait-il les minutes les plus graves de son existence, et, cependant, il ne tentait rien pour conjurer le désastre. Imbécile! Il fallait serrer cette femme à pleins bras, étouffer sa voix bavarde sous les baisers, briser sa résistance. Repue, soumise, elle ne songerait même plus à dénigrer leur amour. Elle n'attendait que ça, peut-être? Elle n'était venue que pour ça. Et ces gémissements étaient les dernières défenses d'une créature prête pour l'abandon. Brusquement, il lui saisit les poignets dans une main; de l'autre, il essayait de rejeter la couverture. Mais Édith poussa une plainte horrible qui le cloua sur place. Dans le joli visage, recuit par les larmes, tiré par la fatigue, les yeux verts devenaient immenses. Toute sa face exprimait la répulsion. Édith bredouillait :

– Non, non, Djéry... Pas ça... Je ne pourrais pas le supporter...

Il se redressa, tout pantelant et bête. Quoi? Qu'est-ce qu'elle voulait dire?

Elle haletait :

– Nous deux... Dans ce lit... Après quinze ans... Non... Et les mêmes gestes. Cela me paraît si... si ridicule... Excuse-moi... si ridicule et si morne... Nous n'avons pas le droit...

La honte l'écrasait. Il éclata :

– Ah! oui? Et pourquoi donc m'as-tu suivi ici? Hein? Pour t'amuser? Pour m'éprouver? Tu ne pouvais pas m'éviter cette farce, non?

Elle tourna vers lui un regard implorant, une bouche vieillotte et battue :

– Tu vois, dit-elle, tu ne t'insurges même plus contre ce que j'avance. Tu me reproches de n'avoir pas parlé plus tôt, et c'est tout.

– Je te reproche d'avoir pensé qu'il existait entre nous un malentendu et, l'ayant pensé, d'avoir tardé à me le dire. Je te reproche d'avoir souffert et de me l'avoir caché. Je te reproche d'être venue ici, de m'avoir laissé une chance, et de me repousser, à la dernière minute, par des phrases stupides et des sanglots. Je te reproche...

Elle couvrit son visage de ses deux mains faibles.

– C'est que j'espérais un miracle, dit-elle. Dans cette chambre, il me semblait que tout redeviendrait possible. Nous nous étions tant aimés entre ces quatre murs. Les choses étaient imprégnées de notre amour. Elles devaient nous aider à nous aimer encore. Je ne peux pas t'expliquer. Les mots sont bêtes. Mais c'était ici, et nulle part ailleurs, que le charme nous attendait. Au lieu de ça!...

– Au lieu de ça? Je t'ai déçue? Dis-le donc! Je n'ai pas fait les gestes que tu voulais? Je n'ai pas prononcé les paroles que tu souhaitais?

– Tu ne m'as pas déçue, Djéry. Je me suis déçue moi-même. J'ai senti que tout était faux, que tout serait faux entre nous. Quoi que nous fassions, quoi que nous disions. Nous sommes sur une scène et non dans la vie. Nous jouons. Si mal, si mal...

Elle eut un rire étranglé et rejeta la tête :

– Ah! si nous pouvions rendre nos rôles, redevenir nous-mêmes!

Un nouvel espoir le traversa :

– Eh bien! rendons nos rôles, acceptons-nous tels que nous sommes!

– Comme tu y vas!

– Mais bien sûr, dit-il avec un enjouement pénible. Imagine-toi que nous ne nous sommes pas connus quelque quinze ans plus tôt. Nous venons de nous rencontrer. Tu es une ravissante jeune femme de trente-trois ans. Moi, un industriel de quarante ans. Tu me plais. Je te plais. La voie est libre.

– Cela aussi serait un mensonge.

– Pourquoi?

– Il faudrait feindre d'ignorer tout un passé qui existe,

poser aux amoureux sans souvenirs, jouer les étrangers qui se découvrent... Toujours jouer, toujours mentir...

– Essayons.

– Non, non, Djéry. Les souvenirs sont là qui nous séparent. Entre toi et moi, il y a un fantôme de toi, un fantôme de moi. Quand nous croyons être deux, nous sommes quatre. Quand nous croyons parler, ce sont *eux* qui parlent. Quand nous croyons nous aimer, ce sont *eux* qui s'aiment. Ah! comme nous nous aimerions s'ils n'étaient pas là! Comme nous nous aimerions si nous ne nous étions jamais aimés!

Elle joignit les mains. La clarté rose de la lampe allumait des lueurs de braise dans ses cheveux. Une veine se gonflait à son front. Ses joues étaient dures, marquées d'un creux sombre sous la pommette. Germain Laugier ne savait plus si elle était jolie. Il respirait un parfum de fièvre. Il étouffait dans cette pièce trop chaude. Sa détresse était telle qu'il voulait crier. Et, cependant, il devinait qu'Édith avait raison, malgré les apparences. Il abondait dans son sens. Il était d'accord. Or, justement, cet accord était intolérable. Ce n'était plus contre elle, mais contre lui-même qu'il devait mener la bataille. Ce n'était plus d'elle, c'était de lui-même qu'il devait triompher. Il s'écria :

– Édith, ne refuse pas un bonheur qui est encore possible. Je... je suis prêt à divorcer, à t'épouser s'il le faut...

Il fut étonné par ses propres paroles. La figure d'Édith se contracta dans une expression désolée. Elle se mordit les lèvres. Ses yeux s'emplirent d'un regard sombre, vacillant. Enfin, elle murmura :

– Que tu es bon, que tu es naïf! Tu as parlé comme autrefois! Merci...

– Je me fiche du passé, dit-il. Il n'y a que le présent qui compte. Mme Clavet, trente-trois ans, mère d'un dénommé Étienne. Et M. Laugier, quarante ans...

– Tais-toi, dit-elle d'une voix plaintive.

– Acceptes-tu M. Laugier, directeur des chaussures Bosco? Pas Djéry. Non. M. Laugier. L'acceptes-tu?...

Il s'était penché au-dessus d'elle. Il lui posa la main sur le front et lui renversa le visage pour mieux voir. Et, tandis qu'il regardait cette face couchée devant lui, la bouche entrouverte, les yeux béants, une pensée atroce s'infiltrait dans son cœur : « Pourvu qu'elle n'accepte pas! » Sa générosité lui faisait peur. Il dit :

– Alors? Parle?

Il attendait, le cœur battant.

– Non, dit-elle enfin, je ne veux pas faire notre malheur à tous deux.

Il éprouva un lâche soulagement à l'entendre. « Que s'est-il passé? Je souhaitais ce mariage, quelques jours plus tôt. Ai-je changé? A-t-elle changé? » Déjà, il s'indignait pour la forme :

– Quoi? Tu refuses?

– Je te remercie, Djéry, dit-elle timidement. Mais tu sais bien qu'il ne faut pas que j'accepte. Il y a quinze ans, nous avons gâché notre chance en nous séparant. Ce n'est pas aujourd'hui que nous réparerons le mal. Surtout pas comme ça... J'ai mon existence, j'ai mes habitudes, j'ai mon fils. Toi...

– Ne t'occupe pas de moi!

– Tu m'as trop aimée pour m'aimer encore. La vie en commun serait un supplice. Chaque jour, tu m'en voudrais un peu plus de n'être pas demeurée intacte. Tu me tromperais en esprit avec moi-même. Tu finirais par me détester...

– Quelle sottise!

– Par me détester... Je te connais, Djéry. Tu es si fidèle.

Un silence s'établit entre eux. Germain Laugier se dressa, s'écarta d'Édith. Il fit quelques pas dans la pièce. Sa tête bourdonnait de sang. Son cœur se gonflait, se dégonflait à fortes pulsations dans sa poitrine. Il se regarda dans la glace et vit une face blême, lourde, aux yeux élargis d'angoisse. Des idées contradictoires l'assaillaient. Tantôt lui venait une jubilation sourde, incompréhensible, devant le refus d'Édith : il se sentait délivré d'un grand poids, comme si leur mariage eût nécessité le sacrifice de plusieurs choses très précieuses qu'il ne savait pas identifier : Alice, la maison, Poucette, un genre d'existence... Et tantôt son désespoir se haussait jusqu'au vertige. Il pensait à ses attentes vaines, aux lettres qu'il avait envoyées, aux fleurs qu'il avait achetées, à la garçonnière : la petite pièce douce, les meubles, les tapis... Il avait rangé du linge dans le placard. La salle de bains était rose. Les robinets fonctionnaient si bien. Une boule se nouait dans sa gorge. Il imaginait l'avenir sans Édith. Il souhaitait mourir plutôt que d'affronter ce désert d'ennui. Il leva un bras et le laissa retomber sur sa cuisse. La certitude de son impuissance lui faisait mal. Machinalement, il cherchait un responsable à son chagrin. Mais il n'y avait pas de responsable. Pour la première fois, depuis des années, il éprouvait le poids de la vie sur ses épaules. Tout cela procédait d'une fatalité cruelle, comme la poussée des plantes, l'effritement des rochers, l'enrichissement des veines minérales. On ne luttait pas contre le retour des saisons, la fatigue des chairs, les changements de l'âme. On ne luttait pas contre le temps.

Quelques secondes passèrent. Germain Laugier se tourna d'un bloc. Au fond de la pièce, Édith, assise dans le lit, demeurait telle qu'il l'avait vue un instant plus tôt. Droite, les draps tirés jusqu'au cou, elle souffrait en silence. Il revint vers elle et demanda d'une voix neutre :

– Alors quoi? Qu'allons-nous faire maintenant?

Elle baissa les paupières :

– Je ne sais pas.

Il s'irrita de la découvrir aussi calme :

– En somme, pour toi, c'est fini! Après cet espoir que tu m'avais donné, tu te dérobes?

– Excuse-moi, dit-elle humblement.

– Excuse-moi? Ça n'arrange rien!

Elle hocha la tête :

– Je crois, Djéry... le plus sage... Oui, le plus sage serait de nous séparer... Tu retournerais auprès de ta femme, et moi...

– Et toi?

– Et moi, je repartirais pour Casa, avec Étienne...

Il cria :

– Quoi? Qu'est-ce que tu racontes?

– Où veux-tu que j'aille? dit-elle avec un sourire mélancolique.

– Tu vas donc retrouver ton mari?

– Lui, ou un autre...

– Ton mari...

Il étouffait de rage. L'idée qu'Édith pût renoncer à lui, au profit d'un autre, lui paraissait inacceptable. Il voulait bien la perdre, mais non la céder à un étranger. Il voulait bien la laisser partir, mais seule, mais triste, mais désespérée.

– Vous avez combiné ça à Chantilly, avec les beaux-parents! hurlait-il. Ils ont réussi à te convaincre! Les photos, les souvenirs du mariage, les larmes, ce bon Étienne!... Ah! ils t'ont eue, les vieux Clavet!...

– Ils ne sont pour rien dans ma décision.

– Tu mens!

Il l'avait saisie aux poignets et la secouait, molle, échevelée et pleine de larmes :

– Tu mens! Ils t'ont eue, je te dis. Peut-être même as-tu fait monnayer ta défaite? Ils t'ont achetée, comme la première fois! Et, pour quelques gros sous, tu n'as pas hésité à renier notre amour!

Il la rejeta, brisée sur l'oreiller. Elle sanglotait à gros hoquets :

– Tu n'as pas le droit!... Comment peux-tu?...

– Ah! tu as bien dû te moquer de moi, avec eux! Étais-je assez amoureux, assez présomptueux, assez naïf!...

Elle dit dans un souffle :

– Je te pardonne, parce que tu es malheureux.

– Tu me pardonnes? C'est le bouquet! Mais en venant ici tu avais déjà deux billets pour Casa dans ton sac. Non?

Les vêtements brûlaient sur sa peau. Ses mains devenaient lourdes comme des pierres. Son cœur ne pouvait plus contenir tant de colère et tant de honte. Que la violence était douce! Quelle joie d'aplatir à grandes injures cette femme qui l'avait bafoué!

– Réponds donc! Défends-toi! Prouve-moi que tu n'as pas tout manigancé, que tu n'es pas une garce!

Édith se taisait. Et ses épaules seules se soulevaient et s'abaissaient par brèves secousses.

– Tu ne veux rien dire? Parfait. Je vais donc te laisser à tes méditations...

Il fit un pas vers la porte. Mais, à ce moment, l'idée de franchir le seuil, de se retrouver dans la rue, tout seul, inutile, abandonné, vieilli, le glaça d'épouvante. Ce n'était pas possible. Il se trompait. Édith allait revenir sur sa décision. Il se tourna. Elle n'avait pas bougé. Il dit :

– Quoi? comme s'il eût entendu un appel.

– Djéry, murmura Édith, je t'ai fait du chagrin... Mais voici des semaines que je me débats dans le mensonge... Maintenant que je t'ai parlé, je me sens plus calme...

– Tu crois ça, balbutia-t-il. Mais tu verras... Tu regretteras... Il faut réfléchir un peu...

Elle balança la tête en signe de négation :

– Je sais que j'ai raison. Et tu le sais aussi. Il ne faut pas garder de moi un mauvais souvenir.

– Je ne veux plus de souvenirs! J'en ai assez de souvenirs!

– Un de plus!

– Édith!

Elle rit tristement :

– Un de plus! En aurons-nous des souvenirs, Djéry! Ils sont si bons. J'ai déjà l'habitude de n'exister que pour eux, que par eux. N'en dis pas de mal.

Il y eut un silence, et il espéra follement qu'elle allait le retenir. Mais elle dit enfin, d'une façon lente et douce :

– Adieu, mon chéri, toute ma vie je penserai à toi.

Et elle ajouta plus bas :

– Je t'aime...

Alors, il lui sembla que toute la chambre virait autour de sa tête, avec sa lampe rose, son papier moiré, son paravent, ses estampes, et cette femme échevelée et humble qui parlait à petit bruit. Quelque chose d'énorme et de douloureux crevait dans son cœur, montait à sa gorge. Il courut vers la porte, voulut l'ouvrir. Mais la targette résistait à son effort. Il se coupa le doigt à une saillie en fer. Il vit du sang sur son ongle. Une voix lointaine psalmodiait :

– Mon chéri, mon chéri, adieu...

Tout à coup, il se retrouva dans le couloir vide.

Jusqu'au soir, il erra dans la ville, ruminant sa colère et sa déception. Des idées absurdes le visitaient. Il était puni pour des fautes inconnues. Peut-être parce que Marie était morte sous les coups de Zucco? Peut-être parce qu'il avait mal soigné Alice? L'essentiel, à présent, était de limiter les dégâts. Il n'était pas de ces hommes qui se complaisaient dans la souffrance. Son énergie triompherait de la crise, il en était certain. Pourquoi diable s'était-il fourvoyé dans le domaine du rêve? Il avait cru pouvoir s'acclimater parmi les artistes. Il avait espéré séduire une femme empoisonnée de souvenirs. Or, il n'était pas fait pour ce monde fallacieux. Il était un être de la matière. Son univers à lui était stable, utile, régi par la raison. Il fallait y retourner au plus vite. La maison, Alice, le bureau, l'habitude... Dans le taxi qui le ramenait chez lui, Germain Laugier s'efforçait de reprendre goût à tout ce qu'il avait délaissé. Mais, à mesure qu'il se rapprochait de son but, un écœurement monotone, une lassitude anxieuse envahissaient son cœur. Cette rupture avec Édith l'avait vidé de tout courage. Il n'était plus qu'un lieu de rencontre pour des images et des mots. Les images d'Édith, les mots d'Édith. Il suffoquait de mélancolie à évoquer son visage sur l'oreiller, un geste de sa main, une inflexion de sa voix, son parfum, la petite cicatrice pâle qui divisait son sourcil... Tout cela qui était perdu.

Comme l'auto s'arrêtait devant la maison, il s'accorda quelques secondes de répit. Il lui semblait que, dans cette voiture, il participait encore au rayonnement d'Édith, mais que, passé la grille, toute affinité serait rompue entre eux. Alors recommencerait la vie de tous les jours. Alice tiendrait le centre de sa vision. Et il devrait se contenter d'elle et de lui-même jusqu'à la mort.

– Dix-sept francs, dit le chauffeur en faisant coulisser la glace intérieure du taxi.

Germain Laugier tendit un billet de cinquante francs et l'autre lui rendit la monnaie avec lenteur :

– Et cinq font dix... et dix font vingt.

Germain Laugier ferma les yeux, saisi par un attendrissement stupide.

Puis, comme un forcené, il bondit hors du taxi, traversa le jardin, ouvrit une porte et fut dans l'antichambre calme et familière. Sur le coffre en bois, il y avait un vase plein de tulipes rouges. Poucette dormait dans un panier, près du radiateur éteint. Le parquet sentait la cire fraîche. À ses pieds, Germain Laugier vit un ticket de métro poinçonné. Il le ramassa machinalement, le froissa et le fourra dans sa poche. Une horloge tinta. Toutes les horloges de la maison lui répondirent. Rien n'avait changé. Pouvait-il avoir changé lui-même?

Comme il formait cette réflexion, un bruit de voix atteignit son oreille. Cela venait du salon. Des visites? Cette seule idée ralluma son courroux. Il entrait chez lui pour trouver un peu de solitude et de repos, et voici que des étrangers avaient envahi sa demeure. Il poussa la porte et s'arrêta sur le seuil, médusé. Alice était assise dans un fauteuil et tenait les mains de Maurice Gèvres, agenouillé devant elle. Maurice Gèvres tourna vers Germain Laugier une face luisante de larmes, aux lèvres pâles, aux yeux brûlés. Il voulut parler. Mais Alice lui imposa silence. Elle était un peu décoiffée. Visiblement, elle avait pleuré. Elle dit :

– Germain, il faut que je te raconte. Maurice Gèvres a des ennuis très graves. Le jury...

Germain Laugier frémit de tous ses membres. Une fureur subite s'abattait sur lui. Que faisait-il ici, ce gamin, ce songe-creux, cet artiste? Gèvres, Bourdieu, Édith, tous des compliqués, des amateurs d'histoires! Cette race-là lui avait causé trop de mal. Et Alice qui jouait à l'égérie pathétique! Alice qui donnait dans les arts et la charité! C'était grotesque! Elle avait donc une vie intérieure, cette petite femme fade et soumise, des rêves, des désirs, des secrets? Elle se cachait de lui? Il ne lui suffisait plus?

Gèvres s'était levé et passait une main dans sa chevelure défaite :

– Qu'est-ce que vous foutez là? glapit Laugier.

Le jeune homme eut un haut-le-corps. Ses yeux étincelèrent :

– Mme Laugier vous a expliqué...

– Il n'y a pas de Mme Laugier! Il y a M. Laugier qui vous demande des comptes!

Maurice Gèvres rougit et fit un pas vers la porte. Germain Laugier marcha sur lui et lui saisit le bras rudement.

– Germain! cria Alice.

– Quoi? Tu as peur qu'on le casse?

Toute sa haine accumulée lui montait à la bouche. Sur ce gamin tremblant, il vengeait son propre désespoir. Il croyait châtier Édith en rudoyant ce fabricant de statues :

– On vient s'épancher... On fait des grâces... En mon absence... C'est très commode, n'est-ce pas?... Mais peut-être avez-vous besoin d'argent?... Ne vous gênez pas!... Je suis là pour ça!...

Il ne savait plus ce qu'il disait. À quelques centimètres de son visage, il voyait une face à la mâchoire décrochée, aux yeux fous.

– Laisse-le, Germain! gémissait Alice. Tu ne comprends pas... Il est si malheureux!

– Place ta pitié ailleurs!

– Sa statue...

– Quoi? Quoi? Sa statue! Tu n'as que ce mot sur la langue! Ça ne lui réussit plus la sculpture? Eh bien! qu'il fasse autre chose! Qu'il vende des chaussures! Comme tout le monde!

Maurice Gèvres se dégagea d'un mouvement brusque.

– Monsieur, dit-il péniblement, je vous jure que ma présence ici n'a rien qui puisse vous offenser.

– Et moi, hurla Laugier, je vous jure que, si vous ne videz pas les lieux, je serai obligé de vous jeter moi-même à la porte! Est-ce clair?

Maurice Gèvres chancela un peu, regarda à droite, à gauche. Ses yeux rencontrèrent la maquette de l'*Acrobate* sur la cheminée.

– Alors, c'est pour demain? demanda Laugier.

– Pardonnez-moi, madame, dit Maurice Gèvres en se tournant vers Alice.

Et il quitta la pièce en courant.

Privé de l'*Acrobate*, l'atelier paraissait plus vaste et plus pauvre. Après la besogne du mouleur, la figure en terre était allée rejoindre dans le bac à glaise les restes d'autres effigies confondues. Sans doute, là-bas, dans les remises du Salon, parmi les envois refusés, la statue en plâtre témoignait-elle encore du travail de l'artiste. Mais ici, dans le décor où elle était née, plus rien ne rappelait son existence. Maurice Gèvres se félicitait de cette absence salutaire. Ce soir, il n'aurait pu supporter le regard de son œuvre. La selle vide le rassurait. L'ampoule brûlait, nue et jaune, sur un peuple mort de masques et de torses. Des flaques de plâtre marquaient encore le sol de ciment. Quelques assiettes souillées traînaient au pied du lit. Dans un coin, près de l'établi, il y avait un baquet plein d'eau avec une éponge qui flottait. Un rat traversa la pièce au petit trot. Le vent cogna contre la porte. Puis, ce fut le silence. Jamais encore, Maurice Gèvres n'avait éprouvé à ce point la misère laide et morne de ce réduit. Tout y était branlant, provisoire, sale, incommode, hideux. De nouveau, il rêva à des ateliers confortables, fleuris, avec des tapis à l'entrée, des loggias garnies de coussins, une douce chaleur, des breuvages frais dans de grands verres en cristal. Mais il n'était pas fait pour cette réussite. Il l'avait compris aujourd'hui. Traité de faussaire par les uns, chassé d'une maison amie par les autres, il savait bien que, quoi qu'il tentât, il était condamné à souffrir par les hommes. Sitôt qu'il se heurtait à eux, ses dernières joies lui étaient ravies. On se méfiait de lui. On ne l'admettait pas dans l'enclos.

Il s'assit au bord du lit qui grinça longuement. Devant lui, à quelques pas, se dressait la selle vide et tachée de glaise. Il songea que l'*Acrobate* l'avait quittée sur une dernière cabriole. Cette pensée l'amusa un instant. « Où est-il? Que fait-il de moi? Comment s'accommode-t-il d'être parqué avec d'autres statues? » Il dit à voix basse :

– Fabien, Fabien...

Puis, il aspira l'air avec force, deux ou trois fois. Le bruit de la ville lui parvenait comme un roulement assourdi. Des autos cornèrent au tournant de la rue. Maurice Gèvres se rappela qu'il avait dépensé beaucoup d'argent en taxis. Comment le rembourserait-il à Bourdieu? Il restait toujours une ressource : écrire aux parents, à Limoges, demander un petit secours. Mais lui répondraient-ils? Déjà, ils lui reprochaient d'avoir quitté la boutique. Ils étaient avares, prudents, serrés, hargneux. De pauvres gens. Et les trois mille francs de Laugier? Ceux-là aussi, il faudrait les rendre! Que de dettes! Que de dettes! Insensiblement, sa pensée retournait à la maison des Laugier, au visage d'Alice. Elle avait pleuré de le voir traiter comme un intrus, sous son propre toit, par son propre mari. Elle était bonne. Elle prierait pour lui. Maintenant, toutes les portes étaient closes. Il ne pouvait plus aller nulle part. Il ne pouvait plus rien espérer de personne. Et c'était mieux ainsi.

Un coup de vent passa sous le battant et fit voler un lambeau de journal. Maurice Gèvres se leva, le ramassa, le plia soigneusement. Puis, il se rassit au bord du lit et un engourdissement étrange emprisonna son corps. Des images incohérentes le hantaient. Il revoyait la mère Morelli, riant à pleines babines, dans une niche de fumées et de monnaies-du-pape, Bourdieu, tirant sur sa pipe, Alice pleurant, Laugier criant, ses parents dans leur échoppe et le balayeur de rues qui avait une si bonne tête. Mais tous ces êtres voguaient dans l'épaisseur d'un rêve. Maurice Gèvres n'avait plus rien de commun avec eux. À peine savait-il mettre des noms sur leurs figures. Tout changeait de sens dans l'univers qu'il avait connu. Les choses les plus extravagantes devenaient possibles, et les choses vraies perdaient de leur valeur. Un instant, il crut qu'il dormait. Mais non, il était bien éveillé, assis sur son lit, dans son atelier. Il étendit le bras vers une table, palpa ses vieux instruments de travail, un à un :

les compas encrassés, les mirettes, les ébauchoirs, une masse. Ces objets lui semblèrent dépourvus de toute utilité. Il les trouvait absurdes et froids. Il les repoussa du bout des doigts, avec indifférence. Et, tout à coup, il eut l'intuition qu'il entrait en contact avec un monde inconnu. Un grand rideau s'écartait derrière sa tête. Il sourit de plaisir. À son poignet, une montre émiettait des secondes rapides. Le temps passait. La nuit était dans toute sa force. Puis viendrait l'aube. Une autre journée. Maurice Gèvres songea qu'il n'avait pas dîné. Il voulut se rendre dans un café, commander un sandwich. Il avait de quoi le payer. Mais, à l'idée de sortir dans la rue, d'affronter la foule, le bruit, les lumières, une peur panique s'empara de lui. Il fit le signe de la croix :

– Non! Non! Plus d'hommes! Plus jamais!

Cependant, il avait faim. Une nausée lui montait à la bouche. Que faire? Ce soir ou demain, il faudrait bien qu'il retournât parmi les hommes. On ne pouvait pas vivre sans les hommes.

Il se mit à marcher dans l'atelier, pour tromper son impatience. Accrochée à la selle, il aperçut une corde. Le petit Fabien Morelli sautait à la corde pour se réchauffer, entre les séances de pose. Que tout cela était loin. Maurice Gèvres prit la corde, l'examina longuement. La faim le tenaillait au ventre. Il imagina des tranches de pain beurré, du jambon, une omelette. Mais, toutes ces nourritures, c'était des hommes qui les vendaient. Des hommes roses et gras avec des moustaches. Des hommes qui puaient le tabac et le vin. Que faire contre ces hommes-là?

– Si seulement je n'avais pas faim!

Des larmes lui piquaient les yeux. Il bâilla. De nouveau, le rat traversa la pièce. Maurice Gèvres soupesait la corde. Aucune tristesse ne troublait plus son cœur. Il était calme et désœuvré. Il avait à peine la sensation de vivre.

18

LES PARENTS de Maurice Gèvres arrivèrent la veille de l'enterrement. La mère, grande, sèche, crayeuse, avec des cheveux noirs et un œil noir méchant. Le père, petit, ballonné, les paupières lourdes. Ils étaient honteux de leur fils qui s'était pendu « comme un maçon ». Ils parlaient du scandale que cette mort causerait à Limoges. Ils disaient : « Nous l'avions prévu. » Bourdieu évitait de leur répondre, car il avait peur de laisser paraître son indignation. Il n'y eut pas de cérémonie religieuse. Deux maigres couronnes de fleurs décorèrent la voiture des pompes funèbres, rayée de vert et de noir : « À notre fils chéri », et « À mon ami ». C'était tout.

Les époux Gèvres et Augustin Bourdieu montèrent dans le fourgon qui emportait le corps. Il faisait un temps bleu et sec. Les voiles de Mme Gèvres lui retombaient jusqu'au ventre. Ses vêtements noirs sentaient la teinture. Le père portait un chapeau melon. Pendant tout le trajet, il regarda par la vitre, pour voir si les gens se découvraient bien au passage de l'auto. De temps en temps, il disait :

– Un gamin qui garde son chapeau... C'est du propre!... Et cette femme!... Elles ne savent donc pas faire le signe de croix, les Parisiennes? Quelle est cette église? Et cette place? Ah! un pensionnat!

Au cimetière, Bourdieu fut surpris de trouver Mme Morelli qui attendait devant la fosse ouverte. Qui l'avait prévenue? Elle était habillée d'un manteau violet sombre. Un turban lie-de-vin lui emboîtait le crâne. Sa face épaisse était plâtrée d'une pâte crème, avec des craquelures roses autour des yeux. Pendant qu'on descendait le corps, elle pleura copieusement. Puis, elle s'approcha de Mme Gèvres et lui dit :

– Une amie de votre fils, madame.

Avant de partir, elle jeta une poignée de terre sur le cercueil qui résonna sourdement.

Jusqu'au dernier moment, Bourdieu avait espéré l'arrivée de Germain Laugier et d'Alice qu'il avait avertis par pneumatique. Mais ils ne vinrent pas. Peut-être Bourdieu avait-il mal rédigé l'adresse? Le lendemain, il se rendit au bureau pour dissiper ce malentendu. Mais un garçon de service, glabre et revêche, lui signifia que M. Laugier refusait de le recevoir. Bourdieu, stupéfait, insista, voulut se faire entendre. En vain. Que lui reprochait-on? Que s'était-il passé? Édith seule pouvait le renseigner encore. Il courut à l'hôtel *Sheffield* où il savait qu'elle était descendue. Le concierge de l'hôtel l'étonna fort en lui apprenant que Mme Clavet était retournée, la veille, à Chantilly, où elle comptait rester quelques jours avant de partir pour Casablanca.

La mort de Maurice Gèvres avait profondément affecté Bourdieu. Il renonça à tout travail pendant deux semaines. Puis, lentement, il se remit à l'œuvre. Il s'imposait ce labeur comme une discipline. La lutte contre la terre le consolait de son grand chagrin. La statue de *La Femme* fut achevée en quelques séances épuisantes. Elle était belle. Bourdieu était heureux de l'entendre dire par ceux qui la voyaient. Le mois suivant, il médita de la réaliser en marbre, et le choix du bloc l'occupa beaucoup. Il destinait cette figure au Salon de l'année prochaine. Il reprenait confiance. Par instants, même, il trouvait que la vie était douce et que les hommes valaient mieux que leur réputation. Grâce à son intervention, le moulage en plâtre de l'*Acrobate* put être acquis par l'État pour un musée de province, où il somnole encore dans la poussière et l'oubli d'une salle secondaire. L'argent fut versé aux parents de Maurice Gèvres, qui en profitèrent pour faire repeindre leur magasin.

Quant à Germain Laugier, après quelques jours de doutes, un sursaut d'énergie lui rendit le goût de vivre et de prospérer. Il tourna le dos à Édith, à ses souvenirs, à ses espoirs, au remords que lui causait la fin de Maurice Gèvres. Il réintégra farouchement cette existence monotone dont il avait cru pouvoir s'évader. Entre lui et sa femme, il n'y eut pas d'explications, pas de larmes et pas de promesses. Alice ne savait rien des rencontres de son mari avec Édith, ni de la mort tragique du sculpteur (Germain Laugier devait attendre un an avant de la lui révéler). Mais elle éprouvait le sentiment d'avoir commis une faute et échappé à un grand danger. La souffrance muette de Germain Laugier le rapprochait d'elle, et elle retrouvait sans déplaisir son rôle de servante humble et active. Elle guettait sur le visage épais de son maître les signes de la guérison. Peu à peu, elle le vit se détendre, sourire. Germain Laugier mangeait mieux. Il engraissait. Il devenait loquace. Au bureau, son prestige croissait de jour en jour. Après de multiples enquêtes, le conseil d'administration s'était rallié à son opinion et avait résolu de financer l'achat des usines Verzon. Cette opération nécessita une augmentation sensible du capital. L'affaire prit une extension nouvelle. Le traitement de Germain Laugier fut majoré en conséquence. Des entreprises concurrentes lui proposèrent un poste important et bien rémunéré. Il refusa. Et ce refus lui valut l'estime de M. Dupouy de Signac. Il en conçut une juste fierté.

Vers la fin de l'année, les Laugier abandonnèrent leur pavillon de banlieue pour un petit hôtel particulier, rue de la Faisanderie. Ils habitent en face de chez M. Dupouy de Signac. Sur les conseils de M. Dupouy de Signac, Germain Laugier a commencé une collection de timbres-poste. Mme Dupouy de Signac et Alice sont devenues des amies inséparables. Elles ont le même coiffeur et organisent ensemble des réunions de dames et des ventes de charité.

UNE VIE, UNE ŒUVRE

1911-1916

Naissance de Lev Tarassov – qui prendra plus tard le nom français d'Henri Troyat – à Moscou le 1er novembre 1911, soit pour notre calendrier grégorien le 14 novembre. Cadet de trois enfants, sa sœur aînée, Olga, a neuf ans de plus que lui, son frère, Alexandre, quatre ans. Le père, Aslan Tarassov, Arménien russe originaire du nord du Caucase, est un important négociant en drap. La mère, née Lydie Abessolomoff, a du sang allemand et géorgien. Famille aisée, très unie, où les enfants, dès le plus jeune âge, parlent le russe avec leur nourrice et le français avec leur gouvernante. Pour le régime tsariste, l'époque « de faste angoissé, de fallacieuse insouciance » tire à sa fin.

1917-1920

Quand éclate la révolution d'Octobre, Lev (Léon en français) va avoir six ans. L'ouragan de la guerre civile bouleverse la vie sociale et familiale des Tarassov. Départ du père pour Kharkov, suivi en 1918 de celui de la mère, des trois enfants, de la grand-mère et de la gouvernante suisse. Difficile et dangereux exode vers le sud de la Russie, et regroupement de la famille à Kharkov. Acculés à la mer Noire à Yalta (Crimée), tous réussissent presque miraculeusement, en 1919, à monter dans un bateau pour Novorossisk, puis, prenant le train, à se rendre à Kislovodsk, dans le Caucase. C'est alors que, devant l'avancée des troupes rouges, les parents de Lev comprennent qu'il leur faut, au moins pour un temps, quitter la Russie. Après l'obtention *in extremis* d'un passeport le 14 janvier 1920, les voici embarqués pour Constantinople; de là, toujours par mer, en route vers Venise. Par le train, ils arrivent enfin à Paris au mois d'avril 1920. Sains et saufs, comment pourraient-ils imaginer que ce long et torturant voyage est un aller sans retour? Pourtant, le XVIe arrondissement à peine découvert, Lev, enfant joueur et curieux de tout, entre, comme son frère, au lycée Janson-de-Sailly.

1921-1933

En 1921, les espérances professionnelles du père déplacent encore la famille à Wiesbaden en Allemagne. Séjour infructueux qui ne tarde pas à la ramener en France. Installé à présent à Neuilly-sur-Seine avec les siens (la sœur se prépare à la danse classique, le frère se concentre sur les sciences), Lev fait toutes ses études secondaires au lycée Pasteur. Loin de se sentir dépaysé, lui, qui a appris le français en même temps que le russe, aime parler, lire et écrire notre langue. Français au lycée, il redevient russe à la maison, où cependant la nostalgie est grande, les privations nombreuses et humiliantes pour les parents. Et les années passent, que soutiennent les résultats scolaires, les camarades de lycée, d'excellents professeurs. C'est ainsi que le jeune homme obtient le baccalauréat de philosophie en 1930, qui ne sera pas suivi d'une formation en lettres mais par des études de droit, jugées plus sûres et plus courtes (à la clef, une licence en 1933). Mais il doit déménager avec ses parents, meurtris et comme dévalisés par une saisie publique à Neuilly, dans un deux-pièces de la Ville de Paris. Tant bien que mal, il s'efforce d'aider financièrement son père et sa mère. Il prend aussi la décision de se faire naturaliser français. Enfin, il cède de plus en plus à l'envie, au goût, au besoin d'écrire. Ne lui a-t-on pas confié, en 1931, le livret de l'opéra bouffe, *La Contrebasse,* tiré d'une nouvelle de Tchékhov et dont la musique est l'œuvre d'Henri Sauguet?

1934-1939

Passionné depuis l'enfance par la littérature, la peinture et le théâtre (ne dit-il pas regretter aujourd'hui de ne pas peindre et de ne plus écrire pour la scène?), encouragé par ses amis de jeunesse Michelle Maurois, Jean Bassan et, bientôt, Jean Davray, Claude Mauriac, Henri Poydenot, il ne tarde guère, sous le pseudonyme d'Henri Troyat (nom choisi presque au hasard sur les instances de son éditeur Plon, qui craint que son patronyme ne le fasse passer pour un auteur étranger traduit dans notre langue), à publier un premier livre. Il s'agit de *Faux jour*, qui, très bien accueilli par la critique, obtient, en 1935, le prix du Roman populiste. Troyat est alors en garnison à Metz; devenu français et âgé de vingt-quatre ans, il y accomplit ses obligations militaires. L'année précédente, il a réussi un concours faisant de lui un rédacteur à la préfecture de la Seine, au grand contentement de ses parents. Déjà, sa régularité de travail fait merveille. Civil, conscrit ou fonctionnaire, ne donne-t-il pas au public, en peu d'années, les romans *Le Vivier* (1935), *Grandeur nature* (1936), *L'Araigne* (1938), les recueils de nouvelles *La Clef de voûte* (1937), *La Fosse commune* (1939)? On sait qu'à *L'Araigne*, à la surprise de l'auteur et de son éditeur, fut décerné le prix Goncourt 1938 : la célébrité rejoignait Henri Troyat et faisait bel et bien de lui un écrivain à part entière. Déjà reconnue, son œuvre allait être lue, de plus en plus lue. L'année suivante, l'écrivain se marie et, les événements internationaux se précipitant dramatiquement, se retrouve mobilisé à Tulle dans l'Intendance.

1940-1944

L'armistice signé en juin 1940, Henri Troyat, démobilisé, rentre avec sa famille à Paris et reprend son emploi administratif à l'Hôtel de Ville. Poste dont il démissionnera en 1943, désireux qu'il est maintenant de se consacrer à plein temps à son travail et à ses projets littéraires. Les années qui avaient suivi l'attribution du prix Goncourt l'avaient amené à élargir le champ de sa palette. En persévérant dans la même manière, il eût craint de se répéter et de s'enliser. Ne dit-on pas que les plus glorieuses récompenses peuvent être « mortelles » aux jeunes auteurs? Un éditeur, qui connaissait bien sûr ses origines russes, avait proposé à Henri Troyat d'écrire une vie de Dostoïevski. D'abord surpris et inquiet, il s'était attelé à la tâche, loin des tourments romanesques, et, début 1940, paraissait chez Fayard sa première biographie. Date malheureuse s'il en fut, le pays subissant l'invasion allemande. En revanche, inspiré par les riches et émouvants souvenirs de ses parents, soutenu par la lecture des grands historiens et romanciers russes de la fin du XIXe siècle, il s'engageait déjà – renouvelant son genre pour la plus imposante de ses réalisations littéraires – dans la préparation et la rédaction de *Tant que la terre durera.* Aussi, pendant l'Occupation, il ne publie que deux livres : en 1941, *Le Jugement de Dieu,* un recueil de nouvelles qui frayent avec un étrange fantastique; en 1942, *Le mort saisit le vif,* un roman « isolé » qui se présente comme le journal d'un plagiaire prenant le risque de publier sous son nom l'œuvre manuscrite et inconnue du premier mari de son épouse... Les Français vivaient alors le temps, combien ingrat, du ravitaillement et des informations : « Manger et espérer », devait dire plus tard Henri Troyat. En écoutant religieusement l'heure de la BBC, on rêvait à la victoire finale des Alliés. Il la vivra cette victoire, l'esprit en liesse, quand, en 1944, les Alliés débarquent en Normandie et libèrent Paris. D'autant qu'en 1943 était né, quasiment sous les bombardements, son fils Jean-Daniel.

1945-1950

Écrivain déjà fécond, Henri Troyat donne un nouveau roman : *Le Signe du Taureau*, en 1945. Cette même année, il divorce. En 1946, « l'homme d'ombre, de travail et de solitude » s'essaie non sans joie au journalisme, assumant, aux côtés de Maurice Druon, la direction littéraire de l'hebdomadaire *Cavalcade*. C'est alors qu'il fait paraître *Les Ponts de Paris* (Flammarion), un ouvrage illustré d'aquarelles, qu'il publie une deuxième biographie, vouée au père de la littérature russe, *Pouchkine* (Perrin), et qu'il voit sa première pièce, *Les Vivants* (André Bonne), être montée par Raymond Rouleau au théâtre du Vieux-Colombier. Va débuter par ailleurs la publication de *Tant que la terre durera*, immense fresque russe en trois parties que beaucoup tiennent pour le chef-d'œuvre d'Henri Troyat, et qui est en effet comme un miracle de détails précis, vrais et vivants : *Tant que la terre durera* (1947), *Le Sac et la Cendre* (1948), *Étrangers sur la terre* (1950). En 1947, l'écrivain se rend aux États-Unis pour donner une série de conférences, y rencontre Darius Milhaud en Californie et rapporte de son séjour un insolite reportage, *La Case de l'Oncle Sam* (La Table Ronde, 1948). Le 23 septembre 1948, Henri Troyat épouse Marguerite Saintagne, veuve du docteur Henri Gerbier, de Chamonix, tué lors des combats de la Libération. Elle est mère d'une fille, Michèle, très chère au cœur de l'écrivain (ne sera-t-elle pas pour beaucoup dans la réussite et le bonheur des portraits de *La Grive* et de *Viou*?). Et c'est la création, en 1949, d'une comédie, *Sébastien*, au théâtre des Bouffes-Parisiens.

1951-1958

Cette décennie sera française sur le plan romanesque, l'auteur déplaçant chez nous terrain d'investigation et approche des hommes. Sortie, en 1951, d'un roman *La Tête sur les épaules,* portrait d'un jeune apprenti philosophe « en perte d'équilibre »; en 1952, d'une biographie *L'Étrange Destin de Lermontov* (Perrin), puis d'un récit *La Neige en deuil,* dramatique et tout ensemble féerique, lu bien souvent comme un roman de montagne (image entretenue par le film « discutable » qu'en a tiré Edward Dmytryck, avec le comédien Spencer Tracy). Cette même année 1952, Henri Troyat reçoit le grand prix littéraire du Prince de Monaco, fait, émerveillé, la connaissance de Colette, est nommé membre du conseil littéraire de la Principauté. Sa troisième pièce, *Madame d'Arches a dit peut-être* (adaptée de son roman *Le Vivier,* elle est sa préférée), est aussi représentée en Belgique et en France. Commence alors à paraître le plus important des cycles français de l'écrivain, *Les Semailles et les Moissons,* fort de cinq tomes : *Les Semailles et les Moissons* (1953), *Amélie* (1955), *La Grive* (1956), *Tendre et violente Élisabeth* (1957), *La Rencontre* (1958). Cette somme romanesque, inspirée par la famille de sa femme, peut être considérée comme le pendant de *Tant que la terre durera.* Voyage en Amérique latine au cours de 1954, d'où Henri Troyat rapporte encore un reportage, publié en 1955 : *De gratte-ciel en cocotier* (Plon). En 1956, il donne enfin une suite de réflexions et de souvenirs personnels, qu'il intitule *Sainte-Russie* (Grasset).

1959-1964

Le 21 mai 1959, Henri Troyat, qui n'a pas encore quarante-huit ans, est élu, à la quasi-unanimité des votants, à l'Académie française au fauteuil de Claude Farrère. Ses maîtres et amis, François Mauriac et André Maurois, eux-mêmes académiciens, ont été pour beaucoup dans cette précoce et flatteuse élection. Reçu selon l'usage par le président de la République, l'écrivain confie au général de Gaulle « son intention de décrire, dans une série de romans, le lent cheminement de l'idée de liberté, transportée de France en Russie, dès 1814, par des officiers du tsar, et son mûrissement, de conspiration en conspiration, d'émeute en émeute, jusqu'à la révolution d'octobre 1917 ». Cette année-là, toujours sous la forme d'un récit de voyage (imaginaire, bien sûr – à ce propos, il est révélateur de noter que, soucieux de préserver sa « Russie intérieure », Henri Troyat n'est jamais revenu dans son pays natal), il publie chez Hachette *La Vie quotidienne en Russie au temps du dernier tsar.* Et, en Provence, près de Grasse, ou à Paris, il travaille à une autre grande fresque russe, *La Lumière des justes,* qui évoque l'aventure noble et malheureuse des décembristes (elle sera adaptée à la télévision en un feuilleton de quatorze épisodes) : *Les Compagnons du Coquelicot* (1959), *La Barynia* (1960), *La Gloire des vaincus* (1961), *Les Dames de Sibérie* (1962), *Sophie ou la Fin des combats* (1963). Ironie du sort, Henri Troyat, qui ne conduit pas, « sortit » en 1960 *Naissance d'une Dauphine* (Gallimard), un reportage aux usines Renault. En 1963, *Une extrême amitié,* roman qui se déroule en partie dans le midi de la France et sur la Côte d'Azur, paraît en librairie. Et, en 1964, le recueil de nouvelles *Le Geste d'Ève.* Un an auparavant, Henri Troyat avait connu l'épreuve de perdre sa mère, décès qui succédait à celui de la mère de sa femme, survenu quelques années plus tôt.

1965-1970

En 1965, Henri Troyat relance la série des grandes biographies en publiant une vie magistrale de *Tolstoï* (Fayard). La fin de cette décennie soixante signe la sortie de deux cycles romanesques, l'un français *Les Eygletière*

(*Les Eygletière,* 1965; *La Faim des lionceaux,* 1966; *La Malandre,* 1967); l'autre russe, *Les Héritiers de l'avenir* (*Le Cahier,* 1968; *Cent un coups de canon,* 1969; *L'Éléphant blanc,* 1970). Le premier peint les soubresauts d'une belle et riche famille parisienne, peu d'années avant Mai 68. Le deuxième déroule ses combats dans la seconde moitié du XIXe siècle, au cœur d'une Russie déchirée par l'abolition du servage et l'apparition du terrorisme. Publication aussi, en 1966, des *Ailes du diable,* anthologie des meilleures nouvelles produites jusque-là par l'auteur. Période douloureuse encore pour Troyat que cette année 1967, qui voit son père, vieil homme perdu dans ses rêves, compagnon de route déraciné et tant aimé, le quitter à jamais.

1971-1979

Après avoir mené à bien une vie du génial et extravagant écrivain russe *Gogol,* biographie publiée en 1971 chez Flammarion, Henri Troyat, plus que jamais en quête de personnages aux caractères contrastés, fait paraître en 1972 *La Pierre, la Feuille et les Ciseaux.* L'histoire du héros, un homosexuel, n'est pas sans choquer, l'époque restant prude, nombre de lecteurs. Quoi, même Troyat cédait à la mode de l'ambiguïté de la nature humaine! Écho brouillé qui ne l'empêche pas, lui qui aime découvrir la faille et l'étincelle d'un caractère entier, qui pense être, comme tout romancier, « un pilleur d'épaves et un marchand de masques », de donner vie, en 1979, à un personnage féminin, tout ensemble altruiste et tyrannique, *Anne Prédaille.* Nouveau changement de décor : *Le Moscovite,* cycle romanesque en trois volumes (*Le Moscovite,* 1974; *Les Désordres secrets,* 1974; *Les Feux du matin,* 1975), entraîne les lecteurs dans la Russie de 1812, envahie par la Grande Armée de Napoléon. Continuant à cheminer sur les vieilles routes de la terre russe, Troyat fait ensuite paraître un roman, *Grimbosq* (1976); une biographie, *Catherine la Grande* (1977, Flammarion), qui reçoit l'année suivante le prix des Ambassadeurs; un roman, *Le Prisonnier n° 1* (1978); une biographie, *Pierre le Grand* (1979, Flammarion). Entre-temps, comme pour se délasser, retour à la France contemporaine et au roman psychologique avec la sortie, en 1977, du récit *Le Front dans les nuages.* 1976 a même vu Henri Troyat, peu enclin aux révélations, donner un très attachant livre de souvenirs, sous forme de conversations avec Maurice Chavardès, *Un si long chemin* (Stock), qu'il rééditera, augmenté à chaque fois du trésor des ans, en 1987 et en 1993.

1980-1984

De 1980 date la sortie en librairie, et avec quel succès de vente, du roman *Viou,* qui, suivi de *À demain, Sylvie* (1986), et du *Troisième Bonheur* (1987), prendra la figure d'un cycle romanesque et familial, le dernier de l'auteur à ce jour. Il écrit sans entrave ni panne, tantôt à Paris, dans son quartier de la Rive gauche, « territoire, dit-il, des vieilles pierres et des pensées jeunes », « musée grouillant de monde », tantôt dans sa retraite campagnarde du Loiret. Ainsi se succèdent, en 1981, *Alexandre Ier* (biographie, Flammarion); en 1982, une autre biographie historique, *Ivan le Terrible* (Flammarion), et un roman *Le Pain de l'étranger*; en 1983, encore un roman, *La Dérision* (le titre, le drame frappent comme du Maupassant); en 1984, la biographie d'un auteur russe qui lui est cher, sorte de frère d'élection, l'homme comme l'écrivain, *Tchékhov* (Flammarion), et un nouveau roman de là-bas, terre décidément envoûtante, *Marie Karpovna.* Est-ce l'impérieux besoin de se libérer de ses fantasmes qui force Henri Troyat à écrire sans discontinuité?

1985-1989

Publication, en 1985, d'un des romans les plus personnels et les plus émouvants d'Henri Troyat : *Le Bruit solitaire du cœur,* récit de la fin d'un vieil émigré russe de quatre-vingt-treize ans; toutes de piété filiale, ces pages sont dédiées à la mémoire de son père. Cette année-là, disparaît, victime d'une longue et douloureuse maladie, son éditeur et ami Henri Flammarion. Troyat donne alors la biographie de *Tourgueniev,* auteur franco-russe s'il en est, « déraciné, tolérant et chaleureux ». Puis, en 1986, celle de *Gorki,* « lien vivant entre deux époques de la Russie », la Blanche et la Rouge. Enfin, en 1988, celle qu'il consacre pour la première fois à un Français, écrivain de surcroît (un de ses maîtres), *Flaubert*; suivie, un an plus tard, d'une vie de *Maupassant,* autre grand réaliste qui, attaché à l'humble vérité, souhaitait dans ses tableaux de mœurs « montrer et non pas démontrer » (toutes ces biographies sont parues chez Flammarion). Paraissent aussi, en 1988, le roman *Toute ma vie sera mensonge* et, en 1989, *La Gouvernante française,* roman russe qui, dirait-on, réveille, autour de l'année terrible et obsédante de 1917, les images de l'enfance éclatée, de l'exode bouleversant. Bientôt, libres métamorphoses du souvenir, naîtront à sa suite *Aliocha, Youri.* Et l'alternance romans/biographies se poursuit dans un mouvement de balancier. Henri Troyat passe ainsi, sans effort visible, de l'étude à l'imaginaire, de l'histoire à la fiction. Ne serait-ce pas le même monde, visité un jour de l'extérieur, un autre de l'intérieur?

1990-1993

L'âge ne ralentit en rien l'élaboration et l'écriture d'ouvrages nouveaux (la seule chose qui ait changé avec les ans, c'est qu'il n'écrit plus debout à son pupitre). Tel un Antonio Stradivarius, Henri Troyat, dans son bureau-atelier, passe ses matinées et ses après-midi à travailler aux œuvres en chantier. Sortent ainsi, toujours patiemment et puissamment forgés, en 1990, *La Femme de David* (roman-biographie sur fond d'histoire) et *Alexandre II* (biographie, Flammarion); en 1991, *Aliocha* (roman) et *Nicolas II* (biographie, Flammarion); en 1992, *Youri* (roman) et un pénétrant *Zola* (biographie, Flammarion). L'année 1993 commence à peine qu'Henri Troyat fait paraître un beau roman russe, *Le Chant des insensés,* et met la dernière main à une biographie de *Verlaine* (Flammarion), la première à évoquer un grand poète français. Henri Troyat penserait-il, comme le génial luthier de Crémone, que, « à deux pas de l'établi, l'ennui commence »? Et puis, être « doyen d'élection » de l'Académie, est-ce là un titre vraiment réconfortant? Quelle que soit la longueur du bail arraché aux jours, ainsi que l'auteur de *Tant que la terre durera* le dit lui-même : « On n'est jamais que le locataire de sa vie ». L'œuvre à faire demeure pour Henri Troyat une victoire sur le temps, sa fuite, son poids, ses vicissitudes, une conquête qui témoigne simplement de l'humaine condition.

Ainsi s'est déroulé, sans cesse enrichi d'alluvions venant de très loin, le long fleuve apparemment tranquille d'une destinée d'écrivain. À côté des tapages et des éclats de « la foire sur la place », elle a su rencontrer un fidèle et large public, épouser ses attentes, partager ses angoisses, le distraire aussi en lui livrant – qui sait? – des armes secrètes de compréhension et de résistance. Rares aujourd'hui sont les auteurs qui, comme Henri Troyat, dans le silence, en accord, construisent, selon le mot de Georges Braque : « Au jour le jour, chemin faisant », une vie et une œuvre.

GEORGES BELLE

CHRONOLOGIE DES TITRES ROMANESQUES

Faux jour, roman, 1935 (Plon)

Le Vivier, roman, 1935 (Plon)

Grandeur nature, roman, 1936 (Plon)

La Clef de voûte, nouvelles, 1937 (Plon)

L'Araigne, roman, 1938 (Plon)

La Fosse commune, nouvelles, 1939 (Plon)

Le Jugement de Dieu, nouvelles, 1941 (Plon)

Le mort saisit le vif, roman, 1942 (Plon)

Le Signe du Taureau, roman, 1945 (Plon)

Tant que la terre durera, cycle romanesque (La Table Ronde)
I – Tant que la terre durera (1947)
II – Le Sac et la Cendre (1948)
III – Étrangers sur la terre (1950)

La Tête sur les épaules, roman, 1951 (Plon)

La Neige en deuil, roman, 1952 (Flammarion)

Les Semailles et les Moissons, cycle romanesque (Plon)
I – Les Semailles et les Moissons (1953)
II – Amélie (1955)
III – La Grive (1956)
IV – Tendre et violente Élisabeth (1957)
V – La Rencontre (1958)

La Lumière des justes, cycle romanesque (Flammarion)
I – Les Compagnons du Coquelicot (1959)
II – La Barynia (1960)

III – La Gloire des vaincus (1961)
IV – Les Dames de Sibérie (1962)
V – Sophie ou la Fin des combats (1963)

Une extrême amitié, roman, 1963 (La Table Ronde)

Le Geste d'Ève, nouvelles, 1964 (Flammarion)

Les Eygletière, cycle romanesque (Flammarion)
I – Les Eygletière (1965)
II – La Faim des lionceaux (1966)
III – La Malandre (1967)

Les Ailes du diable, nouvelles, 1966 (Flammarion)

Les Héritiers de l'avenir, cycle romanesque (Flammarion)
I – Le Cahier (1968)
II – Cent un coups de canon (1969)
III – L'Éléphant blanc (1970)

La Pierre, la Feuille et les Ciseaux, roman, 1972 (Flammarion)

Anne Prédaille, roman, 1973 (Flammarion)

Le Moscovite, cycle romanesque (Flammarion)
I – Le Moscovite (1974)
II – Les Désordres secrets (1974)
III – Les Feux du matin (1975)

Grimbosq, roman, 1976 (Flammarion)

Le Front dans les nuages, roman, 1977 (Flammarion)

Le Prisonnier n° 1, roman, 1978 (Flammarion)

Viou, cycle romanesque (Flammarion)
I – Viou (1980)
II – À demain, Sylvie (1986)
III – Le Troisième Bonheur (1987)

Le Pain de l'étranger, roman, 1982 (Flammarion)

La Dérision, roman, 1983 (Flammarion)

Marie Karpovna, roman, 1984 (Flammarion)

Le Bruit solitaire du cœur, roman, 1985 (Flammarion)

Toute ma vie sera mensonge, roman, 1988 (Flammarion)

La Gouvernante française, roman, 1989 (Flammarion)

La Femme de David, roman, 1990 (Flammarion)

Aliocha, roman, 1991 (Flammarion)

Youri, roman, 1992 (Flammarion)

Le Chant des insensés, roman, 1993 (Flammarion)

TABLE DES MATIÈRES

Ont participé à la fabrication :

Composition	Baskerville – Photocomposition Imprimerie Floch à Mayenne.
Papier	Bouffant Lac 2000. Papeterie Salzer, fourni par l'agence Philippe Fargeas.
Impression	Sur Roto-Page par l'Imprimerie Floch à Mayenne.
Reliure	Nouvelle Reliure Industrielle à Auxerre.
Toile	Toile du marais. Winter couvrure.
Fers à dorer	Michel Vincent.

CET OUVRAGE
A ÉTÉ ACHEVÉ D'IMPRIMER
SUR ROTO-PAGE
PAR L'IMPRIMERIE FLOCH À MAYENNE
POUR LE COMPTE DE FRANCE LOISIRS
EN FÉVRIER 1994

N° d'édition : 23431. N° d'impression : 35136.
Dépôt légal : février 1994.